长白秘境

西夷荒往事

青斗 著

学苑出版社

图书在版编目（CIP）数据

长白秘境西夹荒往事/青斗著 .—北京：学苑出版社，2021.8
ISBN 978 – 7 – 5077 – 6174 – 0

Ⅰ.①长… Ⅱ.①青… Ⅲ.①长篇小说 – 中国 – 当代 Ⅳ.①I247.5

中国版本图书馆 CIP 数据核字（2021）第 074564 号

责任编辑：黄小龙　高赫
出版发行：学苑出版社
社　　址：北京市丰台区南方庄 2 号院 1 号楼
邮政编码：100079
网　　址：www.book001.com
电子邮箱：xueyuanpress@163.com
销售电话：010 – 67601101（销售部）010 – 67603091（总编室）
印　刷　厂：北京兰星球彩色印刷有限公司
开本尺寸：710mm×1000mm　1/16
印　　张：19
字　　数：294 千字
版　　次：2021 年 8 月第 1 版
印　　次：2021 年 8 月第 1 次印刷
定　　价：68.00 元

目　录

楔子 ……………………………………………………………（1）
第一章　开山斧 ………………………………………………（3）
第二章　太乙寒冰 ……………………………………………（9）
第三章　神秘的鹿群 …………………………………………（19）
第四章　夜行者 ………………………………………………（27）
第五章　雪风口 ………………………………………………（34）
第六章　接风宴 ………………………………………………（41）
第七章　大萨满 ………………………………………………（48）
第八章　人参和金脉 …………………………………………（55）
第九章　前清秘贡 ……………………………………………（62）
第十章　狼群和土匪不入西夹荒 ……………………………（69）
第十一章　七星泉 ……………………………………………（76）
第十二章　全鹿宴　山水席 …………………………………（83）
第十三章　暴风雪 ……………………………………………（91）
第十四章　暴风雪 ……………………………………………（97）
第十五章　冬季猎场 …………………………………………（104）
第十六章　雪凤　雪怪 ………………………………………（111）
第十七章　老虎 ………………………………………………（118）
第十八章　鹿群 ………………………………………………（126）
第十九章　狼群 ………………………………………………（133）
第二十章　凌人 ………………………………………………（140）
第二十一章　雪神节（冬市）…………………………………（147）
第二十二章　大内密探 ………………………………………（154）
第二十三章　谋划 ……………………………………………（161）
第二十四章　移花接木 ………………………………………（168）

第二十五章	快枪手	(175)
第二十六章	黑龙潭水兽	(182)
第二十七章	长白山女神	(189)
第二十八章	神秘的井	(196)
第二十九章	冰铁神柱	(203)
第三十章	被困	(209)
第三十一章	脱险	(216)
第三十二章	终极目标	(223)
第三十三章	风口流雾	(230)
第三十四章	灵参	(236)
第三十五章	放山	(243)
第三十六章	护宝兽	(250)
第三十七章	水参	(257)
第三十八章	神秘的海外来信	(263)
第三十九章	祭品	(270)
第四十章	神奇的失踪	(277)
第四十一章	地下文明	(282)
第四十二章	地下的秘密	(288)
第四十三章	地穴	(294)

楔 子

一

神秘的长白山中，流传着许多动人的历史故事和神话故事。前清政府为了保护所谓的"龙兴之地"，曾经封禁了长白山两百余年。其内务府下设打牲乌拉总管衙门，负责东北地区打牲部落的行政事务，主要是搜集长白山中的山珍特产以供皇室之用，故有"南有江宁织造，北有打牲乌拉"之说。传说在打牲乌拉总管衙门设立之初，第一任大总管迈图就接到皇室一道密令——秘密地在长白山中寻找一样极为特殊的贡品，是为"秘贡"。至于其为何物、有何作用，则不为人所知。然而不知是什么原因，打牲乌拉的历任总管及各级官员竭尽全力地寻找那样"秘贡"，终不能得。直至260多年之后，最后一位总管乌音保接到消息，说是"秘贡"被找到了，正在紧急送往京城的路上。

然而就在这个时候，随着辛亥革命的一声炮响，清宣统皇帝下诏退位，那件秘贡也在路途上丢失，从此下落不明。

二

1912年的初春，南方已是冰融雪化，草木发芽，一派春意盎然，而在长白山区，仍旧是一片冰天雪地。

一面山坡上，零星地坐落着几间木屋，里面住着几户在此开荒种地的流民。这些天里，不管是晚上还是白天，山岗那边的黑龙潭总是传来一些奇怪的动静，令冯老三好是迷惑。

这一天，冯老三实在是耐不住好奇的性子，于是趟着没腰深的雪，翻过山岗，去黑龙潭一探究竟。

待他气喘吁吁地爬上山岗，透过稀疏的树木观望时，发现黑龙潭冰面上有一大片冰已被凿开运走，冰窟窿四周一片狼藉，冰面及岸边雪地上有多条错乱的爬犁辙痕。山外面哪里不能采冰，竟然到这深山里的黑龙潭来？大雪封山，道路不通，采下这么多冰可是运不出去的。

后来冯老三逢人便说起黑龙潭采冰事件，却无人信他，也没有人看到有车辆大规模地运冰块出山，此事后来便不了了之了。不过，有人看到有支清政府的军队在一天夜里进入山中，去向不明。

在黑龙潭的西北方向，不远处的雪风口下方，便是后来的西夹荒所在。

第一章　开山斧

一

民国七年，秋。东北长白山区，龙岗山脉。

天蓝得像一面镜子，映照着世间万物。

中秋时节，大地上已呈现出一片萧瑟景象。不过莽莽林海间，漫山红叶，层林尽染，天清地阔，群鸟低飞，又是另一番景致。

树林中，正在上演着一场激烈的"龙凤斗"。

一条一米多长的乌梢蛇，半截身子昂起，蛇信"咻咻"作响，在和一只色彩亮丽的野鸡对峙着。这只野鸡头部呈紫绿色，白眉红颊，以脖子上的那条白色环纹最为显眼，一身棕铜杂色鲜艳外衣，加上长长的紫红色凤翎，美艳非常。

此时那蛇头上已是被野鸡啄得血迹斑斑，但是这条乌梢蛇仍旧不舍放下，显然是想在冬季到来之前饱餐一顿，以挨过漫长的冬季，或是它现在想放弃也放弃不得了。虽然那只野鸡伤势更重，翅膀上的羽毛有的部分已被渗出的血液粘在一起，但为了保命，还是使出了全部力量进行抗击——既然逃脱不得，大不了同归于尽。

就在"龙凤斗"相持不下的当口，旁边的草丛中突然间蹿出一道黑色的影子，有如一道闪电瞬间疾射而至，先是击倒了那条凶狠的乌梢蛇。这是一只体格硕大，毛色发亮，长有一双机警的红色眼睛的紫貂。紫貂准确地咬住了蛇头，而后朝旁边一甩，蛇身瘫软在地，已然毙命。

那只野鸡显然被眼前这突如其来的变故吓蒙了，在它还未缓过神来的时候，那只紫貂已是扑了上来，一口咬断了它的脖子。

这只紫貂一举捕获了两只猎物，兴奋地滚在地上撒了个欢儿。紧接着，它忽然机警地站立起来，似乎感觉到了什么。

与此同时，一道寒光在半空中划过，在绕过紫貂的颈部时，一道血线喷射出来。随即，这只紫貂直挺挺地倒在了地上。

那道寒光在空中斜绕了大半个圈，速度开始减缓下来，而后稳稳地落在了一个人的手里。那是一名肤色黧黑、浓眉大眼、身材健壮的十六七岁的少年，手持一把精钢铸造的、斧刃呈弯月形的斧头。

少年将斧头别在腰间，走上前来，弯下身子拾起了那只紫貂，不禁赞叹道："貂老毛亮，好一张皮子！"

少年名叫石英，是一个苦命的孩子，现在是当地木帮杨把头的义子。石英七八岁时，随父母姐弟一家六口从河北一路逃荒，闯关东来东北讨生活。一家人走进了金川地界，准备投奔那里的一个老乡，不曾想路上遭遇了土匪。石英父亲当时见情况不妙，一脚将石英踢进了路边的草丛里。幼小的石英趴在草丛中，目睹一家五口惨遭土匪杀害，他忍着悲痛，咬着牙，死死地记住了那个土匪头子"滚地雷"的面目。

后来杨把头和木帮的人路过，将石英救下，并将惨遭不幸的石家五口安葬了，认下了石英这个苦命的孤儿为义子。杨把头的真实姓名无人知晓，却是在木帮这个行业做了一辈子，年轻时就做到了木把头，大家一直称他为"杨把头"。

由于东北特别是长白山区有着独特、丰富的资源，当时在东北聚集着金帮、木帮、参帮三大行帮。前清政府封山两百余年，终是禁不住流民涌入，清末只得开禁，关内人闯关东，多是入这三种行帮为生。金帮就是淘金行，顾名思义，就是以淘金为生的行当，俗称"拿疙瘩的"，疙瘩一般指天然金块；木帮是以采伐林木为生的行当，这些人被称为"拔大毛的"，或是"放大毛的""做大木头的"，"毛"即毛材，指树；参帮就是放山采挖人参的行当。每一行当中，每一伙人里都有自己的领头人，就是把头。金帮里称金把头，木帮里称木把头，参帮里称参把头。进入金帮及参帮多是要靠运气吃饭的，运气好了，淘到金子和挖到山参，就有饭吃、有财发，否则就要受苦挨饿。进入木帮则相对稳定些，只要肯吃苦受累，就饿不倒，还能剩些余钱养家，但是发不了大财。行有行规，帮有帮规，每一行帮里都有自己的规矩，违反了行规，轻则被驱逐出去，重则殒命。

第一章 开山斧

杨把头年轻时，不仅在前清地方政府和木商组成的"木植公司"做过，还在中俄合办的"鸭绿江采木公司"，以及日清商人合办的"义盛公司"做过木把头。前清亡后又做了几年，也是年纪大了，有些力不从心，这才回到了老家金川。然而为了生活，仍旧组织了一伙人成立木帮，为木商采伐林木。除了冬天（伐木季节），其他时间就守在山场子里看护没有运出去的木材，或是临时改换行头，放山挖参，贴补一下生活。

杨把头早年娶过一妻，不幸病死，后又续一房，未过几年，又因无钱医病而亡，两房妻室没有留下一儿半女。经此两番变故，杨把头便冷了心，从此一人过活了。自从收下石英为义子之后，他又看到了生活的希望，对石英疼爱有加，视如己出。知道孩子可怜，没让他改姓。

每年十月到次年二月，树叶枯落，冷风吹干了树木的水分，是伐木的旺季。木帮的木把们便开始准备自己的家伙事了，开山斧是人手一把，还有刀锯、大掏锯、小悠、掐钩、搬钩等一系列伐木工具。

杨把头知道，小石英以后也会跟随自己吃这口木帮饭，所以特意送了他一柄小孩子家可以抡动的小斧头，令他熟悉木帮的生活。因石英太小，不适合到山场子里干活，便让他和一个年纪大些的，做饭的老木把守在山场子的木屋里。也就在那年，石英第一次持了自己的小开山斧，有事没事地就跑进旁边的林子里，谁也不知道他在干嘛。

数年光景过去，石英渐渐长大，手中斧头也不知换了几把，只因身子骨还未长结实，仍旧不适合在山场子里做那些伐木的危险活，倒是能帮着老木把做些杂活了。

在石英十四岁的一天，杨把头率领大家伙在山场子里热火朝天干活的时候，忽然听得一声惊叫。大家闻声望时，俱吃了一惊——一头两米多高的大马熊如人一样立在一名叫李六的木把面前。长白山里，熊有多种，唯有这种体形庞大的大马熊是最为凶猛的，连老虎见了都要避让三分。当时李六吓得瘫软在地，不知所措，眼看着大马熊就要扑到他身上。

然而，那头大马熊忽然停止了动作，接着如一截大树桩般轰然倒塌，侧翻在地上。它的后脑勺上，一把斧头深深地嵌在里面，鲜血正沿着斧侧渗淌出来。而在十几米外，正站着一脸惊愕的石英。

二

　　目睹眼前的一切，杨把头和那些木把们开始都不相信自己的眼睛，面面相觑，茫然不知就里。虽然他们知道，是那把斧头及时地要了大马熊的命，救下了李六的命，但是任谁也不相信，那把威力巨大的斧头，是从石英这个十几岁的孩子手里甩出来的，他这般年龄，抬根木头怕都抬不动。

　　待杨把头慢慢走到大马熊的尸体边上，看到没入熊脑部的那把斧头，正是自己前不久刚送给石英的一把新斧头。杨把头恍然大悟，原来这六七年，每天都不见石英的身影，竟然是私下里跑到林子里练习甩斧头去了。也就从那一天开始，木帮众人对石英敬若神明，都认为他是山神爷老把头派来的木帮守护神。

　　当天，避开了木帮众人，在一片树林里，杨把头让石英展示了这些年来练就的斧头绝技。一把斧头，似乎活了一般，在石英的腰腹及四肢间上下游动。他身上的每一块肌肉，都有着指挥斧头运动的魔力。尤其令杨把头惊奇的是，石英竟然还能将数斤重的斧头甩出几十米去，使它在空中划个圈，再飞回自己手中。一把斧头在石英的手中滴溜乱转，上下翻腾，远近可击，被玩得出神入化。也是这么多年，一个孩子家的心思都贯注在这把斧头上了，心无旁骛，进而神乎其技。

　　不过，杨把头当时也看出来了，这种普通的斧头，石英施展得还不甚应手。第二年红榔头市（采山参的季节）的时候，杨把头带石英深入老林子里，挖到了一支百年老参。尔后带石英寻了一家有名的铁匠铺，几经商谈，用那支老参从赵铁匠那里换出了一块对方珍藏多年的精铁。赵铁匠特别开了一炉火，为石英打造了一把重七斤六两的开山斧。斧刃如一弯明月，流光溢彩，锐利无比。石英双手捧过这把开山斧，欢喜之极。

　　待爷儿俩回到山场子，寻了上好的斧柄安上，石英却总是感觉不应手。杨把头道："看来这把开山斧要用特殊的木柄安上才行。"

　　他此时还真是想起了一棵树来。在距离山场子数里外的一片老林子里，在一块巨大的岩石上，透石而生的一棵手腕粗细的树木。树干黑色，树叶也呈少见的暗棕色。做了一辈子伐木工作的杨把头，几乎认识长白山里所有的树种，唯独这棵奇怪的树，他竟然不认得。而且此树木质奇硬，便是和长白山里有名的硬木岳桦比，也是有过之而无不及，杨把头于是私下定名为"铁树"。更为奇特的是，杨把头三十年前便发现了这棵"铁树"，三十年来也没长粗多少。只有在春夏之季，"铁树"发芽吐叶之时，才发现原来它一直在生长。杨把头认为这棵树有些邪性，一直避而远之。此时见无其他斧柄可用，于是想到了这棵"铁树"。

俗话说，自己的刀削不了自己的把。而这把开山斧的把，却是它自己削成的。因为那棵"铁树"实在太硬了，废去几把刀锯，也未能将其锯断。后来石英用开山斧才将这棵"铁树"砍断，并削成一把斧柄。安装上后，石英再拿这把开山斧时，不仅十分得心应手，而且有种特别的感觉，一斧在手，端的有击万物之能。当时甩斧出手，断树裂石，威力巨大。

杨把头见了，惊讶之余，点头道："行了，有了这把开山斧，从此之后，林子里再凶猛的山牲口（野兽），也伤不到你了。"

这把开山斧，也从此成了杨把头所率木帮的吉祥物和保护神器。每次开山伐木之前，除了供奉山神爷老把头，还要将石英的这把开山斧放在供桌上，令木帮一众人等敬拜。便是石英平日里腰间别了这把开山斧，行走在林子里，也自有一种代山神巡山的感觉呢。

也就在这一年，当地有名的土匪"滚地雷"在一次骑马回山寨的路上，被一道从旁边树林里飞射出的白光斩断了脖子。无了头的尸体，仍旧骑在马背上继续朝前走着。后面跟着的一众土匪见状，立时被吓得作鸟兽散，从此当地匪患暂绝。后有传闻，是"滚地雷"作恶多端，山神爷看不下去了，这才惩罚了他。

再说石英拎了那只紫貂刚转出树林，迎面遇上了杨把头。

"干爹！今天我捕杀了一只上等的紫貂来。"石英高兴地将手中的紫貂扬了扬。

杨把头见了，上前抚摸着貂的毛皮，点头笑道："好啊！这张大叶子（皮）可以卖上个大价钱，存着钱日后给你娶媳妇吧。"

石英挠了挠头，应道："我只和干爹过活，还要给您老人家养老呢。"

杨把头听了，欣慰之余，说道："孩大不由娘，到时候也由不得你我。好了，天色不早了，我们回山场子吧。你明天还要起个大早，套上马车去县城谢家大车店接一个人，然后护送他到西夹荒。"

"西夹荒！"石英眼中一亮。

第二章　太乙寒冰

一

朱锐坐在一堆行李箱上，疲倦而又有些茫然地望着街上的行人。那辆捎脚的马车颠簸了近一天，才将他主仆二人扔到了这座名为辉南的县城里。低矮的房屋，破旧的街道，哪里有一个县城的气象？街对面那几间房子的门上，倒是竖着邮电局的牌子，应该是能发电报的，多少显示出一点现代的气息来。

身后是一大排木头房子，门梁上横着一块缺了角的桦木板，上书"谢家大车店"。一个年轻人此时从里面跑出来，走到朱锐身边说道："少爷，我订好房间了，里面歇着吧。接我们的人明后天才能到呢，我们早到了。"

"对了，少爷，你眼睛尖，碰着不该管的事，可不要乱说话。这山里人野性，别惹麻烦。"年轻人又叮嘱道。

朱锐笑了笑，站起身来说道："我看倒是民风淳朴。对了，刘来，这里竟然还有家邮电局呢，以后和家里联系能方便些了。"

刘来摇了摇头，说道："也不知我那个二叔怎么想的，他回山东老家探亲去了，却要鼓动少爷来这山沟代他管理桓德源。"

朱锐苦笑道："刘掌柜和我说过几回了，不来西夹荒看看，就不知道长白山里有多么神奇。谁知道路这么远，又那么难走。不过既来之，则安之。"

"唉！看来要有个小半年下不了奉天城内的馆子了。"刘来叹气道。

"用不了那么久，我们顶多住上一个月就回奉天。到时候大哥从南京回来，父亲会让他来代替我的。"朱锐说道。

刘来说道："可是我二叔临走的时候和我说，少爷只要到了西夹荒，至少会住上小半年的。应该会过了年才能回奉天呢。"

"我又不是什么隐士，哪里会在山里住上那么久，最多待上一个月。青岛的同学赵洪喜还约了我们一帮子人去他那儿玩呢。"朱锐说道。

这时，街道上的一些行人不知何故停了下来，仰头望着天，指指画画的，在惊奇地议论着什么。

"少爷你看，天上的那团云好怪！"刘来向着行人指的方向抬头望去，立时惊讶地喊道。

朱锐抬头看时，也不由一怔。天空东南方向处，一大团乌云似乎在滚动，与周围略显阴暗的云层形成了明显区别。这季节，风云多变，秋雨时来，也是正常的事。然而这团乌云颇怪，突如其来，滚动而去，很快湮没于那边的山后，不见了踪影。

朱锐凝目遥望，面色愈显惊异。待乌云隐没，街道上行人又各自走去。旁边的刘来问道："少爷，你又看到了什么吧？"

朱锐见左右无人，轻声道："这长白山区果然奇怪事多。那黑云团里有东西在动，并且不止一个。只是那云团黑暗，又走得快，还辨别不出具体是什么。"

"不会是传说中的龙吧？"刘来惊骇道。

朱锐摇头道："不是那种长虫状的，而像是球形的东西，且在互相碰撞，这才搅得那云团走动得快些，难以判断是否为活物。好像是远处的大风将地面上的什么东西吹刮上了天，被这团黑云包裹住了。云团承受不住重量，这才掉落到那座山的后面去了。"

"真是奇怪的事呢！来时二叔就和我说过，到了长白山区这边，许多事情，要见怪不怪才行，否则大惊小怪的，会让这山里的人笑话的。"刘来挠了挠头说道。

"这长白山里，或许就是一个奇怪的世界！"朱锐感叹道。说完，转身进了谢家大车店，刘来两手提了行李箱在后面跟了上去。

一辆大挂马车停在了谢家大车店门前。从车上跳下来一个面色阴冷、头戴礼帽、身穿灰色长袍的中年人。此人先是警惕地四下里望了望，然后从衣袋里掏出一块银元来，扔给了车把式。车把式接过来，欢喜不迭，点头哈腰，要上前帮忙拿车上的一只棕色皮箱。中年人态度生硬地伸手拦

第二章　太乙寒冰

下，随即自行提了皮箱进了谢家大车店。

　　傍晚时分的大车店前堂，点燃了数盏油灯，一片通亮。一些住店的客人，各自坐在不同的桌子前吃着饭菜。里面的一张桌子围着七八个人，不时传来阵阵吆喝声。原来是一伙人在玩着"三仙归洞"的江湖把戏，唬得几个庄稼汉子自以为看得准，不断地压注，也自不断地输钱。

　　朱锐和刘来坐在临窗的一张桌子，两人要了两盘酸菜馅的水饺和三碟小菜，一壶热茶。

　　刘来朝那边喧闹的人群望了一眼，摇头道："骗人的玩意，还真是有人上当。再快的动作也逃不过少爷的眼睛。"

　　朱锐努了下嘴，未言语。

　　旁边桌子坐着的是那位戴礼帽、穿长袍的中年人。他此时唤住一名跑堂的伙计，问道："伙计，打听个地方，金川怎么走？"

　　伙计听了，转身应道："你一个人还真是不好走，在山里头呢。不过每天都会有往那边去的马车，可以捎脚的。明早到街上多打听几个人，会遇着的。"

　　中年人听了，点了下头，道了声谢，仍旧吃着他面前的饭菜。他的脚边放着那只棕色皮箱，显然是人箱不离的。

　　"金川，好像离我们去的地方不远。明天若是接的人能及时赶来，倒是可以捎上此人。"朱锐自语道。

　　这时，外面的街道上不知发生了什么事，几个人呼喊着从车店的大门前奔跑了过去，屋内的人也都不由自主地朝门外张望。中年人却头也不抬，仍旧吃着面前的食物，唯右手下意识地按了下腰间，被朱锐无意中收在眼里。

　　"各位，晚上没事最好别出去溜达，黑灯瞎火的，地面上又不算太平。出门在外，能平安回家就好。"车店的伙计好心地提醒着客人们。

　　从门外进来了两个头戴旧毡帽、手揣在袖子里的男子，站在门口不再往里走，其中一个有些獐头鼠目的模样。他们将屋里吃饭的客人扫了一遍，而后转身去了。

朱锐这边见了，眉头不由皱了下。

不一会儿，那边赌桌上，输钱的人骂咧咧地离开了，剩下的几个人，叫了酒菜吃喝起来。

吃过饭，回到房间，朱锐将门窗检查了一遍，从里面闩好。

刘来见状，问道："少爷，有什么不对吗？"

朱锐说道："我们现在也算是进了山里了，谁知道这边的地头上会冒出什么事来，小心驶得万年船。"

刘来听了，缩了下脖子，有些怯意。

二

好在一夜无事。

第二天早上，朱锐和刘来吃过了早饭，告诉了店伙计，若是有人来找，便唤上一声。若是不在，叫来人候一候，他们出去转转，很快就回来。此时已不见了那个中年人，显然已经离开了。二人在房间里坐了一会儿，实在无聊，便出来叮嘱了店伙计一声，而后上街闲逛去了。

这个时候，一辆马车缓缓进了镇子，赶车的正是石英，车上还载有一个包袱和几件家什。

到了一家杂货店，石英停下了马车，进了杂货店买了几件东西出来，正往马车上放时，听得旁边有人唤道："石英！"

石英转头看时，路旁站着一名长须的矍铄老者，正对着自己微笑。

"万把头！"石英惊喜道，"您老人家怎么也来了？"

那万把头笑道："昨天就过来了，办点闲事，晚上是住在一个熟人家里。你干啥来了？"

石英忙应道："干爹叫我来接桓德源的少东家，说是这两天就会到的。"

"是去西夹荒啊！我也正在找回去的车呢。巧了，就捎个脚吧。"万把头笑道，望了一眼马车上的东西，接着说道，"你这次也顺道入住西夹荒了吧，再不去住，有些人就会生出意见来了。"

第二章　太乙寒冰

石英应道："万把头说得不错，干爹叫我这次接了桓德源的少东家，顺便入住西夹荒。说是年根子底下，他老人家也会结束木帮那边的事，过来和我同住的。"

"这就对了嘛！"万把头点头道，"你爷儿俩早就应该过来了，那里可不是谁想住进去就能住进去的。"

石英感激道："这还要感谢万把头和刘掌柜的大力举荐，否则我哪里会有入住西夹荒的资格。"

万把头说道："也是那个老冬狗子死了，这才空出了缺来，你才有了机会。要知道，开始时有十几个人盯着，并且有人托请了县长带过话来说情，还有人甚至愿拿出两条小黄鱼来做成此事。不过屯里的规矩是任谁也不能改变的，也是你的开山斧名头响亮，三十五户人家中有二十七支签抽选了你，以补全原有的三十六户人家之数。这是你凭自己的本事挣来的。好了，一会儿路上再闲聊，你现在哪里接人去？"

石英道："那位桓德源的少东家，这两天就能到谢家大车店。我和他在那里碰头。"

"那就走吧。人最好今天到，咱们还能一起回去。前些天，杨把头已经让人将你们住的地方屋里院里的收拾得差不多了。以后少啥东西，到我院里取了用就是。"万把头说着话，自行于副车辕上坐了。

石英扬了一鞭子，驱了马前行，说道："万把头，今年没放山吗？"

万把头应道："年纪大了，身子骨不利索了，参帮有我家老大领着呢。其实只要住进了西夹荒，也用不着像以前那般辛苦了。在长白山里，别的地方是见雪出山，除了木帮有活做，其他营生大都收了手的。只有在西夹荒这个地方，雪越大，收成才越好哩！"言语间，不免略呈得意之色。

石英道："外面都在传说西夹荒的神奇劲，真是想见识一下呢。"

万把头笑道："你以后就是西夹荒的人了。这个冬天，有你见识的，也有你忙的。"

朱锐和刘来二人外面转了一圈，又回到了谢家大车店。

"伙计，可有找我们的人？"刘来一进门来便问道。

店伙计手一指道："二位刚出去，找你们的人便到了。这不，坐在那边候了好一会儿了。"

朱锐转头看时，那边的一张桌子旁边站起了一老一少两个人来——正是石英和万把头。

石英上前说道："可是奉天桓德源总柜那边来的少东家朱锐朱先生？"

朱锐忙拱手一礼道："正是在下，抱歉，让二位久等了。"

石英笑道："等来少东家就好。我叫石英，刘掌柜临走时嘱咐我在这两天来这里接少东家的。这位是参帮的万把头，就是西夹荒人，顺便一道回去的。"

"万把头好！"朱锐上前又是一礼。

"桓德源的少东家果然是位仪表堂堂的人物！"万把头捋了下胡须，点头赞赏道。

"万把头过奖了。"朱锐客气地说。

"我叫刘来，西夹荒桓德源的刘掌柜是我的二叔，亲二叔！"刘来上前自我介绍。

"西夹荒欢迎二位的到来。"万把头笑道。

随后，石英和刘来去房间取了行李，放到了门前的马车上。

"万把头，您老先请。"朱锐先行让请万把头上马车。

万把头点头笑了笑，坐到副辕上。

待朱锐和刘来上了车，石英挥鞭驱动马车而去。

马车离了县城，顺着一条崎岖不平的山路走去。

"少东家，是第一次来这边吧？以前在西夹荒可没见过你。"万把头说道。

"是啊。刘掌柜因为要回山东探亲，家里暂时又抽不出人手来，我便临时到这边代管一阵子。"朱锐应道。

刘来那边说道："少爷这阵子闲着，是我二叔让少爷来山里散散心的。总说这边好玩，我也跟过来瞧瞧。"

"哦，是来玩的。"万把头应了一声。

第二章　太乙寒冰

朱锐说道:"我也是好奇,过来看看,家里为何将桓德源的分号设在一个小山村里,并且收获颇丰,实在令人不解。"

万把头听了,笑道:"你来看看就对了。长白山里的事奇着呢!"

"是吗?希望不虚此行。"朱锐笑道。

"看少东家文质彬彬的,是个有大学问的人呢!"万把头说道。

"那当然了。"刘来自豪地应道,"我家少爷今年刚刚从上海的洋学堂圣约翰大学毕业,那里的洋教授还介绍少爷明年去欧洲留学呢。"

"少东家这么厉害啊!"石英那边羡慕道。

"也没什么,多读了几本书而已。"朱锐笑了下。

马车继续在山路上颠簸。这里呈现出一派山高林密、树茂草深的景象,不时地有狍子或是野鸡从旁边的草丛中蹿出来,令第一次进入长白山区的朱锐和刘来惊奇不已。

前方不远处出现了一道山谷,此时正有一股子雾气从里面弥漫出来,再被山风吹荡到这边,每个人都感觉到一股冰冷的寒意。

"这都快临近晌午了,雾气应该都被阳光驱散了,那边的山谷里怎么还会有雾气涌出来?并且这股子雾气寒意逼人,有些异常。"万把头惊讶道。

石英说道:"我早上过来的时候,就遇到过雾,现在其他地方的雾都散了,只有这里的还在。也是奇怪,这里的雾比其他地方的雾感觉冷些。"

万把头说道:"山谷里应该出现了什么异常情况,走,看看去。"

三

石英停下了马车,对朱锐说道:"少东家,我和万把头去山谷里查看一下,你二位先在车上候了,我们一会儿就回来。"

朱锐说道:"坐了半天的车了,颠的屁股都疼,也正好下去放松一下,和你们一道看个稀罕。"

石英说道:"也好。"随从马车上的一块遮布下面取了那把开山斧,别在了后腰间。

朱锐见那斧头形如弯月,流光溢彩,知道不是一把普通的斧头,也知道持斧的石英不是个一般的人了。

万把头猜测出了朱锐的心思，笑道："石英贤侄的斧头，在这一带可是有名的，山中的毒虫猛兽多是近不得前。木帮的人进山之前，除了叩拜老把头，他的这把开山斧，也要拜上一拜的。"

"没想到石英兄弟还是个使斧头的高手。佩服佩服！"朱锐敬叹道。

石英一笑，先行走去。万把头和朱锐、刘来后面跟了上来。

那雾气扑面而来，愈感寒气逼人。朱锐发现雾气浓厚的地方，草叶上竟然结上了一层薄薄的冰，雾气荡去，随后融化。愈接近山谷，草木表面上结冰的现象愈是明显，并且融化的速度也慢了。

"迎着雾走进山谷里面太冷了，我们从山脊上去吧，也能看清楚。"石英提醒道，随转道朝一侧山脊攀去。

上了山脊，再看时，发现山谷里一半雾气弥漫，另一半却是空荡荡的。显然，这雾气来得有些蹊跷。

又往前走了几十米，山谷中一片亮晶晶，晃人眼目——无数块透明的晶体散落在谷底，大小形状不一。那雾气，正是源源不断地从这种晶体上散发出来的。

"什么东西啊？从哪里来的？下去看看。"石英惊讶道。

待四个人下到山谷底部，走到那些散发着雾气的奇怪晶体前再看时，不由啧啧称奇不已——那些晶体竟然是些透明的冰块，那些雾气，是正在融化着的散发的水气。如此透明的冰块，似乎再厚实些，哪怕有着几十米的厚度，竟也能够透明无碍。

这些冰块大些的有一米见方，有着五六块，半截深陷泥土中，其他小些的，则散碎了一地。透发的寒气令谷底的温度骤降，这些冰晶体的寒性，实非普通冰块可比。山谷中的草木，已是结成了一层冰，水晶中包裹着翠绿，也煞是好看。

"咦？"朱锐抬头望了望天，惊讶道："这难道说是昨天从天上那团黑云中掉下来的？是了，这是天空中，特殊情况下冷空气流形成的大冰雹。"

"昨天从天下掉下来的？"万把头惊异道，"竟然有着如此特殊的寒气，难道说是那种罕见的'太乙寒冰'？"

"太乙寒冰？！"朱锐闻之一怔。

第二章　太乙寒冰

万把头说道:"在本地,金川那边的大龙湾有座龙潭宫,偶有云游的道士在那里歇脚。前些年,我在龙潭宫中就遇见过一位老道长,闲聊时他说起过一件事。说是在天上,特殊的情况下,云团中会结成一种寒性极强的冰,有个挺玄乎的名字,叫作'太乙寒冰'。应该就是这种冰块了。"

朱锐说道:"这冰寒性特殊,从昨天到现在,竟然还没有融化尽。也是它掉落在了这谷底,寒气令周围形成了一个半封闭的低温度的环境,延长了它融化的时间。按眼下的情况来看,还要个两三天,才能融化尽。"

石英摇头道:"这太乙寒冰虽然是种稀罕物,却是不能保存的。便是取走些,离开这里,融化了,也是无用之物。我们还是走吧。"

刘来好奇,伸手要去拾起一块寒冰来瞧,万把头忙阻止道:"莫要用手直接接触,碰这种寒性极大的冰块,是要戴上手套的。否则手一贴上便会牢牢地粘上了,能将手指瞬间冻坏的。"

刘来一听,忙收回了手。

朱锐说道:"这种冰,应该是世上最为纯净和透明的冰了。"

万把头说道:"也是世上寒性最大的冰了。"

四人离开了山谷,朝马车那边走去。

这时,一只鸟忽然鸣叫着从半空中疾速飞过。

"什么鸟啊?叫得这么好听!"刘来抬头寻找时,早已不见了那鸟的踪影。

"飞得太快了,看不清呢。"万把头说道。

朱锐则望着鸟去的方向应道:"红嘴黑头,蓝绿色的身体和羽毛,很是鲜艳,像是一只鹦鹉。"

"是一只老鸹翠,又叫三宝鸟。少东家,在这极短的时间内,你竟然瞧得这么真亮!"万把头惊异道。

"我家少爷的眼力,能看到别人看不到的东西。"刘来得意地说道。

"少东家的这个本事真是厉害呢!任何东西都逃不过你的眼了。"石英敬佩道。

"算不得什么本事。我看东西的时候,注意力集中些罢了。"朱锐不以为意地笑了笑。

"看不出,少东家还有这种奇特的本事!实在是稀罕呢!"万把头赞叹道。

  朱锐小时候，便有这种超强的眼力了，看远处的景物，有拉近放大的感觉，最是能看得清晰，并且眼速也是异常地敏锐，快速运动着的物体，在他的眼中，似乎能变得缓慢下来，即便是电光火石的一瞬间，他也能看出其间复杂的变化来。这种眼力，开始时，他认为人人都有呢，未以为意，随着年龄的增长，这种眼力及眼速的功能也变得愈来愈强，后来才发现，自己是和别人不一样的。因为能看得准、瞧得明白，几乎面前的任何事情都逃不过他的眼睛，也引起一些人的误会。所以一般情况下，朱锐都不会主动地将这种能力展现出来。

  石英赶了马车继续前行。

  忽然间，从前方传来"砰"的一声清脆的如爆竹般的声响。

  "是枪声！"万把头脸色一变。

  石英忙将开山斧持在手中。

  刘来见状，以为要打架了，立时紧张起来。

第三章　神秘的鹿群

一

转过一片树林，前面停着一辆马车，车把式站在那里，浑身上下正在颤抖着。另一侧站着的，却是在谢家大车店内出现的那位戴礼帽的中年人，见有另一辆马车过来，忙将手中一物快速藏进了衣袋里。

"怎么回事？"石英跳下了马车，上前问道。

"遇……遇上土匪了。被……被这位先生打跑了。"那名车把式惊魂未定。

朱锐这边轻声说道："昨天晚上，这个人就被人盯上了。是他刚才放的枪将土匪惊走的，是一把手枪，银灰色的。"显然，刚才那中年人藏枪的动作被朱锐看到了。

"是万把头啊！"那名车把式随即认出了万把头。

"是老李啊！回金川吗？"万把头应道。

"是啊！正好这位先生也去金川，就捎了个脚，谁知遇上了土匪，平日里可是碰不上的。"车把式心有余悸。

"那伙土匪是冲这位先生来的，他昨晚就被他们盯上了。"朱锐说道。

中年人见车把式与万把头说上了话，知道都是当地的人，戒备的神色稍缓，望了朱锐一眼，说道："不错，他们昨晚在大车店就注意到我了。几个小毛贼而已，已经被我吓跑了。"

石英说道："前面还有一段路可以同行的，且结个伴一起走吧。"

那车把式听了，高兴道："我也是这个意思呢。"

"那就多谢了！"中年人朝石英等人点了一下头，然后上了马车，手扶在了车上的那只棕色皮箱上——显而易见,刚才那几个土匪是奔这只箱子来的,却不知碰上了硬茬,人家腰里藏着枪呢。

这边山里的土匪,多是临时聚在一起的亡命之徒,没有什么像样的武器,仅凭几支长矛砍刀使狠性子而已,遇上个有些手段的,便作鸟兽散了,真是遇上那些专门占山立寨的绺子,多半时候可就没法子了。当然,那些真正的土匪,对这些山野村夫,是不曾理会的。

车行前方,去西夹荒要走平坦方向,金川则走另一条路,两辆马车这才分开。

万把头在和那位车把式告别后,摇头嘟囔了一句:"西夹荒人是遇不到土匪的。"

"石英兄弟,你和万把头都是西夹荒人吧?"朱锐问道。

石英挥了下手中的长鞭,笑道:"万把头是西夹荒的老户了。我嘛,从今天起才算呢。"

"是啊,石英今天才算搬家过去,也是因为接了少东家,才提前顺道搬过去。西夹荒不是谁人想住就能入住进去的。"万把头说道。

朱锐扫了眼马车上石英放置的那些家什和包袱,惊讶道:"此话怎么讲?"

万把头说道:"西夹荒共计有三十六户人家,不增不减。要是某户人家自愿搬走,或是老光棍子死后无继承人的,便要选择新户入住。只有经过三十五户人家大多数的同意,也就是抽签表决,中了签了,才有资格入住西夹荒。"

"竟然还有这种村规!"朱锐惊讶道。

万把头说道:"这也是没法子的事。西夹荒所处位置特殊,地方小,容不得更多的人家入住,否则会有碍屯里的收成。要知道,平时各家各谋各的营生,但只要进入了冬季,雪一落地,屯内所有的收成是要按户头人数及出力大小来分的,人头多了,每个人分得的自然要少些,所以立屯初始,便自有了这个屯规。"

"这与雪落地有什么关系?"朱锐惊讶道。

万把头笑道:"西夹荒的雪和长白山里其他地方的雪是不一样的,那

第三章 神秘的鹿群

是西夹荒人的财富。少东家若是不走，在西夹荒住上一个冬天，就知道是怎么一回事了。"

刘来那边道："二叔以前就和我说起过，西夹荒的雪是个宝，比长白山里的三宝——人参、鹿茸、貂皮都珍贵着呢。难道说，西夹荒那地方，冬天里下来的雪，里面夹有金银的？"

万把头笑道："岂止下金掉银，那长白山三宝，也都能在雪里出现呢。"

"不会吧？"刘来挠了挠头，不甚相信。

"看来西夹荒只要进入了冬季，便成为一个招财进宝的聚宝盆了。必是有特殊的进项吧。"朱锐说道。

万把头说道："长白山里，冬天本来雪就大，尤其是到了寒冬腊月，更是大雪封山，难以进出，除了木帮，其他所有的营生几乎都要歇业。但是西夹荒不同，它虽处山里，但走出山仅需小半天的时间就可以连上大路了，冬天雪虽厚，但开条路出来，还是容易进出的。为能赶上西夹荒腊月里雪神节那天'冬市'的开市，那些客商们排除万难也要挤进西夹荒，晚去个几天，怕是要空手而归的。"

"冬市？"朱锐讶道，"西夹荒这么个远处深山里的小屯子，还能有个冬市？"

万把头笑道："这是西夹荒人创造出来的，长白山区在冬天里出现的唯一的一个山货集市。别小瞧这个冬市，远的如奉天，甚至还有老毛子、朝鲜的客商，在那一天都会赶来呢。因为西夹荒有他们想要的东西。"

"万把头，今天开始，我也算是西夹荒人了，只是还不了解西夹荒。现在得空，给俺讲讲西夹荒的事呗。"赶车的石英说道。

万把头说道："西夹荒这地方处在一处叫作雪风口的山口下面，又被东西两条山岗围着。冬天里易积厚雪，以前是有名的雪窝子。大清朝时，这片地界属于盛京围场的辉发围。传说，乾隆皇帝在那里打死过两只熊。在嘉庆帝时，为朝廷提供贡品的打牲乌拉衙门里，有个叫伦图的官，不知为什么就相中了这块地，于是在西夹荒设立了一个驿站，作为贡品的储备所及转运处，后来有关内来的流民在里面开荒种地。此地两岗夹一荒，故被称为夹荒；又因冬天里，往往大雪没屯，又被称为雪屯。开始时，仅有几户人家住在里面，包括那个伦图的后人，在里面经营一个收购当地山货的山货庄。大清朝亡时，伦图的后人便将山货庄转了手，卖给了现在的福和顺山货庄的李兴良李掌柜。也就在那一年，不断地有天南海北的闯关东的人入住，连续支起了好几家买卖。也可以这么说，西夹荒屯几乎是在一夜之间出现在山里的。也是在同一年的冬天，人们意外地发现了西夹荒内一个特殊的营生。那几家做买卖的见有利可图，便联系了当时所有的人家，共计三十六家，经大家共同商议决定，以后三十六户人家不增不减，再不允许外人入住。除非有自愿搬走，或是死后无后人继承的，空出了缺，才能再由外人补上，但是要经过其他三十五户人家的多数认可，就是抽签决定。石英就是这么被选上的。"

"西夹荒内那种特殊的营生，直接促成了冬市的形成？"朱锐问道。

万把头笑道："少东家真是聪明人，一猜就准。这个营生只有在冬天里才能实现，所以也就有了后来的冬市和雪神节。"

刘来摇头道："万把头又卖关子，始终不说到底是什么营生。雪天下金掉银是不可能的，但一定是你们在雪里寻到了好东西。"

万把头笑道："有些事情先说出来，你们感受不了那种兴致，只有亲自体验一回才好呢。"

二

朱锐道："每年年底，这边的桓德源分号总是能运回奉天那边大量的鹿肉和山珍野味，只是不知你们在西夹荒是用什么法子能捕获到那么多的，竟然还能形成一个冬市来销售。"

万把头笑道："少东家聪明人呢！但你也仅是想到了一小部分。"

"哦，是吗？这倒是引起了我的好奇心了。"朱锐笑道。

石英说道："冬天里大雪封山，在冬市开市之前，外人是不知道西夹荒人用什么法子捕捉那么多的山林里的动物的，我只是听说……"

万把头忙阻止石英道："你先别说出来，否则就不会为少东家带来新鲜感了。还是让他们自己亲身体会吧。"

第三章 神秘的鹿群

石英听了，说道："我也仅是听说而已，也不太相信。倒是干爹和我说过，在西夹荒里，什么事情都有可能发生，因为那里是一个神奇的地方。"

刘来说道："我二叔也是口严呢！我问过他几次，冬天里怎么能捕捉到那么多的鹿、野鸡、狍子，可是二叔就是不说。"

万把头笑道："刘掌柜替东家经营的桓德源是西夹荒的大户，自然也是西夹荒的人了。这是西夹荒的秘密，是不能令外人知晓的，这也是西夹荒冬市能吸引来众多客商的原因之一——造成这种神秘感，也是我们西夹荒人经营的手段之一。所以，怪不得刘掌柜的。"

"是这么回事啊！看不出，西夹荒人都是经营上的高手。"朱锐无奈地苦笑了下。

刘来不服气道："一定是你们在山林里布置了许多的陷阱和套子，令那些傻狍子往里钻就是了。"

万把头含笑不语。

"对了，"万把头这时忽显严肃地说道，"少东家主仆二位初临西夹荒，石英也是入住的新户，有些事情我还是先交代一下好。到了西夹荒，可能会有一些人，做出一些奇怪的事，三位尽可能不要参与进去，更不要去打听，这对三位是有好处的。"

"万把头为什么这么说？"朱锐闻之一怔。

万把头顿了一下，说道："西夹荒是一个特殊的地方，入住进来的，多是一些特殊的人，自然会发生一些特殊的事情来。"

朱锐听了，心中一沉，暗讶道："没想到，西夹荒这个小屯子，也会这样复杂。"

万把头此时神色稍缓，宽慰道："当然了，大多数西夹荒人都是老实本分。为了保持西夹荒的现状，令大家过上个富足的日子，西夹荒的安稳容不得人来破坏，这也是当年几家商户联合其他人家限制其他外来人入住的原因。"

万把头这时望了石英一眼，语重心长地说道："石英啊，我之所以和刘掌柜推荐你，并且令你成功地入住西夹荒，除了你特殊的本事之外，也是有我们的想法——西夹荒人家复杂，几乎各行业的都有，彼此并非都能摸得清底细，有时候，有的人难免会做出一些不乖巧的事来。所以啊，也是想利用你的开山斧震慑住一些人和事，维护西夹荒的安全。冬市后分的份子钱，会因此多分你一份的。"

"怎么，西夹荒的人家不是那么好相处的？"石英忧虑道。

"也不是你想的那样，"万把头安慰道，"我是说如果出了什么事，你为了西夹荒人日后的生存，要有个正确的选择。"

"这是当然了。"石英应道，"干爹和我说过，以后不管发生什么事，都让我站在万把头和刘掌柜这一边，支持你们的决定。"

万把头听了，欣慰地一笑。

朱锐这边寻思道："事情怕不是这样简单的。这些年，我从未过问过家里的生意，很多事都不知道。这边的桓德源由刘茂才刘掌柜一手经营，倒没有出过什么差错。西夹荒这边的具体情形，家里那边应该也不是很清楚。不过当年也是刘掌柜极力主张将分号开到西夹荒，经过这些年的经营，不仅站住了脚，而且获利颇丰。这一点，刘掌柜功不可没，年底柜上分红，他也是占了很大的股份。所以父亲基本上不过问西夹荒这边的事，全由刘掌柜做主。父亲这次让我来代刘掌柜经营些日子，应该有他的理由，虽然，这次成行也是刘掌柜推荐我的。现在听这个万把头如此一说，西夹荒还真不是一个简单的地方。不过也没什么，桓德源西夹荒分号有着十几名伙计，是西夹荒最大的商户，即使出了什么特殊的事，以桓德源的力量也能应付得来。况且还有石英和万把头在。"

"放心好了！"万把头似乎看出了朱锐的忧虑，安慰地笑道，"我也仅是提个醒，未必会发生什么事来。并且这次有了石英入住西夹荒，我们更有了保障。他的斧头你还不知道吧，神奇着呢！长白山里，没有他砍不动的东西。"

"好啊！石英兄弟，有机会见识一下你的斧头。"朱锐笑道。

"我仅是使惯了斧头而已，舍不得用它劈柴罢了。"石英应道。

"前面就是西夹荒了。"万把头朝右前方一指。

朱锐抬头看时，满眼树木遮掩了视线，并未看到有村屯存在，只是有

第三章 神秘的鹿群

条山路右拐而下。

马车拐下了一面山坡,前面呈现出了一片种着玉米的庄稼地来,一条土路仍旧朝前伸去。

朱锐抬头望去,正前方,两座山峰并立,中间又显一山,双谷汇此,形成了一处山口,正对着这边,应该是那处雪风口所在了,雾气笼罩,迷茫一片。两道山岗东西横卧,令中间呈现出了一片平坦的谷地。

"这里地势相对低洼,窝风聚气,怪不得冬天里雪厚。应该是这种特殊的地形决定的吧。"朱锐寻思道。

前行不远,一路三分,又有两条土路朝前环绕而去。

马车停了下来,显是石英不知走哪条路好。

"万把头,这边进屯的路我还真是没有走过。以前虽是来过西夹荒,不过都是从雪风口那边翻山过来的。"石英说道。

万把头说道:"三条路都是通向西夹荒的。这两边的路其实是一条环绕西夹荒的跑马道,它可是有大用处的。说起这条跑马道来,还有个神奇的事在里边,这条跑马道是一大群鹿莫名其妙地跑踏出来的。说起来还是在大清灭亡的那年,当时西夹荒这里仅住着七八户人家。那年春天,草木刚刚吐绿见青的时候,一天夜里,那几户人家忽然被一阵阵惊天动地的声音惊醒,外面似乎山崩地裂一般,整个大地都在颤动,房屋摇晃。那几家人以为发生了地震,都吓得跑到了院子里,趴在地上一动不敢动。直到天明,山摇地晃的动静仍旧不止。不过这个时候,从地上站起来的人,都被眼前的一幕惊得目瞪口呆。原来,从山上下来了一大群鹿,怕是有着一百几十只的样子,正在沿西夹荒周边的地方绕着圈奔跑。也不知为什么,这一大群鹿从头天夜里开始,就这么一直围绕着西夹荒周围跑着,也没有什么东西驱赶着它们,一直跑到天亮,仍旧没有停下来的意思,一直延续到傍晚。有十几只鹿累得嘴吐沫子,倒地死亡,鹿群这才陆续上了东岗,散入山林中不见了。这次神秘的鹿群奔跑事件,令那七八户人家惊吓不已,认为西夹荒这个地方有些邪性。过了几天,有两户人家吓得搬走了,也自令他们错过了日后享受西夹荒这块福地带来的诸般好处。"

"这个地方竟然能发生这样诡异的事件，是为什么？"朱锐心中讶道。

万把头那边说道："春天是鹿的发情期，炸群的事也偶有发生，不过这种鹿群大规模的奔跑事件，还是首次。这片地界，在大清的时候，就属于盛京围场的辉发围，并且是个鲜围，专门为皇家提供活鹿和鹿肉的。也是这片山林里，野鹿及各种野味较其他地方多。西夹荒的冬市，就是依赖鹿肉及其他野味的供应量大才形成的。"

"石英，我们走中间这条主路，可以直接到你的新家和桓德源。"万把头随后吩咐道。

第四章　夜行者

一

石英赶着马车继续前行。前方树木间，开始隐现有房屋的影子。路边不远处，有一座用粗木桩搭建成的三层高的塔楼，远处屯子那边也建有一座，与之遥相对应，不知做什么用处的。

行至村口，五六个七八岁的孩子正在玩耍，嘴里不时地哼着一首朗朗上口的童谣：

西夹荒，对金仓，里面住着一只黄鼠狼。

金仓实，金仓满，一地的金豆子没人拣。

雪风口，棒槌岭，红肚兜的娃娃坐林间。

跑马道，三星泉，迎了雪神过大年！

"嘿！这些小孩子唱得蛮好听的！"刘来坐在车上赞赏道。

万把头笑道："屯里设有私塾，请了县里一位前清的秀才来教孩子们读书识字。"

"咦！这里竟然这么美啊！"朱锐这时从马车上跳了下来，站在那里惊叹道。

此时呈现在他眼前的，哪里是想象中的那种坐落在深山老林里的、普通的简陋村屯，简直就是一幅山水画卷般的、山清水秀的美景。群山环绕之下，绿树掩映之中，一座座古朴的泥垒、木建的土屋、木楼散布开去，却又不失精致，各成院落，互为景观。尤其是一条清澈的小溪，从雪风口方向蜿蜒而下，一水中流，汇成三湖。木篱板墙，花红柳绿，尤显山村本色。一条主街上，竟然分布着十几家商号，有客栈、饭馆、山货庄、杂货铺，甚至还有一家庆丰隆银号。宛若一座秀丽的江南小镇，飞落到了这长白山里。

　　万把头看到朱锐满脸惊愕的样子，笑道："西夹荒今天的这般规模，也是通过前些年冬市上的获利，在这几年间形成的。商通内外，西夹荒人不想过普通的日子呢。街面上平时看着冷清，但是一热闹起来，拉货的车辆要排出几里地以外呢。"

　　"实在是太美了！也太令人感到意外了！没想到长白山里，还会有这样一座秀美的村屯、雪屯、商屯！"朱锐惊叹道。

　　"这也是西夹荒人绝地求生的本事！"万把头自豪地说道。

　　"怪不得二叔说，我们只要来了，就不愿意走了呢。"刘来旁边兴奋道。

　　"商户不少啊！"朱锐惊讶道。

　　"麻雀虽小，五脏俱全。除了冬市，一年四季里，也时有客商来这里收购山货，所以，也就相应地出现了一些商家。看到没有，前面那座二层的木楼，就是你们家的桓德源山货庄了。"万把头说道。

　　马车到了桓德源门前，立时迎出来十几名兴高采烈的伙计，帮忙拿马车上的行李。其中有几个人朱锐是认得的，曾跟随刘掌柜运货到过奉天总柜那边。

　　"好了，少东家，你到地儿了，好好歇息一下，老夫先行辞过。待明天，大家再为你接风洗尘，以示西夹荒人欢迎桓德源少东家的到来。我先和石英到他的新家，帮他安顿下来。"万把头朝朱锐拱了下手。

　　朱锐拱手相送，说道："多谢二位了，改日另行请过。"

　　石英那边也笑着挥手示意，二人赶着马车离去了。

　　因为西夹荒屯里来了陌生人，街道上两边那些商户们，多数出来倚在门框上或是临窗朝这边观望，有呈现出笑意的，有面无表情的，也有冷眼旁观的，彼此各怀心思。

　　朱锐见状，忙抱拳转了半圈，朝街坊邻居们施了一礼。只有街对面的和兴饭馆门内站着的那名胖子笑呵呵地朝他拱手还了一礼，其他人等俱是一脸的冷漠。

　　朱锐讪笑了一下，转身进了桓德源。

　　"这地方风景虽好，人却是怪怪的。"朱锐不禁摇头笑了下。

第四章 夜行者

"少东家,你刚来,大家还不认识,更不知你的身份。待过些日子熟悉了,就会好的。"一名叫李海的伙计上前打了个圆场。此人是从奉天总柜那边过来的老伙计。

接着,李海向朱锐一一介绍了十二名伙计,然后请朱锐到楼上的房间歇息。

时间不大,几名伙计端上来几大盆炖得稀烂的、香喷喷的鹿肉和狍子肉,及几盘溢着清香的炒山菜。刘来见了,笑道:"这么多野味啊!可比在奉天下馆子实惠多了。"

李海那边提了两坛子酒上了来,笑道:"在这里,这些东西尚属家常饭菜。只要不嫌腻得慌,天天管够。"

朱锐站在窗前,望着外面的景象,感叹道:"想不到长白山里,竟然还隐藏着这么一处世外桃源!"

李海笑道:"这才哪到哪,西夹荒稀奇的事你们还没有真正遇到呢。"

"对了,少东家,"李海随后认真地说道,"刚才接到个信,大家听说少东家来了,明天中午在和兴饭馆为少东家接风洗尘,西夹荒内有头面的人都会到的,少东家也借此机会和大家认识下。"

"是万把头的主意吧?其实用不着这般麻烦的。"朱锐说道。

李海说道:"万把头是和少东家一路回来的,算是认识了,其他人在西夹荒也都是有分量的人物,有必要见上一面的。刘掌柜走时交代过了,少东家来西夹荒权是度假,桓德源铺子内的事可不劳少东家费心。还有啊,刘掌柜曾再三地嘱咐过我,让我告诉少东家,住在西夹荒的这些日子里,和所有人打交道,都要尽可能地少说话、少办事。"

"为什么?"朱锐闻之一怔,想不到万把头的类似告诫,在李海这里又出现了。

李海朝窗外望了一眼,低声说道:"因为西夹荒三十六户人家中,至少有三十户是带着目的住在这里的,并且都各自有着复杂的身份和背景,也就是说,西夹荒人的来历都不一般,提防些最好。谁知道谁会对谁打什么主意?"

"还真是一群特殊的人住在这里!怎么会这样?西夹荒这里有什么特别吗?"朱锐惊讶道。

"说白了,都是来求财的。"李海说道。

"除了冬市上获利,还有什么财可求?"朱锐讶道。

李海说道:"具体求什么财,现在谁也说不清,因为这是西夹荒的秘密,大家都一直在寻找的秘密,也是三十六户人家住在这里并严格限制外来人进驻的原因。这个风也不知是什么时候刮起来的,反正那些人都认为西夹荒这里有财富可寻。还有一说,这些秘密都隐藏在西夹荒的孩子们说唱的童谣里。"

"是村口的孩子唱的那首童谣?"朱锐惊讶道。

"原来少东家听过了。"李海说道,"至于这首奇怪的童谣是什么人教给孩子们唱的,已无法考证了,几年前就有了。"

刘来那边努力回忆着念道:

"西夹荒,对金仓,里面住着一只黄鼠狼。

金仓实,金仓满,一地的金豆子没人拣。

雪风口,棒槌岭,红肚兜的娃娃坐林间。

跑马道,三星泉,迎了雪神过大年!"

二

朱锐眉头一皱道:"'西夹荒,对金仓!'金仓,金豆子!难道说西夹荒这里隐藏有黄金?"

李海说道:"这种说法最有可能。山那边的金川曾有过金矿,只是早被采尽了。但是传说附近的山里隐藏有一条金脉,是方圆百里金脉的源头,只是无人能找到。还有,西夹荒这里住着一个特殊的人物,金帮的张把头,从夹皮沟那边的老金矿过来的,算起来也是西夹荒的老户了,并且和几个徒弟住在这里,未曾离开过。想必他们在这里有什么意外的发现。"

朱锐摇头道:"一种猜测罢了。"

"'雪风口,棒槌岭,红肚兜的娃娃坐林间。'这说的是人参啊!"刘来那边说道。

"这句话,莫非与参帮的万把头有关?"朱锐又是一怔。

"没错。"李海说道,"雪风口中间的那座棒槌岭上,早些年间,野山

第四章　夜行者

参遍地，曾出土过几支数百年的老参，其中有两支就是万把头亲手起出来的，卖了大价钱呢。有人说，万把头一直住在西夹荒，守着棒槌岭，是在等待机会，等待一支千年参王的面世。"

"这件事也过于牵强。"朱锐摇头道。

"童谣里仅是说了金矿和参王两件事吧？"刘来问道。

李海说道："应该是有三件事。只是最后一句'跑马道，三星泉，迎了雪神过大年'，没有人理解里面隐藏什么意思。或是什么意思也没有，只是借了跑马道和三星泉之名而已。三星泉位于雪风口上边，水流到屯子里，汇成了三处湖水。"

"还有，今天送少东家来的那个石英，他的干爹是木帮的杨把头，说是也要随石英入住西夹荒。杨把头、万把头、张把头，是木帮、参帮、金帮三大行帮中的人物，竟然都入住了西夹荒，可见，西夹荒真的隐藏有什么秘密。"刘来那边说道。

"你想的太多了，凑巧而已。毕竟西夹荒是一块福地，三位老人家来此地颐养天年，也无不可。联想过多，只能是故事了。"朱锐摇头道。

"说得也是。"刘来点头道。

李海还想说些什么，见朱锐对这些事情似乎不太感兴趣，于是欲言又止，劝了些酒菜，便退去了。

见李海去了，朱锐对刘来说道："你目前对西夹荒怎么看？"

"慢慢看呗。"刘来大口吃着鹿肉。

"我是说，我们今天刚到西夹荒，就体会到了这里的不寻常，你就不感觉，这里真的有什么事吗？"朱锐说道。

"啥事比吃这么香的肉还重要？"刘来伸手又撕下一块鹿腿肉来。

朱锐见了，无奈地摇了摇头。

一路劳顿，吃过饭后，朱锐和刘来便各在房间休息了，醒来时已至傍晚。李海那边又备了丰盛的晚餐，二人哪里再吃得下，便用了些茶水。

山里人家歇得早，虽是到了掌灯时分，也没有几家点灯熬油的，商家们更是早早收了门面。

夜幕降临，西夹荒一片沉寂。一轮明月浮升，悬挂天际。

朱锐躺在床上又小睡了一会儿，后来实在睡不着，索性起了来。看了下怀表，已到夜半。

朱锐走到窗前，推开了窗户，一股清新的空气涌了进来，时到深秋，更多的是凉意。明月独照，山风拂面，林海涛声，流水潺潺，合奏一曲天籁之音，竟引得朱锐心神一荡，感觉不出去散散步，实在是辜负了这番奇妙的良辰美景。

隔壁的刘来睡得正香，朱锐没有惊动他，一个人悄然下了楼。白天里，他看到桓德源有着一处十分宽敞的后院，此时从后门出来，轻轻启了后院门，出来后拐到了街上。

山里的月亮似乎亮度也好，竟将整座西夹荒屯子照得一片通明。四下寂静，明月独好，朱锐一人踱步而来，别有一番感觉，虽有夜半的寒意，却是扰不了他的兴致，尤有一种如梦似幻的境感。宁静安和的西夹荒，和喧哗的奉天城，实在是两个世界。

朱锐信步走来，偶一抬头，望向雪风口处，发现那边似乎有一点白影子在晃动。

"什么东西？"朱锐一怔之下，运足了目力望去。月明之夜，远近同辉，也自勉强望得见。

那点白影子逐渐清晰起来，呈现出了一种动物的轮廓——那竟然是一只鹿，一只白色的鹿，只有在神话传说中才有的白鹿！月光之下，那只孤独的白鹿站在雪风口处，凝望着西夹荒，似乎在寻找和期盼着什么。

"白鹿！？"朱锐一惊之下，以为自己看错了，忙揉了下眼睛，再细看时，已没了那只白鹿的影子。

"咦？"朱锐疑惑道，"抑或是临近村屯里跑出来的一匹白色的马？白鹿只存在于神话传说里，怎么会真的出现在现实中呢？"他四下里搜寻了一会儿，白鹿的影子不再复现，唯有山风阵阵，愈感凉意侵体。

"可能是在晚上，看花了眼，眼力不济事了。"朱锐无奈地叹息了一声，索性不再理会。

闲走了一会儿，朱锐发现自己走得有些远了，快要走出屯子了，东西两岗上的树林如漆似墨，黑暗吓人，不时传出种种奇怪的叫声，瘆得人心慌，这才知道，此时并非是在奉天城里的街道上散步，而是在西夹荒的深山老林里，保不准会从旁边的树林里蹿出一头凶猛的老虎来。一念至此，

第四章 夜行者

他忙转身朝桓德源那边走去。

这时,朱锐发现前方有一个人影,在路边缓缓地走着,个子很矮,仅有一米出头,穿着一身粗布衣服,包裹着头面,手抄在袖子里,略弓着腰,像是一位老人家,悄无声息地在行走着。

"没想到这么晚了,西夹荒竟然也有出来散步的人,抑或是串门子去了,才要回家。山里人家,闲得很。"朱锐心中寻思道。

他快步走上去,主动搭讪道:"你好!"

"嗯。"那人低哼了一声,仍旧缓步走着。

"我是桓德源的,今天刚到。您老是哪家的?"朱锐问道。

"老刁家的。"那人语气冰冷,嘶哑着嗓子应了一句,不是十分情愿,继续不紧不慢地走着,没有要停下来对话的意思。接着,他缓步拐向旁边去了。

朱锐讨了个没趣,摇头苦笑了一下,以为老人家急着回家休息,毕竟是深更半夜了。

这个时候,不知何故,忽然间,朱锐莫名其妙地打了个冷战,周身皮肉发紧,一股子寒意从脚底迸发,直冲脑顶。他心中一凛,四下望去,并无异样,但是感觉不太对劲,忙快步回到了桓德源后院,闩了院门,又进了后楼门,复掩了房门。回到楼上后,朱锐隐感身子不适,刚一躺在床上,立时间大汗淋漓……

第五章　雪风口

一

刘来早上起来，到了朱锐的房间，发现朱锐虽然醒了，但是脸色苍白，倚在床头上，一副无精打采的样子。

"少爷，你怎么了？"

"没什么，可能是昨晚出去感受了些风寒，好在出了一身汗，现在没事了。"朱锐有气无力地说道。

"怕是在路上走了这几天累着了，还是好好休息吧。"刘来说道。

李海这时端了些早餐进来，见了朱锐的样子，慌忙放下手中的盘子，上前问道："少东家，你这是怎么了？"

"现在没事了，可能是昨晚感受了点风寒。对了李海，你知道西夹荒那户姓刁的人家吗？"朱锐问道。

"姓刁的？"李海摇头道，"西夹荒没有姓刁的人家啊！"

"不对吧，我昨天晚上可是见到了那户人家中的一位老人，大半夜的，也在屯子里走动呢。"

"啥？少东家昨天夜里出去了，还碰上了一个自称姓刁的人？"李海听了，立时吃了一惊。

李海随即懊悔道："哎呀！昨天忘记告诉少东家了，在西夹荒，晚上没事尽可能不要出去，尤其是在后半夜，更是严禁离开屋子。因为这是在大山里，免不得有一些山精树怪出来惊扰人。"

刘来那边一惊道："你是说，昨天晚上，少爷出去碰见的是……"

李海说道："是什么东西我也说不准，但肯定是那种活了好多年的狐精兔怪了，那些东西活久了，多能模仿人的动作和声音。所以在西夹荒，

第五章 雪风口

晚上尽可能不要一个人出去。大晚上的，无论在路上遇到什么，也千万不要和对方说话，就是碰上了熟人，也不要说话，以最快的速度回到屋子里最好。以前就有不听劝的客商，晚上出去溜达，结果就遇上了奇怪的人，自称姓胡或是姓黄的，回来后莫不是大病了一场，那些东西即使不害人，也会撞上些邪气的。看来少东家就是被那类东西给冲了，回头我去请屯里的老郎中来给少东家瞧一下。若是不好办，只能去请大萨满卢先生了。"

朱锐听了，摇头苦笑道："不会像你说的那么邪性吧！我昨晚出了一身透汗，现在没什么事了，只是虚弱些而已，就不要麻烦人家了。"

李海听了，神色稍缓道："应该是少东家身子壮，阳气足，没什么事最好了。这样吧，少东家还是多休息一会儿，我通知大家一下，为少东家接风洗尘的宴席改在傍晚吧。"

朱锐听了，点了下头说道："这样也好。"

待李海离开，刘来呈一丝怯意道："想不到西夹荒这地方这么特殊，到了晚上不让人出去呢。"

朱锐感叹道："这还真是个奇怪的地方，看来，我们日后行事要注意些了。"

"对了，一会儿你叫上李海，我们几个到雪风口那边走一走。"朱锐吩咐道。他又想起了昨天晚上，月光之下，雪风口上边出现的那只白鹿。用过了早餐，朱锐和刘来下了楼，唤上了李海，三人离开了桓德源，一路朝雪风口方向走去。

此时，在福和顺山货庄门内站着的掌柜李兴良，望着从门前走过去的朱锐，摇摇头道："刘茂才走了，让这么一个毛头小子来桓德源管事，他别是忘记了西夹荒是个什么地方了。"

旁边传来一人声音道："刘掌柜做事谨慎，这么做或许有他的道理。不更事的年轻人，也有不更事的好处。"那是一位坐在椅子上，吸着旱烟袋的老者。

"那个叫石英的，昨天也正式入住西夹荒了，是和万把头一道过来的，同时接了这个叫朱锐的年轻人来。"李兴良说道。

"不管谁来，眼下都改变不了什么。维持西夹荒的现状，是万把头和刘掌柜极力要做的。"那老者应道。

"西夹荒的天，能不变最好。还能做上几年冬市，过上几年安稳的日子。"李兴良似乎别有感慨。

"这种安稳的小日子过惯了，磨尽了性子，令大家伙都没了想头，倒也未必是一件坏事，就怕有些人仍旧念念不忘，百般惦记着呢。况且，李掌柜，你就真的愿意在这里安稳地过上一辈子吗？"那老者吐出了一口烟圈，幽幽地说道。

奉天城，大帅府。

时任东三省巡阅使、奉天督军兼省长的张作霖刚开过一个军事会议回到办公室，刚坐下，一名年轻的军官持了份文件进来，禀报道："大帅，山里传出来两份情报，还请大帅过目。"说着，递上前一份文件。

张作霖接过来，扫了一眼，不以为意道："就这么一个小屯子，能做出什么幺蛾子来？那东西实在找不到，就拉几门山炮过去，一通轰平了事，从此断了念想。"

"大帅，您再看这份情报。"年轻军官又递上另一份文件。

张作霖接过来，看了看，颇显兴奋道："妈了个巴子！牛鬼蛇神都出动了，小日本子也掺和进来了，这件事有点意思了。"

年轻军官说道："下一步如何做，还请大帅明示。"

张作霖思虑了片刻，说道："以静待变。通知附近驻军，随时配合行动。中国人的东西，不能让外人得了手去，虽然目前还不知道那东西到底是个什么玩意，竟然让那些人在长白山里找寻了几百年。"

"对了，"张作霖站了起来，在屋里转了两圈，说道，"这件事，进行有那么几年了吧。不能再拖下去了，这么干耗着，实在没劲。明年的今天，必要有个结果，否则部队进驻，将全屯子的人全部逮起来，让他们自己掘地三尺找，交不出那东西，一个人也别放。"

"大帅，这么做，会不会将藏东西的人逼急了，会毁掉那物件？"年轻的军官忙提醒道。

"管他娘的呢！通知我们的人，现在开始，只给他们一年的时间，否则就采取军事行动。"张作霖说着,一甩手,转身去了。

年轻的军官站在那里,无奈地摇了下头。

二

西夹荒,雪风口。

朱锐、刘来在李海的带领下,沿着山坡朝雪风口上面走去。

"风和日丽的,这雪风口也没什么风啊?"刘来说道。

李海应道:"还没到时候呢。待到了冬天,雪大风急的时候,风大起来吓得人慌呢。"

朱锐四下里望了望,说道:"这里两峰对立,形成山口所在。里面的是棒槌岭吧?棒槌岭两侧的山谷又汇合在此,只要山风一起,这里的风势应该是很强劲的,可以将山谷里的雪吹刮到下面山势环绕的西夹荒去。那里还能窝风聚气,自然会积聚大量的雪了。比外面的雪层厚,当是有道理的。"

刘来问道:"这里的雪能大到什么程度啊?"

李海说道:"冬天里没到过西夹荒的人,和他们说起西夹荒的雪,一般是不信的。这雪大的时候,站在这里看去,下面就是一大片雪原,整座西夹荒都被大雪掩盖在下面了,只有那两座塔楼和桓德源的房顶能露出来。"

"不会吧!"刘来惊讶道,"房子都压在雪下面了,人怎么出来啊?又怎么生活啊?"

李海笑道:"西夹荒人要的就是这种效果。雪越大,收成就越好。刘掌柜走时说了,不让我们和少东家说得过于清楚,一切,要等少东家自己去看才好呢。"

朱锐摇头道:"西夹荒人都爱卖关子。不过,倒也使我对西夹荒的雪和冬天,产生了好奇来。"

前方,从地面上硬生生地冒出来一块一人多高的,呈三角形状的巨石来,上面刻着"吹雪"两个苍劲的、涂以红漆的大字。

"哦!是一块吹雪石!立在这里,倒也恰如其分。"朱锐点头道。

李海说道:"这块石头可不是人为立在这里的,而是天然生长在此地的。少东家不妨再去另一面看下。"

朱锐笑道:"又能有什么古怪?"

待朱锐走到"吹雪"石另一侧,再看时,不由一怔。上面另有石刻,是为"镇风"二字,当为镇风石。

朱锐讶道:"前为镇风,后为吹雪。镇风,不可使之太过,吹雪,尤是所期盼的。一块石刻,两种意义,互为矛盾,却又不失巧妙,世上应该独此一块奇石了!"

李海赞叹道:"少东家说得是呢!雪风口风大的时候,会对下面的屯子造成一定的破坏力。尤其是以春秋两季为甚,故以'镇风石'镇一下。而西夹荒人对于雪是非常期待的,因为那是一种财富,所以有了'吹雪石',希望雪愈大愈好。"

"一石两用,有点意思!"朱锐笑道。

三人沿着雪风口又朝上走去。

朱锐四下里望了望,希望能找到那只白鹿的来处。那只神奇的白鹿,为什么为出现在这里?偶然路过的吗?

"对了李海,这边山里,有人看见过一只白鹿吗?纯白的那种。"朱锐问道。

"白鹿?"李海摇头说道,"白鹿是群鹿之王,不过那仅是在长白山区的民间传说中出现过的神兽而已,现实中怎么会有人见过呢?莫说这边的山林里了,就是整个长白山里,也没听过什么人见过白鹿。"

"哦,是这样。"朱锐眉头皱了一下。

朱锐停了下来,在找寻昨天月光之下那只神秘白鹿出现的地方。他朝旁边观望时,不由顿在了那里——约百米之外的树林中,一棵大树下面站着一个人,而那个人,此时正举着一支步枪瞄着这边。不,应该是正在瞄向自己。

朱锐立时一惊,隐感不妙,下意识地朝旁边一侧身。

"砰!"一声清脆的枪声,划破了雪风口处的安静,一大群山鸟从林中惊飞而起。

朱锐似乎感觉到了面前空气波动的异样,那应该是弹头瞬间飞过造成

第五章 雪风口

的。若自己再晚半秒避开,那弹头就会穿身而过了。

"小心!"朱锐惊叫道,遂与旁边的李海、刘来慌忙地趴在了地上。

"有……有人打枪啊!"刘来惶恐不已。

远处,一个人影快速地朝那棵树下冲了过去。此人正是持着开山斧的石英。

"少东家,那个开枪的人跑了。你们没事吧?"石英随后跑了过来。

朱锐脸色苍白地从地上爬了起来。他不明白,自己新来乍到,怎么会有人朝自己开枪,并且刚才已是明确地看到,那个人的目标就是自己。

"石英兄弟,你可来了,刚才好像有人朝我们开枪呢!"刘来惊慌道。

"不是好像,那个人的目标就是你们。"石英说着,朝朱锐望了一眼,见他安然无恙,这才稍安,随后说道:"我去了桓德源,伙计们说你们上雪风口了,我便马上赶了过来。枪声一响,我便看到有个人影在那边一晃不见了,没来得及追上。"

"谢谢你石英,可能是你的到来将他惊走了,令他没有机会上前补枪。"朱锐心有余悸,茫然道:"这个人的目标是我,好在被我及时发现,避开了一击。奇怪,什么人会对我下此狠手?"

"这里不安全,我们还是回去再说吧。"石英警惕地观察着周围。

桓德源,楼上房间。

闻讯赶来的万把头在听了朱锐在雪风口上的遭遇之后脸色一变,沉默了半晌,然后说道:"看来,终于有人等不及,要出来将局面搅乱了。"

朱锐疑惑道:"我不明白,这里并没有我认识的人,更没有得罪过的人,为什么有人朝我开枪,要杀我?"

万把头叹息了一声道:"因为少东家现在是桓德源的掌柜,主管着桓德源。"

朱锐讶道:"桓德源在这里有仇家吗?"

"没有。"万把头说道,"桓德源买卖公平,名声极佳,刘掌柜的人缘也是公认的好,没有什么人会和桓德源过不去。"

"这个……，恕晚辈不明白。"朱锐迷惑地摇了下头。

万把头说道："桓德源是西夹荒内最大的商号，当年也是刘掌柜将大家召集在一起，立下了禁止外来户入住的屯规。虽然最终并没有明确，但西夹荒三十六户人家，已是将桓德源的掌柜公认为西夹荒的屯长了。家有千口，主事一人，西夹荒也要有个主事的才行，虽然有些事情都是大家伙在一起商量好了，才由刘掌柜那边最后决定下来。现在刘掌柜回山东探亲去了，少东家来这里代替掌柜的，也自然成了西夹荒人，成了代理屯长。如果这个时候，你出了意外，那么，整个西夹荒的局面将会混乱起来，有人便可以借机浑水摸鱼搞事情了。这些年来，我和刘掌柜及西夹荒的几位老人，在全力维持着眼前的这个平稳的局面不被打破，令西夹荒人还有口好饭吃。"

万把头望了朱锐一眼，点头道："让你受惊了。不过即使不是你来，换了别人来，今天这件事还是会发生的。但是你能意外地避过那一冷枪，说明吉人天相，少东家应该是西夹荒的贵人，是来保护西夹荒的。"

"到底是因为什么，有人会这样做，甚至于想开枪杀人？"朱锐问道。

"少东家，不是我不想告诉你，为了你的安全，有些事情还是暂且不知道的好。"万把头说道。

朱锐听了，冷笑了一声道："现在都有人莫名其妙地朝我打冷枪了，还有什么安全可言？西夹荒这里，到底隐藏着什么样的秘密，令这里如此特殊，如此危险？还有，现在的西夹荒屯内，谁有步枪？"

万把头一怔道："西夹荒内，持有步枪作猎枪的，只有将伟、将涛兄弟俩，人称将大炮和将二炮，是这一带有名的猎户。今晚为你和石英接风洗尘的宴席，他兄弟二人也会去的。"

第六章　接风宴

一

朱锐说道:"那个人虽然戴了顶帽子,又被步枪遮住了脸,但是身形我还是能认出来的。过我眼的东西,我会记住的。"

万把头应道:"只要少东家能辨别出对你放枪的人,那个人会受到惩罚的。"

"对了石英,"万把头复对石英说道,"刘掌柜走时就叮嘱过了,让你保护好少东家。看来少东家的到来,让一些人得到兴风作浪的机会了。今天开始,白天里尽可能地和少东家在一起。"

朱锐感激道:"今天在雪风口上,也多亏石英兄弟去得及时,将那个人惊跑了,否则不知道还会发生什么事呢。"

石英说道:"日后少东家要去哪里,一定要告诉我一声。尤其是离开屯子。"

万把头说道:"屯内是最安全的,没有人敢在西夹荒内搞出事情来,因为三十六户人家中,至少有三十户不是普通人家,稍有动作,立时就会被发现的。"

"还有,"万把头叮嘱道,"在没有找出那个枪手之前,今天少东家在雪风口上遭遇冷枪的事,暂且不要和别人说起,以免打草惊蛇。"

此时,在另一处院落里,一所门窗紧闭的阴暗的房间里,一个人坐在凳子上,另一个人倚在炕角处。

凳子上的人吸了一口手中的烟卷,摇了下头说道:"你怎么能失手呢?你的枪法可是百发百中的。在你的枪口下,可曾失过活物?"

"别提了。真他妈的邪门!"倚在炕角的那人,叹息了一声道,"这小子就像事先知道有人要朝他开枪,在我扣动扳机的前一秒,忽然间就来了个侧身,子弹自然就射偏了。"

"这么说,你被他发现了?"地下坐着的那人一怔。

"不可能,"炕上的那人说道,"他不可能发现我。我藏在百余米外的林子里,他根本不可能看到我。虽然他朝我这边望了一眼,但是不可能发现我的,这么远的距离,怎么能看到有人要朝他开枪呢?只能说,他临时摔了一跤,恰好避过了我的子弹。但是想想也不对,他还是有意地避过了我的这一枪。"

凳子上坐着的那人站了起来,说道:"这个年轻人,不应该成为我们的麻烦。但是由于你的失手,会引起那几个老家伙的注意。本来我们想用这个人的命,打破西夹荒目前的僵滞局面,那样一来所有的人都会坐不住的,都会在乱象面前露出他们的本来面目,事情也就好查了。虽然也会给他人造成机会,但只要我们能抢先一步,得手即退,做到人鬼不觉,谁又能知道我们的来处?"

"时间太久了!给我们的时间不多了。如果再没有结果出来,上面会将我们忘掉的。"那人又叹息了一声,颇显无奈。

"要不,我这几天找机会再干一次?我就不信了,他能幸运地避过第一枪,还能躲过我的第二枪吗?"炕上那人咬了咬牙,愤愤道。

"现在没有那个必要了,对方一定会有所防范,况且,这样做还有可能暴露我们的身份。今天的事情,就当一个不明身份的土匪放了一个冷枪跑掉了吧,虽然会令他们有所警觉,但还不至于怀疑到我们身上。你若是再做一次,即使成功,我们的身份也会暴露,那样就失去任何的机会了。所以,真正的机会只有一次,失去了,也只能失去了。"地上那人摇了下头。

"我们怎么做?我可不想在这个地方过上一辈子。"炕上的人坐了起来,焦急道。

"放心好了,有比我们还急的人,我们未能破的局,会有人接着去破的。因为,那些人同样等不起了。我倒是很佩服这些隐藏的对手们,大家都在一起比耐心,这么多年了,谁也不肯先动一动。也是,谁先动,谁就先暴露,谁就先出局。"地上那人说着,转身笑了下,接着说道,"我倒是

第六章 接风宴

感觉，这个叫朱锐的年轻人，就是来破局的人，虽然，他与这里的事情毫不相干。"

"为什么这样说？"坐在炕上的人一怔。

地上的那人笑了笑，说道："我们想利用他搞出点动静来，你却失了手，难道其他的人就没这种想法吗？放心好了，会有人逼他去破这个局的。或者说，他也许会主动地去破这个局，因为，这是一个神奇的、能避过你子弹的年轻人。你失手的那一枪，可能会达到更好的效果。"

炕上那人听得一脸茫然。

桓德源。

朱锐一个人坐在房间里思考。雪风口上那意外的一枪惊醒了他——看似平静的西夹荒，充满了神秘和危险，这到底是一个什么样的地方，自己刚到这里还不过一天，就发生了许多不可思议的事情？更不可理解的是，竟然有人想要自己的命。

那个枪手，身形偏瘦，但应该是使惯了枪支的老手，因为在对方瞄准自己时，呈现出了一种沉稳和莫名的杀气，失手即退，不露行踪。要不是自己有着特殊的眼力，及时发现了对方，早被一枪放倒在雪风口上面了。

"竟然有人想杀我！"朱锐愤愤地一拳打在桌子上，尔后走到窗前，望着外面西夹荒的村景。这个时候，他的心中已然做出了决定——一定要查出暗杀自己的人，查出西夹荒内隐藏的秘密！

朱锐想起了万把头说过的一句话：西夹荒三十六户人家中，至少有三十户不是普通人家。这就说明，这三十户人家都不是善茬子，之所以住进西夹荒来，都有着自己的目的。他将到西夹荒前后的经历在脑海中又过了一遍，以寻找到入手调查的地方。

一件事情引起了他的注意：万把头曾说过，西夹荒本是住着少数的几户人家，但是在清朝灭亡的那一年，陆续地迁来三十几户，几乎是在一夜之间，西夹荒屯子就出现在了这里。这个偏僻的地方，怎么会在这么短的时间内，引来了这么多人家？后迁来的那些人家，应该是被一个或是几个特殊的事情吸引来的。他们是来寻找童谣中的金脉，还是棒槌岭上的千年老参，或是还有其他的原因？

是的，那些有着神秘身份或是背景的人家，来此地的目的，一定是要寻找什么特殊的东西。那些人也必是得到了确切的消息，否则不会一下子涌到这里，并且各自隐忍六七年，等待着那件东西出现。这么多人，心甘情愿地守候六七年，应该都是在等候一个机会。他们所守候的，定非寻常之物。也就是说，都是来求财的，可能是一件价值连城的宝贝，或是一座神秘的宝藏。

"他们暗杀我，是想除去一个对手吗？还是万把头说的，有人要搅乱目前的局面，以浑水摸鱼？"朱锐摇了下头，他知道，是桓德源少东家的身份将自己拖进了西夹荒这场隐蔽而危险的争斗中。

一个念头偶在心中闪过，令他心中一凛，接着他摇了摇头，认为那是不可能的。

刘来走了进来，说道："少爷，和兴饭馆那边递过话来，就要开接风宴了。万把头和石英在楼下等着呢。"

二

和兴饭馆。

八盏吊油灯将正堂照得通亮，二十几个人围桌而坐。三张方桌并在了一起，上面摆满了丰盛的酒菜。十六道荤菜有，兰花熊掌、清蒸细鳞鱼、野鸡炖蘑菇、油炸狍子肉串、红烧鹿肉、野猪肉炖粉条……八道素菜有，拔丝人参、拔丝软枣、金针菜、炒猴腿、拌棒蘑……尽是山珍野味，显是做足了准备。

万把头开始让朱锐坐主位时，朱锐颇显受宠若惊，而后客气了一下，便自坐下了。雪风口上的那一冷枪令朱锐知道，面对神秘的西夹荒和这些复杂的人，也不能太客气了。不过，如此隆重的接风宴，还是令朱锐感到了意外。

"各位，"万把头那边先行开场讲话，"今天的场面，是为了桓德源新来的少东家朱锐先生，还有迎接西夹荒新入住的石英贤侄准备的。索性二

第六章 接风宴

席并作了一席,让这两位年轻人,和西夹荒的老少爷们见见面,大家熟络一下,也方便日后相处。"

"今天和兴饭馆的钱掌柜辛苦了,为了这席面,忙活了一整天呢。"万把头先行介绍了钱掌柜。

座中站起一个胖子,朝这边拱拱手笑道:"应该的,应该的。自打昨天一见到朱少爷和石英兄弟,便觉得面善。以后想吃什么,可尽管过来,只要这有的,管饱管够。"

朱锐和石英朝钱掌柜拱手相谢。

"这位是金帮的张把头。"万把头似乎犹豫了一下,介绍道。

座中有一位傲慢的老者,手中持了杆旱烟——金烟嘴、金烟锅、楠竹烟杆,上吊一只柔软的鹿皮烟袋,里面自然装着上等的关东烟叶。

张把头面无表情,仅是朝朱锐和石英二人点了下头,身子都未动。

朱锐、石英二人仍旧抱拳施礼问好。

万把头接着又介绍了福和顺山货庄的李兴良掌柜、庆丰隆银号的吴掌柜、汇友客栈的唐掌柜、胡老歪杂货铺的胡掌柜……除了各商号的掌柜,也有几位虽然没有开着铺面,但在西夹荒内也是有头有脸的人物,比如老郎中郭纯利。猎户将氏兄弟将伟、将涛在这方圆百里,可是有着名号的,人称将大炮、将二炮。在介绍到这两兄弟时,万把头还故意地望了朱锐一眼,意思是,在西夹荒,持有猎枪的只有他兄弟二人了。

但朱锐却是朝万把头微微地摇了下头,因为将氏兄弟都生得虎背熊腰,与朝自己放冷枪的那人身形不符。

席间,众人各怀心思,互相敬酒,场面搞得不冷不热。朱锐看到了一些人的冷漠和狐疑,还是面带微笑,一一敬酒,不失礼数,暗里却是将所有人的身形面容一一记下。石英倒是耐不得这种应酬,自家胡乱吃了些,然后坐在那里发呆,偶尔理会下别人的搭讪。

酒过三巡。万把头附在朱锐耳侧说道:"今天,西夹荒内有一位极为重要的人物没有过来,此人从不参加这种应酬的场面。明天,少东家务必备下厚礼,以桓德源少东家的身份亲自上门拜访他——这是西夹荒的规矩。"

朱锐闻之一怔道:"此为何等人物?"

万把头应道:"此人是一位大萨满,从某种意义上说,也是西夹荒的灵魂所在,西夹荒能有今天,此人功不可没。并且,日后少东家也有用得着此人的地方。待酒席散后,回到桓德源我再和你细说。"

朱锐听了,疑惑之余,点头应了。

酒宴结束,众人一一散去。朱锐和石英送走了大家,再一次回谢和兴饭馆的钱掌柜。

朱锐要钱掌柜结下酒菜钱。钱掌柜笑道:"莫谢我来,这是西夹荒的规矩,也无须算账。众商号集了一笔款项,存在庆丰隆银号的柜上,为的就是迎来送往。说起来,少东家和石英兄弟的到来,也照顾了我一笔生意呢。"

朱锐听了,这才一笑,而后和万把头、石英二人回到了桓德源。

二楼房间内,李海送上茶水来,便自退去了。

朱锐请万把头饮茶后,说道:"怎么,西夹荒内还真有一位跳大神的萨满?"

万把头放下茶杯,说道:"这位大萨满和别的萨满不一样,可不是普通的那种跳大神的,并且此人从不跳大神,更不走平常的仪式,但是却通着神呢。"

"不跳大神的萨满?没听说过。"刘来那边说道。

万把头说道:"此人奇就奇在这里,这也是他和普通萨满的区别。民国初年,这个叫卢深的人到了西夹荒,说是雪神引他到这里来的。也是他号召众人在西岗上建了雪神庙,立了腊月初八为雪神节,也就是冬市开市之日。他最为神奇的地方,就是在雪神节那一天,不管是多么晴的天,他都能令天上下一场或大或小的雪来。雪风口上那块'镇风/吹雪'石上的字,就是他令人刻上去的。你还别说,自打那块石头上刻上字,西夹荒真的是风调雪顺了。"

朱锐听了,惊讶道:"这个卢深还真有些本事啊!"

万把头说道:"他来到西夹荒后,基本上没有再离开过。除了雪神节

第六章 接风宴

那天出来主持雪神节的仪式，他基本不出现在任何的场合。只有患了特殊邪病的人，郭郎中那边都没法子了，他才出手相救，并且仅限西夹荒的人，外面的人，谁来求都不好使。"

朱锐点头道："是个有性格的人！"

万把头说道："说起来也是三年前的事了，从外地来了两位大萨满，说是一位从新疆来的，一位从蒙古来的，也不知是从哪里打听的消息，竟然找到了这里。开始时，那两位大萨满都神高气傲的，结果在卢先生的屋子里谈了几个小时的话后，出来时，对卢先生那是毕恭毕敬，最后跪拜了才离去。将大炮是个好事的人，追上那两位大萨满，问他们和卢先生谈了些什么，其中一位说，他们通的是小神，卢先生通的是大神，是真正的神。说来也怪，西夹荒也曾来过几名和尚、道士的，他们见了卢先生，也都会显出一副恭敬的样子。"

朱锐讶道："看来这位卢先生是位隐世的高人啊！明天还真是有必要去拜访一下。"

万把头说道："你是桓德源的少东家，有这个资格，普通人是见不了卢先生的，他一向深居简出。"

朱锐笑道："看来刘掌柜将这里的桓德源经营得很好，才令我走到哪里都有面子。"

万把头说道："石英是新来的住户，也是有资格去拜访卢先生的，明天你俩一起去了便是——这也是西夹荒的规矩。"

朱锐眼中一亮道："这个人能通神，应该能知道一些事情的。"

第七章 大萨满

一

第二天一早，朱锐从带来的行李中拣了两包上好的茶叶出来，又让李海从柜上备了两份厚礼——其中一份自然是为石英准备的。

待石英过了来，已是自备了一份礼物——装在一只简陋盒子里的野山参。

朱锐见了，笑道："你的礼比我的重呢！不过还是为你准备了一份。礼多人不怪嘛！"

李海那边说道："少东家，大萨满的家在屯子的南面，门口有一棵柳树的便是。"

朱锐点了下头，尔后和石英提了礼物离开了桓德源，朝大萨满卢深家走去。

屯子最南头，有着一座院落，木篱围栏。一正房，一偏屋，草顶泥墙，院子里收拾得非常整齐干净。这里，也是西夹荒内距离雪风口最近的一座院子。

院门半掩，一棵柳树生在门侧，树根处还置有一条石凳、两个树墩。夏天炎热之际，在此纳凉，最好不过了。

朱锐见院门已开，不由笑道："已经开门迎客了。我们进去吧。"

二人进了院子，到了房门前。朱锐朗声道："晚辈桓德源朱锐，前来拜访卢先生。"

旁边的石英见了，也只好开口道："晚辈石英，也来拜访卢先生了。"

随闻屋中传出一洪亮的声音道："恭候二位多时了，请进吧。"

"知道我们今天来吗？"石英微感惊讶。

第七章 大萨满

朱锐推开房门，和石英走了进去。发现和普通的东北人家进门就是锅灶、绕过灶台进内屋的布局不同，这里竟然是一处洁净的小厅，并且铺着本木色的地板，与里间的三面隔断及门都呈现出了精致的木艺。看得出，主人家是位雅致的人。

"这么干净啊，应该是要脱鞋的吧。"朱锐忙和石英将鞋子脱下，放到了门外。

推开东面的木门，朱锐和石英但觉眼前一亮——里间仍旧是地板铺地，中置一张矮脚的方桌，上面摆放着精美的茶具，桌子旁边放着几片坐垫。南面有一张床榻，上面堆着一些书籍。北面是个一人高的书架，上面摆放的除了厚重的书籍，还有几样古董器玩。尤其是对面的木板墙壁上，挂着三幅古旧的画卷，上面是些奇怪的图案，类人似兽，充满了神秘感，下置长几，摆有香炉。

"二位，进来随便坐吧。"从角门内转出一位提着壶热水的中年男子。一身粗布衣服，个头不高，却也壮实，略有秃顶，面含微笑，显示出一种儒雅的气质来。唯独一双眼睛，透射出一种光芒，似乎能看穿一切。

"是卢先生吧？"朱锐和石英忙将手中的礼物放下来，拱手礼见。

"昨天就听说二位到了。请坐，请坐！尝尝我自己配制的蜂蜜调五味子茶。"卢深招呼着，开始准备茶水。

"这哪里像一位大萨满，明明就是一位大学里的教授嘛！"朱锐暗道。

三人围桌坐下。卢深向二人分递了茶水，朱锐和石英忙双手接过。

卢深望了二人一眼，说道："你是桓德源现在的当家人朱锐，你就是那位擅使斧头的石英吧？现在的年轻人，果然都不一般啊！来，品尝一下我的茶。"

朱锐呷了一口，爽口得很，点头赞叹道："甘醇清香，好茶！"

石英则一口干了，吧吧嘴，有点意犹未尽。

卢深笑道："此茶可除烦安神，又可解渴。"随又为二人斟上。

"昨天就听说了卢先生大萨满之名，今日一见，实在是有些意外。"朱锐说道。

石英说道："是啊！我以前见到几位跳大神的萨满，全不是卢先生的样子。"

卢深应道:"跳神,多是一种令人产生敬畏的仪式而已。时代变了,都民国了,一些东西也应该变一变了。"

"听说,萨满教源于一种古代的巫术,世界各地,几乎所有的民族都存在这种现象。"朱锐说道。

卢深说道,"萨满并非完全意义上的宗教,也不是巫术。但是,世界上所有的宗教及巫术,都源于萨满。说简单些,萨满就是可通于三界之神的人。这种通,不是普通人所想象的那种通,要复杂得多。"

"看来,人还是要有信仰的。"朱锐说道。

"信仰,多源于内心的恐惧。"卢深应道。

朱锐听了,不由一怔。

"卢先生能通什么神啊?"朱锐呷了口茶,随作漫不经心地问道。

"道法自然!"卢深笑了笑。

"深藏不露啊!"朱锐暗里点了下头。

"卢先生一身学问,何以去做萨满?"朱锐问完,随觉不妥,但话已出口,收回不及了。

卢深应道:"人生一世,总要去做一些事情的,以此来作为自己存在的证明,以及继续存在的理由。"

朱锐听了,瘪了下嘴。

"对了卢先生,当年何以在西夹荒定居?"朱锐话头一转,也转去了自己的尴尬。

"西夹荒虽方寸之地,但是山形地貌独特,尤其在冬天里,是雪神眷顾的地方。也是雪神引我来这里的,因为这个地方与我有着十年的缘分。"卢深说道。

朱锐寻思道:"此人是个特殊的人,来西夹荒也必是有目的的。"于是试探道:"我来西夹荒仅两天,却经历了许多。我想知道,西夹荒这里有什么特殊的地方,或是秘密,还望先生告知一二。"

卢深听了,淡然道:"你的眼睛可以看到普通人不能看到的东西,却不能全部告诉他人,这是因为,有些事情说出无益。西夹荒的事情也一样,还是顺其自然吧。能多维持几年现在的局面,对西夹荒人来说,是件不可复求的好事。时局的变化,终究会改变一切的。"

朱锐听了，心中一惊，没想到对方竟然清楚地知道自己眼睛上的特殊本事，心中立生敬畏，不敢再行多问。

卢深这时笑道："冬天快到来了，你们应该见识一下西夹荒的雪！"

又闲聊了几句，朱锐和石英起身告辞。卢深将二人送到了院门外。

"有些事情不可强求，还是顺其自然的好。"卢深对朱锐又意味深长地说了一句，而后转身回去了。

"此人真的是高深莫测！"朱锐暗中感叹道。

回来的路上，石英说道："这个卢先生，一看就是位不简单的人啊！"

"此人能看透一切！西夹荒有此人在，还出不了大事。"朱锐感慨道。

二

路经福和顺山货庄时，朱锐停了下来，对石英说道："石英，你先回吧，我找李掌柜聊会儿天。"

石英说道："也好。只是少东家不要离开屯子，否则必要唤上我。"说完，径直去了。

朱锐一笑，转身进了福和顺。

此时李兴良正靠在一张椅子上，歪着身子打盹。柜台内的一名伙计见朱锐进来，忙上前推了推李兴良。

李兴良一睁眼，见是朱锐到了，忙起身迎笑道："朱少爷大驾光临，实在是令小店蓬荜生辉啊！"

朱锐笑道："闲来无事，想和李掌柜聊会儿天。"

李兴良笑道："好啊！我正闲得出神呢，有个人来说话敢情好。走，里面坐。"

李兴良请朱锐进了里间屋子，随转头朝外面喊了声："沏上壶好茶来！"

朱锐坐下来，说道："现在街上的各商号，生意都冷清得很啊！"

李兴良应道："秋深了，过了走山的季节了，再好的生意，也有个闲时候不是？"

"对了，李掌柜，听说福和顺是西夹荒内最早的山货庄？"朱锐说道。

"那当然了。不仅是最早的山货庄,也是最早的商号呢。这个铺子在大清朝的时候就有了,只不过那时候还不叫福和顺,是旗人经管。"李兴良说到这里,不由以狐疑的目光望了朱锐一眼。

朱锐似乎察觉到了对方的内心变化,于是笑了笑,说道:"李掌柜,我初来乍到,对这里的一切都还不熟悉,所以想多了解一些西夹荒的历史。实话实说,万把头那边倒是和我说了一些,但是有些话,他老人家也是三缄其口。李掌柜若是觉得不方便,就当我什么都没问。"

李兴良听了,这才缓和地笑了笑道:"在外人眼里,西夹荒神秘得很,其实呢,也就那么一点事,大家都不愿说破而已。朱少爷是个实在人,你想听,我就说说,况且日子久了,也会有人对你说的,那时候,朱少爷也会对我李某人有想法的不是,以为我是个什么人呢。有些事情其实也简单,只是被有些人弄复杂了。"

"不过,刘掌柜那边,在朱少爷来西夹荒之前,就什么话也没有和你交代过?"李兴良仍旧犹豫了一下。

"没有啊!刘掌柜得了信,说是家里的老母亲病了,所以请假回山东探亲,他走得急,什么话也没有撂下。家里边一时间也没有什么人过来代管这里的桓德源,所以就临时让我过来了。"朱锐应道。

"是这样啊,怪不得朱少爷对西夹荒这边的事一无所知呢。"李兴良点了下头。

"还是先从我的福和顺说起吧,毕竟是西夹荒第一个创立的商号。"李兴良说道,"话说起来,是民国初年,也就是改朝换代的那一年,其实这天下换了谁坐,老百姓还不是一样的熬日子?那年的春夏之交,我先是到金川那边收购山货,后来听人介绍,说是西夹荒这边有家山货庄,可能有些存货,于是就过来了。当时这里没几户人家,因为这里冬天实在不好过,雪大的时候可以埋住屋子和人,只有那几户开荒的人家住在这里,还有就是唯一的一个铺面——一个旗人经办的山货庄。当时我还纳着闷呢,这荒山野岭的地方,怎么会有人在此开办山货庄呢?当时那里还真有些存货,价钱也便宜,我便准备全收下了。那个旗人见了,说了句:'要不你再加俩钱,这山货庄也一并盘给你得了。'我当时并不在意他的这间没什么大用的铺子,就随口问了句盘下来要多少钱。那个旗人说给几两银子就

第七章 大萨满

中。现在的福和顺铺面是后来扩建的，当时也就是几间木屋。我那时一合计，这买卖还划得来，以后将这里当作一个存货的地方也是值得的，就同意了，给了三两银子。那个旗人很高兴，当天晚上请我喝酒，聊起了他的一些家事。原来这个旗人还真有些来历和背景，在西夹荒经营这个山货庄也是有原因的。"

"这个旗人的祖上，就是打牲乌拉衙门的那个叫伦图的官员吧？"朱锐说道。

李兴良说道："不错，就是这个人。打牲乌拉衙门是大清朝在东北设立的一个行政机关，专门为内务府提供长白山区的山珍野味及各种水陆特产，权力极大，不受地方节制，直接听命于内务府，故有'南有江宁织造，北有打牲乌拉'之说。这个伦图当时负责这一带的'贡山'四方顶、'贡江'辉发江所出贡品的验收和运输事务。"

朱锐说道："西夹荒原本是处荒凉地，冬天里的雪竟然能盖屋埋房，应该是造成雪灾了。虽然现在我还不明白你们是怎么变害为利的，但在伦图那个时候，这里应该不适合人居住的，他怎么就能将打牲乌拉衙门的一个驿站设在这里？"

李兴良说道："这是因为有件奇事在里头。那个旗人和我说过，他的祖上伦图之所以将打牲乌拉衙门的一个驿站设在这里，是有特殊原因的。传说乾隆皇帝在辉发围用火枪打死过两头熊，并且就是在西夹荒这里，说明这里当年野兽出没，人迹罕至，又是个大雪窝子，没人敢在这里居住。而有这么一天，伦图站在辉发山上观景——辉发山距离这里不远，曾被努尔哈赤灭掉的那个辉发部落，就是在此地兴盛一时的辉发国古城遗址就在那里——伦图登山怀古，不想被他看到了一个奇景，也就是辉发山市。长白山里有能呈现出海市蜃楼景象的四大奇观，就是云市、仙市、鬼市、辉发山市。而伦图在当时的辉发山市中竟然看到了西夹荒的景象，虽然那时还无西夹荒之名，但是所呈现出的山形地貌，就是这里。伦图熟悉这边的山林，自然被他一眼识出。按旧时说法，海市蜃楼中所呈现出来的都是仙境，非人间所有，所以伦图认为，西夹荒可能是一个特殊的地方，就在这里设了一处驿站，转运贡物。"

"西夹荒的景象曾出现在辉发山市中？"朱锐听了，颇感惊讶。

李兴良接着说道："不过时间久了，西夹荒的这处驿站并没有起到多大的作用，慢慢地被打牲乌拉衙门放弃了。但是伦图却始终没有放弃，将这里当作私产一直经管着，尤其是叮嘱他的子孙，要在这里好生经营，说这里是长白山里的一处特殊的福地，日后可成仙境。福和顺的后院，还有当年伦图建的一栋马架子房呢，现在快塌了。"

　　"日后可成仙境！"朱锐惊讶道，"也许，伦图当年在辉发山上所看到的海市蜃楼，并非西夹荒当时的景象，而是西夹荒的未来！"

　　"你还别说，真有这种可能。眼下的西夹荒，可是长白山里人人羡慕的地方。"李兴良说道，"只是伦图死后，家势落败，大清国又亡了，他的子孙更没了承祖荫世袭官位的机会了。也是八旗子弟富贵惯了，吃不了这山里的苦，所以想早早地离开，所以呢，就让我捡了个便宜。后来，那个旗人带着家小，去奉天投奔亲戚去了。也就在那一年，西夹荒这块荒凉地，忽然间变得抢手起来，呼啦啦地搬来了好几十户人家。"李兴良说道。

　　朱锐问道："为何在同一年里，西夹荒迁来了这么多人家？可是有什么特殊的原因吗？"

　　李兴良听了，望了朱锐一眼，说道："看来，你还真是不知道啊。"

第八章 人参和金脉

一

朱锐说道:"还请李掌柜直言相告。"

李兴良笑道:"无利不起早。这年头,人所求者,无非一个财字。也不知那些人从哪里听来的风,说是西夹荒这里藏着宝呢,后来的那些人家,敢情都是来淘宝的,倒是成全了一个现在的西夹荒来。"

"是童谣里说的什么金脉和千年参王吗?"朱锐说道。

李兴良笑道:"你这不是也知道不少吗?"

朱锐说道:"仅是我从童谣里猜测出来的。"

李兴良说道:"自古以来,一些神秘的不知因何而来的民间童谣,多有谶语的预知之能。"

朱锐说道:"桓德源伙计说,这首童谣里隐藏了三个秘密,我只猜出了两个,另一个不知是指什么?"

李兴良眉头皱了一下,说道:"那两个还不知真假呢。"

朱锐惊讶道:"李掌柜的意思,这些人来到西夹荒,并且甘愿守了这么多年,竟然连要寻找的是什么东西都不知道吗?"

"呵呵,"李兴良干笑了两声道,"朱少爷除了好奇,也开始对那个不明之物感兴趣了吧?"

朱锐摇了下头道:"兴趣真没有,好奇倒是放不下,因为我现在已经身陷其中了,做不得局外人了。"

"凡是到了西夹荒的人,就没有一个说是局外人的。"李兴良冷笑了一下。

朱锐见再谈下去没什么意思了,于是站起身说道:"谢谢李掌柜能对我说这么多。现在我声明一点，我来西夹荒，纯是代刘掌柜暂时管理桓德源的，与西夹荒人居住在此的目的不同。顶多过了这个冬天我就会离开，不会与那些怀有目的的人去争夺什么无聊的宝物。"

李兴良听了，讪笑了一下道："朱少爷这么说，我还真是相信，你和那些人是不同的。不过在这里，我提醒你一下，在西夹荒，不要相信任何人，因为现在的西夹荒，每个人都有着自己的目的。就说那个万把头吧，我看你们走得挺近乎的，我并不是要挑拨你们，而是那个万把头，他的野心最大。"

朱锐一怔道："为何这么说？"

李兴良说道："长白山里什么最珍贵？"

朱锐道："应该是野生山参吧，几百年上千年的那种。李掌柜难道是在说千年参王……？"

李兴良说道："这件事不是我在胡说啊，而是西夹荒的老少爷们基本上公认的一件事：长白山里曾出土了一支千年参王，在运出山的过程中，发生了意外，于是被人移栽在了棒槌岭上一个十分隐蔽的地方。而这个地方，似乎只有走山多年的参帮的万把头一个人知道。也就是说，他在等待将那支千年参王偷运出去的机会。这么说吧，现在八成的西夹荒人，都在等待万把头出手的那个机会，他不动，谁也没有机会动。"

"那支所谓的千年参王，就是西夹荒人所要寻找的宝物了？"朱锐惊讶道。

"是有这么个说法，但是谁又知道真假呢？现在的西夹荒，什么事都有可能发生。"李兴良说道。

"但是不会发生我去误会好人的事。"朱锐一笑，拱了下手，转身离去。

李兴良望着朱锐离去的背影，摇头道："年轻人，西夹荒冬天里的雪有多深，你还不知道。"

朱锐出了福和顺的门，朝桓德源方向走去。

此时忽闻旁边有人轻声唤道："朱少爷！"

朱锐停步，侧头看时，见是路边的胡老歪杂货铺门前站着的胡掌柜，昨天接风宴上，见过此人。胡掌柜应该是个本地人，所经营的杂货铺也没

第八章 人参和金脉

起个正经的商号名称，只以自己的外号胡老歪应付了事。

那胡掌柜警惕地朝四下里望了望，朝朱锐招了下手说道："朱少爷，你过来坐会儿，我和你说个话。"

朱锐见了，笑了下，便自进了他的杂货铺。铺子里倒是琳琅满目，多是油盐酱醋、锅碗瓢盆等日用品。

胡掌柜将朱锐让到了里间屋子，请在桌旁坐下，捧了瓜子、花生、松仁、榛子等一簸箕干果嚼物来，又提了壶茶水。

"胡掌柜不要客气，有话但讲无妨。"朱锐笑道。

"你应该也看出来了，在西夹荒开商号、铺子的，就我一个本地人。小本生意，也入不得那些人的眼，只有你们桓德源的刘掌柜，对我最是照顾。其实那些人心里想什么，为什么来西夹荒，我一清二楚。"胡掌柜坐下来说道。

朱锐听了，笑道："一看胡掌柜就是个本分人。我初来西夹荒，对这里还不了解，还请胡掌柜赐教。"

胡掌柜说道："我看你刚才去了福和顺，那个李掌柜是个老狐狸，从他嘴里你问不出子午卯酉，并且还能话赶话地将你套进去。"

朱锐听了，这才感觉到西夹荒形势的复杂来。大家伙明面上都是客客气气的，暗里却都互相戒备猜忌。由此可见，有可能隐藏在西夹荒的那个宝物，令人心乱了。

"这么说，西夹荒内，真的隐藏着一个令大家都在苦苦寻找的宝物了？"朱锐说道。

"那是当然，否则这些天南海北的、本不相干的人都聚集到西夹荒这里做什么？昨天你也看到了，那个金帮的张把头，对你和石英没个好脸子，那是因为你们的到来，令他多了两个抢金子的对手。"胡掌柜说道。

"金子！他们寻找的是金子？"朱锐一怔。

"不错。西夹荒这里隐藏有一条很大的金脉。说这话有十几年了，还是在大清朝那会儿，张把头就来过几次西夹荒，那时我就见过他和他的几名徒弟，每次来都将西夹荒和周围的山上走个遍，后来索性就搬来西夹荒住下了。你想想，他要是没有发现什么，会和几个徒弟在这里住这么多年吗？应该是他发现金脉的事走了风声，一下子引来了这么多人，令他没有动手挖掘金脉的机会了,所以,他只能住在这里干守着。"胡掌柜说道。

"如此来说,西夹荒这里真的隐藏有金脉?"朱锐讶道。

"当然有了。大清朝那会儿,有人走山到了西夹荒,在这里捡到过一块拳头大小的狗头金呢。财发有缘人,原来住在这里的那几户人家,都没有发现在自己的地头上会有金疙瘩出现,在发现狗头金之后,那几户和外来的一些人将西夹荒几乎掘了个遍,再没有发现。要知道,西夹荒这里地势低洼,水气足性,一铲子下去就能挖出水来,掘不得过深的坑,所以那些人渐渐地放弃了。"胡掌柜说道。

胡掌柜接着说道:"还有一件事,张把头的做法令人怀疑。西夹荒原有七处水泡子的,是雪风口上面的泉水流下来汇集成的。按教书的那个李秀才的说法,一水化七星,这是七星湖啊,也叫七仙湖,是周围的山形地貌,造就了西夹荒这一处风水宝地,山上面的那处泉水又叫七星泉或是七仙泉。你也看到了,现在就剩下三处大些的湖面了,改称三星湖了。因为那四处小些的水面,被张把头和几个徒弟用土填上,在上面建了房屋和院子了,令溪水改了道。笨人都能想到,张把头住的院子下面,不是那条金脉的源头所在又能是什么?"

"所以,他们师徒早早地圈地占上了?"朱锐惊讶道。

二

胡掌柜说道:"他们师徒来得早些,所以占的地方也大。西夹荒的规矩,谁家的地方谁说了算,不能随便去人家动东西。但是西夹荒还有一条规矩,那就是雪一落地,西夹荒新出现的所有财物都归三十六户人家共有。所以朱少爷不妨利用桓德源主事的人就是屯长的这一权力,在雪一落地之时,号召大家对张把头的院子做一番挖掘,找到了金脉,出了金子,令三十六户人家都有份子分才是呢。"

"还有啊,"胡掌柜接着说道,"我以前问过好几个淘金人,都说西夹荒是个能出金子的地方。距离这边不远的金川,就是早些年间一些淘金人建立的,那边的金脉,据说就源于这边。西夹荒就是坐在金仓上的,只是没有人发现而已,满地的金子没人捡多可惜啊!张把头是金帮的老把头

第八章 人参和金脉

了,有金子的地方多逃不过他的眼。有财大家发,令他一个人再守下去,就没什么意义了。"

朱锐听了,摇头道:"这不好吧。便是有金脉,也是张把头发现的,出不出金子,也应该由他自己说了算。我们怎么能随便地去挖掘人家院子呢?再说了,我现在仅是暂时代替刘掌柜管理桓德源而已,可是没有什么屯长权力的。便是有这个权力,也不能这么去做不是?"

胡掌柜听了,忙说道:"只要你开这个口,会有许多人家赞同的。到那时,张把头也做不了主,毕竟那条金脉就藏在西夹荒的下面,本就应该归西夹荒三十六户人家共有。"

朱锐站起身道:"这应该是胡掌柜个人的一个猜测吧。你掘了人家的院子,要是没有什么金脉怎么办?况且这也不是西夹荒的规矩所允许的。我只是个外人,做不了这个主的。好了,胡掌柜,我们回见。"

朱锐说完,转身离开了。

"别介啊!这事再商量商量……"胡掌柜站在那里,一脸的失望。

回到桓德源,朱锐坐在房间里,免不得有些心烦意乱。

李掌柜和胡掌柜说的千年参王和金脉的事,应该不是在捕风捉影,必有一定的事实依据在里面。难道说,西夹荒真的隐藏有这两种财富,否则何以引得那些人注意?今天拜访的李掌柜和胡掌柜,不管他们出于什么目的,起码传递过来了一条重要的信息——西夹荒这里的确隐藏着某种财富。

今天最重要的是拜访了大萨满卢深。由于是第一次见面,朱锐没有过于深入地和对方交流,但是他感觉,整个西夹荒,只有这个神秘的,似乎可以看穿一切的大萨满卢深,才是个明白人,了解西夹荒的一切。自己的本事是凡能看到的东西,无论远近,都能看个明白清楚,而那个卢深,是可以看透隐藏着的事物。西夹荒的一切,应该瞒不过他。"有机会,还要再去拜访他才是。"他想。

而今天另外拜访了福和顺的李掌柜和胡老歪杂货铺的胡掌柜,虽有所收获,但是,他知道自己处理事情有些急了。先行拜访了这两个人,会令其他的人对自己有所防范和警惕,并且这两个人对自己说的话,难保不是他们的策略和套路。

朱锐打算以静制动，先保持一段时间的沉默，不再接触西夹荒的任何人。他告诉刘来，通知李海，现在开始，闭门谢客，便是桓德源也不离开一步了。自己不动，那些对自己有着目的的人便无可奈何。于是，朱锐每日在房间里读着带来的书。

此外，他还要研究一件事，就是那个前清打牲乌拉衙门的官员伦图，为何单独在西夹荒这里设了一处驿站。他感觉，这里面似乎隐藏了些什么。

如此半个月过去了，西夹荒再无变化，平静得和其他普通的山村一样，只是天气愈来愈显冷了。

有几天的夜里，朱锐偶然会听到房顶窗后出现些动静，悄然起身到窗侧，掀起窗帘一角向外面观察时，曾看到一个模糊的人影消失在外面的屋角处，他知道自己被人监视了。

有一天的夜里，朱锐站在窗前寻思事情的时候，无意看到一个令他惊异的景象——几个疾速移动的黑影，应该是从北坡下来的，沿着西夹荒屯内主道飞蹿而过，瞬间便消失在了雪风口方向，那种速度绝非人类，应该是山林中的某种动物。西夹荒内子夜禁行，还是有道理的，不知道会有什么奇怪的东西随时出现在屯子里。

西夹荒的雪，说来就来了。本是十月的天，虽是红叶霜裹，层林尽染，地上的草仍旧是绿的，感受着林间山风的寒意，西夹荒的第一场雪便下了来。点点白色，点缀在绿草红叶之间，接着便融化去了，连一晚上都没有站住。

这第一场雪，却改变了西夹荒人的精神状态。自雪一落地，所有人的眼睛里都放出了亮光。雪一出现，男女老少都涌出了屋子，整座西夹荒变得热闹和忙碌起来。

这第一场雪，就好像是一道无声的命令，令人亢奋，有壮士即将奔赴战场的豪情，也有迎接英雄凯旋的激动。也是从这一天开始，西夹荒人自主地进入了一种集体合作的模式，所有的自私自利、阴谋阳谋、钩心斗

第八章 人参和金脉

角,在雪出现的这一天,都暂且封存,因为,他们有更为重要的事情去做。

一些往年准备的木笼和铁笼被抬了出来,检查加固后被抬放分布到屯内外不同的地点。一些人用铡刀切碎着大量的高粱和玉米的秸秆,然后拌以豆饼,好像在准备着一种饲料。成袋的小米和玉米粒,也被掺拌以酒和其他的一些东西,不知做什么用的。

将大炮、将二炮兄弟俩持枪跨马,沿跑马道绕着西夹荒屯子跑圈,他们在检验马匹的状态,同时也在宣布,对西夹荒人有着重要意义的冬天开始了,长白山区最为壮观和独特的冬猎即将上演了。冬猎的成功,是冬市顺利开市的保障,更是迎接雪神节到来的一个过程甚至仪式。

又一场雪下了来,气温骤降,三处湖面开始结了冰。洁白的雪,对西夹荒人来说,是神圣的,是一种财富的象征和保证。

朱锐站在桓德源的楼上,望着外面忙碌的场面,知道西夹荒人在为一场盛大的冬猎做着准备,只是不明白,那些木笼和铁笼,为什么有的会布置在屯子里,而不是抬放到附近的山林中。山林里才是为野兽布置陷阱和套子的好地点。

他似乎意识到了什么,随后摇头道:"你们不会是要在西夹荒屯子里打冬围吧?如果真是这样,实在是有些胡扯了。"

"少爷!"满头大汗的刘来跑进来,一脸惊讶地说道,"有个人非要见你。"刘来代朱锐的工,和桓德源所有的伙计们,这些天来一直在外面和屯里的人一起忙碌着。

"什么人见我?不是说过,我现在任何人都不见吗?"朱锐摇了下头。

"他不是西夹荒的人,是个外来的客人,在汇友客栈已经住了好几天了。少爷还记得不,我们来时,在谢家大车店遇到的那个人,在来时的路上,他还惊走了土匪。"刘来说道。

"是他!"朱锐闻之一怔。

第九章　前清秘贡

一

那个头戴礼帽，身穿长袍的中年人站在了朱锐的面前，左手仍拎着那只皮箱。

"朱少爷，我有要紧的事想和你单独谈谈。"中年人淡淡地说道。

朱锐朝旁边的刘来吩咐道："你去吧，将楼下的门也掩上，不要让人上楼来。"

刘来疑惑地望了那中年人一眼，这才转身去了。

朱锐关了房间的门，转身让道："这位先生请坐吧。想不到您还没有离开这里。"

中年人放下了手中的皮箱，然后从怀中掏出一个证件来，递上前说道："鄙人赵玉堂，来自奉天警察总局。"

朱锐闻之一惊，隐感事情不太对头。接过对方的证件看时，知道对方的身份是真实的，这位赵玉堂竟然还是一位探长。这种证件，他在奉天时看到过。

"原来是赵探长，我们坐下说吧。"朱锐应道，随手还了对方证件。

"不知赵探长找我有什么事？"朱锐问道。

"是关于西夹荒的事。"赵玉堂坐下来，缓缓说道。

朱锐听了，心中一惊，似乎意识到了什么，未动声色。

"我们是同一天到的。你直接到了西夹荒，我先去了金川，再到的西夹荒。我今天来见你，朱少爷也应该能明白一些吧？"赵玉堂说道。

"有一点，但还不太确定。"朱锐说道。

"好，那我从头说起。"赵玉堂点了下头，说道，"一年前，我有个朋

第九章 前清秘贡

友兼同事,到这边办件案子,他中间给我写了一封信,但是随后他就失踪了,至今下落不明。从事我们这种职业的人,如果长时间失去了联络,结果只有一个,就是已经不在人世了。好在朋友的那封信,为我提供了一些重要的信息。信中提到了西夹荒,说这是他一生中遇到的最为奇怪的山村,因为在这座小山村里,竟然居住着一些身份和背景极其复杂的人,有犯下命案的逃犯,有曾经走私贩毒的毒贩,竟然还有前清的大内密探,甚至还有奉天大帅府的特务,应该还会有身份更为特殊的人,因为有些人隐藏得极深。"

"什么?"朱锐听了,一惊而起。他知道西夹荒人来历复杂,但是没有想到会达到这种程度。

"这是一种不正常的现象。一大群特殊的人,居住在这个特殊的地方,一定是因为某种特殊的事情。朱少爷来了这些天,一定会感觉到这里的异常吧?"赵玉堂说道。

"不错,赵探长说的是。我感觉到了西夹荒这个小山村的异常,但是事情复杂的程度还是超过了我的想象。"朱锐应道。

"我在周边暗中调查了近一个月,有些事情的确令人感到震惊。这些人在六年前忽然间聚在这里,一定是有所图谋。"赵玉堂说道。

"他们应该是来寻找某种财富的。"朱锐说道。

"事情怕不是寻找某种财富那么简单。根据朋友留下的信息和我目前的调查,事情关系到前清的皇室和现在的奉天大帅府。西夹荒这里隐藏着一个令他们感兴趣的秘密,以至于引来了一些江湖匪类。"赵玉堂说道。

"我今天来找你,是想得到朱少爷的帮助,除了查明我那位同事失踪的原因,也要查明西夹荒这里所隐藏的真相。目前来说,西夹荒这里只有朱少爷一个人值得我信任,因为你是第一次来到这个地方,并且还是桓德源的少东家,有着特殊的身份。还有就是,朱少爷既然到了西夹荒,也应该介入了这里的事情中,想置身事外,除非现在就离开这里。"赵玉堂说道。

朱锐点了下头,佩服道:"赵探长果然机敏,竟然一下子说透了我现在的处境。是的,我现在已经被拖进这里的事情中了,并且还有人朝我打冷枪,想置我于死地。"

"有人想杀朱少爷!"赵玉堂听了,颇感意外道,"看来,事情的严重程度,还是超过了我的预料。如果朱少爷想帮助我调查事情的真相,我愿意分享我所掌握的其他信息。"

"这是我求之不得的事。"朱锐说道,"孤独无助的感觉困扰了我多天,实在是无计可施了,如果能和赵探长合作,查明真相,我愿意配合。"

"好!"赵玉堂点了下头,说道,"我没有看错你,朱少爷是个正直且有正义感的年轻人。"

"赵探长刚才说在外围调查了西夹荒近一个月,应该有所收获吧?"朱锐说道。

"是的。"赵玉堂说道,"西夹荒这屯子是在民国初年突然间出现在这里的,虽然说以前也有着几户人家,但后来的那三十几户,几乎是在一夜间搬来的。事出反常,于是我开始调查在那一年,这里,甚至于长白山里发生了什么事。结合朋友的那封信,我得出了一个结论——前清时期,有一件十分神秘和珍贵的宝物可能被隐藏在了西夹荒这里。"

"果然是一件宝物!否则不会引来那么多复杂的人。不知是何种宝物呢?"朱锐说道。

"具体是什么,我也不知道。我之所以等候了这么多天,是因为我在等北平方面一个朋友的电报。半个月前我到辉南县城的邮电局发过一封求助的电报,前些天,我终于等到了回电。那位朋友查了下前清政府的资料,在宣统皇帝下诏退位时,内务府收到过一份来自打牲乌拉衙门的八百里加急,说是打牲乌拉二百多年一直在寻找的秘贡,终于在长白山里找到了,正在送往京城的路上。也就是说,运送秘贡的那队人马,在路上忽然得知改朝换代,于是将那件秘贡隐藏了起来。"赵玉堂说道。

"那件秘贡可能就隐藏在西夹荒,因为这里曾有一处打牲乌拉衙门的驿站点。"朱锐道。

"不错,一定是隐藏西夹荒这里了,至少是在这一地区。当年押送的队伍中,有人泄露了消息,所以引来了那么多的人。而且现在的西夹荒里面,也一定有当年押送秘贡的人。他们隐藏身份,要么在守护,要么在寻机窃取。"赵玉堂说道。

"打牲乌拉在长白山里寻找了二百多年的秘贡,能是什么东西呢?"朱

第九章　前清秘贡

锐疑惑道，"难道说是那支千年的参王？长白山里，最珍贵的东西也就是千年的野生参王了。西夹荒已有了这种说法了，说是那支参王被人移种在了棒槌岭上。千年参王，当是价值连城的，更有益寿延年之效，前清皇室为了寻找一支顶级的参王，也是有可能的。"

"宣统皇帝下诏退位的时间是在冬天，押运秘贡的人不可能将一支野生人参移种到山上。"赵玉堂摇头道。

"是长白山里另一种东西！"朱锐一怔。

二

赵玉堂说道："另外，我在金川和其他的地方，还意外地打听到了一件非常蹊跷的事。还是在那年的冬天，有人看到一支前清的军队进入了山里，而后去向不明。"

"可能是押运秘贡的那支军队。"朱锐说道。

"有可能，但也可能是另一支负有特殊使命的军队出现在这块地域。并且在同一时间发生了一件奇怪的事——距离这里不远的黑龙潭，在那年的冬天，被一伙神秘的人采走了大量的冰块。"赵玉堂说道。

"如果是富贵人家冬天里采冰以备夏天用，山外面的河里就可以了，不至于到这么远的山里采冰，因为如何运送出去都成问题。"朱锐讶道。

"问题就出在这儿，那些冰，并没有被运送出山。"赵玉堂说道，"因为是在同一年，几乎是同一时间发生的事，所以引起了我的注意，经多方打听，我还找到了一个人，他当年亲眼看到黑龙潭被采过冰后的现场。也就是说，那个特殊的冬天，黑龙潭的确发生了神秘的丢冰事件，只是那些冰不知是什么人采去的，也不知被运送到了哪里和做什么用的。"

"如果是大量的冰，又没有被运送出山去，只有一种可能，那些冰被运送到了一个隐蔽的地点，并且那个地点就在黑龙潭附近。是了，一定是黑龙潭附近的山体中存在着一个空间了，那些冰被运进了一处隐蔽山洞中。"朱锐说道。

赵玉堂听了，点了点头道："这也是我的一种猜测。"

"不过，那些不明去向的冰，和那件秘贡不会有什么关系吧？"朱锐似乎想到了什么，忙说道。

"根据那个当年看到了黑龙潭丢冰现场的人所言，被采去的冰应该是大批量的，不是小数目。那些采冰的人，有可能就是那支秘密进入山中的前清军队。他们采冰，可能是另有用处，和秘贡应该没有关系，只不过巧合地发生在了同一地区。"赵玉堂说道。

"冰是保鲜防腐用的，在东北，也用不着留到夏天消暑，便是有钱人家也没那种必要。既然当年黑龙潭丢失的是大量的冰，也应该是为了保存某种大批量的东西，可能是那支前清军队用在了特殊地方。秘贡应该是一件珍贵的宝物，应该用不着冰来防腐的，所以这两件事，还真不能联想到一起。"朱锐说道。

"但是，如果那批冰就隐藏在附近的某座隐蔽的山洞中，用来保存大批量的某种神秘物体，也就是说，那秘贡可能不是一两个，而是一大批。这样一来，两件事就联系上了。"朱锐说道。

"有道理！"赵玉堂惊讶道，"如果附近的山体中，隐藏有大量珍贵的东西，相当于一座宝库在那里了，怪不得引得这么多的人注意。"

"如此说来，那座山洞，只能隐藏在附近的山体中，而不是在西夹荒这边。但是那些人为何都聚集在西夹荒，而不是分散到别的地方居住，也免得引起外人注意？现在倒好，大家聚在一堆，目的都是一个，彼此门清。"朱锐摇头道。

"是啊，这也是我最为困惑的地方。只是几件事集中发生在一个时间段和一个地方，令人不得不联想到一起去。"赵玉堂说道。

朱锐说道："不过现在可以肯定的是，那些人多是为了那件秘贡而来，而且那东西若是一件，就隐藏在西夹荒，若是一大批，就隐藏在附近的山体中，而且还是被冰冻着。"

"打牲乌拉寻找了几百年的东西，不可能是一大批，只能是一样或是一种。那支前清军队采出的那些冰，运到哪里，做何用处，就不知道了，或许，真的是和秘贡没有关联，也最好没有关联。"赵玉堂说道。

赵玉堂接着说道："我来西夹荒三天了，注意到了一些人，也被一些人注意到了。所以今天必须离开西夹荒赶回奉天，有几个人的身份也要回去具体地调查验证一下，所以西夹荒这边，就有劳朱少爷注意一下，但是

第九章　前清秘贡

安全为上，不可贸然行动。冬天雪大，估计那些人不会搞出太大的动静来。我在冬市开市的那天还会回来，希望那时会有一个结果。"

朱锐说道："放心好了赵探长，我会注意的。冬天是西夹荒一年里最为重要的时期，你也看到了，全屯的人现在都在为冬猎做准备，那些有目的的人，应该不会选择在冬天行动的，所以冬天是个安全期。并且过了这么多年，都没弄出什么动静来，很有可能都还不知道秘贡的具体下落，可能都在等别人动手的机会。还有件事，福和顺的掌柜说，他的商铺就是从打牲乌拉衙门里的那个叫伦图的官员后人手里盘下来的，伦图的后人说是投奔奉天的亲戚去了，赵探长回去后，可以查一下这个人的去向，他有可能知道一些西夹荒的秘密，尤其是关于那件秘贡的事，他极有可能知道是个什么物件。"

赵玉堂听了，点头道："这个信息很重要，回去后我会调查的。"

"对了朱少爷，你既然被人打过冷枪，说明危险随时会发生，你也要有防身的准备。"赵玉堂说着，将地上的那只皮箱提到桌子上，打开来，上面是几件衣服，待掀开几层衣服，下面竟然呈现出一箱子的武器来——一把捷克造冲锋枪、五支弹夹、两支左轮手枪和几盒子弹——怪不得皮箱不离手。

赵玉堂将几件衣服取出来另行包裹了，然后将皮箱合上，推向朱锐道："这箱子里的武器留给你备用吧。这边不仅土匪横行，有些潜伏在西夹荒的人更非善类，保不准日后动起手来，你自己这边也好有个防范。会用枪吗？"

朱锐意外之余，笑道："那就多谢赵探长了。在大学里，参加过枪支方面的训练。"

赵玉堂说道："那就好。不过记住了，这箱子里的武器，只能有你自己知道，不可告诉任何人。关键的时候发给信任的人使用，秘藏个绝招，有时会保命的。你现在是我代奉天警察总局聘请的探员，有权使用这些武器。"

朱锐欣慰之余，将那只皮箱藏到了床底下。

赵玉堂拍了拍朱锐的肩膀，欣然道："今天很高兴认识你这个朋友。西夹荒的事就暂时交给你了，注意那些人的动向即可，万不可与他们发生冲突，因为那些人都不是简单的人，安全第一。对了，我回奉天，你可要给家里带个话吗？奉天的桓德源我还去买过山货呢。"

朱锐犹豫了一下，说道："若是方便，就请赵探长告诉家父，我这边一切都好，暂且不用派人来代替我了。"

"好的，我会的。"赵玉堂点了下头。

第十章　狼群和土匪不入西夹荒

一

赵玉堂提了包袱转身要走，又停下来，顿了下，对朱锐说道："我们目前面临的最大的麻烦，就是这件事有大帅府的人参与进来了。我这次回去，尽可能地让上头与张大帅那边沟通一下。我的同事与朋友在这边失踪了，我必要查个清楚，为地方治安计，西夹荒的秘密也要查个水落石出，否则这些特殊的人在这里，早晚要生祸事。"

"我们会查清楚的。有了赵探长，我现在心里踏实多了。"朱锐高兴地说道。

赵玉堂听了，感叹道："本不应该将你拖进来的，但是在西夹荒，我实在找不出第二个人选了。"

朱锐笑道："除非离开西夹荒，否则做不得壁上观，只能做局中人，并且还要做个破局的人。一入西夹荒，就身不由己了。"

赵玉堂严肃的脸上露出了一点笑意来，说道："难得你能这么想，这是需要勇气的。"说完，抬手示意朱锐止步，然后转身离去。

送走了赵玉堂，朱锐站在那里，开始有些茫然无措起来。事情变化得太快了，也更加复杂了，远远超出了自己的预料，如有变故，不知自己是否能应付得来。好在赵玉堂的出现，令他多少有了些底气。

目前看来，西夹荒这些人的目标，就是那件秘贡了，至于千年参王和金脉，也会有人惦记着。那么，到底是一件什么样的东西，竟然令打牲乌拉的人在长白山里寻找了二百多年？好不容易找到了，就在送往京城的路上，大清朝就亡了。看来那件所谓的秘贡，也是种不吉之物。那物件，应该是种长白山里的宝物，否则不会引得前清皇室如此重视，更不会引得这么多身份复杂的人潜伏在西夹荒伺机抢夺。

可能是不适应山里的气候,刘来这两天肠胃不好,拉起了肚子。朱锐到郭郎中家里抓了两副调理肠胃的中药,出来时一抬头,见对面还有家利昌盛西药铺,掌柜的叫卫昌,接风宴上也见过的。朱锐又进了利昌盛,买了盒止泻的药片。招待朱锐的是卫昌本人,彼此问候了下。望着朱锐离开的背影,卫昌似有所思。

走在街上的朱锐,望着街道两旁的商号,忽然想到一个问题,一怔之下,不由站住了。小小的西夹荒,怎么会开办有这么多家的商号?虽然有冬市支撑着,但是一年四季中,可是有三个季节为淡季。况且开始时,冬市并没有形成。也就是说,这么多家商号在西夹荒创建之初,都并非为了盈利而来,多半是掩人耳目,空挂个幌子而已。这其中,就包括自家的桓德源……

一念至此,朱锐不由打了个冷战。

回到桓德源,朱锐唤了李海过来问话。

"李海,你是桓德源的老伙计了,一直跟随着刘掌柜。西夹荒这边的分号是怎么创办的,具体情况你和我说一下。"

李海应道:"当年也是误打误撞地到了西夹荒。民国初年,我随刘掌柜到这边收购山货,听人介绍,西夹荒这边有山货庄,就过来了。那时候,这里仅有三四家商号,福和顺是唯一的一家山货庄。当时刘掌柜本没打算在这里办分号,只是想建个存放山货的仓库和一个落脚点。同一年的冬天,西夹荒人利用这里雪厚的优势,造就了冬季猎场,随之形成了冬市,桓德源的分号也顺理成章地创办了,这也是老东家同意后才创办的。"

朱锐听了,心下这才稍安。

西夹荒东岗上有一座简陋的土庙,名山神庙,传为伦图当年入驻西夹荒时所建的祭长白山神之所,也有一说是为在此开荒的流民所建,祭土神以佑丰年,具体已不可考。庙内曾塑有白虎、白鹿、白色海东青之形,现已不见其踪。唐时长白山又称太白山,《辽史》中记载百兽以白者为尊,

第十章 狼群和土匪不入西夹荒

史上关东各部落每以某种鸟兽尊为族神及山神，或与此有关。

与之对应的西岗上的雪神庙为一大殿，颇具规模，内塑白色雪神像，披白袍，当为萨满教中雪神之形象。雪神庙是雪神节，也即西夹荒冬市开市日，祭祀雪神之所。当日先以整鹿供奉雪神，而后方可鸣锣开市，进行交易。据说开市之日，客商云集，抢购冬季猎场所获之物，盛况空前，此为当时长白山区唯一的"冬市"。

一场铺天盖地的大雪，终于为西夹荒披上了银白色的盛装。整个长白山区也进入了漫长的冬季。山里人家多进入"休眠期"，也就是"猫冬"，然而对西夹荒人来说，却是进入了一年里最为忙碌的季节。

妇女们自主地联合起来，启动所有的锅灶，摊煎饼、烙火勺、蒸黏豆包和馒头，成品则统一装进了大缸在雪堆里储存，为即将进入冬猎的男人们准备口粮。这些食物，食用起来方便且节省时间，稍一加热即可食用。

半大孩子们也休了学，里里外外地帮着忙活。行动不便的老人们也都没闲着，坐在灶前，照顾着柴火。

朱锐站在二楼的窗前，望着屯子里一派热火朝天的场面，也自有些感动。这个时候，所有人都收起了其他的心思和目的，皆在为一个目标努力使劲。虽然所谓的冬猎场面自己还未看到，心中终是存有疑惑。

这时，街道上走来了将伟，抬头望见了桓德源楼上窗内的朱锐，于是招呼道："朱大少爷！上你们桓德源讨口水喝。老娘们都出去忙活了，家里连口热水都没人烧。"

朱锐见了，忙探头应道："将大哥客气，这里有好茶奉上。"说着话，忙转下楼来。

朱锐将将伟请至客厅坐了，上了茶水。将伟连饮了三碗热茶，这才哈哈一笑道："西夹荒的人都在忙，只有你这个闲人在家坐。"

"是这样的将大哥，有人代我出工了。"朱锐尴尬地说。

"叫我大炮，那样听着近乎。"将伟笑道，"和你开个玩笑，知道有人代你出工。西夹荒的规矩，凡是青壮男丁，这个时候都要出工的。当然了，也可以出钱请外人代为出工。冬市之后，屯子里的男女老少，按人头都是有份子分的。"

"大炮哥，西夹荒的这个规矩好得很啊，利于团结协作！"朱锐点头道。

将伟感慨道:"是啊!也只有到了冬天,西夹荒人才不分彼此。真希望西夹荒的雪,永远不化尽才好。"

"听说大炮哥和二炮哥是冬猎的猎长,这场雪下得够厚了,什么时候才开始冬猎啊?"朱锐问道。

二

"这点雪哪里能够?你想看冬猎的场景,必要等到大雪厚得将全屯子都盖严实了,好戏才开始上场呢。要知道,西夹荒里的雪达三尺的时候,外面林子里的雪还不足一尺。若达到猎场形成的条件,至少一个月以后吧。雪神节前的那一个多月,才是最为重要的,今冬的收成,都指望那一个多月了。"将伟说道。

"令人期待啊!"朱锐仍旧是一头雾水。

"哈哈!西夹荒的冬猎,只有亲自看到,才晓得妙处,是不能说的。"将伟仰头大笑,看出了朱锐的迷惑,仍旧卖着关子。

"成啊,反正这个冬天我也不走了。"朱锐说道,"大炮哥一身英雄豪气,应该是本地人吧?"

"老家黑龙江的,不过是在抚松长大,整天混在林子里打猎,在金川也住了几年,和我那兄弟,后来才到的西夹荒。"将伟应道。

朱锐听了,暗里点了点头,知道将氏兄弟是西夹荒内少有的纯朴之人。

"我知道你心里想啥。"将伟说道,"住在西夹荒的人,大多数都是来寻金求宝的,也不知道他们在找什么玩意儿。不过,这些人里面,藏龙卧虎呢!住在西夹荒有两个好处,知道不?"

朱锐摇了下头。

将伟说道:"那就是土匪和狼群从来不进西夹荒半步。"

"这是何故?"朱锐讶道。

"我先说土匪吧,"将伟喝了口茶水,说道,"西夹荒屯子自冬市出现两年后,住在这里的人开始变得富足了,也引起了外面土匪们的注意。说

第十章　狼群和土匪不入西夹荒

起来是四年前吧，刚过完年，大年初三的晚上，一伙二十人配备有长短枪支的土匪就摸进了西夹荒。结果也不知怎么回事，那天晚上，屯子里连个动静都没有。初四的早上，大家伙才意外地发现，南侧的跑马道上，一排溜躺着十九具尸体，唯独走了一个。也不知是哪户人家动的手，或是几家暗里联手将那十九名土匪悄无声息地放倒了。放走的那一个，应该是故意的，以令他放出风去，西夹荒人是不能招惹的。打那以后，方圆百里内的土匪，甚至于长白山区的土匪，有了个不成文的规定：宁打奉天城，不进西夹荒。自有了那件事后，我才知道山外有山、人外有人的道理，虽然那些人是来求财探宝的，各有目的，但是我从心眼里敬畏他们。"

"西夹荒还发生过这种奇事！"朱锐惊讶不已。

"还有一件，说起来是前年冬天的事了。大雪封山，有一伙土匪绝了粮，迫不得已，派人捎过话来，乞讨一些食物以渡过难关，于是我们在北坡上的路边放了几只鹿和几袋子粮食，天未亮就被人取走了。打那以后，外面的土匪对西夹荒人更是另眼相待，就是在外出的路上遇到土匪，只要一说是西夹荒的，立马放人。"将伟说道。

"这西夹荒卧虎藏龙，高手云集，不过鱼龙混杂，也隐藏有险恶之徒。"朱锐说道。

"这个我知道。所以只要他们不破坏西夹荒人的营生，大家就会好好相处，否则只能枪口上见了。我们兄弟俩和万把头、刘掌柜，一直在压着各方不生事，所以西夹荒才走到了现在。"将伟说道。

"有人一直在寻找机会打破目前这个平和的局面。"朱锐说道。

"这个我知道。西夹荒的平静日子，终会有人来打破的，因为，住在这里的人，大半不是普通的人，也都是不甘寂寞的人，隐忍了六七年了，就快有动作了。"将伟面呈忧虑。

"好了，不说这些愁人的事了，冬天里的雪，暂时能压住那些人的火性。我再和你说，狼群不进西夹荒的事。"将伟说道，"这件事是个谜，我在长白山里打了多年的猎，始终弄不明白原因。每年冬猎的时候，都会引得狼群过来，但是它们最多到东西岗上，连坡都不下，我们也只好丢些动物的肉及头蹄下水过去，它们吃饱了也就散去了，似乎每年都要来西夹荒讨上一顿饱饭才好。"

"又是一件奇事！"朱锐又一次感受到了惊奇。

将伟站起来说道："西夹荒的雪有多深，没有人知道。西夹荒会发生什么奇怪的事，也没人能预料到。乾隆爷在这里打过熊，如今这里变成真正的猎场了，至于那些人还想猎些什么稀罕物，那是他们自己的事了。好了，水喝足了，我得走了。"

将伟说完，哈哈一笑去了。

一夜之间，又下了一场大雪。早上起来，已是推不开门，街上的雪已是齐腰深了。这个时候的东北乡下人家，用的多是糊在窗框外面的窗户纸，东北三大怪"窗户纸糊在外，养个孩子吊起来，姑娘叼个大烟袋"，这种外面糊的窗户纸就是其一。唯有西夹荒这里，多户人家都用上了透明的玻璃。各家各户，除了火炕之外，还另设计有火墙，也有端了火盆摆在炕上的，除了取暖散热外，也可以在火盆里临时性地烤些地瓜、土豆，以及一种名叫"火勺"的东北地区的特色小吃。外面冰天雪地，屋子里温暖如春，香气四溢。

朱锐早上起来的时候，发现玻璃上结了些各式各样的冰凌花，宛若另一个世界里的奇花异树。在西夹荒，这种现象大家司空见惯，但是也有在窗上结出怪异图案的，如虎豹鸟兽，甚至于人形，此般现象，颇不可解。

朱锐用手在玻璃上温化开了一块地方，透过玻璃，看到了外面另一番景象——纵横交错的雪道内，是西夹荒人忙碌的身影，如同战场上士兵们在挖战壕，而这里，则是在挖雪壕。一条条的雪道被及时清理出来，围绕屯子的跑马道，和跑马道内的几条主要雪道，则被拓得宽些，最宽处达五六米，其中还被清理出了两块小广场来。在西夹荒十余万平方米的范围内，雪地上形成了复杂的，好像是迷宫般的交通网络。

"他们在布置猎场吗？可是如何能引得林子里的野兽进来呢？"朱锐此时才有些明白，西夹荒的冬季猎场，真的是设在西夹荒内，甚至包括了整座屯子。这一切，令他感到茫然，不明所以。

朱锐戴了皮帽，穿了棉鞋，裹了棉衣，缠了围巾，将自己包裹得严严

第十章 狼群和土匪不入西夹荒

实实，出了桓德源，抄着手，踩着"嘎吱嘎吱"响的雪，一路踱步朝卢深家走去。他感觉，到了第二次拜访这个神秘的大萨满的时候了。

这个时候，西夹荒屯内的人基本都走空了，工作的重点移到了北面的那一大片平坦的雪地，人们都在那边清理雪道，屯内偶然能见到几个孩子，沿着旁边的雪道欢快地跑去。

前面就是卢深的家。院子外的一条雪道内，晃动着一个人影，是卢深正在清理雪道。

此时，朱锐心中忽然产生了一种愧疚。虽然有着不是西夹荒人身份的刘来代自己出工，但自己这种养尊处优的态度，实在是不符合一个年轻人的身份。况且，自己真的不是那种"四体不勤，五谷不分"的富家公子哥，只是这些天来，一直躲在桓德源研究西夹荒各色人等。赵玉堂走的时候并没有点出他已经识破身份的几个人，那是为了朱锐安全上的考虑，知道得愈少，对现在的朱锐来说，愈是安全。

朱锐在卢深家的院子里寻了一把雪铲，出来清理另一条雪道内的积雪，没有先和卢深打招呼。

第十一章　七星泉

一

卢深劳动了一会儿，抬头发现了那边雪道内正闷着头清雪的朱锐，不由笑着点了下头，随后招呼道："你来了！"

"卢先生！"朱锐这才直起了身子，尴尬地笑了一下。

"过来歇会儿吧。"卢深走到院门一侧，倚在门框上，从怀中掏出了一盒烟卷和火柴，点火吸上了一支。

朱锐从那边走了过来，说道："卢先生也出工啊？"

卢深笑道："这是正忙的时候，谁好意思赖在家里啊！不过屯里的人照顾我，只让我负责院子周围的几条雪道的清理工作。这种先期的工作是很重要的，一定要清理得及时，否则过些日子，大雪到来，工作会更繁重的。"

"我看大家伙这架势，是在西夹荒范围内布置整个猎场啊？"朱锐说道。

卢深笑道："是的，西夹荒的冬季猎场，在整个长白山区，甚至于整个东北都是一个奇迹。世人只知东北的松花江上有冬捕，却不知西夹荒这里有着独特的冬猎。"

"西夹荒弹丸之地，如何能形成一个冬季猎场呢？况且山林里的那些动物们又如何被吸引来呢？"朱锐茫然道。

卢深笑道："现在林子里的雪还小，待厚度超过三尺时，你想想会发生什么样的情况？"

"缺少食物！"朱锐似有所悟。

"不错。大雪封山，林子里的动物们会愈来愈短少食物，而西夹荒这

第十一章　七星泉

里会为动物们准备上一场盛宴。当然，对于鹿群来说，西夹荒这里还会有一种神秘的气息吸引它们前来。"卢深说着话，望了雪风口一眼。

"原来是这样。可是我不明白，西夹荒人又如何捕猎呢？"朱锐疑惑道。

"雪，西夹荒的雪。冬天里，由于雪风口的原因，西夹荒会形成一种雪灾，外面山林里的雪能达到一米的厚度，这里就能达到三四米的深度。不过西夹荒人变害为宝，利用得天独厚的雪，创造了冬季猎场。要知道，这里是雪神眷顾的地方。不过萨满诸神降临人间，是要先降到降神台的。长白山里最大的降神台是在天池主峰上，而这里则是距离此不远的四方顶子，那里，是一处萨满圣地。"

"四方顶子山是一座降神台？"朱锐惊讶道。

"不错。每年我都要到四方顶子上面几次，迎接萨满诸神，其中就有雪神和风神，以令西夹荒风调雪顺。"卢深说道。

见朱锐一脸迷茫的样子，卢深说道："萨满，源于人类的本能。人居于天地之间，只要精神合于自然，便可通神。对我们萨满来说，诸神是存在的，甚至于是能看得见的。借神之力，以全人事。人类，仅是居住于地球表面的一群生物罢了。对了，半个月之后的那场雪，对今年西夹荒的冬天来说是最为重要的，到时候，你注意观察一下雪风口吧。那时候你就能知道，是自然的力量，还是雪神的力量了。"

"哦，好的。"朱锐茫然道。

"还有，你是一个能改变西夹荒命运的人。"卢深望着朱锐，意味深长地说道。

"好了。过几天会有人请你我二人喝酒的，那时再聊。"卢深说完，转身进了院子。

朱锐听得一头雾水，摇了摇头。他这次来本想将前清秘贡的事告诉卢深，转念一想，人家有先知之能，或许早知道了。他在雪道内又清理了会儿雪，这才朝桓德源走去。

这时，迎面走来了三个人，为首一老者，正是金帮的张把头，后面跟随着他的两名徒弟。朱锐想起此人不待见自己，于是想寻个别的雪道避开，免得尴尬。

"是桓德源的少东家吧？"张把头那边却先唤了一声。

朱锐见了，只好硬着头皮走上去招呼道："是张把头啊！"

张把头不知何故，此时一脸的笑意，迎上前热情地说道："这些天屯子里忙，正寻思哪天闲下来找你喝顿酒呢。"

朱锐听了，自有些受宠若惊，忙说道："张把头客气了，应该是晚辈请您老喝酒才是。"

"不是那个理。我老张头只认事，不认人。我之所以要请你喝酒，是要感谢你的仗义。"张把头颇呈感激地说道。

"张把头谢我何来？"朱锐讶道。

"前些天，杂货铺的那个胡老歪给你出了个歪点子，要对我使绊子，被你毫不犹豫地驳回去了，就凭这件事，我老张头就要敬你一杯酒的。咋地，不给面子？"张把头说道。

"咦！"朱锐心中立时一惊，没想到那天在杂货铺的谈话竟然被人偷听了去。隔墙有耳！这些人，任凭哪一个都不能轻视。

张把头似乎看出了朱锐的神色，笑道："在西夹荒，什么事也别想瞒过我。好了，过几天闲下来，我请你喝酒。到时候也会请卢先生一起到我家里来，我要好好地招待一下你们，西夹荒内两个重要的人物。"说完，他又拍了一下朱锐的肩膀，带着两个徒弟去了。

"卢先生刚说了，有人要请我和他喝酒……"朱锐站在那里，惊讶不已。

这位神奇的大萨满，不仅能看穿一切，还能预知一切吗？

一大早，将氏兄弟和石英一起到了桓德源，并且那兄弟俩各持了猎枪来。朱锐听到楼下的动静，便自下了来。

"朱少爷，来了这些天闲得慌吧？走，今天没什么事了，和我们仨到林子里打猎去。"将伟招呼道。

"好啊！"朱锐听了，心中一喜，有这三人在侧，安全方面是有保障的，而且到山上散散心，也是自己这些天来的一个想法。同时，他也有再

第十一章 七星泉

次将那个枪手引出来的意思,虽然这种可能性不太高。

"少爷,我也去。"刘来那边欢喜道。

"同去!同去!打了大家伙,也好有人抬下山来。"将涛那边笑道。

几个人出了桓德源,朝雪风口方向走去。

二

待行至屯口时,旁边一块卧着的巨石引起了刘来的注意,他嚷嚷道:"哪里来的大石头?"

将伟说道:"这块石头来得有些蹊跷。民国二年的时候,一天晚上,山里起了大风,雪风口处根本站不住人。就在那天晚上,雪风口这边传来了巨响,地动山摇,动静挺吓人的。第二天早上,大家才发现这块大石头滚落在了这里。应该是大风从山谷里刮出来的,至屯头而止,险些滚落到屯子里。然而这块足有几十吨的巨石,以前在这边的山谷里并没有看到,也不知从哪侧石壁上掉下来的,似乎从天而降。因为这块巨石形状似鹿的心脏,教书的李秀才说,这是一块'永结同心'石,可令人的感情坚若磐石,永不改变。从那以后,附近的村镇,如金川、抚民那边的年轻男女结婚前都要来西夹荒这里摸摸这块石头,讨个永结同心,白头到老的愿望,尤其是每年的七月初七那天,好多的年轻男女都来这里,向石上布彩,共同摸一下这块同心石。你还别说,那些结婚的人,凡是来西夹荒摸过这块同心石的,就没有散伙的。"

将涛笑道:"这年头,讨个媳妇不容易,哪能那么轻易地说散就散了呢,摸一下石头,讨个吉利罢了。不过大萨满卢先生说,这块同心石还是有灵性的,因为敬奉的人多了,便自然而然地集众人之愿,形成了一种愿望石。也就是说,有些神灵之物,是众人敬出来的。"

朱锐笑道:"好一块同心石!坚若磐石,永不移动,虽被人敬,也是因为它特殊啊!还有上面的那块'镇风、吹雪'石,算得上西夹荒的两块奇石了。"

将伟笑道:"西夹荒神奇的地方多着呢。走,领你上去看看那眼泉子去。应该还能看到守泉子的老刁。"

"姓刁的！西夹荒不是没有姓刁的人吗？"朱锐讶道。

将伟笑道："到了上面你就知道怎么回事了。西夹荒的事，你最好亲眼看到，才能明白，听到的，永远不算数。"

上雪风口的路，已有人在雪上踩出一条道来，并且上面的积雪并不厚，或许大多被风吹落到屯子里去了。

路经那块"镇风、吹雪"石，朱锐站在那里，朝四下观察了一番，周围的山林里，树木疏落，并无异样。

石英知道朱锐的心思，上前说道："这个时候，雪地里会留有踪迹，不会有什么人跟上来的。"

"你们两个，快点走！"前面的将伟招呼着。

数块巨大的岩石堆叠在一起，当是远古火山运动中形成的。一股清亮的泉水从岩石缝隙中流淌出来，漫过石块，汇成一条小溪，经过雪风口，流向了下面的西夹荒，在几十米外的地方，还汇集成了一汪池塘。将涛说，那里是夏秋季养蛤蟆的地方，和兴饭馆的马大勺还在后院下屋的水池里养了一部分，现在还活蹦乱跳的，那是等过年的时候做山水席大菜用的。

"这眼泉子就是七星泉了，西夹荒全赖此水生存。这泉子里出来的水，甘甜清冽，最是养人。曾有南方的老客，尝过之后，说这泉子若是在南方，可了不得，当可在十大名泉之列，隐藏在这山里可惜了。本来屯子里有七处湖面，被那个张把头师徒填土占了四处，以后有机会，还得让他们腾出来，一水化七星的局面多好看！"将伟站在泉眼旁说道。

将涛冷笑道："张把头的一点私心，全建在那院子里了，明显此地无银三百两。"

将伟说道："当年他来得早些，否则四处水面他一处也占不得。早晚让他腾出来恢复七星湖，现在孩子们都叫上三星泉了，忘记原来是怎么回事了。"

"那……那是什么？"刘来指了泉子上面的一块岩石，惊讶道。

第十一章　七星泉

朱锐抬头看时，不由一怔。在那块岩石上面正卧着一只毛色纯黑，两眼通红，透着机警的老貂。那只貂似乎并不怕人，望了这边一眼，未再理睬，自顾在那里打盹。

"大炮哥，你说的老刁，原来是指它！"朱锐恍然大悟。

将伟说道："这只老貂是西夹荒人的老朋友了，在这里守着泉子几十年了，具体活了多久，也没人知道。"

将涛这时从布囊中掏出一只野鸡来，放在了旁边的石头上，显然，是送给老貂的食物，西夹荒人在供养着这只老貂。

"如果来西夹荒的那天晚上，在屯子里遇到的是一只貂的话，也不应该是这只，那只比这只大多了，或是另一种山里的动物。"朱锐心中思量道。

"走吧，我们到林子里看看去。"将伟说道。

"少东家，你来西夹荒时，夜里出来遇到异物的事我听说了，在长白山里面，这种事经常发生的，多是一些活得年久的动物，有了些灵性，扮人样，学人腔，不去理它们就是了。不惹恼它们，它们也自然不会害人。"将伟说道。

"不过，遇到感觉奇怪的人，最好不要接近他们，否则也会遭殃的，那多是老狼或其他能吃人的动物，扮人样引你上当，寻机再吃了你。"将涛那边笑道。

"不可思议！若不是遇到一回，哪里会相信，世界上还会存在这种怪事？"朱锐摇头感叹道。

将伟说道："在长白山的老林子里，遇到任何怪事都不足为奇。见怪不怪，其怪自败。有时候，也是祸福由人招。"

"这山上的雪没有屯子里的雪大啊！"刘来那边惊道。

"这还没到时候呢。到时候山风一起，就将这山谷中的雪经过雪风口吹到西夹荒去了。对了，我们现在是往东面走，过了山岗就是黑龙潭了，朝西行，则通向金川。"将伟说道。

攀上了山岗，透过林木，隐见下方有一块平坦的雪地。

"那里就是黑龙潭了，现在水面结了冰被雪盖上了。"将伟说道。

将涛旁边笑道："说起这黑龙潭，前几年的冬天还发生过一个事呢。

有个人短了钱用，便寻思着用什么法子弄点钱来，你还别说，真被他想出了一个主意。那时候，多有外地人到这边买地种的，于是他便搭上了一个人，说山里有一块好地想出手，对方说那就去实地看看吧，他便领了对方站到对面的山上，指着山下的黑龙潭，说就是这块地。而在几天前，他一个人起早贪黑地将冰面上的雪一条条地都拢了起来，给人的感觉是被雪掩盖着的地垄。结果对方一看，这块地好啊，平坦不说，还很整齐，于是出钱买了下来，待春天种地的时候，对方来下种了，除了一汪湖水，哪里也找不到他的地了。"

"哈！还真被他卖出去了！"朱锐听了，惊讶之余，忍俊不禁。

将伟说道："年根子底下，马大勺还会约了人到黑龙潭这里砸开冰窟窿钓鱼，为山水席准备食材。他有个绝活，能在冰窟窿里钓上来几十斤的大鱼，并且不同的饵，能钓上来不同的鱼。长白山里的山珍水产，一百三十八道山水席面，被他做神了，并且还说，那山水席面，离开西夹荒做不了。"

将涛笑道："这是西夹荒人的口福！屯子里除了大萨满，就数他吃得开了，那是人家的本事。"

朱锐望着下面的黑龙潭，寻思道："这就是当年丢冰的黑龙潭，竟然离西夹荒这么近。当年那批秘密采走的冰去了哪里呢？虽然有可能隐藏在附近的某座山洞中，但也可能被运送到了很远的地方，进了更深的山里，那毕竟是动用了一支军队的力量。但是，前清秘贡就是同一时间，几乎是同一地点失踪的，两件事不可能没有关联。还有，如果西夹荒内的那些有心人的目标不是千年老参，不是金脉，而是那件秘贡，事情就更不简单了，他们抢夺的是一座宝藏。长白山里，什么珍贵的东西，竟然还要用冰块来保鲜防腐？

"或许，如赵探长所说，这是两件不相干的事？可我感觉，这两件事是有关系的，并且有着密切的关系，今天看到了黑龙潭，这种感觉更加明显了。

"那件所谓的秘贡刚被找到，大清就亡了，并且引来这么多人聚集在西夹荒，硬生生地造就了一座神奇的屯子来，这个东西，还真是有些邪性！当真是种不吉之物吗？"朱锐心中忽地一惊。

第十二章 全鹿宴 山水席

一

将涛在黑龙潭附近的林子里猎了只狍子，而后几个人往回走。

"前几天，我发现一头大马熊在棒槌岭上蹲仓子呢。到时候惊下仓，将它引下山来。有客人去年冬市上就订了三只熊胆和四双熊掌呢。"将伟说道。

"黑瞎子沟那边我也发现了熊的踪迹，是一家三口蹲地仓呢，到时候也惊下仓引过来。"将涛说道。

熊在冬天进行冬眠，钻进枯树洞里的，称为"蹲天仓"，躲在岩石山洞里的，称为"蹲地仓"。所谓"惊仓"，就是敲打树干，以及将山洞里的正在冬眠的熊惊醒，引出来。"蹲天仓"的熊，枯树干上方常冒有热气和结霜，容易被人发现。

朱锐这时指着对面的山说道："大炮哥，这就是棒槌岭吧？"

将伟点头道："不错。大清朝封禁长白山的时候，棒槌遍地，是放山人最喜欢来的地方。传说，岭上仍旧有宝参未被人发现呢。"

将涛旁边应道："张把头的心思在他家的院子里，万把头的心思则在这座棒槌岭上，两位老爷子可是东北三大行帮中金帮和参帮中的老把头了。对了石英，你干爹啥时候来？杨把头是木帮中的老把头了，他来了，三大行帮在西夹荒可就齐全了。"

石英说道："干爹说了，到了年根子底下才能过来。"

朱锐犹豫了一下，说道："大炮哥、二炮哥，我听说，西夹荒里的那些人，除了万把头和张把头注意的东西，好像还有第三种东西令他们感兴趣吧？那也是那帮子人集中入住西夹荒的主要原因。"

"有。"将伟点头应道,"那是一种谁也不知道是什么的神秘东西。这也是我们最为担心的,当年我们兄弟俩应万把头之邀入住西夹荒,就感觉那些人绝非普通人,来这里都是有目的的。"

将涛说道:"早些年听人说,长白山里出了宝了,后来那宝物就没下落了。如此说来,八成是被人藏到西夹荒了。可是这么多年过去了,那东西竟然还没个影,也自没有一个人舍得离开。按我说啊,那些人是被迷了心窍了,还真指望一个捕风捉影的东西能挣来一场泼天的富贵吗?隐藏在西夹荒里的那些人,都不是什么善茬子,心狠手黑,朱少爷新来乍到,还要提防些才是。"

朱锐听了,无奈地笑了笑。

将伟摇头感叹道:"西夹荒内隐藏有高手,也可能个个都是高手。可惜了,这些人各打自己的算盘,否则他们联起手来,将是一支强大的力量,足可以对抗一支军队的。"

将涛冷笑道:"他们所要寻找的东西一旦出现,会被本事大的人得了去,随后也就散伙了。其实这也是一种好事。"

将伟应道:"这么简单就好了。这些人隐忍这么多年,岂能令那个神秘的宝物落于他人之手?到时候,会争抢个你死我活的。事情一发,就不可控了,足可毁了西夹荒的,这才是我们担心的。而且谁能知道,除了当年的那几家老住户,都是些什么样的人物隐藏了真实身份住在这里。"

朱锐说道:"所以,我们应该想个法子,在那样神秘的东西出现之时,令西夹荒众人以和平的方式解决。"

将伟说道:"难啊!别看现在大家都心平气和地过日子,真到了那时候,怕是使出的手段会比土匪们都狠呢。以前曾有几个陌生人,不知深浅地在西夹荒里到处打听什么,结果第二天,尸体就出现在了附近的林子里。那些人,已是容不得其他势力介入了。"

朱锐听了,心中一惊,知道那几具被人弃于山林中的尸体,其中一个有可能就是赵玉堂的同事。好在赵玉堂出于本能,察觉到了西夹荒人对他的注意,早早离开了。

"另外,我听到了一个风声,"将伟那边忧虑道,"附近几个县的几伙大的土匪正在秘密地串联,好像要一起搞出个大动静来,我怀疑与西夹荒

第十二章　全鹿宴　山水席

有关。土匪不进西夹荒的规矩是他们自己立的，也可能由他们自己去破坏掉，因为在利益面前，尤其是在大的利益面前，他们也会无所顾忌的。"

"西夹荒内就有土匪的暗桩。"将涛那边说道，"其实土匪早就注意到西夹荒了，有财谁不想发？当年那伙被灭了的土匪是太心急了，没有搞清状况就冒失地撞了进来，结果就被人稀里糊涂地干掉了，倒也证实了西夹荒的那些人真的不是好惹的。不过，若是几百名全副武装的土匪进来，也不是好对付的。"

"老二，'过山风'那边的情况你注意点，他手下有近百号土匪，枪硬马壮，他若想动西夹荒，是有这个实力的。况且西夹荒的事，他必也有所耳闻，也自会心动的。"将伟吩咐道。

"明白。早些年认识的那个高老六，就入了'过山风'的绺子。有机会见着，我请他喝点酒，套套话。此人沾酒就蒙圈，一辈子改不了的德行。"将涛应道。

"就怕他们联络了几百号人，一起过来就麻烦了。面对几百条枪，西夹荒近二百口子人，可不是人人都有本事的。"将伟忧虑道。

"原来，还有势力更大的土匪也在注意西夹荒！事情愈来愈复杂了。"朱锐心中惊讶不已。

"不过，赵探长说，西夹荒内也潜伏着奉天大帅府的特务。到时候，那个张大帅不会坐视不管的。但是，听说这个张大帅做事不循章法，他若插手进来，事情恐怕就更不好办了，西夹荒到时候怕是要乱成一锅粥了。所以，事情一定要在失控前制止住，否则会殃及无辜的人。"朱锐又寻思道。

雪风口下方，呈现出了半卧雪中的西夹荒，炊烟袅袅，雪气腾空，仿佛一幅美妙的雪中山村画卷。很难想象，日后被大雪完全覆盖下的西夹荒，将会是怎样的一番景象。

这时候，在屯子东侧，跑马道的外围处，有一股白色的雾气冲天而起，弥漫开来。

"那眼热泉子又开始涌出热水了！"将伟惊喜道，"又可以在雪地里洗热水澡了。"

"那是一眼温泉吗？"朱锐惊讶道。

"不错。只是这眼泉子有些不定性，脾气好了，连续几个月会涌出来热水，否则也会几个月不见动静。这热泉子里的水还能医病救人呢，腰腿疼的，皮肤长疥生癞的，洗几次，效果好得很。前几年的冬天，有一个走麻达山的人，在林子里冻僵了身子，后被我兄弟二人发现，将他抬到西夹荒，先用雪擦温了身子，然后泡在了那热泉子里，两天后，方才缓过劲来。"将伟说道。

　　"小小的西夹荒，竟然会有这么多神奇的地方！"朱锐惊叹道。

　　"西夹荒的雪，才是最为神奇的。只是现在还未到时候。"将伟笑道。

　　"早些年就听说过西夹荒的雪是长白山里最神奇的雪，今年幸运地入住了进来，一定要好好地看看。"石英兴奋地说道。

二

　　几个人回到了桓德源。

　　李海迎上来，递上一份帖子，说道："少东家，张把头让人送来份帖子，邀请少东家去他那里喝酒，说是还请了大萨满。"

　　朱锐见了，笑道："在西夹荒，竟然还有人请客前送帖子来，真是讲究呢！"

　　将伟说道："太阳从西边出来了。这个张把头，眼里可容不下几个人。一年到头的，能请去他家喝酒的人超不过三个。朱少爷去了便是，我们在这里收拾狍子，等你回来喝第二轮。"

　　朱锐听了一笑，随后让柜台上备了份礼物，提着去了。

　　张把头的家是一座十分宽敞的院落，一人多高的粗木桩围成了院墙，令人看不到里面的情景，周围另有一大片菜园子。旁边的两座院子是他两个徒弟的家。他师徒足足占了西夹荒屯内六分之一的面积，是当年七星湖中的四处湖面所在。这种先入为主的做法令西夹荒人诟病和猜忌，他师徒却全然不顾。

　　朱锐站在院门前，四下里望了望，也看不出所以然来，说张把头家院子下埋着金矿或是什么金脉，他是不信的。

　　院门开启，张把头的一个徒弟冯勇走出来，望见朱锐，忙迎上前说

第十二章　全鹿宴　山水席

道:"就差朱少爷您了,大萨满卢先生早到了。适才到桓德源送帖子时,说是朱少爷随将大炮他们上山打猎去了。不过来得也及时,饭菜刚好上桌。"

冯勇接过朱锐手中的礼物,将他迎进院门内,随手闩了院门,显是今天不再令外人进了。

四间大房子面南背北,东西两座厢屋,还有着马厩及两套马车。另外,院子里竟然有两口水井,这引起了朱锐的注意。

一间宽敞的屋子里,中间地上摆放着一张方桌,上面摆满了热气腾腾的丰盛的酒菜,旁边铁架子上放着一个泥火盆,里面炭火正炽,令屋子里非常暖和。

此时张把头和卢深正盘腿坐炕上喝着茶水,面前摆满了松仁、榛子等干果嚼物。

"朱少爷架子好大,送了帖子都请不来。"张把头抬腿下了炕。

"对不住,刚才和将氏兄弟上山了,才回来呢。"朱锐忙说道。

"开个玩笑了。"张把头上前笑道。

"卢先生。"朱锐朝卢深拱手一礼。

"恭候多时了。"卢深笑了笑。

"人齐了,开席。请二位入座。"张把头吩咐道。

他的两个徒弟忙活着,又摆上了几坛陈酒。

"这是有名的东北烧刀子,藏了有十年了,还是从外面带来的。"张把头说道。

张把头请卢深和朱锐围了桌子按宾主落座。两个徒弟则里外地侍候着席面。

"这是我专门请马大勺特地烹制的关东名菜'八大碗'。这个马大勺是个奇人呢,他来西夹荒后,硬是自己琢磨出了七十二道的全鹿宴、一百三十八种的山水席。西夹荒的这两套大菜,也只有在过年的时候,大家伙才能尝到呢。"张把头说道。

"不错!"卢深点头赞叹道,"七十二道全鹿宴、一百三十八道山水席,的确是马大勺来西夹荒后,利用长白山里的资源独自创造出来的。全鹿宴能做出七十二道来,实在不易,一百三十八种山水席面,更是奇绝。山是长白山的山珍，水是黑龙潭、老龙潭、辉发江的水产。这两套大菜，拿到外面去，足以与那些南北名菜，甚至满汉全席都有得一拼。西夹荒人，一年中也只有过年才能品尝到一回呢。这也是和兴饭馆的钱掌柜和马大勺厨师对西夹荒做出的最大贡献。其实不管做什么行业，只要做到了极致，便是神奇！"

"西夹荒真的创出了自己的菜系！"再一次听到马大勺和他的山水席，还多了个全鹿宴，实令朱锐惊讶不已。

"入住西夹荒的都是各方面的奇人异士，有些人的大本事你还没有见识到呢。这就是西夹荒独显于长白山区的特殊地方。"卢深笑了笑。

"想不到的事情真是太多了。"朱锐感叹不已。

"山奇水美，人杰地灵！管他是外来人还是本地户呢，只要入住西夹荒，便是西夹荒人。这里的一切，在雪一落地的时候，都是共享的。"张把头说道。

"不错，雪落共享，的确是西夹荒人的独创，这也是冬季猎场和冬市成功的原因所在。西夹荒人有此意识，确实难能可贵，这也是雪神眷顾西夹荒的一个主要因素。"卢深说道。

"其实，西夹荒的雪所带来的一切，才是西夹荒人真正的财富，那些人忽略了这一点。"朱锐说道。

"说得好！"卢深竖起大拇指惊叹道，"朱少爷这句话算是说到点子上了。那些人所寻找的财富，其实是西夹荒人正在共同创造的。"

"朱少爷有学问呢！"张把头不自然地笑了笑。

"张把头，我们应该向朱锐这样的年轻人学习，过分固执于某些东西，可能会害了自己。"卢深随后平静地说道。

"啊！对对！"张把头尴尬地笑了笑，然后拿起那支金烟袋，按了烟丝到烟锅内，准备伸到旁边的火盆中凑火。

卢深那边笑道："我来为张把头点次烟。"说话间，他伸出右手二指，从火盆中用两指夹起了一段通红的木炭，凑到张把头的烟锅处。两只白皙的血肉手指，夹着那断通红的高温木炭，竟无一丝烧灼的反应。

"啊！"旁边的朱锐和张把头的两个徒弟都是一惊。

张把头眼中呈现出了惊骇之色，还是下意识地吸了一口烟，借着卢深

第十二章　全鹿宴　山水席

指间通红的火炭，点燃了烟锅中的烟丝。

卢深随后收手回转，又为自己点燃了一支烟卷，这才将指间的木炭丢回火盆中，两指轻轻弹了一下灰，自自然然，全无异样。

"卢先生刚才这一动作，可是无形中通了火神吗？通了什么神，便有了那种神的力量，否则以他个人之力，修不得这种水火不侵的能力的。原来，传说中的一些事情，竟然都能真实地发生。"朱锐心中惊讶之极。

"谢……谢卢先生。"张把头没有了刚才的狂劲。

"没什么啦！西夹荒以后的局面，还有赖于张把头维持。这也是西夹荒人的福分。"卢深淡然地说道。

"我会的！我会的！"张把头的眼神黯了下去。

"好了，我们喝酒吧。张把头储藏的这坛陈年老酒，果然有味道。"卢深举起了酒盅。

朱锐和张把头忙举酒相敬而饮。朱锐知道，卢深故意露这么一手，已是将张把头震慑住了，暗中惊讶之余，赞叹不已。

"当下时局变幻不定，老百姓过几年安稳的日子不容易，西夹荒这处世外桃源，还是要靠西夹荒人自己来保护。无论来这里求的什么财，最终都是身外之物。"卢深平静地说道。

卢深随后望向了朱锐，笑了一下，说道："眼下的西夹荒，只有你和石英两个年轻人无欲无求，当真令人敬佩。这一杯，我敬桓德源的少东家。"

"不敢！"朱锐忙恭敬地说道。

"朱少爷做事仗义，光明磊落，我也是佩服呢。"张把头尴尬地应道。

"西夹荒内卧虎藏龙，高人不少，但是光明磊落的人，还真是没有几个。"卢深说道。

"西夹荒的这个僵局，终有破的一天，我只是希望，那个时候，张把头能站在正义的一边。"卢深淡淡地说道。

"我……我会的。"张把头额头上渗出了一层冷汗来。

"抬头三尺有神明，我希望张把头能记住自己说过的话。"卢深说道。

"放心吧卢先生，真到了那个时候，我知道自己应该怎么做。"张把头低头应道。

"其实，西夹荒内，不是仅有眼下的这一个僵局，而是存在着一套连环局。"卢深随又淡然地说道。

"连环局？"朱锐一怔，疑惑不已。

张把头肩头微微一震，惊疑地望了卢深一眼，然后又低下了头去。旁边站着的他那两个徒弟，脸色俱是一变。

朱锐此时忽有所悟，心中惊讶道："天啊！传说中的金脉难道说也是真实存在的？张把头入住西夹荒，原来是为了两个目标。"

"第一个局是最重要的，此局一破，相关的人便会离去了。第二个局破不破，倒是无关紧要。或许，能为以后的西夹荒人留下一个依靠。"卢深呷了口酒说道。

张把头脸色变了变，终是没有发声。

第十三章　暴风雪

一

吃罢酒席，张把头和两个徒弟恭恭敬敬地将卢深和朱锐送到了大门外，朱锐陪同卢深一路走来。

"朱锐，西夹荒的雪现在下来了，但还不到时候。你只有经过一次冬猎，才能真正体会到西夹荒的神奇，这里是长白山中最为特殊的一个地方，是西夹荒的雪，造就了这一切。感谢雪神，指引我到了这里，见证了西夹荒人所创造的奇迹。"卢深感慨道。

"也令我有幸见到了卢先生。"朱锐诚恳地说道。

卢深说道："长白山里，最为神奇的秘境有两处，它们也是仅存的两处世外桃源，现在的西夹荒是其一。另一处，继续着它千年的传奇，与世隔绝，还不为外人所知，那就是位于长白山原始森林深处的安乐乡。而西夹荒现在的辉煌，也维持不了多少年了，用不了多久，这个国家就会陷入一场战争中，西夹荒也会归于沉寂。国家破碎，山河仍在，百年之后，西夹荒仍旧会呈现出它的光芒。这是西夹荒的宿命。"

"先生是说，我们的国家，日后会陷入一场战争中？"朱锐惊讶道。

卢深叹息了一声，说道："是啊！这是我们国家的宿命，终要经此一劫。不过，我们国家的命运和西夹荒的命运一样，百年之后，终会在这个世界上大放异彩。"

卢深随后笑了笑，说道："我只是一个游走于天地间的萨满而已，虽能看清一些事情，却改变不了什么。我有我的使命，你有你的使命。你们这一代年轻人，尤其是像你这种读过书的年轻人的思想，才是这个国家的未来。"

"西夹荒和我们国家的现状一样,人心思变。冬天的雪会暂时压住人的欲望,明年春天,这里的一切,就会改变的。"卢深摇了摇头,颇显无奈地说道。

"西夹荒的僵局明年春天就会发生变化吗?"朱锐惊讶道。

"是啊,这个世界本就处于不断的变化之中。朱锐,你的到来,是西夹荒另一种宿命的开始。一个小山村,有可能会牵动东北政局的变化。"卢深应道。

"啊?!"朱锐听得一头雾水,茫茫然不知所以。

"我不是在危言耸听,不过对你来说,暂且一切顺其自然吧。到时候怎么去做,依从你的内心就是了。"卢深拍了拍朱锐的肩膀,一笑离去了。

"你这个能通神的大萨满,为什么不将话说得明白些。"朱锐望着卢深的背影,无奈之余,叹息了一声。

住进西夹荒的这些日子,朱锐基本上将西夹荒的各色人等认识了个大概,除了各商号的掌柜和伙计们,就是村民了。屯北住的一户人家是朝鲜族人,一家四口,两个孩子,男人叫金永志。相邻的两家,一户姓刘,男人叫刘有财,两口子没孩子,媳妇是个膀大腰粗的女人,大嗓门,每日里骂刘有财的声音能从屯北一直传到南面的雪风口上去,一个妇人家,倒也独当门户,令人不敢欺。另户人家姓纪,兄弟三人,带着一个老娘,十年前逃荒从关里过来的,那一年偶然要饭到西夹荒,便在此落了脚。其中两兄弟的媳妇孩子都在河北老家,最小的三弟还未娶,说是再攒上两个冬市的利钱,为老三娶了媳妇,然后一家人再回老家去。那兄弟二人将老婆孩子丢在家里,唯带上腿脚不便利的老娘和一个兄弟闯关东要饭,总是令人疑惑。

还有一个冯木匠,一窝六个大小整齐的孩子,老婆是个哑巴,反正从未听她讲过话。冯木匠一家是西夹荒的原始住户,木匠手艺不错,揽尽了西夹荒所有的木工活,逢人便说,西夹荒的冬市养活了他一大家子人,否则能饿死一半去,他永远感恩雪神。他不仅是在嘴上说,做得也到位,凡是初一、十五,他都会备了香烛供品,拉上老婆孩子,一大家子人到雪神庙磕上几个头去。整个西夹荒,唯有他一家人对雪神最是敬畏和虔诚。他甚至叮嘱孩子,再尿急,也要憋到茅房,万不可撒到雪上,污了雪,就是

第十三章 暴风雪

对雪神的不敬。他感恩雪神倒也对，一家八口从冬市上分得的利钱就有八份，是西夹荒单个家庭中分得最多的。

在西夹荒，每到冬市后分份子钱的时候，人口优势就显现出来了，也只有到这个时候，才知道人口多真是有用，有什么也不如多个人，便是襁褓里的婴儿也能分得一份。除了想办法多生几个孩子，便是家里有老人的也能吃香，都盼望着多活上几年，毕竟占了一份钱呢。

原住"户头"在西夹荒是很重要的，涉及冬市后分成的份子钱。比如，桓德源的刘掌柜在西夹荒初创桓德源分号时，在限制三十六户人家之前，仅带了李海等五名伙计，刘掌柜和那五名伙计是有"户头"的，是可以分足份子钱的。而后来的七名伙计，则没有这份待遇了，但还是有一份福利，冬市后，可以分到一份足顶一年工钱的小份子。其他商号也都如此。不过，不管你是先来的还是后到的，只要你家的孩子出生在西夹荒，就算是西夹荒的正式居民——这还真是个讲理的地儿。

西夹荒内，还有几个手艺人——做豆腐的赵老五、熟皮子的白大河、裁衣铺的孙裁缝。富户里，不算那些商号，倒是有一个早年贩卖牲口的唐绍杰，自入住西夹荒后，便歇了业，享起清福来。然自冬市出现，生意人本性，便又干起了运输，家里养了十三挂马车，二十几匹骡马，除了冬市，其他三季，各商号的运输业务基本上也都被他一家包下了，是个不挂牌子的车店大老板。

其中有几户没有地种，更没有任何营生做的人家，引起了朱锐的注意。这些人到这深山里面，可不是避世养老来的，入住西夹荒的目的就很明显了。其中一个中年光棍，人单身瘦，干巴巴的一副骨架子，一阵风都能吹倒，并且懒言少语，从不主动和人搭话，因姓何，人便称他为何老蔫。他深居简出，啥也不做，似乎只能依靠冬市后分的利钱过活。

还有一户姓洪的，父子三人，老的人称老洪，真名谁也不告诉，两个儿子也一样，大洪、二洪。倒是听说洪家在通化县城那边的街面上有个买卖，雇了亲戚照顾着，爷儿仨住在这里享清闲。做什么买卖谁也不知道，有没有也难说。那爷儿仨轮换着，偶尔出去些日子，不过很快就回来了。因是家闲户，又没个女人，与西夹荒诸人的关系处得也一般，抛头露面的时候极少，行迹也最是可疑。

还有一家娘儿俩过活。老妇人近七十了，人称孙大娘，腿脚仍旧麻利，耳不聋眼不花，一身朴素的衣服，永远都是干干净净的，怎么看都不像是庄户人家出来的。一个女儿也三四十了，姓孙名红樱，徐娘半老，风韵犹存，据说是个寡妇，年轻时跑匪，男人死在了路上。虽然说"寡妇门前是非多"，但奇怪的是，西夹荒的男人们，从来没有谁敢去她家门前撩闲话。娘儿俩为人处事极是和气，与西夹荒各家的妇女们都处得来。但有一点，问老家哪的，从来不说，只说逃荒来的东北。有热心人想说媒的，话刚出口，但见孙红樱眼睛一立，透出两股子冷气来，令人不寒而栗，来人也就止了口，忙扯了闲话去。

二

西夹荒三十六户人家，二百多口子人，朱锐也仅是了解了个大概，但是他知道，这里面可是鱼龙混杂，有好人、恶人，也有高人、能人、奇人，更有个神人，明则和平共处，私下里则暗藏杀机。

朱锐每与石英相处，喜欢他的率性纯真，从心里也自将石英当兄弟相待。石英却说西夹荒闲得慌，几次想离开，去山场子里找干爹杨把头去，但都被万把头劝住了，说是大雪即将到来，冬猎马上展开了，这个时候走了，就没份子钱分了，更是落人口实。石英听了，只好耐着性子住下去。

这天夜里，半月悬空，笼罩在夜色之下的西夹荒静悄悄的。子时刚过，朱锐房间的窗户被人从外面悄声无息地弄开了。随着窗户被轻轻推开，一股子冷气涌进了屋子，接着，一条人影跃了进来，这是一个身形敏捷的蒙面人。

蒙面人蹑手蹑脚地朝床侧走了过去，但随即，他停了下来，眼神中呈现出惊诧——虽是在昏暗的屋子里，但是借着外面一点暗淡的朦胧的月光，还是可以看到床上面空无一人。

"年轻人，不简单啊！"蒙面人轻声说着话，慢慢举起了双手。

随着窗帘抖动，朱锐从后面走了出来，手中举着一把左轮手枪。

"大半夜的，外面天寒地冻，阁下应该是从金川那边翻山越岭过来的吧？倒是辛苦你了。"朱锐轻声说道。

第十三章 暴风雪

"你……你怎么知道?"蒙面人立时一惊。

"因为西夹荒没有你这一号人。屯内的男女老少,我基本上都过了一遍眼,没有与你身形相合的。与西夹荒最近的,也就是金川了。你夜探桓德源,应该有几次了吧。"朱锐冷笑了一声。

"你……你的身份绝非桓德源的少东家那么简单。你到底是什么人?"蒙面人惊骇道。

"我是谁,这与你无关。我想知道,你摸进屋子来,想做什么。"朱锐说道。

"我要说是个来摸东西的小贼,你也不相信。明白人之前不说假话,这次前来,就是想探下虚实而已,对朱少爷倒是没有加害之意。"蒙面人说道。

"这我倒是看出来了,否则现在你也不会站在这里和我说话。怎么样,探出虚还是实来了?"朱锐问道。

"意外,全是意外!"蒙面人说道。

"看来,在西夹荒的外面,仍旧有人打着这里的主意。说吧,什么人派你来打探我的虚实?"朱锐口气一冷道。

"不能说,你就是现在打死我,也不能说。"蒙面人颇显无奈地说道。

"倒是条硬汉子。"朱锐点了下头说道,"你虽然有高来高去的本事,但是你每次夜里进出西夹荒,看似来无影去无踪的,其实呢,你的行踪早已被一些人知道了。"

"我知道,西夹荒内潜伏着不少的高人、能人,甚至有一回我还硬着头皮从一位站在村口的神秘人物的身边经过。但没有办法,朱少爷神秘莫测,总要来探个虚实的。现在我认栽了,生死由你定就是。"蒙面人说道。

"你倒是个直性子。我可以不为难你,也可以放了你,但有个条件——离开这里后,任何人问你,就说什么都没有发生,包括派你来的那个人。能做到吗?"朱锐说道。

"你……你真要放了我?就这点条件?"蒙面人惊讶道。

"当然。"朱锐说道。

"好,我答应你。今天晚上什么都没有发生过,我没遇到你,你也没看到我。在这里,没个虚实可探。"蒙面人说道。

"那好，你可以走了。"朱锐说道。

"你为何不看清楚我，再放我走？"蒙面人惊讶道。

"我记住了你的身形，和看到你的容貌没什么区别。"朱锐淡淡地说道。

"厉害！今天的人情我记下了。"蒙面人惊讶之余，朝朱锐拱手一拜，转身跳出了窗外，随即不见了踪影。

朱锐望了望外面，而后关上了窗户，忽而摇头道："多此一举了，你这一进一出之间，已是令一些人觉察到了。"

房门外响起了敲门声，接着，睡意蒙胧的刘来推开房门走了进来："少爷，你的屋子里怎么这么冷啊？可是开窗户了？"

朱锐忙将手中的手枪掩在了袖内，转头应道："刚才开窗透下气。"

刘来又一脸茫然道："我刚才好像听到这屋子里有人说话啊？"

朱锐摇头道："大半夜的，谁能和我说话？你睡蒙圈了，回去接着睡吧。"

"那好吧。"刘来打了个哈欠，退出了房间，关上了门。

"看来，在西夹荒的外围，还有人对这里有兴趣，不仅是将氏兄弟所说的土匪。这个蒙面人，又受谁指使呢？如果不是在西夹荒，我一定会逼他说出来，这里实在是不方便搞出太大动静。此人此番逼我出手，必又会引得一些人注意了。"朱锐无奈地摇了摇头。

"天机在于不测！这样也好，就让他们胡乱猜测去吧。西夹荒的这个局，我终要破的。"朱锐神秘地笑了笑，接着举起了右手，那支左轮手枪在他掌中快速地旋转起来……

第十四章　暴风雪

一

这天早上，暗灰色的天空阴沉沉的，有种压下来的感觉，山林中全无了动静，万物似乎停止了运转，世界也显得空寂起来。一场大雪，西夹荒人所期待的一场暴风雪就要降临了。

刚过了晌午，大片的雪花开始飘落，仅过了半个小时的光景，铺天盖地的大雪便自砸了下来。长白山里的雪，尤其是西夹荒的雪，是与别处不同的，雪花奇大，片片如鹅毛，团团若粘糕，"扑扑扑"落地有声。

"下大雪了！"孩子们欢呼着跑出了屋子，随被雪花贴住了双眼，跌倒在雪地里。

各商号的掌柜们也纷纷走了出来，站在门前，仰头望着天上飘舞着的雪花，谈论着什么。这场雪，是不同于上一场的，因为这场雪，是最为重要的，可以决定冬季猎场的成败。不过从掌柜们热情洋溢的脸上可以猜测出，这场雪的雪势是可以令人放心的，他们似乎有了某种经验。

将近傍晚时分，雪势似乎变小了些，但已在空地上积了一尺高的雪层。

这个时候，从附近的山林间传来了一种奇怪的声响，最明显的是雪风口的方向，隐隐传来轰轰的，如怪兽般的吼叫声。街上玩耍的孩子们开始惊慌失措地朝自个儿家跑去，门前观雪的掌柜们也急忙闪进门内，吩咐着伙计们关门上窗板。一条街上立即人影全无。

不知哪里生成的几团气旋，造成了数股气流在山谷里冲撞，最后汇集在了雪风口处，形成了一股强劲的风，裹挟着山谷里的积雪，并合着天上的落雪，又吸进了空中的风，一股脑儿地从雪风口朝着下面的西夹荒倾泻下来，如数百米高的水坝，突然间整体崩溃……

朱锐在隐隐地听到那种奇怪声音的时候，便开始站在窗前注意观察雪风口方向，雪风口处涌来的那股暴风雪强大的喷泻力量，还是将他震撼到了。好像是半空中开了个口子，整个宇宙中的暴风雪都聚集在那里，咆哮着狂泄而下。风裹着雪，雪带着风，充塞天地，顿陷迷茫。小小的西夹荒，怎么能承受住这么强大的暴风雪的冲击呢？

原本落在房屋上的积雪又被吹扫而下。风如锋利的刀子，四下飞舞，刮割着高处的雪，滚动着，去填充低处那些雪道和沟壑。待沟平壑满，便开始整体增加这片雪原的厚度。房屋和树木慢慢地被掩埋，天地间迷茫一片……

朱锐看得是目瞪口呆、胆战心惊，他从未看到过这末日般的暴风雪景。

外面的狂风仍旧在怒嚎狂吼，一团团的雪糊住了窗户，随又被风撕扯去，光线开始暗淡了下来，这个危险的世界又陷入了黑夜之中，更加令人无所适从。

"看这架势，这场暴风雪真的能将整座西夹荒掩埋住了，明天又将如何？这简直是场雪灾啊！今天，终于见识到了西夹荒的雪！"朱锐惊叹不已，这时才发觉自己已是出了一身冷汗，顿感寒意侵肤，于是拉上窗帘，倚靠在了床头的火墙上取暖。

"西夹荒这里真是一个奇怪和特殊的地方！"他感慨了一声。

刘来端着一大盘刚煮好的鹿肉饺子和一壶茶水走来。

"雪真大啊！楼下的门都被堵上一多半了，推都推不开了。明儿个早上，整座西夹荒屯子都会被埋在雪底下的，真吓人啊！可是李海他们说，要的就是这种效果呢！他们还说，没见识过的人，不会知道西夹荒的雪有多深。"刘来摇头道。

朱锐听了，笑了笑道："我们见识到了西夹荒的雪，也算是见识到了西夹荒的神奇。明天早上，不知这个世界会变化成什么样。是地狱，是天堂，只能天亮见分晓了。"

"人被埋在雪底下，怎么活动啊？"刘来疑惑不已。

"这应该就是西夹荒最为神奇的地方了！"朱锐这个时候才多少有些意

第十四章 暴风雪

识到冬季猎场存在的原因了。

"明天之后,我们可能会见识到一种长白山里冬天最为奇特的场景。"朱锐有些兴奋起来。

夜深了,窗外面,从雪风口方向刮过来的风雪之声,丝毫没有减弱的迹象,似乎要将整座长白山上的雪全部收刮裹挟来,填平小小的西夹荒。

朱锐裹了被子,倚在火墙上,理顺了思绪,想象着暴风雪后雪底下西夹荒的样子。在来这里之前,还未听说过一座村子会被大雪掩埋的事。

不知什么时候,朱锐迷迷糊糊地睡去了。待他再一次睁开眼睛的时候,外面已是有阳光映在了窗户上,天早已大亮了。然而外面却是静得出奇,静得异常。

朱锐忽然意识到了什么,不由打了个激灵,一下子站了起来。

他走到南侧窗前,先是拉开了窗帘,玻璃窗上仍旧结满了窗花,看不到外面的景象。他站在窗前犹豫了一下,然后猛然推开了窗户,一股子寒气扑面而来,外面白光晃目。朱锐先是抬手挡住了双眼,待他适应了一会儿,放下手来,这才惊讶地发现,在他的眼前,一片雪原延伸开去,已是没有了西夹荒屯子的影子,远处,倒是仍旧可见雪风口及高耸的棒槌岭。

朱锐虽有心理准备,但是眼前的一切,还是大大出乎他的意料。他忙转身冲到北侧窗前,推开窗户,又是一片雪原,白光一片。那雪白得圣洁,白得耀眼,可见的只有屯内和北面的那两座三层高的木塔楼——也已是被大雪埋了一半去。

桓德源的这座二层楼房,雪层也已积到了二楼的窗台下面。其他的房屋皆已不见,细辨之下,可以观察到零星散布的一些散发着热气的雪窝口——那是各家各户的烟囱所在,烟气好像是从地下冒出来的一样。

这时,忽见有红、黄、黑、白、青五色彩团在远处的雪原上飞蹿,朱锐一惊,运足了目力观看,发现那竟然是五只类狐似貂的不知名的小动物,颜色亮丽,煞是可爱,红色像火,黑者若墨,白如霜雪,青似蓝黛,黄亮赛金。那五只神奇的"五彩兽"玩耍了一会儿,倏地疾蹿于东岗上的林子里,不见了踪影。

"乖乖!长白山里竟然还有这种可爱之极的小家伙!它们出现在西夹荒,是为何故?"朱锐惊叹不已。

楼下传来了声响。朱锐忙关了窗户，转身到了楼下。楼下却仍旧是夜晚般的昏暗，大雪遮掩了门窗，没有任何光线透进来。雪层堵在了门外，伙计们却早已打通雪洞出去了。随见刘来一脸惊喜地跳了进来，跺着鞋子上的雪，欢呼道："少爷，整座屯子全部被大雪盖住了。大家伙都在雪下面打雪洞呢。这地方太好玩了！"

"这么厚的雪层，实在少见！"朱锐惊讶道。

李海走了进来，扑了扑身上沾着的雪屑，笑道："只有西夹荒的雪层厚，浅些的七八尺，深些的一丈多，而外面林子里和路上的雪，顶多三尺左右。西夹荒的雪，是通过雪风口吹来的。"

二

接下来的几天里，西夹荒男女老少齐出动，开始清理屯内的雪道，打通雪洞。七八尺深的雪完全清理出雪道，超过一丈的，则通以雪洞，雪道和雪洞连通了各家各户。

北坡那边出现了几十个人影，是几十名持着雪铲的强壮男子，他们下了北坡，便清理起跑马道上的雪来。这些人是周边屯子的村民，每年到这个时候，一场暴风雪之后，便是召集他们前来西夹荒做佣工的命令。整个西夹荒范围内，雪厚面积广，劳动强度大，仅靠西夹荒人是忙不过来的，还要召些清雪的佣工。这些人会主动地将主要道路清理出来，然后会有人告诉他们下一步如何去做，报酬则是冬季猎场获取的部分猎物，可直接扛回家留着过年，对那些人来说，也是一种意外所得，自然高兴前来。

原来被大雪掩盖的雪道网络系统，随着热火朝天的劳动，渐渐呈现出来。朱锐也亲自参加了清雪劳动，这个时候没有人能闲住。

中午休息时候，屯子里的女人们早已做好了热气腾腾的饭菜，一入冬时储备的那些火勺、豆包、馒头派上了用场，半大孩子们开始各家各户地按人头去送。此时的西夹荒，临时实行起了统一配送的食堂制度。

万把头走过来，见了朱锐，笑道："怎么样少东家，这回见识到西夹荒的雪有多大了吧？以前和你说你不会相信，只有亲自见着了才会更觉得奇妙呢。"

第十四章 暴风雪

"是啊！西夹荒雪屯之名，果不虚传！这好像进入了一个神奇的童话世界呢！"朱锐感叹道。

"西夹荒的神奇，才刚刚开始。"万把头笑道，"早些年间，这里就是一处有名的雪窝子，两米厚的雪常见。自打卢先生到了西夹荒后，建起了雪神庙，迎来了雪神，雪越发的大了，为冬季猎场创造了极佳的条件。"

朱锐抬头望了望远处的雪风口方向，说道："当是得益于雪风口这处特殊的地形了。昨晚的那场暴风雪，真是惊人啊！"

"一场大雪，不仅为西夹荒的冬季猎场创造了条件，也令西夹荒人团结一致，变雪灾为冬猎，暂且放弃了来此的目的。西夹荒的雪，倒是可以改变一切。"朱锐随又感慨道。

万把头应道："当年，西夹荒三十六户人家曾有个约定：除了雪落共享收获之外，在雪化尽之前，任何人不可生事。所以，西夹荒的雪，还是一种安全上的保证。"

"不过，我还是不太明白，利用大雪布置好了一片猎场，但是除了那些木栏铁笼子，没有看到另外设置的机关陷阱啊，如何捕猎啊？还有，虽然说是大雪封山，林子里的动物少了食物，但也不能专门朝西夹荒这一个地方来，如何将那些猎物吸引过来？"朱锐仍旧一头雾水，不明所以。

万把头笑道："这个，还真不能和你解释清楚了，西夹荒也是看天吃饭，雪大的年景，收成也就好。等着吧，过个五六天，整片猎场布置好了，林子里的动物们会主动上门的。到时候，赶都赶不走呢。"

万把头说完，摆摆手，笑着去了。

连通各家及主要干道的雪道宽约五尺，两侧是高高的雪墙，每隔约两丈距离另铲有可容下一个人的长方形雪洞，人行时，可以避让对面来的动物。雪厚的地方，则以五六丈至十余丈长的雪洞相通，好像一片纵横交错的战壕工事。雪道及雪洞内清理出来的雪，又加高了旁边的雪层。

厚厚的积雪下面，另挖有大小不一的空间，形成类似于雪屋、雪厅的洞穴，有的还开有窗口，有的雪洞彼此相连，接通人家，这应该是用来储存部分猎物的，或是猎场的一部分。整座西夹荒，又好比一处正在挖掘的考古现场，大雪掩盖了一切真相，没有来过这里的人实在无法想象，大雪下面曾经是一个怎样的世界。

整座西夹荒，由雪屯又变成了一座雪堡、雪城、雪迷宫……

西夹荒的雪是最特别的，特别到令人分不清是虚幻还是现实，是天堂还是人间。西夹荒人将本会阻碍生活的雪灾，变成了一场独特的冬猎，这在整个长白山区、整个东北，都是一种极为特殊的存在。这是一种自然的恩赐，是长白山送给西夹荒人最为特殊的礼物，也只有西夹荒人，能将这份特殊的礼物接受得淋漓尽致。有老人说，这是山神和雪神对西夹荒独有的钟爱和馈赠，抑或是源于那位独具慧眼的打牲乌拉衙门官员伦图的遗产。

宽阔的跑马道上，将氏兄弟正在指挥着一群人修理着两侧高高的雪墙。这条围绕整个西夹荒范围的跑马道，在冬季猎场上起着至关重要的作用，不仅在外围连通着屯子，更是一条机动的通道，通过跑马道，能以最快的速度到达西夹荒内的任何一处地点。

经过数天的紧张劳作，猎场内的工作量开始减少。此时这里聚集着一大群人，议论着今年冬猎的前景。朱锐也混在人群中，不时地和几位较熟悉的人说着话。

这时，利昌盛西药铺的掌柜卫昌和他的一名叫李槐的伙计，从屯内晃悠悠地踱着方步拐了出来。

这边的朱锐一眼望见，心中忽地一动，忙走到将伟旁边，低声耳语了几句。将伟点了下头。

"哟！这不是卫掌柜吗！"将伟笑着迎上前。

"大炮兄弟辛苦了！"卫昌拱了下手。

将伟这时将背上的猎枪取下，递与卫昌说道："卫掌柜，会打枪不，亮亮手给大家伙看看。"

卫昌见了，忙避到旁边摇头道："大炮，这东西可摸不得，走了火不是开玩笑的。"

将伟笑道："看把你吓的。你不行就让你的伙计来，年轻人嘛，什么东西都要尝试下。"说着话，将猎枪朝李槐扔了过去。

第十四章 暴风雪

李槐见了，慌忙道："我也不会放枪的。"不由自主地出手将猎枪接过来。

将伟上前笑道："你不会我教你，日后也要有个护林队保护西夹荒才行，年轻人都要学放枪的。来，先端平了。"

将伟说话间，强令李槐端枪呈射击状，枪口一转，却是瞄准了这边的朱锐。

待发现枪口前方站着的是朝他笑着打招呼的朱锐时，李槐一惊，忙松开了双手，慌乱道："我胆子小，从小连炮仗都不敢放的。"

将伟接过猎枪，摇头笑道："利昌盛的男人都不是爷们儿，竟然没有一个敢摸枪的。"

"回了回了。你这个将大炮，玩什么玩笑。"卫昌脸色变了变，忙唤了李槐，悻悻去了。

朱锐望着那二人离开的背影，问走过来的将伟道："怎么样？"

将伟疑惑道："这个李槐假装没有摸过枪，但是他接枪的时候，双手便握住了枪身的正确位置，方便随时进入射击状态，只有用惯枪的好手才会下意识地做出这个动作。由此看来，利昌盛西药铺的人，来历不简单。"

朱锐之所以让将伟试下利昌盛的伙计李槐，源于雪风口上那次枪击事件，此人的身形像极了那个枪手，只是由于当时距离过远，时间又短暂，对方的身形仅有个轮廓。不过当朱锐第一次见到李槐时，还是怀疑上他了，只是不能确定，所以这次请将伟上演了一出戏，还原当时雪风口上的情景，由此确认下了李槐就是那个伏击他的枪手。正如将伟所说，此人是个用枪的好手，要不是当时自己发现并避开得及时，一枪便中了。

然而此事不能说破，自己清楚就行了。

第十五章 冬季猎场

一

经过近十天的劳作，两顷多的西夹荒呈现出了一片奇特的景观。环形围绕的是那条宽阔的跑马道，或宽或窄的雪道四通八达，暗藏的雪洞、雪屋星星点点，人入其中，瞬间便没了踪迹，不知藏身何处。

万把头寻了个梯子，搭在了房檐处，蹬上来，拭了下雪层表面，点了点头。这些天，白天太阳光足，令雪层表面稍稍融化了部分，晚上再一冻，形成了浅表冻层。这时的工作量减少下来，工作重心开始在东西两岗及雪风口上挖通延伸雪道了，那是林子里的猎物们进入西夹荒的通道。这个时候，又将有一种奇观出现。

经过这些天的清雪劳动，朱锐已是累得腰酸腿疼，这会儿正躺在床上休息，仍旧在琢磨林子里的动物们如何会主动进入西夹荒布置好的猎场，乖乖就范。

这时，外面传来了一阵阵的欢呼声。朱锐以为出了什么事，忙起身推开窗户观看，立时一怔。

此时在东岗的东南方向，近雪风口处的一面宽阔的斜坡上，正有十几个人影从上面疾速地滑雪而下，前面的两个人，已是拐进了屯子。那面山坡上本有着一片庄稼地，一直延伸到屯口处，现在被雪一盖，加上原有的坡度，实在是一处天然的滑雪场地。

滑在前面的是将氏兄弟，背负猎枪，脚套自制的木板雪橇，已然滑进了屯子里，在各家房屋顶上一掠而过，赢得了女人和孩子们一阵欢呼声。

"这样也行！"朱锐看得目瞪口呆，实在想不到，西夹荒人竟然利用天然地形优势，另行创造出了一处滑雪场来。

第十五章　冬季猎场

接着，后面的那十几个人也滑进了屯子里，多是各商号的伙计。十几条矫健的人影，在房屋顶上四下飞舞，纵横驰骋，加上站在雪道上欢呼的人群，形成了一种独特的场景。

随着将伟一声高喊："各回各家喽！"观看的人群立时散去，让出了雪道。那些滑雪的人各选雪道，从数米高的雪层上面滑落下来，分别驰向自己的家门。家里早有人等候，人到门前门自开，利用惯性，直接进门入户，而后在屋子里自行一转停住，朝后面的火炕上一倒，人便直接上了炕，整套动作干脆利索，不拖泥带水。孩子们拥上前来帮忙解开雪橇，卸下身上的装备。而在火炕上，早已准备好了一桌子热气腾腾的饭菜，大碗酒、大块肉，款待劳累了一天的男人们。这是那些汉子们最为惬意和自豪的时候。这种从山上滑雪而下，驰入屯内，再滑落雪道，各归各家，进门入户的本事，可不是人人都有的，全西夹荒，也就练出了那么十几个人而已。他们中的每个人，都是西夹荒孩子们心目中的英雄。

李海是这些人中的一位。他直接滑进了桓德源门内，倒是没有倒在火炕上，而是坐在了一张椅子上面，旁边是一大桌子丰盛的酒菜。立刻有其他的伙计上前来帮助解下雪橇，各是一脸的羡慕和满嘴的恭维。李海脸上洋溢着兴奋和自豪，在这天，他比掌柜的还要受人尊重。

"辛苦了！先饮下此杯，暖下身子。"朱锐这边亲自敬上一杯酒来。

"谢谢少东家！"李海接过，一饮而尽。

"想不到，西夹荒的雪，竟然还令这里变成一处天然的滑雪场！"朱锐惊叹道。

"人在屋上飞，鹿在雪中跑，是西夹荒一大奇景。"李海笑道。

"少东家就等着看好戏吧。"李海接着说道，"通向林子里的雪道打通了，猎物们就快涌向猎场这边了，那时候的景象才叫一个壮观呢！不亲眼所见，你永远都不会想象到的。"

"期待许久了。"朱锐笑了一下。

李海显是累了饿了，先是吃喝了一番，而后说道："少东家和刘来不熟悉猎场上的事，这些天就不要出门了。动物们一旦涌进猎场，就会乱蹿，很不好控制，你们不懂得避熊让鹿，会有危险的。"

"你是说，山里的那些动物们，真的会自投罗网到西夹荒来？"刘来仍旧一脸的疑惑。

"那当然，要不我们费这么大劲，布置那么大范围的猎场做什么？西夹荒的冬猎，在长白山里，甚至于整个东北地区都是独一份的。到时候，你们就瞧好吧！"李海兴奋地说道。

旁边一名叫赵勇的伙计说道："马大勺的全鹿宴和山水席，这两个大席面的食材，除了水中的，基本上全出自冬猎获得的东西。要不他怎么说，离开了西夹荒，便做不出山水席呢。"

"西夹荒的这一趟，看来没有白来。许多期待的东西，还在后面呢。"朱锐不由感慨道。

朱锐站在窗前，望着雪风口方向，若有所思。门一响，刘来端茶走了进来。

"对了刘来，我派你个活干。"朱锐说道。

"有事少爷吩咐就是。"刘来应道。

朱锐笑道："放心好了，你代我出的那份工，也不会白白辛苦的。冬市后，我的份子钱里，会有你的一份。本来都是你二叔刘掌柜的，这下让咱俩白捡了。"

"谢谢少爷！跟着少爷就是有好处沾呢！"刘来高兴地说。

"西夹荒给我带来了太多的惊喜和惊奇！"朱锐望着窗外，感叹道。

"咦？那是些什么东西？"朱锐站在北侧窗前，隔着玻璃无意中发现西岗之上有一些黑点时隐时现。

朱锐顿感有异，忙推开窗户，运足了目力朝西岗再行观察时，不由一惊——那西岗之上，隐隐约约地出现了一大群动物，那是一群野猪。接着，那群野猪便隐去了，应该是在找寻进入西夹荒的路径。在西岗上，已是开出了几条通向西夹荒的雪道。

朱锐没想到，这群野猪会出现得这么快。随即，他意识到了什么，大叫道："不好！刘来，快叫李海通知将氏兄弟他们，有野猪群要进来了。"

刘来听了，惊喜道："真的有猎物来了！"

朱锐忙说道："这可是一群危险的动物，还不快去通知大家！"

刘来一听，赶忙转身跑去叫李海了。

这时，将伟、将涛兄弟正背着猎枪，牵着马匹从街上走过来。随见李海从桓德源内惊慌失措地跑了过来。

"大炮哥，快快！有野猪群要进来了！"李海惶急道。

"野猪群！不会来得这么快吧。谁发现的？哪个方向？"将伟一怔。

"我们少东家刚刚发现的，一大群野猪在西岗上刚冒头，应该就要进来了。"李海忙应道。

二

"不会吧，那边的雪道通开了吗？雪道未开，便是来了虎豹群也是进不来西夹荒的。"将伟朝西岗那边望了望。数米厚的雪层，本是西夹荒隔绝内外的天然屏障，便是千军万马来了，也难进西夹荒半步。

"大哥，西岗那边的三条雪道上午刚刚通开。若真是来了野猪群，几分钟之内便会进来的。"将涛提醒道。

"不好！"将伟听了，脸色一变道，"我们太大意了。东西岗的雪道一通，塔楼上就应该安排人负责警戒了。真是来了一大群野猪那就麻烦了，让这群凶性子的野牲口蹿进屯子里，横冲直撞起来，没人能挡得住的。快！上马！"

将伟翻上马背，忙大声喊道："马上鸣锣示警，所有屯内的雪道全部上木栏封住。老人、女人、孩子全部关紧房门不得出来。老二，我们两个将野猪群往雪坑里赶，千万不要让猪群进了屯子，否则后果不堪设想。"

将氏兄弟打马飞奔，冲向跑马道，朝西岗方向去了。

一阵清脆的铜锣声急促地响了起来，以示危险来临了。听到示警的男人们，则各持刀矛绳网等猎具，快速进入了相应的位置。那两座塔楼上，也出现了负责警戒的人影。进入西夹荒屯内的雪道，被层层的木栏封堵住，家家户户闭门不出。一切忙而不乱，井然有序。

长白山里，一场独特的、惊心动魄的冬猎，就此上演了。

将氏兄弟跨马持枪，一路飞驰，与西岗上通向下面的那三条雪道上正鱼贯而入的庞大的野猪群遭遇了。领头的是一头赤眼獠牙的，背上的鬃毛显出一条红色的，足足有六七百斤的异常凶悍的野猪王。

"我操！怎么来了这么多？老二，快将它们引向雪坑。"将伟意外之余，忙掉转马头。

在长白山里，凶猛的野猪算得上头号猛兽，每有"一猪二熊三虎"之说，况且一下子来了这么大一群，将氏兄弟也有些胆战心惊。

有一队野猪正要沿跑马道朝西夹荒屯子方向去，将涛见状，抬手一枪，将一只头猪击毙，剩下的被惊乱了方向，汇合了其他猪群，朝将氏兄弟追来。

将氏兄弟引着野猪群跑到了一块空地上。那地上放有一只开了口的麻袋，一些豆饼渣散落在外面。

"操他妈的，这谁干的活！还没到投料放饵的时候，就将开了袋的豆饼放在这里。饿了几天的野猪闻到了香气，不过来才怪呢。"将伟高声骂道，随即从马上一弯身，右手抄起了那半麻袋的豆饼渣，又朝前奔去。

"应该是大洪、二洪干的懒活。他们上午往这边运饵料了。"将涛那边应道。

"回头再找他们算账！快走，野猪群追上来了。"将伟说道。

后面奔跑的野猪群，竟然不下五六十头。这些在林子里饿了多日的野猪，闻到了豆饼飘溢出的香气，便不顾一切地奔了过来，声势浩大，震天动地，整座西夹荒都在颤动着。

前面出现了一片平坦的雪地。将伟高呼了一声："老二，闪了！"他将手中的那半麻袋豆饼用力朝前抛去，麻袋里的豆饼立即散落在了那片雪地上。

此时，将氏兄弟各掉转马头，拐进了旁边的雪道中，身后随即有木栏落下，挡住了进口。

后面的野猪群已如疯了般不可控制，拼命地朝雪地上散落的豆饼渣奔抢过去。随见"扑扑扑"雪雾腾起，野猪群如下饺子般纷纷掉进了陷阱雪坑里，没入雪中，挣扎着不见了影子。

"哈哈哈！今年的猎场竟然有此大收获，真是意外所得啊！"将伟在木栏那侧兴奋地笑道。

第十五章　冬季猎场

"大炮，这群野猪不下五六十头啊！往年捕个十几头就不错了。"旁边，刚才放下木栏的和兴饭馆的钱掌柜高兴地说道。

"钱掌柜说得是啊！"将伟笑道，"今年大家伙又可以多分份子钱了。"

"咦！不对啊，那头红毛野猪王好像不在这里！"将伟一怔之下，惊讶道。

这个时候，两座塔楼都响起了示警的铜锣声。临近塔楼的人朝这边惊急地喊道："将大炮，有几头惊散的野猪进屯子了。"

"坏菜了！老二，快回屯子！"将伟一惊之下，忙让钱掌柜几个人抬开了木栏，策马朝屯子方向奔驰而去。

钱掌柜望着将氏兄弟跨马离去的身影，对旁边的几个人感慨道："西夹荒的冬季猎场，离不开将氏兄弟俩。"

"是啊！他们兄弟即使身为冬猎的猎长，也不多取一分份子钱。"旁边有人应道。

有几头惊散了的野猪在雪道中乱蹿，无意中冲向了西夹荒屯子，其中包括那头野猪王。

通向屯内的雪道本挡有数道木栏，但在这头体壮凶猛的野猪王面前，便起不到阻挡作用了。这头野猪王似乎清楚地知道了它所领导的族群今天要遭受灭顶之灾，所以就发起狂来报复，竟然连续撞开了五六道木栏，跑到了屯内的街道上。

野猪王一路狂奔，跑到了胡老歪杂货铺门前，索性一头撞去，将铺子大门撞碎，破门而入，径直地撞开了一切障碍物，冲出后门到了后院，又一头撞开了一间屋子的门。屋子内传出了女人的惊叫和孩子的哭喊声——里面住着胡老歪的老婆孩子。

红了眼的野猪王终于发现了人，狂暴之气大发，"哼哼"了几声，就要发起攻势，将里面的一切撞个稀巴烂。

就在千钧一发之际，半空中一道白光划过，只见那头野猪王闷哼了一声，身形僵立了许久，然后才轰然倒下。在它的脖子上，一把斧头深深地切入进去，显现出了环绕脖颈半个圈的血痕。

这时，石英从屋顶上跳了下来，走到野猪王旁边，伸手取回了那把开山斧。

"好一把开山斧！以前只听木帮的人说起过，今天算是见识到了。石英兄弟，你救下了他们娘儿仨。"气喘吁吁的将伟持着猎枪跑了进来，当是看到了刚才发生的一切，不由惊叹道。

"老婆子，你们娘们儿没事吧？"胡老歪从外面惊慌失措地跑了进来，后面跟着一大群人。

当胡老歪看到躺在门前的那头身形庞大的，虽死不失其威的野猪王时，惊出了一身冷汗。

"是石英兄弟救下了她们娘儿仨。"将伟说道。

"石英兄弟，救命恩人啊！"胡老歪惊吓之余，喜极而泣，朝石英跪拜下去。

"胡掌柜不要客气！"石英忙将对方搀扶起来。

"呀呀！一把斧头就能硬生生地要了这么大一头野猪王的性命，实在了不起啊！"旁边有人惊叹道。

"胡老歪，"将伟那边说道，"这头野猪王撞坏了你家不少东西，这头猪你就单独留着吧，算是补偿。"

将氏兄弟是冬猎的猎长，有权分配猎物。

"那就谢谢大炮兄弟了。"胡老歪立时喜笑颜开。

旁边有人笑道："胡老歪，这头野猪王虽然说是冲进了你家里，可却是人家石英的开山斧杀了它，还救下了你老婆孩子的命，就不分点给人家？"

"那当然得分了。石英兄弟，这头野猪王的两个大肘子，到时候我酱好了送你家去。"胡老歪忙说道。

"胡掌柜不要客气。"石英一笑，和将伟转身出去了。

冲进屯内的野猪，被及时赶到的将伟击杀了一头，另一头被人引进铁笼子里活捉了，被马大勺要了去，用苞米喂着，以待过年杀了用作山水席的食材。

第十六章　雪凤　雪怪

一

石英的开山斧飞毙了那头凶悍的野猪王，令将伟敬佩不已，他对石英更是刮目相看。

"这次野猪群进入西夹荒，算是有惊无险。多亏了朱锐及时发现了状况，我们兄弟俩若是再晚去一会儿，令这么一大群野猪蹿进屯子里，横冲直撞了去，可就相当危险了。仅凭我兄弟的两条枪和石英兄弟的开山斧是招架不住的，受惊的野猪更是危险，难免会有死伤，整座屯子也怕是被这群野猪撞个稀巴烂了。"将伟这时候仍旧心有余悸。

"朱锐大哥的眼睛很特殊，能看到远处的东西。"石英应道。

"是吗？看来这个朱少爷不简单呢！"将伟惊讶道。

此时二人走到了桓德源楼下，看到二楼的窗户内朱锐站那里，朝二人竖起了大拇指。

"朱少爷，我代西夹荒这里的老少爷们儿二百口子人，在这里谢谢你了！"将伟朝朱锐一抱拳。

朱锐见了，忙推开了窗户，笑道："西夹荒的冬季猎场上，离开你们这几个勇敢的猎人是不行的，西夹荒的老少爷们儿应该感谢你们几个才对。今天，我也算是开了眼界了，终于知道什么是西夹荒的猎场了。"

"大戏这才刚刚开始。"将伟一笑。

意外到来的那一大群来势汹汹的野猪，就这样被歼灭在了西夹荒猎场的雪坑里。西夹荒人不仅利用得天独厚的雪创造出了一片独特的猎场，更是利用这雪，造成了猎取猎物的武器和陷阱。而西夹荒的这一大片猎场，就是最大的陷阱。

万把头和张把头领着一些人开始撒放饵料了。他们将一些用烈酒和药物浸过的稻谷、玉米广泛撒布雪原之上，掺有豆饼的细草料则散布于那几处空地上，还在各处雪屋里放了一些。

雪原上刚刚撒播下饵料，立时从东西两侧，以及雪风口那边的山林里，扑棱棱地飞过来数群野鸡和树鸡，以及一些不知名的山鸟来，落在雪原和屯子里的雪层上，抢啄着那些散发着香气的饵料。不多时，便一只只、一片片地醉倒和麻倒在了雪原上。所谓"鸟为食亡"便是如此了。

几场大雪过后，山林里少了食物，又经过多天的忍饥挨饿，终于遇上了这般美食，鸟兽们失去了所有的警惕。

大群的野鸡、树鸡和山鸟不断地飞来，前赴后继。整个西夹荒上空，野鸡和各色山鸟毕集飞舞，叽叽喳喳的鸣叫声响彻天空。下方的雪原上，更是呈现出了一幅群鸟争食的奇景。乍一看是一处百鸟的乐园，其实是它们的死亡陷阱。

有些鸟类啄食之后，或是感觉到了异常，忙要起飞离去，这个时候，酒力和药力在体内发作，便又从半空中掉落下来。一时间，雪原上布满了鸟类的身影，有的地方更是呈现出了黑乎乎的一层。它们暂时被麻醉，还未毙命，但是经过几个小时，或是过了一晚上之后，便会被冻僵而死。

朱锐站在二楼的窗内，看着外面这种奇异的景象，已是目瞪口呆。就在面前的窗外，已是有几十只野鸡和松鸡倒卧在了那里。他万万没有想到，西夹荒的冬季猎场，竟然有如此大的威力。这些自投罗网的鸟兽，是被大雪逼出山林来到这里的。

不过，仔细观察之下，朱锐又有了意外发现——那些身形小些的鸟类，啄食之后，仍旧飞走了。原来，西夹荒人布下的饵料分两种，一种浸以酒和药物，另一种则是正常的稻谷。浸以药酒的以大粒的苞米为主，是较大型的鸟类如野鸡和松鸡可以进食的。它们，才是猎场所要获取的目标。余者不伤。

看到西夹荒人如此精明，朱锐不由得点头赞叹不已。

第十六章　雪凤　雪怪

万把头和一些人在雪墙侧架上梯子，手持带钩的长杆，在麻醉的鸟群中寻找那些特殊的鸟类。那是一些较为罕见的鸟类，见着了，忙钩过来，递到下面的人手里，那些人又交给旁边的孩子的手中。孩子们则小心翼翼地捧着这些鸟跑回家去，放在火炕上，待暖醒来后，再放归山林。这些身形大些的怪异鸟类，误食了饵料倒在了雪原上，但不能随意伤害它们，据说这是来自大萨满卢深的警告，这些罕见的鸟类是不能伤害的，因为这种鸟类往往具有灵性，伤之会遭到鸟神的报复。

人类可以向大自然索取所需要的东西，但不能取之太过，这是一种人与自然的和谐。西夹荒人很好地维持着这种状态。也正因为如此，每年的冬猎，都收获颇丰。

人们这时多走出屋子，观赏着群鸟降落西夹荒的景象。

这时，一声尖锐的鸣叫声响彻了整个西夹荒天空。站在外面的人都不由得抬头朝天上望去。只见半空中一道耀眼的白光划过，那是一只身长过米的大鸟，一只白如霜雪的鸟，长尾若凤，展翅如鹰，双目碧绿似宝石。这只怪异的白鸟一出现，立时间群鸟低飞散去，无有敢接近者。

这只大白鸟发出尖锐的鸣叫声，盘旋在西夹荒的上空，好像在对那些中了陷阱的同类发出悲鸣。在几个盘旋之后，竟然如一道白光，笔直飞向了高空中，一点白光闪烁，不见了踪影。

"这是什么鸟？以前没见过啊！"走山多年的，对长白山里的事物了如指掌的万把头，也是一脸的惊诧。

"雪凤！长白山里的百鸟之王！"那边走来的大萨满卢深惊叹道，"经书无载，野史不记，世人难知。长白山里的神鸟，百年都难得一见呢！"

"雪凤出现在西夹荒，是好事是坏事？大萨满可知吉凶？"张把头那边疑惑道。

"雪凤的出现，与吉凶无关，它是被一种特殊的东西所散发的气息引来的。"卢深仰望着天空，淡淡地说道。

众人听了，互相望了望，再没有人吱声。

人群后面站着的朱锐听了，眉头皱了皱。卢深的话当是有所指，已是令他想到了那件神秘的前清秘贡。什么样的奇异之物，所散发出的气息竟然引来了长白山中的神鸟雪凤？卢深这么说的目的是什么？一种警示吗？

还是另有他意？

　　雪原上那些被药酒麻倒的野鸡、松鸡，有的似乎缓过劲来，挣扎着要飞走，却又一头栽进了雪里，不再动了。数千只的野鸡、松鸡，散布在整个西夹荒的雪原上，场面颇为壮观。

　　夜幕再一次降临了，天空中皎洁的月光照着西夹荒的猎场。那些野鸡、松鸡基本上都已冻毙冻僵，等待着明天被人收取。这个时候，月光下的西夹荒雪原上，一些精灵出现了。它们，是来盗取西夹荒人的果实的。

　　先是从东岗上冒出来几只貂，它们机警地四下望了望，而后飞蹿下来，直奔雪原上的那些美味。七八只黄鼠狼尾随而至。接着，几只狐狸出现在了西岗上。

　　月光下的西夹荒雪原上，一次大规模的"盗猎"行动开始了……

　　一只毛色发亮的紫貂，叼住一只野鸡向来的方向拖去。未走上几步，那只貂忽然弹跳起来，后腿被一根油绳套住了。接着，整个身形陷入了雪中，直至不见。

　　雪层下面的空间里，传来一个人兴奋的叫声："好大一只紫貂！这皮子老值钱了！"

　　山林中的动物们似乎不知，它们进入的是西夹荒的猎场。西夹荒人怎么会轻易地放过自投罗网的猎物呢？

二

　　第二天早上，朱锐是被兴奋异常的刘来推醒的。

　　"少爷，快起来，山上的动物们都进来了！西夹荒变成一座大动物园了！"刘来惊喜地叫喊道。

　　"动物园？什么动物园？"朱锐打了个哈欠，坐了起来。

　　刘来冲到窗前，推开了窗户，一股子冷气涌了进来。他兴奋地说道："少爷看看外面就知道了。"

　　朱锐忙寻了棉衣披上，走到窗前看时，不由一怔，他惊讶地发现，除了遍布西夹荒雪原上的那些醉倒冻毙的野鸡、松鸡外，在各条雪道中，又多了一些狍子、马鹿、梅花鹿，有的在静静地好奇地观望着，有的在走动

第十六章 雪凤 雪怪

觅食，街道上甚至还有一头正蹒跚而来的、身形庞大的大马熊。这些动物们，大多是昨天晚上过来的。

虽然早有了心理准备，又看到了昨天进来的野猪群，和那些被饵料诱来的鸟类，但是现在眼前的一切还是超出了朱锐的意料之外，好像自己真的来到了一个神奇的动物世界。西夹荒的冬猎，愈加不可思议了。

将伟持着猎枪跑过来，驱散着那些看热闹的人："快快避开，这头从棒槌岭上下来的大马熊危险着呢！一大早我就去那里了，一挂鞭炮惊了仓，把它从雪风口引了下来。是要捉个活的呢。"

这时，一阵呼呵声从东南方向传来，几条人影从那边的滑雪道上疾速滑了下来，领头的是将涛。随即几个人飞速地从房屋顶上掠过，惊得下面雪道上的几只鹿跑开了去。真是一幅"人在屋上飞，鹿在雪中走"的奇特画面。

将涛从雪层上滑落到雪道上，看到了从对面过来的将伟，以及后面跟来的那头大马熊，笑道："大哥，这家伙还真听话，被你引下山了。对了，一大群傻狍子就要过来了，得先把这头大家伙收拾了，否则它们遇着了，会将那些傻狍子惊炸了群的。"

将伟说道："这头熊就交给我了，你和大伙先将猎场上的猎物清理一下。今天零散的鹿下来了不少，看样子，鹿群最迟明后两天准到。"

将涛说了声"晓得！"转身撑着雪橇去了。

这头在棒槌岭上蹲仓的大马熊，是被将伟扔进一挂鞭炮惊出了仓，懵头涨脑地被引了过来，此时还未完全恢复过劲，凶恶的性情也未呈现出来。将伟则连引带逗地将它朝着一个铁笼子引去。

此时，屯内的半大孩子和一些身体硬朗的老人们在雪墙上架上了梯子，持了带钩子的长木杆，将冻毙在雪层上的那些野鸡、松鸡钩过来扔到雪道上，然后有人拾起来堆放在旁边的雪屋和雪洞里。一些人将那些进来的狍子和鹿赶到宽敞的雪屋或是空地上，用木栏一围，便算是捕获了。

一群动物出现在了东岗上，接着奔下东岗进入了西夹荒的猎场。那是一群狍子，约有三四十只，是被空地上掺有豆饼渣的散发着香气的草料吸引来的。这种饵料，将氏兄弟带着人早已投放到了东西两岗外数百米的范围内，饿了多日的动物嗅到气味，便会远远地奔过来，直至找到饵料的源头——西夹荒猎场。

　　这个时候，有几只野鸡从空中飞下来，准备啄食雪层上的食物，它们无视旁边倒了一大片的同伴的尸体，但不知是什么原因，刚落到雪层上的几只野鸡，忽然间腾起飞走了。雪道上还在走动的以及被圈在木栏内的狍子和鹿，也都在同一时间安静下来并抬起了头，呈现出惊恐状。

　　那只大马熊也忽然停了下来，不知何故，浑身颤抖着，蜷缩在地上，好像是受到了什么惊吓。整座西夹荒猎场，一瞬间陷入了一种莫名其妙的寂静中。

　　将伟是个有经验的猎人，立时感觉到了气氛的异常，脸色一变道："这头熊连老虎都不怕，怎么会吓成这样？应该有什么东西要进来了！"他持枪拉栓，警惕起来。

　　将涛持着猎枪跑了过来，惊道："大哥，不太对头。"

　　"有危险逼近了，快叫大家伙都回屋躲避，塔楼上的人也都蹲下来不要走动。"将伟发出命令，同时警觉地四下搜索着。

　　这边正在观望的朱锐也感觉到了异常，猛然间一抬头，但见雪风口方向有一个白色的影子，朝西夹荒飞奔过来。那东西是跳跃式的，似乎有着极强的弹跳力，一个跳跃竟然能腾空近两丈，跃出七八丈远。朱锐目力超强，也仅看了个大概。那东西如人立，全身白色的长毛飘舞，面目难辨，如一团飞舞着的白毛线球。

　　"大炮哥，雪风口方向。"朱锐急忙示警。

　　那东西速度极快，说话间已是接近了屯子，此时可以看到，它像人一样有着四肢，七尺多高，直立跳动，只是浑身长满了白色长毛，长可拖地，并且遮掩着面目，难见其容。

　　那东西又一个跳跃，直落屯内，却不知西夹荒的雪深，竟然陷进了数米厚的雪层中。

　　而此时，猎场内的动物们已然受到了极大的惊吓，那些狍子吓得不敢动地，十几头鹿已然惊散。圈在木栏内的几只健壮的梅花鹿，竟然都跃过了六七尺高的木栏，然后沿雪道飞奔，冲出了猎场，蹿入东岗上的树林中不见了。梅花鹿的弹跳力极强，可以跃过一丈多高的障碍物，自愈能力也超好，便是将腿摔断，数日也能自行养好。

第十六章 雪凤 雪怪

就在朱锐认为那个白毛怪物陷入雪中不能出的时候，忽见雪雾腾空，它竟然从深雪层中跳跃出来，接着便朝雪道中的几只吓得不敢动的狍子扑去。

将伟这边已是看了个清楚，不由惊骇道："白毛雪怪！长白山里真的有这种怪物！"也不敢举枪瞄准。

那白毛雪怪力大无比，在捕捉了四只狍子后，两臂各拉一对，拖着回身就走，沿着跑马道上了西岗，隐身去了。

"这种白毛雪怪，原以为只存在于老人们讲的故事里，没想到，林子里还真有啊！据说这怪物毛长皮硬，刀枪不入，以捕获虎豹为食，长白山里没有敌手。"将伟站在那里，已是汗流遍体。

好在那白毛雪怪意在几只狍子，没有理会这边的人，当是从深山里饿出来的。

看到这个白毛雪怪的人，除了朱锐和将伟，以及两座塔楼上负责警戒的人，就只有少数几个在外面的人。庆幸的是，这边的人没有惊到它，否则后果难料。也是那怪物饥饿难耐，专为捕食而来，得手即退。这个冬天的雪，竟然能将深山中的这般怪物饿出来，也是罕见的。或许，对方是偶然路过的，也未可知。

第十七章　老　虎

一

见白毛雪怪离去了，将伟站在那里略松了口气，心有余悸道："西夹荒的这个冬天很特殊啊，走了雪凤，又来了雪怪。"

警报解除，人们开始从屋子里走了出来，还不知道发生了什么事，互相打听着。待听说了刚才屯子里进来了一只白毛雪怪，所有人都吃了一惊。

万把头惊异道："深山里的东西怎么也跑出来了？"

朱锐那边走过来，疑惑道："万把头，雪凤和雪怪都是传说中的物种，长白山里怎么会真有这些神奇的鸟兽？"

"长白山自古就是神山、圣山，山里神奇的物种太多了。只是它们隐居深密林中，不轻易被人发现。以前走山，也曾见过稀奇的东西，比如四翼鸟、双足蛇，以及一些怪物。只是雪凤和白毛雪怪是传说中的鸟兽，以前没有人见过它们的真正面目，这年冬天一下就过来了两个，事情有些异常啊。"万把头也是一脸的迷惑。

"或许，西夹荒屯子里真的存在一种极为特殊的东西，吸引着深山里的这些罕见的鸟兽过来。"朱锐说道。

"一定是长白山里出的那件宝贝落在咱西夹荒了。"做豆腐的赵老五两手揣在袖子里走了过来。

"说的是呢。要不西夹荒的人怎么来得这么齐全，天南海北的，黑的、白的、灰的，啥人都有呢！"冯木匠倚在一边的雪墙上接话。旁边站着的是他那个哑巴老婆。

"除了那几家老户，后来的人谁也别说谁，心里都揣着鬼呢。"孙红樱

第十七章 老 虎

走了过来，嘴里嗑着瓜子，两眼皮一翻，大大咧咧地说道。

"大妹子，整个西夹荒，就你一个娘们儿敢说实话。"老洪站在旁边竖起大拇指说道。

"西夹荒现在的这点破事，就是蛤蟆跳在脸上——明摆着的事。掖着藏着的多没意思，是个爷们儿，就真刀明枪地来。自个儿原来干啥的，还真以为没人知道呢。"孙红樱不屑地说道。

老洪听了，讪笑了一下，问道："那大妹子原来干啥的？你们娘儿俩不也是后来的吗？"

孙红樱白了老洪一眼，撇了下嘴说道："我原来干啥的，你管得着吗？你那一亩三分地弄明白就不错了，闲事管得过来吗？"

万把头见这些人打起嘴仗，拉了一下朱锐，二人走开了。

"西夹荒的每个人都不是省油的灯。"万把头摇了摇头。

朱锐笑道："这些人在一起，还真是挺热闹。"

此时，何老鹫低着个头，揣着手从朱锐身边走过。

朱锐顿了一下，回头望了何老鹫一眼，惊讶道："此人本就身单体瘦，大冬天的，竟然也不着件棉衣，棉帽子也不戴，就不怕冷吗？"

"这个何老鹫是西夹荒的一个怪人，行事反常，逆着来，与任何人都不交往，不合群得很。"万把头说道。

"也未必。"朱锐笑了一下道，"谁私下里还没几个朋友呢？他衣袖上有朵精致的梅花，应该是女人绣上去的，男人可没这个针工。"

万把头听了，惊讶道："少东家观察得这么仔细！"

朱锐笑道："无论远近，凡入我眼的东西，一样都落不下。孙大娘和孙红樱娘儿俩可是习惯在衣袖上绣上点什么东西点缀一下的？"

万把头听了，立时一怔道："如此说来，他们两家私下里走得挺近的。"

"那个孙大娘可是位女人中的领袖，西夹荒的女人都和她们娘儿俩处得很好，各家的事，应该也被她们娘儿俩了解得差不多了。"朱锐说道。

万把头听了，点了下头说道："应该是这样了。这娘儿俩倒是有心机。"

"如果西夹荒隐藏有高人的话，孙家娘儿俩和这个何老鹫必在其中。"

朱锐又说道。

"此话怎讲？"万把头惊道。

朱锐说道："天冷雪硬，孩子们走在雪地上，都能听到嘎巴嘎巴的响声，而这个何老蔫，却是落步无声，而且步子稳健，一定是个练家子。能和他私下走得近的人，也当非普通人。"

"有道理！"万把头点头不已。

"还有，那个老洪眼神飘忽不定，始终处于一种戒备状态，当非善类，非匪即盗。他那两个儿子，压不住性子，比他尤甚。"朱锐说道。

"二炮说过，屯子里有土匪的暗桩，难道说是洪氏父子？"万把头惊讶道。

"西夹荒三十六户人家，至少有三十户是大有来历的，另外那六户，也不简单。小小的西夹荒，龙潜虎藏，三教九流，基本上占全了，这里是一处大江湖！万把头，回见了。"朱锐说着，径直回了桓德源。

万把头望着朱锐的身影，站在那里若有所思。

这些天来，虽然有大量的野鸡、松鸡、野猪以及一群狍子和三头熊落进了猎场，但是西夹荒人一直在等待着大批鹿群的出现。鹿群，才是西夹荒冬季猎场猎取的主要目标，也是冬市上进行大量交易的重要品种。

鹿群没有等来，令人意外的是，三头老虎出现了。先是北侧塔楼上的人发现了虎踪，发出了警示，接着便看到三头老虎出现在了东岗上。三头虎站在东岗上，观望着西夹荒，似乎察觉到了猎场上存在着危险。但是，它们仍旧沿着雪道走了下来。

与此同时，桓德源这边，刘来和伙计们都出去清理猎场的猎物了，只剩下朱锐一个人在楼上的房间里看书。

这个时候，他听到楼下传来了一些异常的响动。

"是刘来吗？"朱锐出了里间屋子，到了外间，推开门缝朝下面的楼梯上望了一眼，却未见有人上来。

往常，伙计们从外面回来，都是高声说话的，今天却是一点动静都没

第十七章 老 虎

有。并且刚才，朱锐明明听到楼下传来了响动，应该是有人进来了。

开始时，朱锐并未理会，但是，他忽然发现，楼下的铺子内，昏暗的光线中，隐约有人影在晃动，且在向楼梯这边移动。进来的，至少是两个人。

进来贼了？朱锐随即否定了这个判断，西夹荒的人中，可以潜伏着巨盗，但绝不会藏着这般偷窃的小贼。那么只有一种可能——对方的目标是自己。有人按不住性子，要提前行动了，用自己来破目前的僵局，好比雪风口上有人暗中打冷枪一样。

朱锐一惊之下，忙转回了房间，穿戴上了棉衣帽和鞋子。虽然不知道对方来此意欲何为，但总是对自己不利的。这次的入侵者和上次的蒙面人不同，当是有备而来，自己一个人恐怕是对付不了的。

隐听到楼梯上传来了轻微的响动，对方摸上来了。朱锐忙推开窗户，翻出窗外，扶住窗框，望了望下面的厚雪层，正犹豫着，猛听到房间的门被踹开，只好眼一闭，跳了下去。

二

朱锐跳入楼下的雪层中，立被厚厚的雪淹没，口鼻和脖子里塞进冰冷的雪屑。接着，他感到身下一空，掉进一处雪层下面的空间里，厚厚的雪层抵消了大部分重力，并没有伤到。

"好个刘来，这活干得不错！"朱锐躺在地上，抹了一把脸上的雪水，苦笑道，然后起身朝旁边的一条雪洞爬去。这个隐蔽的空间内，同时存在着两条通向他处的雪洞。

原来，为了预防万一，朱锐令刘来在二楼窗下的雪层里事先挖好了一条逃生的路径。

朱锐在雪洞里爬了几十步距离，发现前面呈现出了一点光亮，那是一处碗大的开口。到了近前看时，隔壁是一间雪屋，里面堆满了野鸡、松鸡，这是到了一处猎物储存间了。

朱锐用力推了几下，面前的雪墙便被他捅出了一个大窟窿。

这间雪屋外面就是雪道，还连通着另一条雪洞。朱锐未敢就近出去，于是钻进了这个雪洞，又拐了几个弯，才钻了出来，出现在了屯内的雪道上。

西夹荒猎场，除了外部雪道，厚厚的雪层下，还尽有着雪屋、暗藏的雪洞等庞大的雪内空间，是另一种隐蔽的雪下网络系统。本来朱锐设计的这条意外之时的逃生路径是通向石英家的，但是自己一着急，跑错了方向。

此时皮匠白大河跑了过来，见了朱锐忙说道："屯内进来老虎了，快去看看！"说着话，先跑去了。

朱锐朝来时的雪洞内望了一眼，静听了一会儿，知道对方并没有追上来。此时身边又有几个人欢叫着跑过，索性随他们看老虎去。

由于在桓德源内没有看到来者的身形，虽怀疑是卫昌和李槐，但是朱锐还不能确定对方的身份。想利用自己破局的大有人在，也未必就是他们两个，任何人都有可能。

此时在东侧的跑马道上，将伟、将涛兄弟正持着猎枪和三头虎对峙着。二人的身后，是一大群观看热闹的人。

三头虎，一大两小。那头大的老虎，虽然瘦骨嶙峋，饿得几乎是皮包骨了，虽是虚弱得很，却有着一丈多长的身体，虎威不减，低声咆哮着，缓步前行。将氏兄弟行猎长白山半辈子，也未曾见过如此大的老虎，这应该是虎王级别的了，也被逼得慢慢后退，而不敢开枪。那两只小老虎，应该是当年的幼虎，长得如牛犊般大小，虽是故作虎威般地对这边的人呲着牙，却憨态可掬。

"大炮、二炮，这头老虎饿得没力气了，快开枪把它们都打死。这三具虎骨架和虎皮可值银子了，去年就有北平的药商订购呢。"福和顺的李兴良旁边怂恿着。

"是啊！快开枪，这是送上门的银子！"老洪也兴奋地喊道。

将伟、将涛兄弟二人慢慢后退着，知道这样下去也不是个法子，对方毕竟是野兽，是百兽之王的老虎，这是饿急了下山到屯子里找食物来了，若不阻止它，接下来发动攻击，就要有人受到伤害的。二人不由自主地拉上了枪栓，枪口对准了那头老虎，准备随时扣动扳机。

"大炮、二炮，不要开枪。"一个洪亮的声音传来，大萨满卢深分开后

第十七章 老 虎

面看热闹的人群走上前来。

此时，那头老虎当是耗尽了力气，再没有力量行走了，于是卧在了地上。两头小老虎则胆怯地依偎在它的身后。

"卢先生，这头老虎虽然已经饿得没力气了，就怕它拼了命最后一搏，还是能伤到人的。"将伟提醒道。

"交给我吧。"卢深说道，随后走上前来。

那头卧在地上的老虎见有人逼上前来，扬起头立威般地又咆哮了一声。

卢深走到它的面前，蹲下身去，双眼盯着老虎的眼睛，然后慢慢抬起右手，轻轻地抚摸着虎头。

旁边的人都看呆了，老虎咬人可就是一动嘴巴的事，卢深太靠近它了。

老虎安静了下来，它似乎不想再挣扎了，也是没有力气挣扎了，虎目的威光黯淡了下去，头也垂在了地上。卢深继续抚摸着虎头，嘴中喃喃而语，不知在说些什么。那头老虎好像听懂了他的意思，表现得异常温顺。

"大萨满真的有降龙伏虎的本事啊！"做豆腐的赵老五惊叹道。

"西夹荒自创立冬季猎场以来，还未曾有老虎进来过。今年收成好啊，竟然一下子来了仨。"冯木匠旁边说道。

"今年的冬天，雪大天寒，连老虎都饿出山了。也是照顾我们西夹荒了。"金永志那边说道。

"嘿嘿！今年的份子钱至少能多出两成来。"二洪那边喜形于色。

那头老虎在卢深的喃喃言语中安静地合上了双眼，吐出了最后一口气，死在众人面前。

卢深站了起来，颇为遗憾地摇了摇头。

"各位，"卢深转过身来，朝众人说道，"这三头虎是从深山里饿出来的。大家知道，老虎是百兽中最具有灵性的动物，它们知道西夹荒猎场的危险，却仍旧走进来，虽是在自投罗网，也是在求一条生路。刚才我和这头老虎交流过了，它领来这两头小虎是想让我们给予食物，让这两头小虎度过这个寒冷的冬天，而它情愿以自己为代价，换取两头小虎的命。"

卢深此言一出，众人哗然。

"不会吧，兽类就是兽类，哪里会有这般心思，还能舍身救子？"老洪一脸的不信。

"就是。这两头小虎，毕竟也是两具虎骨架和两张虎皮在那儿摆着呢。并且是它们主动进入西夹荒猎场的，就应该归西夹荒全体所有，哪能说喂饱了再放走呢，岂不是放虎归山？长大了若来寻仇，可就麻烦了。瞧它俩现在的凶样，长大了会比这头老的还凶，那时候后悔可就晚了。"孙裁缝阴阳怪气地说道。

卢深听了，微微一笑，朝人群后面的朱锐一招手，说道："朱锐过来。咱们西夹荒有个不成文的规矩，凡决定不了的事情，全由桓德源掌柜的裁决。而今刘掌柜的不在，但是有桓德源少东家在。现在，就由桓德源少东家来决定此事如何办理好。"

"是这么个理儿。家有千口，主事一人。桓德源就是西夹荒主事的，我们大家伙听少东家的就行了。"皮匠白大河点头道。

其他人也表示了同意。

朱锐从人群中走出来，朝卢深拱手一礼道："卢先生辛苦了！"而后转身面对众人，朗声说道，"各位，这一家三口入西夹荒是讨活命来了，并且它们知道西夹荒猎场上的规矩，进来的都是猎物。但是母虎舍身救子，甘愿以自己的命保全两头小虎的命。野兽尚有此情，作为人的我们，岂能视而不见呢？难道说，我们人类，还比不得兽类吗？既然大家伙让桓德源来决定此事，那么，我就代刘掌柜发话，留下老虎，两头小虎喂饱了后放归山林。我相信，刘掌柜在这里，也会这么做的。如果有人还不同意，我情愿放弃我个人的那份份子钱，以补偿各位认为的损失。"

"朱少爷说的在理。这头老虎舍身救子，令人敬佩。人不能不如野兽，如果有人还觉得不够本，我们娘儿俩的份子钱也分给他好了。"孙红樱先是发声道。

朱锐见了，感激地朝孙红樱抱拳相谢。孙红樱回以一笑。

"我也同意。并且今年的山水席上，要少几道老虎菜，以表示对这头老虎的敬意。若有不同意的，今年的山水席上，最好不要让我见到他，他没资格享受我的山水席。"马大勺站在人群中淡淡地说道。这是一位秃顶的中年人，却是一位身怀绝技的大厨。

第十七章 老 虎

"就这么定了。谁嫌份子钱少,有本事自己到林子里猎去。"将伟那边举起了猎枪。作为西夹荒冬季猎场的猎长,也有权力决定猎物的去留。

众人再没有说话的。卢深与朱锐相视一笑。

两只小虎被引进了笼子里,喂以肉类,待养上些日子后,再放归山林。那头老虎则被抬了去削皮取骨……

这天晚上,白雪覆盖之下的西夹荒复归平静,四周的山林也似乎在寒气中被冻结住,星空涣漠,万物静止,归于寂寥。空地上的一横木杆上,挂晾着那头老虎的皮。对面被关在笼子里的两只小老虎,此时显得有些躁动不安起来,不时地朝屯子南头张望。那里是大萨满卢深的家,而从他的屋子里,隐隐传出一阵虎啸之声……

第十八章　鹿　群

一

在处理了老虎事件后，朱锐在石英的陪同下，和众伙计们一同回到了桓德源。桓德源内一切如旧，似乎并无外来者光顾过，便是朱锐的房间内，也看不出外人进来的迹象。但朱锐翻出窗外跳下去后，窗子本是开着的，这时候已是被人合上了。朱锐检查了一下床下那只赵玉堂留下的装有枪支弹药的皮箱，也未被人动过。可见对方进来后，发现朱锐跳窗而去，也悄然退去了。

朱锐虽然不知对方来意善恶，但私闯桓德源，也有逼迫自己的意图。本来怀疑是西药店的卫昌、李槐主仆疑自家身份暴露，找自己麻烦来的，但是在围观老虎的人群中，朱锐看到了他们，而且比自己先到，这样就排除了对方。

子夜时分，阵阵轰隆隆的声音传来，大地隐隐地在震动，四面八方，由远及近。树木和房屋上松软的雪层被震落下来。

朱锐在睡梦中被惊醒，不知发生了什么事。他起身到窗前，拉开窗帘朝外面看，漆黑的夜色中看不清任何景象。

房门敲响了几下，接着李海一脸兴奋地走了进来："少东家，被惊醒了吧？"

"外面发生了什么事？"朱锐问道。

"鹿群过来了！"李海抑制不住兴奋，笑道，"特意上来告诉少东家一声，该睡睡你的，明天早上再看西夹荒猎场的重头大戏。"

"那声音是鹿群发出的？由此看来，数量不少啊！"朱锐惊讶道。

这个时候，轰隆隆的声音竟然消失了。外面的黑暗之夜，又恢复了

第十八章 鹿 群

宁静。

"鹿群已到了西夹荒外围了,所以停了下来。看这般动静和阵势,整个长白山里的鹿群怕是都赶过来了。这是个要紧的时候,万不可惊了它们。屯子里的人不能外出观看,更不能亮灯点火,最好连动静都不要搞出来。好了,安心睡觉吧,明天开始有的忙了。"李海说完,便出去了。

"西夹荒的猎场到底有什么魔力,竟然引来了这么庞大的鹿群?仅用那些饵料是不可能办到的。"朱锐疑惑不已,靠在火墙上,迷迷糊糊地睡去了。

"少爷、少爷,快起来了!"刘来叫醒了朱锐。

朱锐睁眼看时,天已大亮,外面却是静悄悄的,没有了往常的喧闹。

刘来激动万分,却是压低了声音,惊喜地说道:"不可思议!太不可思议了!少爷快到窗前看看外面吧,简直了!到了另一个世界似的!"

"比上次还夸张?"朱锐摇了摇头,披了衣服,走到窗前再看时,立时一怔,呆在了那里。

屯子里的雪道上挤满了鹿,除了形态优美的梅花鹿,还有体形健壮的马鹿。它们是长白山里的野生鹿群,此时都静静地站在那里,安静祥和的眼神中,甚至带着虔诚,像极了一群远道而来的,风尘仆仆的朝圣者。

"天啊!实在是不可思议!"朱锐惊呼了一声,忙转到北侧窗子,推窗再看时,眼前的景象令他目瞪口呆。

前方宽阔的雪原上,纵横网布的雪道中,竟然竖起了一排排没有树叶的"枯树林"——那是公鹿的角,在雪道中汇集成了片片的"角林"。鹿群挤满了雪道,几乎占尽了猎场所有的空间。昨天夜里,大批的鹿群从四面八方赶到了西夹荒,然后悄然进入,没有发出动静,实在是一群甘愿自投罗网而又有礼貌的猎物。这些鹿,是长白山里的绅士。

李海又兴奋地跑了上来,惊喜道:"少东家,你看到了吧,西夹荒的冬猎,主要就是为了这些鹿群而设的。不过……"

李海随即又不解道:"今年的鹿群过于庞大,数量上比往年多了一倍去。"

"小小的西夹荒，怎么会引来这么多的鹿？"朱锐寻思道。

"对了，据说当年曾有鹿群围绕着西夹荒奔跑，难道两件事是有关联的？"朱锐讶道。

"这件事是真实的。跑马道就是当年鹿群奔跑时踩踏出来的。西夹荒的冬猎，主要就是为了猎取鹿群。"李海说道。

"整个长白山中，鹿群为何独对西夹荒这里有兴趣？"朱锐心中迷惑不已。

朱锐回转身来，又走到了南侧窗子前，无意中一抬头望向了雪风口处，忽地一惊，他意外地发现，雪风口上方，有一个耀眼的白点。待他运足了目力细看时，自是一阵惊喜——是那头白鹿，那头传说中的白鹿，自己初到西夹荒的那天晚上，月光之下曾看到过的白鹿。

很快，那头白鹿隐去了踪影，消失在了朱锐的视野中。

"难道说，是这头白鹿将鹿群召唤来的吗？为何要将它的族群召唤到猎场上自投罗网呢？"朱锐百思不得其解。

今年鹿群的数量之多，超出了西夹荒人的预料，也增加了人们的喜悦。人们开始在不惊扰鹿群的情况下，将屯内雪道中的鹿悄悄地赶进了附近的雪屋和雪洞中，然后入口处木栏一挡，就算是捕获了。雪道内慢慢地被腾出了地方。

又有人通过雪洞潜行到了东西岗上，将进入西夹荒的雪道入口挡以木栏。这样做的目的，一是将进入猎场的鹿群围住，二是防止再有林子里的其他大型动物进入猎场惊扰了鹿群。冬猎的重点，全在这鹿群身上了，哪怕是再进来几头老虎也顾不上了。尤其重要的是，不能惊炸了鹿群，否则以鹿的跳跃能力，仍旧会逃掉大半的。

将伟站在街那边的人群中吩咐着工作："先将一部分今年能割茸的鹿赶到鹿园子那边圈住了，剩下的尽量往雪洞子里赶，不行就朝雪坑那边引。不过记住了，赶的过程中，那些年幼的小鹿和领头的公鹿，要全部留出来，喂饱了再放归林子里。西夹荒的猎场，不做赶尽杀绝的事。都给我记准成了，日后在清理猎场时，在谁负责的雪洞子里面发现有小鹿，就从谁的份子钱中扣除十头鹿的钱。"

第十八章 鹿 群

在西夹荒北侧，有着一座鹿园子，也称为鹿苑。每年都要从猎场上分流出一部分鹿，赶到鹿园子里养着，除了割取鹿茸外，还供应着西夹荒人一年的鹿肉。

"还有，"将伟继续命令道，"我们的动作要快，最迟在三天内完成处理鹿群的工作。这三天内大家伙都睡不得觉了，就硬挨一下吧。一年之中也就这三天是最累的，没有办法。因为鹿群之后，狼群就过来了……"

二

将涛这时过了来，拉了将伟旁边说话："大哥，过来的鹿群里，有十几头马鹿受了伤，应该在来的路上遭遇到了小队狼群的袭击。"

将伟听了，眉头皱了下，说道："今年的雪大，逼得狼群也提前出山了。看来处理鹿群的事也要提前了，大队的狼群逼过来可就麻烦了。这样吧老二，这几天你领几个人，带上我的猎枪骑上马，将警戒的范围放到西夹荒五里外去，一发现情况就立即赶回来报信。记住了，不到万不得已的情况，别放枪。"

"大哥……"将涛犹豫了一下，说道，"你感觉到没有，今年猎场上的情形有些怪。那意外出现的三头老虎先不说，鹿群的数量竟然是往年的两倍多。最奇怪的是，百年不遇的，甚至于千载难逢的神鸟雪凤和传说中的白毛雪怪都出现在了西夹荒，不知是福是祸呢。老话讲，事出异常必有妖啊！"

将伟应道："西夹荒本来就是一个怪事层出不穷的地方。眼下顾不了那么多了，你就负责警戒狼群的事吧，我这边带大家伙加紧处理鹿群，只要没有什么意外，就是一个大丰收年。"

圈鹿的过程是安静的，不能出现大的动静。猎场上，男人们小心翼翼地将鹿群分开来，十几到二十几头一组地赶进了旁边一条条幽深的雪洞中，然后在洞口挡上木栏，或是直接将洞口的雪捅塌下去，将洞口封死了事。而对那些高大健壮的马鹿,则是引向几处雪坑,令其陷入深雪里,挣扎不开去。这样过了一晚上,陷入雪坑的鹿多半会冻毙,封死在雪洞里的鹿,也会在两三天内冻倒在里面。整个西夹荒猎场,外面的雪道、雪坑,内里的雪洞和雪屋,便成了鹿群的葬身之地,这也是一座天然的冷藏库。那些准备放生的小鹿和头鹿则被引到空地上,喂以草料,然后再将其沿雪道引向山林中。

朱锐站在窗前,望着外面雪道里的鹿群,心中充满了疑惑:如此庞大的鹿群,怎么会突然间集中在西夹荒呢?虽然在前清之时,这里就是有名的鲜围,并且以野鹿为主。西夹荒的冬季猎场也形成了六七年,令林子里的动物们形成了一种惯性,每逢大雪之后,山中少食之时,必会到西夹荒的猎场上寻食。其他的动物还好说,饿急了自投罗网,但是如此庞大的鹿群,可不是附近山林里能汇聚得起来的,多半是远道而来的。尤其是,进入猎场的鹿群,竟然显得异常的安静,似乎从容赴死。这一点,很不寻常。这并不是利用气候和地形条件,建造一个简单的猎场就能达到的效果。还有那头在雪风口偶然一现的白鹿,它和鹿群的到来,又有着怎样的关系?

"小小的西夹荒,展示尽了长白山的神奇,的确是一处神秘的地方!"朱锐暗里感慨了一声。

将伟率领西夹荒的男人们,两天两宿没有睡觉,终于将进入猎场的鹿群圈尽了,还将那些小鹿和头鹿引向林子里放生了。

第三天的下午,就在将伟望着空荡荡的猎场暗中吁了口气的时候,忽然间"砰"的一声,东北方向传来一声清脆的枪响。

"狼群到了!数量还不少,否则老二不会开枪报警的。"将伟的脸色变了变。

遂见北坡上出现了几个骑马飞奔的人影,是将涛和几个出去警戒的人回来了。

一转入北坡下面的跑马道,将涛便命令那边的人将所有通向外面的雪

第十八章 鹿 群

道用木栏堵住。

将伟迎了上去，问道："什么情况？"

将涛气喘吁吁地说："大批的狼群过来了，比往年不知多了多少。就在六里外的地方，狼群还拦截了一群正往这里来的鹿群。几十头鹿，眨眼的工夫就全被狼群咬倒了，这会儿怕是分食尽了。"

将涛几个人骑的马匹，此时全身发抖，冒着冷汗，显是被狼群吓得够呛。

"长白山里的森林狼，可是比草原和甸子上的野狼凶恶多了，并且它们不轻易聚群，一旦聚群行动，势不可挡。马上将所有的备用木栏全部堵在通向外面的雪道上。对了，这两天还割下来一批鹿角，也全部堵上去。虽然这些年狼群从来不入西夹荒，但还是有备无患。"将伟吩咐道。

"呜呜……"一阵阵野狼的嚎叫声开始从四面八方传来。

"大炮，按你的交代，东西岗上扔满了鹿和野猪的内脏和一些不好的肉。"金永志和刘有财两个人跑了过来。

将伟感叹道："希望狼群和往年一样，来西夹荒打次秋风，吃饱了就走了。不过为了防止意外，屯子里的老人、女人和孩子待在屋子里不要出来了。塔楼上的人注意观察情况，发现有异常，立马发出警报。"

"大炮，狼群不入西夹荒，这些年已成规矩了，你又何必如临大敌？"唐绍杰那边说道。

"今年的情况有些不一样。"将伟说道，"大家伙还是提高警惕的好。"

"呜呜呜……"狼群的嚎叫声由远及近。东西岗上，狼影绰绰。

"是啊！今年狼的叫声透出一股子狠劲来，可别进屯子来。"唐绍杰呈现出怯意来。

"大家伙现在撤回屯子里，只留一条屯子通向外面的雪道，其他的也都堵上。屯内和这边的空地上已堆好了木柴，狼群那边一旦出现异常，就将火堆点燃起来。"将伟命令道。

西夹荒的雪是天然的屏障，可以阻挡住外部的千军万马。所以，只要堵塞住了雪道，狼群便是想进来，也是无计可施。狼天性怕火，见火堆燃起来，也自然不敢靠近。

将氏兄弟率众人撤回了屯内。整座西夹荒陷入了恐慌之中，毕竟是大批的狼群过来了。

"没有狼群，仍旧会有一些鹿群过来。唉！每年这个时候，狼群都会出来捣乱。"钱掌柜那边摇了摇头。

"狼群的出现，是西夹荒猎场的结束。大自然赠送我们的礼物是有度的，不过度给予，所以，我们也不要过分强求。眼下的收成，尤赛往年，就知足吧。"将伟那边说道。

"也是。西夹荒猎场总不能一次性地将林子里的动物都收尽了吧。否则明年断了收成，可就没意思了。"钱掌柜点了点头。

这个时候，东西岗上、北坡那边，甚至于雪风口上都出现了狼的影子。西夹荒被狼群围住，已是进出不得了。

"在西夹荒，奇观一个接着一个，竟然还有一个被狼群围困的景象，实在是不可思议！"朱锐站在窗前，望着四周的狼群，惊叹不已。

傍晚时分，北侧塔楼的两个人忽然从塔楼上下来，惊慌失措跑了回来。一个人大声喊道："不好了！不好了！狼群进来了！"

屯内观望的人闻声皆大吃一惊。

第十九章　狼　群

一

听说狼群进了来,所有人都是一惊。

赵老五说道:"大家伙已经三天两宿没合眼了,加上狼群这一闹,谁还敢去睡啊!要血命了这是!"

将伟倒是镇静地问从塔楼上下来的人:"别急。狼群从哪个地方进来的?"

"狼群在东岗上打雪洞呢。"那人惊急道。

"狼群要掏条雪洞进来?这也太精了!怎么办啊?狼群一进来,整个屯子都玩完!"老洪那边惶恐道。

"大家伙别急,只要守住屯子的雪道入口,狼群一时半会儿进不来的。老二,咱俩看看去。"将伟唤了将涛,兄弟二人拿上猎枪去了。

"今年猎场上真是显得异常,狼群都要坏了不进西夹荒的规矩了。"张把头那边说道。

朱锐站在人群中寻思道:"所谓的狼群不进西夹荒,是因为四周有数米深的大雪为屏障,阻碍了狼群的进入罢了。现在狼群饿急了,也知道西夹荒的猎场上圈了大量的鹿,所以不顾一切地要掏雪洞进来。"

旁边的万把头自语道:"不会吧。多少年了,无论冬夏,狼群最多至东西岗而止,从不涉足西夹荒半步的。今年这是怎么了?"

"饿的呗!饿急眼了,谁还顾及规矩?况且这是群凶恶的畜生,理会不得道理去。"皮匠白大河那边应道。

天色见黑的时候,将氏兄弟一脸轻松地回来了。

将伟笑道:"这狼精得很呐,竟然知道打雪洞偷东西。有几条老狼打通了四丈多长的雪洞,并且通到了我们的雪洞内,将雪洞内放着的几十只狍子拖走了。以前我就说过,跑马道外围的雪层内,不适合挖雪洞储藏猎物的,这不,被狼群就近得了手去。"

刘有财那边忙说道:"狼群既然打通了雪洞,会不会顺着雪洞进来?"

将伟应道:"那边的几条雪洞已被我兄弟二人捅塌了。狼性天生警惕,见有异常,一般不会再进入雪洞的。现在天黑了,马上将所有的柴堆点着火,要保持添柴,一直烧到天亮。我们扔到东西岗上的那些动物的内脏,加上狼群偷走的狍子,还有狼群不是在外面偷袭了一个鹿群吗,基本上也快吃饱了。不出意外,明天早上它们就会退去的。"

"这样最好了。"万把头那边松了口气。

朱锐回到了桓德源楼上的房间里,推开窗户,观察着周围的狼群。他发现,在东岗上的一块空地上,有一匹毛色苍苍的老狼,竟然如人一般席地而坐,应该是一匹狼王了。在狼王的旁边,还有十几匹体形健壮的大狼蹲在那里,望着西夹荒屯子的方向,不知在商量着什么对策。

天色很快暗了下来,狼影不见,西夹荒四周则充满了一片片幽光,如天上的繁星带,缠绕着西夹荒的周围。那是狼的眼睛在夜色中呈现出来的幽光,令人不寒而栗。断断续续的狼嚎声此起彼落,似乎还在召集附近的同类。远方,也似乎有着狼嚎回应……

猎场上,七八堆篝火燃烧了起来,火苗窜起老高,将整个西夹荒猎场照耀得一片通亮。

西夹荒的男人们到现在已有三天三夜没有睡觉了,此时更是不敢懈怠,万分警惕地戒备着周围的狼群。

夜半时分,狼嚎声渐止。西夹荒和周围的山林中暂时呈现出了一种异样的安静来,只有猎场上的篝火堆不时地发出爆裂声响。

突然间,东岗上的狼群中传来一片惨叫声,还夹杂着一种不名野兽的吼哮声,几个巨大的影子腾跃隐现。狼群竟然被袭击了!

"哪里来的大牲口,竟然敢偷袭狼群?非虎即豹啊!"屯内的人们惊讶万分。

"便是虎豹也不敢在这种情况下偷袭狼群的。一定是深山里出来的什么东西。"将伟惊异道。

第十九章 狼 群

几声凄凉的狼嚎声响起,那是狼王发出的命令,渐响渐远,狼群开始退去了。西夹荒周围的林子里,又恢复了宁静。

但此时此刻,人们的紧张程度不亚于狼群在的时候,因为偷袭狼群的不明猛兽若是对西夹荒发起攻击,后果将是可怕的。

东岗上的林子里,呈现出异样的气氛来,似乎那几只,或是一大群,将狼群吓退的不明猛兽,隐藏在林子里窥视着西夹荒。

夜色掩蔽了一切,朱锐站在窗前,也无法看清那边的情况。这个时候,朱锐感觉到了西夹荒人生存的不易来,虽然在猎场上收获极丰,但同时也面临着极大的危险。猎场引来了山里的动物,也会引来凶猛的野兽,或是残暴的怪物。

紧张了一夜,好在没有发生异常。天见亮时,塔楼上的观测人员发出了安全信息。足劲的阳光照耀在西夹荒洁白的雪原上,亮得晃人眼目。几只松树鸡飞来觅食,因毒饵已尽,可以自由地起落了。一头落了单的梅花鹿在雪道中孤独地走着,不知是从鹿园子跑出来的,还是从雪屋中逃出来的,已是没有人关注它的去留了。这场惊心动魄的冬猎,也似乎进入尾声了。

"行了,没事了,今年的冬猎也基本上到此结束,大家伙都回家睡个好觉吧。两天后,全体人员开始清理猎场,进行猎物码垛。今年的冬猎收成,可是西夹荒有史以来最好的一年。同时做好迎接雪神节的准备,冬市开市后一定会火旺的。恭喜发财!"将伟兴奋地下达着命令,并朝众人抱拳相贺。

"发财发财!"男人们互相恭贺着,然后带着疲倦和喜悦渐渐散去了。

从野猪群突袭入场,到雪原上诱捕不计其数的野鸡、松鸡,继而熊出没,再到神奇的雪凤和神秘的白毛雪怪的降临,接着是虎王率两头小老虎的出现,紧接着重头戏鹿群的大规模进入,最后是狼群的围困,令西夹荒的冬季猎场演出了长白山中古今绝无仅有的第一奇观!

二

朱锐靠在房间里的椅子上,闭着眼睛,回忆着自己所经历的,梦幻一般的西夹荒冬猎。如果未曾亲身经历一回，任凭人说，自己是怎么也不会相信，在这个世界上，在中国的长白山里，还会存在着这样一种神奇的冬猎奇观。

他知道，真正的冬猎，到现在还未真正地结束，只有过了雪神节的冬市，将冬猎的猎物卖出去，才算是结束，因为冬猎和冬市是一个完整的链条。他也清楚地知道，雪神节冬市之后，再过完了大年，西夹荒的雪，最终会融化去，那个时候，是西夹荒另一种复杂局面的开始。这是一种轮回，并且轮回了数年，随时会结束。或许，在这个神奇的地方，新的神奇还会产生。

西夹荒的雪，造就了冬季猎场，却也暂时掩盖了一切。那件神秘的前清秘贡，应该就隐藏在西夹荒的某处地点。既然前清内务府将这件极其重要的东西隐藏在了西夹荒，不可能不派人秘密守护的。是的，西夹荒众人中，必是潜伏着知道秘贡隐藏地点的人。赵玉堂说过，西夹荒内隐藏着前清的大内密探，大清虽亡，但这个人必是领下了秘密任务，就是保护这件秘贡。

想到这里，朱锐猛然睁开了眼睛。

"这个人是谁呢？"朱锐走到窗前，隔着玻璃窗望着外面雪道上走着的几个人，在脑海中将西夹荒的所有人过了一遍。

利昌盛的伙计李槐是在雪风口朝自己打冷枪的人，和掌柜的卫昌必是一伙的。二人想杀死自己来打破西夹荒这个僵滞的局面，手段可谓是狠毒。从这一点上看，这二人是来寻宝的，而非护宝之人。只要一一排除寻宝的人，剩下的就必然是护宝之人了，这个人也一定知道那件秘贡的隐藏地点。

洪氏父子三人，极有可能是土匪潜伏在西夹荒的暗桩，也属于寻宝之人了。而那些设在西夹荒的各商号，掌柜带伙计，也应该都是各立幌子打掩护的寻宝者。几位手艺人，看似普通，言语间却也带着刺，当也非寻常之辈。

西夹荒诸人中，金帮的张把头和他的两个徒弟疑点最大，竟然为了占宅填平了三处湖水，尤其是其院子里有着两座井口。那么，在他们的院子下面，肯定埋藏有东西。极有可能就是那件秘贡。难道说，张把头师徒就

第十九章 狼 群

是秘贡的守护者？

万把头和将氏兄弟显得很正气，是维护西夹荒的正义人士。或许另有身份也未可知。

如此一路想来，人人都有疑点，不由令朱锐暗里摇了摇头。

朱锐知道，目前的局面，自己一定要把握先机才行，否则雪化之后，局面当不可控了，自己仍旧会陷入危险之中。打自己主意的人，不仅是卫昌和李槐，若有高手暗中出招，当是防不胜防的。所以，必须在西夹荒的雪融尽之前掌控局面，甚至先行找到那件秘贡。

劳累了数日的西夹荒人缓过劲来，开始清理猎场了。他们在北侧的雪原上清出空阔的场地，将收获的猎物码垛。

原先被收藏到雪屋、雪洞中的野鸡、松鸡被移了出来，每百只整齐地垒成一垛，野猪二十头垒成一垛，狍子五十只垒成一垛，梅花鹿三十只垒成一垛，马鹿二十只垒成一垛。一垛垛的猎物排列开去，蔚为壮观。将这些猎物从雪屋和雪洞中移出来，劳动强度非常大，很是累人，也是用佣工最多的时候。

最辛苦的工作，是将陷入雪坑中冻得僵硬的野猪和鹿的尸体钩上来。陷得深的，还要下去清开雪沟，在人的腰间系上长绳吊下去搜寻，然后将深雪中发现的猎物拴上绳子拉上来。即使这样，也未必能将雪坑中所有的猎物捞尽，开春雪融之时，多可现遗漏者。还有雪屋和雪洞中储藏的猎物，由于埋得深，加上雪洞塌架被掩埋住等，未能被及时发现。开春雪尽，最多时能发现几十只甚至上百只的大小猎物，遍布各角落，隐现在西夹荒的残雪中，未腐败变质的，便做了西夹荒人的口中食。这种猎场的余粮，不再出售，成了另一种春季大餐。所以，西夹荒冬季猎场的余波，到了春天雪化之时，才算是真正的结束。

猎场上猎物的清理工作，必须赶在雪神节，也就是腊月初八之前的几天里完成，需要提前几天为冬市做好各方面的准备工作。

经过十多天的雪中清理，猎场上码成垛的猎物列成八列，从南排到北，从屯口一直排到北坡下面。很难想象，小小的西夹荒猎场，竟然如一张大网，撒下去，收获的是满满的猎物。无论大人还是孩子，疲惫的脸上充满了丰收的笑容，因为每家在这个冬天的收成，足可抵普通人家十数年的辛苦。

猎场上的清理工作接近了尾声，那些佣工们，每个人都得到了一份丰厚的酬劳——一头成年的壮鹿，或是几只狍子。他们欢天喜地将自己的酬劳装上爬犁车，拉着回家去了。过些日子，他们还要再来的，因为冬市上，还是需要大量的劳力。

朱锐和石英走在屯内的雪道上，不断地感叹着西夹荒猎场的神奇。石英虽然生活在当地，对西夹荒的事也偶有所闻，但是当他见识到了真实的冬猎之后才知道有些故事竟然是真实存在的。

朱锐望着猎场上码成垛的猎物，惊叹之余，更是懊悔不已。整个冬猎的奇观，竟然都没有被拍摄下来，因为自己没有带来照相机。更为奇怪的是，西夹荒的各商号，竟然也都没有配备照相机。他曾问过李海原因，却是得到了一个惊人的答案——在西夹荒，没有人敢配备照相机。以前有两个人持照相机进了西夹荒，第二天就神秘地消失了。后来，他们的尸体被人发现横在不远的树林里。似乎西夹荒的秘密，除了自家守口如瓶，更不能被人以影像传出去，如此，才不会引起外面更多人的注意。否则，仅凭一个冬猎，西夹荒也早就被外界所知了。

冬天大雪封山，几乎内外隔绝，在西夹荒这种封闭的环境里，没有外人能知道这里发生了什么，没有人清楚冬季猎场是如何运作的，那些外来的商人们只在冬市上购买冬猎的成果就是了。形成这种集体保密制度的原因，并不在冬猎的本身，而在于这里还有着更大的秘密。所以，西夹荒这里发生过什么，只能由西夹荒人自己知道，便是那些外来的佣工们，离开后朝外人所讲的，也多是一种故事罢了，几乎没有人相信这里所发生的奇迹。

这时，孙裁缝从对面走了过来，一边走一边摇头道："湖里又丢了冰了。大冬天的，刨那些冰能做何用啊？"

"孙大哥，你说哪里丢了冰？"朱锐闻之一怔，忙唤住了对方。

孙裁缝说道："屯子里中间的湖面，不知又被谁刨去了不少冰块，这

第十九章 狼 群

种事已经有好几年了。刚才我去那边湖面上的雪洞子里查找有无落下的猎物时发现的。"

"咦？西夹荒的湖面竟然也有丢冰之事！"朱锐立时一惊，他不由想起了那起神秘的黑龙潭丢冰事件。

朱锐猛然间意识到了什么，忙拉石英朝那处湖面跑去。

第二十章　凌　人

一

待沿着一条雪洞走到雪层下的那处湖面上时，借着上方"天井口"的光线看到的景象令朱锐一怔——四步来宽的冰冻湖面上，冰层竟然被人整齐地凿空了，露出了下方干枯的湖底，及散落的部分冰屑。

朱锐上前蹲下仔细观察周围冰层，一惊道："边缘整齐，棱角分明。天下间，采冰能做到这种精致程度的，只有一种人。"

石英问道："什么人啊？"

"凌人。"朱锐说道。

"什么是凌人？"石英讶道。

朱锐说道："凌人是从周朝起就有的一种专业性极强的职业，擅斩冰，以做冰养。权贵人家雇佣凌人冬季采冰，储藏到盛夏，以对某些易腐败的食物冷冻保鲜及祛暑气用，《周礼》中就曾有记载。这种职业延续了数千年之久，现在仍旧有操此业者。对了，前清时期的打牲乌拉衙门也应该雇佣有凌人，冬季里采冰，夏季里保存那些易腐坏的鲜品。"

"西夹荒内隐藏有凌人！"朱锐站了起来，说道，"如此看来，有几件事情可以联系到一起了。西夹荒所在的这片地区，前清时属于盛京围场的辉发围，更是为内务府提供鹿肉和活鹿的一处有名的鲜围场。沿途驿站必是设有储藏冰块的冰室。那个打牲乌拉的官员伦图，曾在西夹荒这里设有一处驿站的，也应该在某处地下建有冰室。"

"是了！"朱锐似有所悟，"距离这里不远的黑龙潭，曾发生过一起神秘的丢冰事件，两件事合在一起，关于那件扑朔迷离的前清秘贡，就有个断定了。那件秘贡，极有可能是件鲜品，赖冰保存。时间久了，冰室中的

第二十章 凌 人

冰有所融化，需要不断地补充新冰以保持冷藏度。所以，隐藏在这里的凌人，利用湖面上的雪洞为掩护，暗中采冰运至冰室。这种工作应该是在夜里做的，并且就在这几天，可谓是人鬼不察。采去的那些冰块数量不少，所以运送的过程也不宜搞出太大的动静来，那个凌人，或是一伙人，应该就住在这处湖面的附近。原来是凌人在暗中保护着那件秘贡。"

石英旁边听得一头雾水，茫茫然不知所以。

朱锐又眉头一皱道："多大的地下冰室需要那么多的冰？那件秘贡不是一件，而是一大批吗？并且就在西夹荒的地下？暂且不管那么多了，先找到这些冰的去处。"

突然获得的意外线索令朱锐兴奋不已，他在那里来回踱了几步，自语道："住在这旁边的人家，北面是张把头师徒，西面是万把头家，南面是唐老板的大车店，还有洪氏父子住在东侧，赵老五也住在旁边，是他们中的谁将这些冰秘密地采了去呢？"

"对了石英，"朱锐又叮嘱道，"这件事，西夹荒的人可能都知道。你我初到这里，也勿要显得对此事过于惊奇，否则会引起一些人的注意。因为距离真相愈近，也就愈加危险。毕竟我们还不了解这里。"

石英听了，迷惑之余，点了点头。

"还有另两处湖面，我们再看看去。"朱锐说道。

通过雪洞，朱锐和石英到了另两处被雪层掩盖着的冰冻着的湖面，那里却无异样，看来那伙凌人仅是采取了一处湖面的冰。

待回到桓德源，朱锐关了房间的门，临窗朝外面望了望，这才转身对石英简单地说了下自己知道的情况。

"前清秘贡！原来西夹荒的这些人都是为了寻找这件宝贝！"石英惊讶道。

"有几件事情我想不通。"朱锐皱着眉头说道，"潜伏在西夹荒的这些人，都是有着复杂的身份的，目标都是那件秘贡也是理所当然的。保护秘贡的看来不仅是几名凌人，一定还有着其他的帮手。否则采了这么多这么重的冰块，运到地下秘密冰室，可不是件简单的事情。但是，他们暗中采了这么多年的冰，难道说就没有被其他的人发现？显而易见，早就有人发现了他们的身份，但是没有揭露，也没有直接抢夺那件秘贡，这是件不可思议的事。或者说，有相当一部分人，早就达成了一种默契，形成了一种联盟，共同地在保护着那件秘贡，以此令那些窥视秘贡的少部分人不敢轻举妄动。其实，隐藏秘贡的那间冰室，早就不是什么秘密了，只是那些人在等待一个动手的机会而已。是了，只有西夹荒生出乱事来，破了目前的局面，有些人才可以乘机窃取。所以一些人在尽可能地维持着这个看似平静的局面。"

"还有，告诉我们湖面丢冰这件事的孙裁缝，本来是要走向另一边的，看见了我们两个，便忽然改道过来，看似随口告诉了我们这件事，其实，他是有意这么做的，就是想引起我的注意。"朱锐说道。

"由此看来，西夹荒的这些人，都在打朱大哥的主意，就是想让朱大哥在此事上生出事端来，进而搞乱西夹荒的局面？"石英恍然大悟。

"不错，他们就是想利用我的好奇心，来打破眼下僵持的局面。好险好险！我幸亏没有主动去调查这件事，否则就陷入他们的套子里了。"朱锐吁了一口气道。

"由此可见，西夹荒内，保护和寻找秘贡的两股势力，经过这么多年的明争暗斗，势均力敌，已经达成了一种均衡，谁也不敢先行破局，否则生事的那个人会被其他人合伙先踢出局。所以，他们的注意力便移到了我这个新人身上。虽然石英兄弟也是新人，但是他们清楚你的本事，不敢轻易利用。好嘛！现在我才知道，我来这里，基本上就是一只替罪羊。"朱锐摇头苦笑了一下。

"朱大哥，我会保护你的。只是下一步应该怎么办？"石英问道。

"谢谢你了！"朱锐欣慰地拍了一下石英的肩膀，说道，"我现在已成了局中人，脱不得身了。所以，在那些想利用我的人采取行动之前，我必要有所行动，找到那件秘贡，用它来破目前的局面，这是保护自己的最好方法。虽然，这也是一些人想引我入局的套子，但是这个套子必须得钻，而且要钻破，否则就会被人套死。没有退路了，西夹荒的猎场已经形成了，不想成为猎物，只能作猎手。这样吧，石英兄弟，我不方便出面，只能靠你帮助了。你暗中查一下丢冰湖面旁边的那些人家，那些冰被谁采了去，这么多冰块，应该能留有痕迹的。找到冰的去向，就能找到地下冰室，进而能找到那件秘贡，然后将那东西呈现在众人面前，再见机行事。

第二十章 凌 人

只有那个时候，我才有机会脱出这个局去。"

"好，这件事情我来做。我现在是西夹荒人了，西夹荒的事我也脱不了干系了。虽然我和那些人的目的不一样，但是维护西夹荒的安全是我的责任。这也是来时干爹一再叮嘱我的事。"石英坚定地说道。

"是啊！"朱锐感慨道，"这么美好的西夹荒，犹如世外桃源，可不能就这么因为一样东西毁了去，那将是多么可惜的一件事情。"

二

腊八节，不仅是西夹荒的雪神节，更是冬市开市的日子。这一天对西夹荒人来说尤为重要，经过一冬天的准备及忙碌，冬季猎场的收获，在冬市这一天，才算是有了一个真正的结果。这是西夹荒人最为期盼的一天，顺利地渡过这一天，整个冬天的辛苦，才会落到实地。过了雪神节，就是欢欢喜喜迎大年了。

腊月初七这一天，陆续有十几辆马骡拉的爬犁进入了西夹荒，这是远道而来的参加冬市的外地客商提前一天赶到了。山里雪厚，有轮子的马车走不得山路，必须是这种木制的爬犁才能行得通。客商们及同来的人马车辆被安排在了汇友客栈，受到了盛情款待，吃住一律免费，显示出了西夹荒人的待客之道以及满满的诚意——猎场上的收获，需要这些外来的财神们运出山去。

这一天，杨把头也到了西夹荒。他终于结束了木帮的事，正式入住西夹荒。杨把头的到来，自然受到了大家的热烈欢迎。因为大家伙都在忙碌，为明天的冬市及雪神节做着准备，为杨把头的接风宴就被安排到了明天晚上的庆祝宴上。大家都在忙碌，也只有朱锐这一个闲人陪着杨把头坐了坐，聊了会儿天。晚饭也是朱锐在桓德源安排的，令杨把头非常感激。

待石英将杨把头迎到家里，沏了壶热茶，爷儿俩这才围桌而坐。几个月没有见面了，终于等来了干爹入住西夹荒，实令石英欢喜不尽。

"西夹荒的事，以前我也听说了一些。之所以这个时候才过来，就是不想掺和太多的事。让你先过来，也是想探探西夹荒人对咱这个新户的态度。明天的雪神节和冬市开张，一直到年后正月，大家伙基本上都在庆丰收和过大年，闲事也就少些。只有开春雪化，大家伙的心才能收回来，琢磨其他的事。在西夹荒过日子，可得加小心了。"杨把头呷了口茶，语重心长地说道。

石英听了恍然大悟，笑道："干爹想得倒是周全。不过少经历了一年的冬猎场景，也是可惜。"

杨把头吸了口旱烟袋，说道："西夹荒的冬季猎场早已名声在外了，只是少有人看到它的真实面目而已，这也是西夹荒的神秘所在。不过，西夹荒的猎场现在是猎林子里的鸟兽，以后说不定会猎人头的。要知道，住在西夹荒的这些人家，可是什么人都有的。本来我是不愿意来的，更不愿意让你步入这种是非之地，但是万把头他们强行拉了我们来，也是没法子的事，实在是不好驳他们的面子。要知道，他们的目标是你。"

"干爹对西夹荒了解得还真是不少啊！"石英惊讶道。

"外面倒是有很多想了解西夹荒秘密的人，大多数都莫名其妙地横在外面的林子里了。这个地方，不仅是非多，更是个危险的地方。今年住上一年再说吧，不行我们就搬走。对了，桓德源那个少东家是个不错的年轻人，不过这个人可不仅仅是桓德源少东家那么简单，他对周围的人防范得太严了，令自己随时处于一种警戒状态。"杨把头说道。

"那是有人想在朱大哥身上找事，以打破西夹荒目前的这种局面，令他不得不加以防范。我们刚到这里的第一天，就有人朝朱大哥打冷枪。"石英说道。

"还有这种事！怪不得呢！"杨把头惊讶道，随后又道，"这个朱锐很冷静，尤其是他的眼睛，锐利得很，好像能看透一切。"

石英笑道："朱大哥眼力超强，可以看到别人看不到的东西。"

杨把头听了，点头道："我说嘛，感觉他不是个一般人。还有，这个朱锐给我一种奇怪的印象，具体怎么回事我也说不清楚，但是感觉他到西夹荒，是要做一件事情的，不像是他刚才吃饭的时候说的，替原来的掌柜暂时代管桓德源而已。西夹荒内潜伏着不少江湖油子，身上的江湖气一眼就能看出来，但是这个朱锐与众不同，是一根难伐的木。关键的时候，还能折断你的刀斧。"

"朱大哥学识渊博，本来就与众不同。人家是洋学堂的学生呢！"石英

第二十章 凌 人

说道，随后将自己知道的事大概地对杨把头说了一遍。

"这个朱锐也在找前清秘贡！"杨把头惊道，"事情怕不是那么简单了，他这是将事情往复杂了引。想脱身，离开这里就是了，一个富家少爷，犯不上以身犯险的。"

"干爹，那我们现在怎么办？"石英迷茫道。

杨把头叹息了一声道："既然我们都入住了西夹荒，就已陷入这个特殊的局中了。朱锐说得不错，要想打破目前的僵局，还真是只有那个什么秘贡了。趁着明天的冬市和雪神节的热闹劲儿，我们爷儿俩一块去找找那个秘贡，找到再说。

"还有，西夹荒这个地方，在大清朝那会儿，就有着很多的传说。参帮的万把头和金帮的张把头入住西夹荒，自然有着他们的目的。那件秘贡，说起来也是后来的事了，在这之前，他两人就多次光顾西夹荒了。所以说，西夹荒这个地方，应该有着不止一个秘密。十几年前，住在这里的几户开荒人家，有时候大白天睡觉都能听到房前屋后的有一群孩子的笑声，以及不明动物发出的奇怪声响。出来寻时，自然不见影子，还以为是做梦呢。但是那几户人家不止听到一次，而是多次听到。有一户人家姓李，我认识的，曾多次和我说过这种奇怪的事。大清亡的前两年，他率全家回了关里。"杨把头说道。

"这些奇怪的事，能说明什么呢？"石英疑惑道。

"西夹荒这个地方有宝贝！"杨把头说道，"人为财死，鸟为食亡。无利不起早，现在入住西夹荒的那些人，还不是来寻宝求财的，否则谁愿意住在这山沟里面？倒是这些年，出现了冬猎，给大家多了份入项。若是没有冬猎维持着局面，那些人早就争夺起来了。毕竟地方小，即使有宝贝，藏得再隐蔽，也会被人发现的。"

"干爹是说，那件秘贡较容易找到？"石英问道。

"当然。"杨把头说道，"我感觉这件所谓的秘贡，不是什么值钱的东西，否则早被人抢走了。并且有些人已经找到这件秘贡了，之所以没有动手抢夺，是因为没抢夺的价值。只有那些没看到的人，以为是件价值连城的宝贝，一直在等待机会。西夹荒能安静地存在这么多年，除了冬猎的因素外，也是有这个原因的。"

石英听得一头雾水。

杨把头说道："那个朱锐应该也明白这个道理，所以他才要寻找那件秘贡。因为即使被他找到，也不会引起众人大规模地争抢，否则真的是件价值连城的宝贝，他是不敢有这种心思的，毕竟自家的命比什么都重要。这个年轻人十分清楚这一点，所以他才要以这件秘贡破局。因为，除了这件秘贡，西夹荒内可能还隐藏着更为重要的秘密，那才是与真正的财富有关的秘密。这有可能是大多数西夹荒人的目的所在。"

"啊?!"石英听得目瞪口呆。

第二十一章 雪神节（冬市）

一

西夹荒冬季里最为重要的一天，雪神节暨冬市开市的日子终于到来了。

天刚刚见亮的时候，已是有成队的爬犁驰进了西夹荒，从屯头排到北坡，又从北坡排出了一里多地去。昨天先到的几十辆爬犁已是载满了货物先行离开了。

"今年猎场大丰收，猎物是往年的两三倍，大家伙排好队，不要急，都有份的。"将涛骑着马，沿着爬犁的长长队伍，高声喊着话，安慰着这些面呈焦虑的来赶冬市的外地客商们。往年的冬市，来晚了还真是有空车而归的。

老人孩子们在这一天起得都比往日早，穿上了只有过年时才会穿的新衣服。雪神节在西夹荒人们的眼中，是和春节一样重要的。

虽是一大早，却是阳光明媚，万里蓝天，天气晴好，整座西夹荒都进入了一种喜庆的节日气氛中。穿戴整洁的全体西夹荒人，以及几十名外地客商的代表，聚集在了西岗上的雪神庙前。西夹荒的雪神节有个重要的祭祀仪式，祭拜过了雪神，还要祭拜东岗上山神庙内的山神——西夹荒猎场上的收成，是得益于雪神和山神的保佑。祭祀仪式结束后，冬市才正式开市。

雪神庙前摆放着鹿、野猪、熊三种山牲大供及各种祭品，庙内的那尊雪神像，被换上了新的白袍，庙内外更是装饰一新。

锣响鼓震，喇叭声起，但见卢深一身萨满盛装，手持一支白色的棍子走了过来。众人肃目，礼让于旁，欢迎大萨满前来主持祭拜仪式。

卢深上前，持了三炷高香，在旁边的火头上点燃，恭敬地插在香炉中，而后朝雪神施三拜九叩之礼，后面众人随之共拜。接着，长挂的鞭炮响起，硝烟迷漫，震耳欲聋。待万声静止，卢深展臂仰天，嘴中喃喃自语，不知念叨些什么。

"大萨满在呼风唤雪了！"人群中有人惊喜道。

朱锐抬头望了望万里无云的大晴天，心下疑惑，不知雪将从何来。

旁边的万把头轻声说道："雪神节这天最神奇的，就是不管多晴的天，大萨满都能令天降场雪来，以此令人知道，有雪神的存在。"

说话这当口，忽然从雪风口方向吹来一阵冷风，平地里刮起了一场雪雾来，弥天的雪雾笼罩了半座西夹荒。待风停雾散，本是晴朗的天空，竟然开始稀稀疏疏飘落起大片的雪花来。

"下雪了！雪神显灵了！"人群欢声雷动。

那些外地客商们则是一脸的惊异，方知雪神显灵了，眼前的事，哪有怀疑的道理，立时跪倒一片，纷纷叩拜不已。

那雪下了几分钟便止了，又是晴天一片。

"刚才那阵子雪，是雪风口吹过来的，还是从天上降下来的？"朱锐望了望雪风口方向，一脸的迷茫。

祭拜过了雪神，众人移步至东岗山神庙祭拜山神。仍旧是三样山牲大礼，与雪神庙一般无二，祭拜过程也差不多，上香奏乐，焚纸鸣鞭。

接着卢深吩咐将伟，着人拣三只肥大的野鸡，送至雪风口上的七星泉，供奉那只守泉子的老貂。西夹荒全赖七星泉水所养，自然不会忘记了那只守着泉水的神秘老貂。

一面直径约三丈的大铜锣吊在屯子内一空地上的装饰着红绸的木架上，旁边守着两名穿着红色衣服的七八岁的小男孩儿。这是一面开市时要敲响的铜锣，两名男孩儿则寓为"善财童子"，寄以冬市开市招财进宝之意。

朱锐被卢深从人群中拉出来，二人一起走到了铜锣前——冬市开市之锣，是大萨满卢深与桓德源掌柜一起敲响的。二人各持鼓槌站在了铜锣面前，待万把头高喊一声："吉时到！"卢深与朱锐各持鼓槌，用力敲了三下。清脆的锣声荡传开去，传遍了整座西夹荒……

第二十一章 雪神节（冬市）

接着鞭炮响起，众人彼此拱手相贺，西夹荒的冬市正式开市了。

成垛的鹿、野猪、狍子、野鸡引得众客商们争相抢购，你要五垛，他订八垛，那个包十垛……一番热闹的交易场面。每一垛猎物，事先都定好了价钱，交钱装车就行了。一垛垛的猎物被装上了爬犁，陆续地运出了西夹荒，留下的成包成袋子的银元，流向了庆丰隆银号的柜台。西夹荒冬市交易，只认银元，不认铜钱银票，这是规矩。

朱锐在忙碌的人群中寻找着什么人，找了一圈也未能见着，不免失望地摇了下头。他在寻找那个奉天警察局的探长赵玉堂，赵玉堂说过，他会在冬市这一天再来的。不知什么原因，他这天没有露面。

这些外地来的客商们，都是结成几队进入山中来到西夹荒的，也自然是再结队出山。每一队约有上百辆爬犁，加上一些客商带来的武装保卫人员，集在一起也有几十号人，为的是防范路途中的匪患。

这些年来，倒是没有土匪抢劫过赶西夹荒冬市的客商，也是他们队伍庞大，有着一定的武装保卫力量，一般的土匪还真是不敢动。

平日里，路遇土匪拦路打劫，只要说是西夹荒的，一般情况下，土匪都会摆手让路。虽然也有新拉起的绺子，对到嘴边的肥肉不甘心放过的，多会问一句："西夹荒谁家的？"若是回应是山货庄、客栈、酒楼的人，也多会放过去。

有时候，有人会回应"老贺家的""老刘家的"。这个时候，土匪们便会看人下菜碟了。"哦！贺掌柜家的，那就过去吧。""老刘家的？……"若是出现这种犹豫的情况，便说明这家人在西夹荒的地位和资格要低些。明白事的，忙从车上或是爬犁上取下一只狍子什么的放在地上，说声"这是送给兄弟们打牙祭的"，土匪们便不会为难了。自打那年摸进西夹荒的二十名土匪莫名其妙地被人放倒之后，方圆百里内的土匪、绺子对西夹荒人自有些忌惮。

西夹荒的猎场现在成了冬市，一片交易忙碌的景象。

将涛则一脸的凝重，在人群中找到了将伟，拉他进了旁边一间没人的雪屋里。

"大哥，洪家父子一天都不见个影，那爷儿仨应该离开西夹荒了。"将涛说道。

"走他们的好了，管他们干什么……"将伟一开始未以为意，但随即，他脸色一变道："这爷儿仨，每年的冬市上是最活跃的，今年怎么没动静了，还莫名其妙地离开了？"

"万把头和朱锐都说过，洪家父子是土匪埋在西夹荒的暗桩。早不走晚不走，偏在这个时候离开，说明土匪们要有所行动了。不进西夹荒的规矩，土匪们是会破的。人心不如狼心，今年猎场的收成过往年数倍，应该是令土匪们心动了。还有，土匪们的耐心也磨尽了，抢什么不是抢。"将伟忧虑道。

"这么说，成袋子的银元堆在庆丰隆银号不是个事啊！"将涛一惊。

"安全起见，分散开来最好。一会儿通知万把头他们，大家伙今晚上都别睡了，连夜将份子钱都分掉。还有，老二，你带上几个人，这些天在西夹荒外面转转，见势不妙，开枪为号。"将伟吩咐道。

"大哥是说，土匪有可能要进入西夹荒抢劫？"将涛讶道。

"十有八九会的。洪家的爷儿仨都不见了，应该是去通风报信了。"将伟说道。

将涛忧虑道："看来那个'过山风'已是联络好了各路土匪，要对西夹荒动手了。"

"今年猎场上异常的事情过多，我就感觉不太好。若是几百号土匪一齐压过来，就不好办了。西夹荒再有高人能人，也抗不住人家几百支枪的。西夹荒当有此一劫！"将伟叹息道。

"那我们怎么办？"将涛问道。

"还能怎么办，走一步看一步了。这一天早晚会来的。今晚和大家伙商量一下，估计也没什么好法子应付。"将伟无奈地摇了摇头。

二

朱锐和桓德源的伙计们忙碌了一天，到了傍晚时候，已是十分疲惫，便交代了刘来一声，先行回到了桓德源的房间内休息。但他屁股还未着床，房门一响，石英和杨把头过来了。

"杨老伯！"朱锐忙上前相迎。

第二十一章 雪神节（冬市）

"朱大哥，干爹有重要的事情和你讲。"石英说道。

"先坐下说话。"朱锐忙请那父子二人坐了。

杨把头刚一坐下，就说道："今天冬市开市，屯子内外热闹非常，我帮不上什么忙，便四处转了转。就在半个小时前，我偶然经过一处雪洞时，听到里面有人说话。说正常的话倒也罢了，他们竟然在说日本话。我感觉事情蹊跷，便找了石英过来和朱少爷说一下。"

"日本话？"朱锐闻之一惊道，"有日本人进来了！杨老伯，你确定对方讲的是日本话？"

杨把头说道："大清朝那会儿，我在地方衙门和日本人合办的几家木植公司都做过木把头，经常见到日本人和听到他们讲话。虽然不知道讲的是什么玩意儿，但可以确定，那两人嘴里吐的叽里咕噜的就是日本话。"

"是在什么位置？"朱锐忙推开了窗户。

杨把头走上前，朝一个方向一指，说道："就在那边的雪洞里。说了一会儿后，那两个人便沿着里面的雪洞离开了，没有与我照面，否则会认出是谁的。"

朱锐眉头一皱道："现在外面来的商队，人马车辆都走尽了，留在屯子里的只能是西夹荒人了。如此看来，西夹荒内潜伏着日本人。想不到日本人也介入到西夹荒的事情中来了，事情比预料的还要复杂。"

"还有件更为重要的事，"石英走到窗前，朝东南方向一指，说道，"朱大哥，湖面东侧有几间破旧的没主的木屋，你见过吧？"

朱锐应道："知道的，里面堆积了些附近人家放的柴草，怎么……？"朱锐心中忽地一动。

石英说道："你不是让我寻找那些湖冰的去向吗，还真是让我们找着了，这也是干爹的功劳，他老人家在里面发现了一些冰屑。接着我在柴草堆下面发现了一处隐蔽的木板门，拉开一看，是一处漆黑的洞口。湖面丢失的那些冰块，应该都藏在那下面了。"

"冰室！找到了那座秘密冰室！我们要找的东西一定在里面！"朱锐兴奋非常。

杨把头说道："石英和我说过前清秘贡的事了，若是没有什么意外，这件东西应该就藏在那座秘密冰室里。冬市的庆功宴就要开席了，我一会儿必要过去的。朱少爷如果觉得方便，现在可趁着人不注意，和石英到那冰室里一探究竟。我这边可为你们打个圆场，就说朱少爷身体不适，由石英陪着回桓德源休息了。不过你们的动作要快，不管有无发现，一个小时内必须出来，否则会被藏冰的人发现的。"

"谢谢杨老伯了。你们的这个发现非常重要，扭转西夹荒的僵困局面就在此一举了。"朱锐感激地说道。

"还有件事，"石英说道，"不知什么原因，大炮哥通知了万把头几个人，说是要在今晚的庆功宴上将存在庆丰隆的份子钱都分给大伙。"

朱锐惊讶道："听李海他们说，冬市的份子钱一般都是在冬市后的几天里才分配的，为何这般急，必要在今晚分掉？可是出了什么事了？将伟是猎长，倒是有权这么做。现在管不了那么多了，先去探下那座秘密冰室再说。"

"事不宜迟，朱大哥，咱俩现在就过去吧。干爹已在那里为我们准备好了火把。"石英说道，并摸了一下腰间的那柄开山斧。

"好！我们现在就去。稍等，我取样东西。"朱锐转身，从床头的枕下快速地取出了一把左轮手枪，别在了内怀里。身后的杨把头、石英父子俩自然没有看到他取什么东西。

那几间破旧不堪的木屋距离丢冰的湖面不远。本是多年前遗弃的，现在被附近的人家当作了柴草房，里面堆满了柴草。谁又能想到，这处不被人注意的地方，竟然有着一座秘密的冰室呢？

此时几间房屋被厚厚的雪层掩盖着，只有一条狭窄的雪道通向这里，是附近的人家取柴草才清理出来的。十余丈外就是湖面，在雪层和夜色的掩护下，凌人偷采了冰后，神鬼不觉地运过来，果是隐蔽得很。虽是没人看守，但是最危险的地方也是最安全的地方。

大雪掩屯没村，封屋压房，在这木屋里面点燃两支松明火把，没有人能注意到，否则透出一点光亮去，半个西夹荒都能看到的。

柴草拨去，在墙角边露出了一块方形木板，上面还套有一只铁环。

石英手拽铁环将木板拉开，下面呈现出了一处幽深的洞口，一架木梯子通向下面。洞口旁边的地上，柴草屑中，散落着几块晶莹的冰块。朱锐寻了一根半截木桩，顶在了房门上，以免有人闯进来。

第二十一章 雪神节（冬市）

石英持着火把，先行顺着梯子爬了下去。朱锐随后也跟了下去，他没有掩上封口，是想保持内外的空气流通。

下面是一间横竖约一丈大小的空间，阴冷得很，墙壁和地上都非常潮湿。墙壁上有人工动过的痕迹，应该是人为造就的一处空间。在一侧墙壁上还有着一扇木门，其实是一张宽厚的木板竖挡在那里。石英上前将木板移开，又呈现一黑暗的洞口，借火把的光亮，可以看到有石阶朝下方延伸去。

"是这里了！我先来。"朱锐这次没有让石英先进去，而是自己握着手枪、持着火把先行进入——一旦有危险，手枪总是比斧头快些。

石英这时才发现朱锐手中多了支手枪，意外之余，嘴里嘟囔了句："朱大哥是拿枪的人啊！"

第二十二章　大内密探

一

　　下面的空间却是忽然开阔起来，已是进入了一座宽敞的石室内。这下面其实是一处天然的石洞，角落里散布着一些石块，地上已有了浅层的水。而石洞的尽头，是一道几十块冰垒起来的冰墙拦在那里。"冰墙后面还有空间，用冰将此入口封住，是想保持里面的低温。"朱锐说道。

　　石英将火把插在了旁边石壁的缝隙里，然后上前搬动冰块。移开了几块冰后，果然看到冰墙的后面是一道门。

　　冰墙移开，洞口呈现。朱锐和石英举着火把走了进去。光色照耀，万点炫目，火把的光亮被粉碎了，散布在周围的物体上——那是满洞室的冰块反射出的光晕。一排排的冰块整齐地摆放在那里，垒起了一道道的冰墙。

　　"这里面除了冰块，什么也没有啊？"石英持着火把四下里照了照，失望地说道。

　　"难道说真的是一处简单的储藏冰块的冰室？"朱锐心下疑惑，持着火把认真查看着。

　　这座冰室有两丈多高，十来步宽，堆满了冰块。尽头处，仍旧垒有一道厚厚的冰墙。

　　"朱大哥，这道冰墙后面有东西！"前面传来了石英的喊声。

　　朱锐闻声忙走了过去，发现有一面冰墙与别处不同，透明得很，可以看到对面隐约呈现出的一白色物体。在火把光亮近照之下，那白色物体显现出一只动物的形状。那是一只鹿，一只纯白的鹿，一只纯白的可爱至极的幼鹿，此刻站在透明的冰墙对面，瞪着一双晶莹的蓝色眼睛，正望着这

第二十二章　大内密探

边的朱锐和石英二人，一点没有惊慌的样子。

"白如霜雪！睛若蓝宝石！天下间竟然还有这般精致的白鹿！"朱锐惊叹万分。

"这只小白鹿怎么会跑到这冰室里？"石英惊讶道。

"天啊！"朱锐随即发现了什么，惊呼道，"这……这只白鹿是镶嵌在冰块里面的！"

"真的啊！好像是活的呢！应该是活着的时候被快速地冰冻住了。"石英这才发现，这只白鹿并非是站在冰墙的后面，而是在冰块里面。

"石英，这冰……好像很特殊啊！"朱锐随又一怔。

"是啊！这块冰像水晶一样透明，也比别的冰块寒气重些，好像在哪里见过。"石英惊道。

"太乙寒冰！我们在来西夹荒的路上看到的那种从天上掉下来的太乙寒冰。其中最大的那块，被人移到了这里，将这只白鹿镶嵌了进去。丝缝严合，好像这只白鹿原本就是生长在里面的一样，只有凌人才能做到这一点。那个凌人，难道是他？"朱锐惊异道。

"还有，所谓的前清秘贡，难道说就是这只白鹿？长白山里极为稀少的物种——蓝睛白鹿，就是打牲乌拉为皇室寻找的秘贡？"朱锐惊诧万分。

"前清秘贡，应该就是这只蓝睛白鹿了。每年冬天长白山里的鹿群之所以大规模聚向西夹荒这里，就是这只特殊的白鹿所散发出的气息，将庞大的鹿群引向了这里。加上西夹荒的雪，方造就了天下间独一无二的冬季猎场。"朱锐恍然大悟。

"这只蓝睛白鹿一定是出没在雪风口的那头白鹿之子了。它们这支特殊的种群是长白山的精灵，是帝王们所认为的吉祥之物。只是没有想到，刚刚捕获这只白鹿——长白山里未来的鹿王，大清朝就灭亡了。这是一种因果吗？"朱锐一时间感慨不已。

"这头小白鹿虽然可爱，但是有什么用呢？那么多人住在西夹荒，就是为了得到它吗？也真是可怜，被活生生地镶在冰块里。"石英摇头不解。

"这种白鹿十分罕见，若不是见到眼前的这只标本，我也不相信世上还会存在如此美丽的白鹿。很可惜，被人在长白山里捕捉到了。只是事情有了变化，活体不能顺利地送到京城了，只能进行鲜体冰冻保存。对平民百姓来说，这只白鹿没有价值可言，即使运到皇宫里，也仅作为皇室观赏的玩物而已。殊不知，这特殊的物种却有着特殊的能量，它的气息引来了庞大的鹿群。怪不得鹿群进西夹荒时十分地安静，有一种朝圣之感。前清皇室就不应该打它主意的。"朱锐叹息不已。

"还有……"朱锐还想说些什么，脸色忽地一变，忙一转身。

两名蒙面人出现在了石洞的入口处，挡住了朱锐和石英回去的路。

"咦？"石英随即发现了洞内的异常，左手持火把，右手握住了开山斧的斧柄。

朱锐右手握枪，却是掩在了身后，左手持火把朝那两个蒙面人照了照，笑道："二位，来得好及时啊！看来，你们是这座秘密冰室，以及这只小白鹿的守护者了。"

"你们不应该进来。"其中一蒙面人说道。

"事已至此，大家还是以真面目相见吧，何先生，孙大姐。"朱锐笑了一下。他辨识身形的本事可是一绝，已是认出了来者是谁。

"你……"两个蒙面人惊讶地互望了一眼，随后各自取下了面罩。果然是何老鸢和孙红樱。

"朱少爷，我们小看你了，竟然能认出我们来。"孙红樱一脸的惊异。

"我不仅能认出你们，而且没有猜错的话，二位是一家的。"朱锐笑了笑。

"你怎么知道的？"何立、孙红樱异口同声问道。

"果然是一家的。"朱锐笑道，"还有啊，守护这里的人，不仅是你们二位吧？至少还有一位能工巧匠，擅于采冰的凌人。这个人是万把头吧？"

"你……"何立、孙红樱二人惊恐之余，不由自主地各自后退了一步。面前的这个年轻人实在太可怕了，几乎没有能瞒住他的事情。

"什么，万把头就是那个凌人？"石英一脸惊诧。

朱锐笑道："见过太乙寒冰的只有我们三个人。现在最大的那块太乙寒冰出现在了这里，不是他又能是谁？况且万把头竟然能辨认出太乙寒冰这种天外之物，应该是了解各种奇冰的人，自然就是那神秘的凌人了。"

"厉害！不愧是桓德源的少东家。"孙红樱不由赞叹了一声。

二

"过奖了。在下不是神仙,哪里会知道那么多的事?现在可否告知二位的真实身份?这个,在下实在是不知的。"朱锐说道。

何老鸢犹豫了一下,才缓缓地说道:"在下何立,大清国大内五品带刀侍卫。奉大内总管乌音保大人密令,来此地秘密守护大清秘贡的安全。"

"前清大内密探!"朱锐点了下头,说道,"前清已亡,你的任务已经没有任何意义了,应该结束了。"

"不,我答应过乌音保大人,在任何情况下,都会全力保护这件秘贡的安全。任何对它有企图的人,都是我的敌人。敌人是在必杀之列的。"何立口气一冷。

"我对这只白鹿不感兴趣,之所以找到它,是因为这件东西给我带来了危险。我想知道这是件什么东西,并且也想用这件所谓的秘贡打破西夹荒现在面临的僵困之局。"朱锐说道。

何立听了,脸色稍缓,说道:"既然你对秘贡没有企图,可以不成为我的敌人,我敬你是桓德源的少东家,也不想难为你。但是,对今天的事情,你要发下毒誓保密。"

"我到西夹荒才几个月,就能轻易地找到这里,西夹荒内能人高手众多,这里的秘密,应该也会有人知道的,又如何进行保密呢?"朱锐反问道。

"你说得不错。倒是有几个人发现了这里的秘密,但是他们对秘贡不感兴趣,所以没有成为我的敌人。多年前有伙土匪窥得了一点消息,就想进入西夹荒强行抢夺。只是,他们都躺在了跑马道上,未能进入西夹荒一步。"何立淡淡地说道。

"什么!当年的事,是何先生做的!"朱锐听了,颇感意外。

"我们娘儿俩也帮了点小忙。"孙红樱旁边不以为意地说道。

"你们一家子,才是西夹荒真正的高人。"朱锐赞叹道。

"对了,我想知道,前清皇室为什么要捕捉这只稀有的白鹿,并且费尽心机地秘藏在这里,还派了高手来保护?"朱锐问道。

孙红樱说道："看来朱少爷是要打破砂锅问到底了。告诉你无妨。皇太极曾进入长白山狩猎，无意中发现了一只纯白的蓝睛白鹿，只是未能捕捉到。他认为，这是上天赐给满人的吉祥之物，也因此故，设立了打牲乌拉衙门，它的一个重要的任务，就是捕捉到一只这种蓝睛白鹿，送到京城鹿苑驯养，以示大清受天之惠。故降下密旨，无论岁月，必须找到，找不到就没有结束。打牲乌拉衙门为此寻找了二百六十多年，好不容易在八年前捕捉到了一只，在送往京城的路上，接到了宣统皇帝下诏退位的消息。大清没了，这只秘贡就不能再送到京城了，于是临时处置，以冰块进行活体保鲜，秘密藏在了西夹荒。"

何立接着说道："为此事，大内总管乌音保大人给我下达了密令，不惜一切代价保护这件秘贡的安全。不知哪里泄露了风声，被一些人知道了消息，使一些不明身份的人入驻了西夹荒。这些年来，明争暗斗了不知多少回合，总算令这件秘贡安然无恙。朱少爷既然对此秘贡无意，我也不想难为你，但请你和石英二位发下毒誓保密，否则，二位是不能离开这里的。"

"你还真是固执。"朱锐笑了一下，说道，"这只白鹿标本，你继续守护下去已经没有什么意义了，不如我们商量一下，如何处理它。"

"你敢动它，我就与你拼命。"何立发狠道。

"当家的，你等等，先听朱少爷把话说完。人家毕竟是个洋学生，喝的墨水比你们吃的饭都多。我可不想与你在这山沟里待上一辈子。大清国都亡了，谁又能知道你的忠心？"孙红樱忙说道。

何立听了，沉默不语。

朱锐朝孙红樱一抱拳，敬佩道："孙大姐有见识。"

孙红樱笑道："朱少爷，有话就直说吧，只要有道理，我们就听你的。"

朱锐说道："这间冰室和这只白鹿，目前西夹荒有多少人知道？"

"目前不超过十个人。除了我们自己人，只有六个外人知道。这六个人都是高手，对白鹿并不感兴趣，否则它现在也不会安然无恙。大多数人的目标还是在秘贡身上，只是那些人并不知道秘贡是什么。"何立应道。

"所以，只要将秘贡展示给大家看了，我相信，大多数人会失望的。

第二十二章　大内密探

他们坚守了这么多年的所谓宝物，不过是一只白鹿的标本而已。说白了，这只白鹿标本，对那些权贵人家来说或许有些用处，也不过是摆在家里供人观赏，获些赞誉，满足下虚荣心罢了；对动物学家来说，也可能是种濒临绝种的稀罕物；而对平民百姓来说，一文不值。真相一出，会令多数人失去兴趣的，隐藏在西夹荒的这种危机，也自然就解除了，该走的走，该散的散。"朱锐说道。

"不行，秘贡绝不能公示天下。"何立拒绝道。

"你是担心安全吗？大可不必。你们一家子人都是高手，便是有人起了心思，也要掂量一下自己的分量。况且，应该没有什么人会为了一只鹿的标本而以身犯险的，东西仍旧会在你们的掌握中。这样一来，会绝了那些人的念想，反倒会令这只白鹿标本更加安全。"朱锐说道。

"朱少爷说的有道理。这只白鹿，也就你视为命根子，在真相大白之后，谁还会和一只死鹿较劲？"孙红樱说道。

何立沉默不语，显然心有所动。

"当然了，现在还不是公布这个真相的时候。待得了机会，再将此鹿运上去，同时公布你们的身份，以及当年暗中放倒二十名土匪的事，保管没有人再打这只白鹿的主意。当然了，最终鹿归谁手，我现在也难以保证，因为注意到它的还有大人物。我倒是奉劝一句，将这件麻烦脱手也好，到时候，你们一家子人真的可以放心了，也自由了，因为你们的使命已完成。"朱锐说道。

何立涨红了脸，显然在做激烈的思想斗争。

"当家的，就按朱少爷的意思办吧，我可不想一辈子因为这只死鹿担惊受怕，并且将我们一家人都拴在这个山沟里。虽然这地方很不错。时过境迁，大清国亡了多少年了，没有人会追究此事了。万把头也是听命于你的，你又有什么可担心的？"孙红樱说道。

"也好！就依朱少爷的意思办。但是，这只白鹿我会保护它一辈子的，不会令其落入他人之手。"何立犹豫了片刻，终于下定了决心。

"朱大哥，你真行，竟然有说服人的本事！"旁边的石英佩服得不得了。

"这样很好。大清亡了，没有什么人再会命令你们了，应该过新的生活了，以后一家人安心地过日子吧。"朱锐笑了笑。

孙红樱听了，欣慰地一笑。

"对了，我还有个问题。"朱锐说道，"洞内储藏的这么多的冰块，西夹荒内采不了这么多的，大部分应该是来自附近的黑龙潭吧，并且是来自八年前。经过这么多年，自然会融化去一部分，所以你们和万把头偷着采屯内湖面的冰，以保持这里的藏冰量，维持一定的低温。我想知道，这些冰块是怎么运送过来的。"朱锐问道。

"当年内务府调动了一支军队，在黑龙潭采了冰之后……"何立犹豫了一下，说道，"通过一条山洞运送过来的。"

"黑龙潭那边有通向西夹荒的秘密山洞？"朱锐闻之一怔，颇感意外。

"西夹荒不仅有通向黑龙潭的山洞，在这里，同一入口内，还有通向四方顶子的山洞。而且四方顶子内部三分之一的山体都是中空的，在这一片山区的地下，有着远古时代留下的复杂的洞穴系统。不过为了保证白鹿标本的安全，延伸内部的洞口都用冰块和石块堵塞住了。因为传说中，洞穴外可能存在一些不为人知的神秘东西。"何立犹豫了一下，最终还是下决心说道。

"西夹荒的地下，竟然还有着复杂的洞穴系统?!"朱锐听了，不由得吃了一惊。

第二十三章　谋　划

一

孙红樱这时说道:"朱少爷,事已至此,我们听你的安排就是。现在最好上去参加庆功宴,此冰室不宜久留。我们几个无关紧要,宴席上少了你,会令人起疑心的。"

"当家的,你既然答应了朱少爷,就不要反悔和犹豫了。西夹荒目前僵持的局面,也应该破了。最终无论是什么结果,我们都要坦然面对和接受。这只死鹿,你真的保护不了一辈子的。"孙红樱又对何立叮嘱道。

"我会的。"何立沉着个脸,虽有诸多的不愿,也应了下来,随后转身先出去了。

"谢谢你,朱少爷。没有你来破这个局面,我们真的不知道如何是好。"孙红樱感激地对朱锐说道。

"要感谢的是你们,谢谢你们的配合。"朱锐诚挚地说道。

几个人出了冰室,复将入口的柴草掩饰好,然后离开了那几间破旧的木屋。

就在几个人离开后,旁边的一个雪洞内似乎有个人影晃动了一下,不见了。

和兴饭馆。

朱锐、石英、何立、孙红樱四个人进来的时候,庆功宴早已开始,众人喝得面红耳赤,兴奋异常。毕竟今年猎场的收成赛过了往年,况且又接到了将伟的通知,份子钱今晚就分掉。虽然感觉有些意外,但是钱提前到手,谁不高兴?

万把头见朱锐和何立、孙红樱二人一起进来,眼中呈现出一丝异样来。

钱掌柜见朱锐四人进来,忙上前将朱锐拉到为他准备的主位坐了,关切道:"听杨把头说,朱少爷身体骨不适,还以为今晚不来了呢。"

"小恙!小恙!岂能因我一人之故,扫了大家伙的兴?"朱锐笑道,然后在万把头旁边坐了。

何立、孙红樱、石英三人各寻了座位坐了。今天晚上,三十六家的主要人员基本上到齐全了,唯那洪氏父子白天里就不见了踪影,也没几个人注意到。还有就是大萨满卢深,他从不参加屯内的宴会,众人也习以为常了。

"万把头,"朱锐身子偏至万把头身侧,在他耳边轻声说道,"我和何立、孙大姐那两口子刚从地下的冰室过来。那东西在下面太不安全了,连我都能找得到,应该想个法子防范一下了。"

朱锐的开门见山令万把头身子一震,面呈惊异。他环视了一下众人,马上恢复了神色。

将伟这时走了过来,拍了拍朱锐的肩膀,低头说道:"朱大少爷,有个事临时做了决定,没能及时和你商议——今天晚上必须将堆在庆丰隆的那些银元给大家伙分掉。"

"此事我知道了,可是出现什么变化了?"朱锐知道,将伟这么急着做此事,一定是有了意外的变故。

"洪家那爷儿仨,白天里就不见了影,应该是跑掉了。我去洪家看了,门上虽上了锁,屋内却显得乱些,应该走得急,只拣了贵重物去。八成是今天有人混进商队进来,联系上了那爷儿仨,或是那爷儿仨自行做出了什么决定,提前走人了。"将伟说道。

朱锐心中一惊,意识到了事情的严重性。他故作平静道:"看来洪家父子后面的人要有大动作了,应该就是这两三天内的事。将份子钱提前分掉最好了。这件事由我通知大家吧,因为我还有话要说。"

将伟道:"我也是这个意思。有些话这时候应该挑明了。"他站上一只

第二十三章 谋 划

木桩,高声说道:"大伙都静一下!"

屋内立刻安静了下来。

将伟说道:"今天晚上,除了庆祝冬市顺利完成,还有件重要的事要和大伙说明一下,现在就由桓德源的少东家告诉大家。"

朱锐站起身来,拱手说道:"诸位老少爷们儿,西夹荒的冬猎为我们带来了冬市上丰厚的收成,感谢长白山的山神和雪神为我们带来的一切。同时,这也是大家伙辛苦劳动换来的果实。不过,现在出现了意外的变化,份子钱今天晚上必须提前分掉。因为有三个人突然离开了西夹荒,那就是洪家三父子。他们的身份,我想有人也知道了,应该是土匪埋在西夹荒的暗桩。他们这个时候离开,接下来要做什么,大家伙心中也应该明白了。"

"妈的!这爷儿仨贼眉鼠眼的,一看就不是好东西。"赵老五骂道。

庆丰隆银号吴掌柜说道:"我说嘛,今儿晌午的时候,那爷儿仨围着银号的柜台转悠了半天,虽是帮着往银库里运钱袋子,神色已经不对了。我还说呢,不要急,这里面有你爷们儿的三份呢。也是你们爷儿仨短些见识,三个大老爷们儿空了这些年的房。冬市上收的钱是按人头分红的,若是早娶了三个婆娘,一窝子生下十个八个的,银库里的钱还不被你们一家占了多半去?"

"今年冬市获利丰厚,是往年的数倍。看来土匪们按不住性子了,目标移到庆丰隆银号的银库了。那爷儿仨应该是去通风报信了。如果真是这样,这几天,土匪说到也就到了。"张把头那边忧虑道。

"所以,今晚将份子钱提前分给大伙,以防意外发生。"朱锐说道,"这件事也说明了一个问题,也是大家伙忽略的一个问题,那就是隐藏在西夹荒的真正财富是什么?"

朱锐此言一出,众人立时默不作声,大厅里一时间静得可怕,便是一根细小的针掉在地上的声音都能听到。

"我不知道诸位进驻西夹荒的目的都是什么,但是西夹荒的真正财富来自西夹荒的雪,来自冬季猎场,来自冬市。而更大的财富,是每年雪落西夹荒之后,大家自发地团结,众志成城,创造出的奇迹。正因为这种特殊财富的存在,才能创造出西夹荒冬季猎场的辉煌,创造出长白山区,甚至整个东北地区的奇迹。是的,西夹荒占尽了天时、地利之便。但是,天时不如地利,地利不如人和,唯有人和,才能在大自然中创造出一系列的奇迹,这也是西夹荒最为宝贵的财富。真的是感谢西夹荒的雪,西夹荒的冬季猎场,将所有人的心聚到了一起,最终全体共同地完成了这一奇迹。人心不齐,各怀异志,便是从地下掘出亿万宝藏又能如何?"朱锐朗声说道。

座中诸人面呈愧色,几乎都低下了头去。

二

"朱锐,说得好!西夹荒的真正财富来自冬季猎场,更是全体西夹荒人的精诚团结。"卢深不知什么时候站在了门口,击掌赞叹道。

"卢先生!大萨满!"朱锐及众人皆起身相迎。

"大家伙继续议事吧!"卢深寻了个座位坐了。

朱锐朝卢深一笑,接着说道:"根据二炮哥的消息,土匪此番大举来犯,也是做足了准备。几拨山匪暗中联络,目标就是西夹荒。虽说是乌合之众,但也应该有数百人枪。这不是我们所能应付得了的。为了西夹荒的安全,请在座的各位有多大的能力就使出多大的能力。现在我们能做到的,只能是以静待变,据屯而守。这个时候已撤不出山外了,半路上遭袭更是麻烦。"

将伟说道:"土匪们若是真敢坏了规矩,进屯侵犯,西夹荒的猎场就会变成一座猎人头的猎场。

"但是土匪若真来了数百人枪,一帮哄地攻进来,咱们还真是打不过的。"唐绍杰忧虑道。

朱锐安慰道:"土匪们可以过来,但未必有进屯的机会。首先,猎场是我们第一道防御线,将入口封住,可以暂缓对方进来的时间。如果在我来之前,土匪攻击进了屯子,大家也只能据守猎场内,伺机反击,各安天命了。但是现在情况变了,只要土匪们不立即强行攻击进屯,我就有令他们撤退的可能。当然了,也不排除土匪仗着人多枪硬,突然间强行攻入的可能。这几天,大炮哥和二炮哥就辛苦些,警戒外围动静。一有风吹草

第二十三章 谋 划

动,老人、女人和孩子立即隐藏起来。西夹荒内有一个安全的地方,到时候可以利用一下。余下的我们这些人就各展本事,在猎场内进行一次猎真人吧。在座的诸位,我想也都不是吃素的,应该有着各自的手段。所以,他们即使来了数百人,最后能走出去多少,也应该由我们说了算。当然了,这种情况,我尽量不令其发生。在土匪攻进屯内之前,大家切不可轻举妄动,一切听我的安排就是。"

朱锐的从容不迫和自信令在座诸人惊异不已。这位桓德源的少东家,今天突然间就像变了一个人,变成了一个临危不惧、指挥若定的将军。

"朱少爷说得不错。只要事先将老人、女人和孩子们藏好了,我们这些人利用猎场,莫说几百人,就是来了上千人,也能将他们猎杀在猎场内。西夹荒的事,现在还容不得土匪们来染指。大家伙都守了这么多年了,岂能令上不了席面的土匪坏了事?我们都会听从朱少爷的指挥,若朱少爷有退匪妙法最好,大不了在猎场内进行一次猎人头罢了。枪炮进了猎场,在雪洞子里近距离搏杀发挥不了多大的作用。当年老子在义和团杀过洋人,手中的菜刀也砍过清兵的脑袋,乌合之众的小土匪,老子还真是不放在眼里。"坐在角落里的厨师马大勺缓声说道。此言一出,厨武双绝的身份显露无遗,令诸人惊讶不已。

"马大厨真乃英雄也!"朱锐朝马大勺一拱手,敬佩道。

"英雄出少年。朱少爷今天的这般气魄,有几人能为?只要退了土匪,还西夹荒一个安静,过大年时,我会给大家一个惊喜,一桌真正的没有人见识过的山水席面。"马大勺淡淡说道。

"好!这桌真正的山水席我们还真是吃定了。"朱锐笑道。

"朱少爷,你真有退匪的法子?"白大河那边疑惑道。

朱锐笑道:"非我一人能退土匪,而是要集合大家伙的力量。在座诸位的实力,还未真正显露出来呢。或许,这次对付土匪,对一些人来说,也仅是个小插曲而已。"

座中诸人听了,互相望了望,有几位彼此间笑了笑。

在西夹荒即将面临危机的时刻,朱锐索性将话挑明了。西夹荒内三十六户人家所蕴藏的潜力是无法估量的。大内密探、江湖巨盗、帅府特务,甚至日本间谍,随意哪一种力量爆发出来,对即将到来的土匪们来说,都是一种威胁。

将伟那边说道:"一会儿大家伙吃饱喝足之后,就去庆丰隆银号排队领自家的份子钱。不想露头的,再不济也要凭自己的本事保护自家的钱吧。洪家父子的那三份,我看就交给马大厨,作为筹备山水席面的菜金,应该够一屯子人吃满整个正月了,就算那爷儿仨请客了,谁叫他们贪得无厌呢。"

"中!就这么定了。大炮兄弟是咱们的猎长,说啥是啥。"众人附和道。

张把头走到卢深身侧,轻声问道:"大萨满,此事吉凶如何?以桓德源少东家的能力,怕是压不住此事的。"

卢深应道:"朱锐是西夹荒的贵人。还有,你们所有人加在一起,也探不出他的能力来。"说完一笑,起身去了。

张把头坐在那里,若有所思。

"万把头,"朱锐小声对万把头说,"雪屋里还剩些没人要的小些的狍子吧,明儿个还请万把头挑只精致些的……"朱锐附耳交代了万把头一番。

万把头点头应了。

朱锐回到桓德源。洪家父子的离去,预示着土匪大队人马的到来,事情因为土匪力量的介入而突然发生了转变。好在那件前清秘贡仅是一只罕见的蓝睛白鹿的标本,如果是一件价值连城的珍宝,事态可就不易控制了。

朱锐知道,自己在和兴饭馆的那番话,有的人能听进去,有的人仍旧听不进去,还会固执地坚持自己的目标。应该找一个机会,令秘贡呈现于众人面前,断了一些人的念头。不过,他隐感有人对这件秘贡还是志在必得的。

楼下传来了伙计们兴奋的笑声,他们都领取了份子钱和高额的工钱回

第二十三章 谋 划

来了。

门一响,刘来喜形于色地走了进来,欢喜道:"少爷,你的份子钱领回来了,暂存到柜上了。这个数呢!"刘来伸出两手十指,不知来回翻了几遍。

"这一冬天你也辛苦了,有三成是你的。"朱锐笑道。

"谢谢少爷,你的份子钱我哪敢要。我那边也给了一笔工钱呢,也是个大数目,日后娶媳妇够了呢。"刘来兴奋道。

朱锐笑道:"看来西夹荒的冬猎果然是个好财路。再做上个几年,每个人都能赚足了身家,这辈子吃喝不愁了。"

"对了,你将李海、刘飞两个人叫上来。对你们三人,我有重要的事交代。"朱锐吩咐道。

刘来应了一声去了。

第二十四章　移花接木

一

李海、刘来、刘飞三个人进来时，俱是一怔。房间的地上放着一只打开的皮箱，里面放着一把冲锋枪、两把手枪及部分弹夹，还有几颗手雷。

"这些武器你们都会用吗？"朱锐问道。

那三人摇了摇头。刘来一脸惊讶，不知朱锐这箱子武器弹药是哪里来的。

朱锐逐一持了枪支，开保险，拉栓上膛，换弹夹，为那三人演习了几遍。

"明白怎么用，到时候会放枪就行了。如果这几天有土匪来袭，攻入了屯子，你们三人立即上来拿这些武器，配合大炮兄弟，阻击进入屯内的土匪。我倒是希望你们用不上这些东西，毕竟是杀人的武器，以防万一吧。"朱锐吩咐道。

那三人倒是紧张地应了。

"少爷，刚才领份子钱的时候，张把头私下跟我打听少爷的来历。我说少爷在上海上过洋学堂，其他的事就不知了。"李海说道。

刘来嘟囔道："少爷的底细，我都不知呢。"

朱锐这边笑了笑，未言语。

热闹非凡的西夹荒，在经过了一夜之后，第二天早上开始，突然间寂静了下来，便是屯子内都少有人走动。此时，竟然又来了五六头野鹿，进入了猎场内，却也无人理会它们，任其出入。后来几个半大孩子将它们赶进了雪洞内，圈了起来。

午后的西夹荒，再一次陷入了沉寂中。头顶的太阳光线十足，照耀在

第二十四章　移花接木

雪原上，光色晃眼，令人目眩。雪风口上，偶有雪雾腾起，随即消散了去，归于平静，唯能隐隐地听到冰雪层下缓缓流动的溪水声。一切，都似乎在等待着一场突变的出现。

傍晚的时候，夕阳的余晖斜照下来，光线碎了一地，铺在雪原上，光怪陆离。

"砰"的一声清脆的枪响，划破了坚持了一天的宁静。枪声是从屯内响起来的。

两个人影朝雪风口方向狂奔而去。

冯木匠脸色苍白，右手捂着左侧肩膀上已渗出血迹的伤口，倚在雪墙上，对跑过来的何立、万把头几个人说道："卫掌柜和他的伙计李槐，偷走了冰室的东西，往雪风口上跑了。他们竟然藏有枪。"

何立与万把头互相望了一眼，并未显出惊急的神色来。

"他们跑不了的。"何立淡淡地说道。

"这个朱锐，果然神人一般，早就知道会有人提前动手的。"万把头惊叹道。

"砰！"雪风口上又传来一声枪响。遂见正在奔跑的两个人中的一个跌倒在了雪地中。另一个也停了下来。此人是卫昌，身上背负着一只包裹，面色狰狞，手中握着一支手枪。地上倒着的是李槐，旁边扔着一支步枪。

"镇风、吹雪"石后面，持着枪的将伟站了出来。

"卫掌柜，你这事做得不地道。怎么也不和大家伙打声招呼，偷了东西自己走呢？"将伟枪口指着卫昌，摇头说道。

"八嘎！"卫昌愤怒地骂了一声，"这头白鹿是人间的神鹿，你们中国人没有资格拥有，只有大日本天皇才配独享这件绝世珍宝。"

"原来你们两个王八羔子是日本人！怎么说来着，这东西你们要送给什么天皇？可拉倒吧，你背上的这只狍子，猎场上的雪屋里还有几十只呢，哪一只都比你们偷走的这只强。痛快点，把枪扔掉，否则我一枪能将你的脑瓜盖掀开了去。"

"你竟敢胡说！"卫昌急红了双眼，一手持枪，一手解开了身上的包裹。一只白色的狍子从里面滚落出来，包裹布上染上了一些白色的染料。

"也亏你在西夹荒住了这些年了，狍子和鹿咋还分不清呢！告诉你吧，那只白鹿，你们这辈子都得不到。"将伟冷笑道。

卫昌望着手掌上染上的白色染料，又望了一眼地上的那只死狍子，愤怒道："被你们调包了！中国人大大的狡猾！"说话间，举枪就要朝将伟射击。

将伟手指轻轻一动，抢先开了枪，子弹正中卫昌额头。卫昌身子一歪，倒在了那只死狍子身上。

将伟走上前，检查了一下李槐的尸体，摇了摇头，弯腰将地上的那支步枪捡了起来。此时石英率几个人跑了过来……

和兴饭馆的正中摆放着一方如水晶般透明的冰块，整块冰体散发着缕缕寒气，正是那块"太乙寒冰"，里面镶嵌着那只活灵活现的，几欲破冰跳出来的蓝睛白鹿。一屋子围观的人发出了啧啧惊叹之声。

朱锐这时说道："各位，这就是那件传说中的前清秘贡，不过是一只罕见的白鹿标本而已。"

"卫掌柜……不，那两个小日本偷去的是什么啊？"赵老五疑惑道。

万把头笑道："是一只染了白色染料的死狍子。昨天晚上我处理后，镶进了冰块里。朱少爷虑事周全，得知洪家父子不见了影，必会引来大队的土匪。而土匪的到来，一定会逼迫某些人提前行动。所以昨天晚上，依朱少爷的吩咐，进行了一次移花接木。这只白鹿被秘密抬出冰室，藏到了一间雪屋里面，用那只死狍子代替了它。那两个日本人没见过真品，见冰室里只有这只白狍子，误认为白鹿了，所以偷了就走。好在朱少爷布置好了一切。只是半路上被冯木匠撞见，令那两个日本人起了杀心。冯木匠中了一枪，好在没啥大碍。"

"在利昌盛西药店里，我们搜到了一些东西，证明这两个日本人是从朝鲜过境来的，窥视前清秘贡应该很久了。朱少爷第一天来西夹荒的时候，曾被李槐打过冷枪，幸运的是被朱少爷避过了。杨把头曾听到过两个人偷着说日本话，也就是这两个人了。"将伟那边说道。

"我不知道有多少人的目标是这件前清秘贡，也不知现在知道了是什

第二十四章　移花接木

么东西之后，还会有多少人对这只白鹿有兴趣。不过眼下紧迫的事，是如何对付即将到来的大拨土匪。还有一件事，大家伙还不知道吧，当年悄无声息地处理了摸进西夹荒的那二十名土匪的人，就是这只白鹿的保护者——何立大哥，前清大内侍卫，奉命秘密保护这件秘贡安全的。我想，如果有人继续打这只白鹿主意，可要掂量一下自己的分量了。"朱锐说道。

"当年那件壮举，原来是何大侠做的！佩服！佩服！"一屋子的人立时间惊讶不已，一些人朝何立抱拳示意。

何立站在那里，淡淡地说道："有想要这只白鹿的，先过了我这关再说。"

"既然知道前清秘贡是什么东西了，大家伙也就没那个心思了。这玩意儿能值几个钱啊？到了夏天，冰块融化去，搁不上几天，不腐烂发臭才怪。"刘有才那边失望地说道。

屋内的一些人，脸上呈现出一片失望之色来。

这时，外面马蹄声近，遂见外出探查消息的将涛一阵风似的闯了进来。

二

将伟见了，忙上前迎道："老二，探回消息了？啥情况？"

将涛坐下来，说道："那个'过山风'联络了十几家绺子，聚集了五六百号人，正朝西夹荒压过来，最迟明儿个一早就到了。进出西夹荒所有的路口，在今儿个上午就被土匪们封住了。"

"土匪们来势汹汹，看来目标不仅是冬市上获得的钱了，对这件秘贡也是势在必得，所以逼得那两个日本人不得不提前动手。"万把头说道。

"现在天已黑了，土匪们即使到了，也不敢贸然进屯，只能在明天白天里行动。我们只有一晚上的时间了。这样，大家伙动员一下，明天天亮之前，屯子里的老人、女人和孩子们，都躲进那座地下冰室里，人进去后，将外面的入口掩饰好。不管外面发生了什么变化，土匪们在短时间内是找不到那里的。至于明天的事情，由我来应付。实在不行，只能再一次开启猎场了。今天晚上，大家伙轮流警戒，防止土匪夜里偷袭。不过这种可能性极小,他们虽然人多枪硬,但是有过前车之鉴,应该不敢夜袭。不过还是要提防些好。"朱锐说道。

"何大哥,"朱锐随后对何立说道,"明天是西夹荒最为紧要的一天。这只白鹿有可能要离开西夹荒了。当然,我不会令土匪们带走它的。如果为了西夹荒的安全,万不得已时,我希望何大哥能放手。你和这只白鹿,都已经完成了自己的使命。"

何立听了,犹豫了好一会儿,终于点头说道:"白鹿既然被移出了冰室,示于天下,应该再回不去了,那就随遇而安吧。"

朱锐又对众人交代了一番,而后大伙各自散去了。

冬夜的西夹荒,天寒地冻,月冷星稀,北风骤紧。雪原覆盖下的屯子,显示不出任何的生机来。没有人知道,明天会出现什么样的变化。

"前清秘贡蓝睛白鹿显现于众人面前,除了初见时的惊诧,并没有给那些人带来太多的变化。看来除了何立几个人,还有那两个日本人,其他人似乎对此物的态度很是暧昧。这里面真的很有问题,西夹荒的事情,怕不仅是一件前清秘贡这么简单的。"回到房间的朱锐皱眉摇头,感慨连连。

"不管怎么样,明天先退了土匪再说。只要明天平安度过,有些事情应该就明朗了。"朱锐寻思道。

"少爷,杨把头和石英过来了。"刘来门外提醒道。

随后杨把头和石英二人走了进来。朱锐忙上前迎接。

"朱少爷,明天的事,你有几成把握?"杨把头开门见山。

"很难说。不过我在赌,赌一个人亮出他的真实身份。其实明天我最担心的还不是土匪,而是另一股更大势力的介入。如果他们的目标仅是前清秘贡,拿走就是了,如果是别的什么东西,就会遇上大麻烦了。所以,明天的事,只能随机应变了。"朱锐应道。

"是这样。"杨把头点了下头,说道,"不管怎么样,大家伙的希望都寄托在你身上了,你且先挡一挡吧。如果真的发生了什么意外……"杨把头犹豫了一下,接着说道,"西夹荒的猎场,就会变成杀人场的。当然,

第二十四章　移花接木

这种情况，我们都会阻止它发生。今天你也看到了，那些人中，面对土匪围屯这么危险的事，有些人还表现得无动于衷。说明一些人有自己逃命的本事，却不顾大多数人的死活，不愿现身出来出力献策。本事再大，又有何用？"

朱锐说道："大难临头各自飞，也是无可奈何的事。我也在验证一件事。看今天晚上有谁会离开。"

杨把头听了一怔，望了朱锐一眼，说道："大炮将份子钱分得早了。有这笔钱牵着，有些人未必舍得离开。除非还惦记着另外的东西。"

"如果这样，土匪的到来，还仅是破了一半的局。"朱锐眉头一皱。

这个夜晚，在紧张中度过。

第二天一早，一切仍旧显得那么平静，但是空气中，已是令人感觉到了一种异样来。

八点钟，东西方向同时传来数声清脆的枪声，接着人喊马嘶，东西岗上开始出现绰绰人影，土匪们将西夹荒合围了。

东岗距离屯内最近的地方仅有几十米，若不是跑马道外侧有数米厚的雪层阻隔，土匪的人马立时就能进屯的。西夹荒真正的天然雪障，其实是猎场以外的一片原始雪原，即便是千军万马，面对数米厚的雪层，也难以前进一步。即使从外面挖掘出雪道进来，谁又能知道雪层里隐藏着什么样的危险和机关陷阱。而进入雪道纵横的冬季猎场，也同样暗藏着被猎杀的危险。最为重要的是，住在屯内的，都是一些危险的人。

几匹马从东岗上的群匪面前跑过，到了这边东岗头上立住了，朝这边观望着。其中一人身材魁梧，裘衣貂帽，当是那个匪首"过山风"了。

朱锐率了几十人站在屯头，几乎每个人腰间袖内都藏有物件。大敌当前，这些人倒没有显示出慌乱来，从容镇定，临危不迫，便是领头的朱锐都暗中惊讶不已。

朱锐此时运足目力四下观察了一下，仅东西岗上就不下三四百人，并且还架起了十余挺机枪。众匪中偶现一人身影，随后又隐藏不见，那是老洪——洪家父子也随众匪而来，却是不敢现身露面了。

这时，有四匹马从北坡上沿跑马道跑了下来。朱锐没令人将出入西夹荒的各条雪道堵塞上，也是没那个必要。

四匹马背上分坐了四名土匪，其中三人面相凶悍，各持步枪，揽马缓行另一人是个年轻人，面白清秀，打扮较为特别——头戴一顶毡帽，帽子上插着一朵鲜艳的，似是纸折的大红花，劲身装束，腰别双枪，应该是个小头目。此人一开口，却是令人意外地唱起了类似于山东梆子的民间小调：

嘟哩个嘟，嘟哩个当！
十万天兵围住了西夹荒。
老少爷们莫紧张，一切都可好商量。
拿出钱来献出宝，一点不要去私藏！
否则俺们发了怒，
女人抢走当新娘，男人和狗全杀光。
嘟哩个嘟，嘟哩个当！
要想平安过个年，就得交出买命钱！
大当家的一声喊，哪个不敢赏个脸！
……

东西岗上的群匪发出了一阵哄笑声。土匪们虽然有备而来，却是显得有些肆无忌惮了。

第二十五章　快枪手

一

马大勺这边愤愤道："太他妈的猖狂了！还真是不知道西夹荒的雪有多厚！朱少爷，我看还是将这些王八蛋放进猎场来。远距离上，他们枪硬火力猛，咱比不过，但是近身搏杀，当是比不得我们的拳脚狠、刀子快。我们这边几十个人应该都不是吃素的。当年老何一个人都能做掉二十个，现在我们一个人对付十几个应该没问题。加在一起算算，正好能消耗掉他们，剩下的都交给我好了。"

"少安勿躁，还没到那地步。"朱锐轻声说着，走出人群，朝那四名土匪迎了上去。

"打劫就是打劫，唱出花来又怎样。有文化的土匪，终究还是土匪。"朱锐摇了摇头。

"你，就是那个新来的，什么德源的少东家？识相的，交出冬市上收到的所有银元。还有，屯子里还藏着什么宝贝吧，一并交出来。弟兄们高兴了，或许……"年轻的土匪傲慢地朝朱锐指指点点，不可一世。四匹马在几十米外停下了。

"废话太多了！"朱锐眉头皱了一下，忽地一转身，右手中已是多出了一把左轮手枪来，接着一抬手"砰砰砰砰"四声枪响，只见马上那四人身形俱是一震，面呈惊恐，然后齐刷刷地从马背上掉了下来。四匹马受了惊，跑进了旁边的雪道内。

这一切，几乎发生在一瞬间。因为朱锐出枪太快了，没有丝毫的犹豫，连续射出的四枪，快得令人匪夷所思。东西岗上的一众土匪，以及屯内站着的诸人，皆目瞪口呆，震惊在了那里。

周围的空气似乎凝固了，连风也止住了，万物也都停止了运行，时间在这一刻滞住了。眼前发生的一幕，出乎所有人的意外。在五六百名全副武装土匪的围困下，屯内仅有的几支枪根本起不到什么作用。但是，这个年轻人却突然出手，快速击杀了四名即将进屯的人。只有有恃无恐的人，才敢这么做。

朱锐连毙四匪，先声夺人，震慑全场。此时，他缓缓收回了手枪，负手而立，全无惧色，环视了一下东西岗上的众匪，朗声说道："狼群不能坏的规矩，你们也不应该破。这四个人已进入了西夹荒的地面，坏了规矩，只能是这个下场。"接着，他转身面对屯内诸人说道："都这个时候了，大家伙都别藏着掖着了。大帅府的人出来说话。"

人群中，踱步走出了福和顺山货庄的掌柜李兴良。

李兴良朝朱锐一拱手，敬佩道："在下是奉天大帅府情报处副参谋李存兴。朱锐，你的快枪天下罕有啊！便是整个东北军中，也没有人能以这么快的速度连续命中四人。有眼不识泰山，失敬失敬！能否告诉我，你是谁？"

朱锐闻之一笑："我是我啊！"

李存兴说道："我问的是真实的身份。"

朱锐应道："李掌柜，你藏了这么多年，都不令人知，我才来几天哪，恕难奉告。还是解决眼下的事吧，剩下的事可交给你了。"

李存兴听了，摇头苦笑了一下，说道："看来，你才是西夹荒最神秘的人，屯内的老少爷们儿都走眼了。庆功宴的那天晚上，你就在谋划全局，划好了道道，并且令大家都上了你划的道，也只能沿着你划好的道走，高明啊！"

说着话，李存兴朝东岗上的"过山风"高声喊道："我是奉天大帅府的人，奉张大帅之命来此执行特殊的任务。西夹荒内的任何东西，外人都不能染指。不管你们来自哪座山头，要想在东北这地界上混生活，都要看张大帅给不给你们机会。我现在只说一句，废话不再多讲：东北军一个团的人马正在朝西夹荒这边开过来，说到即到了。你们这些人马上撤去，就当今天什么事都没有发生，否则后果自负。"

显而易见，朱锐庆功宴上的示警，令李存兴及时通知了奉天大帅府方

第二十五章 快枪手

面,附近的地方驻军已是朝西夹荒开过来了。

周围众匪此时躁动起来。东北一地,各路土匪虽是猖獗,但对本身就出自绿林,如今成了东北土皇帝的张作霖,自然是忌惮的,抢谁也不敢抢他看中的东西。

这时,北坡那边有一匹马飞驰而至,接着马上之人对一个人说了些什么。那个人听了,惊慌失措地跑上了东岗,气喘吁吁地跑到"过山风"身侧,说了几句话。"过山风"显得有些慌乱起来,喊了声:"风紧,闪人!"

立时间,东西岗上众匪一阵人慌马乱。接着,数百匪众消失在了东西岗上。显是土匪在外围警戒的探子发现了东北军正朝这边快速移进的动向。

"高团长他们到得真够快的!"李存兴笑了一下。此人自始至终都未呈现出慌乱来,显是胸有成竹。

李存兴朝朱锐和屯内众人拱了拱手,说道:"朱锐,张大帅意在那件前清秘贡,现在看来就是那只蓝睛白鹿了,我今天必要带走。西夹荒的老少爷们儿,对不住了,官命难违。只要交出那件秘贡,东北军当对西夹荒秋毫无犯。李某毕竟在此地生活了这么多年,也是西夹荒人了,自然不敢做有损西夹荒的事。然此事特殊,还请大家伙成全。也算是借这个机会,为西夹荒永远地解决了一个麻烦。"

"李掌柜说得不错,也难得你对西夹荒有这份感情。那件前清秘贡,已为你准备好了,今天就请将这个麻烦带走吧。希望从此以后,西夹荒人能过上清静的日子。"朱锐说道。

"得,想不到这么爽快!本来以为会有些麻烦呢!看来朱少爷是个明白事理的人,懂得顾全大局。"李存兴说道。

朱锐笑道:"否则又能怎么样呢?东北军大军压境,不将秘贡交给大帅府,又能交给何人?"

李存兴笑道:"大家伙保护了这件秘贡的安全,未被日本人抢走,更没有被土匪劫走,待回到奉天大帅府,我会向大帅禀明此事,为大家伙请功。"

"请功的事就算了。李掌柜能将这件惹麻烦的秘贡带走,也算是对得起西夹荒人了。只是可惜了,李掌柜这一走,福和顺山货庄也就黄摊子了，西夹荒又少了一户人家了。"朱锐说道。

"别介啊！我可舍不得离开这里。我走了，福和顺山货庄还在啊，自会有人经营它的。闲的时候，我还会回来瞧上大家伙一眼的。"李存兴忙说道。

"李掌柜，你可真是个财迷。人都走了，还舍不得自己每年的份子钱。"刘有才那边说道。

朱锐笑道："李掌柜的这个要求不过分。西夹荒冬猎的份子钱，永远都会有李掌柜一份的。当然了，只要福和顺山货庄还存在的话。"

"多谢大家伙成全！"李存兴拱手笑道。

此时，北坡那边人影晃动，一支军队出现在了视野里，并且开始朝东西岗上布防。西夹荒面临着再一次的围困。

李存兴见了，忙说道："还请大家伙将那件秘贡准备好。我先走一步去说明情况，不要令军队进屯子。"说完，先行去了。

二

朱锐望了望李存兴远去的背影，朝旁边的万把头、杨把头、张把头等人说道："李掌柜能做到这份上，为他保留份子钱，值！"

张把头点头道："以前我就感觉他是有来历的，想不到竟然是大帅府的人。今天，也多亏他借东北军之力保全了西夹荒。好险啊！没有东北军解围，西夹荒今天难逃此劫。"

旁边的杨把头轻声对张把头说道："也未必。便是没有东北军前来解围，这个朱锐还是会有其他办法的。并且东北军也是奔着秘贡来的。"

"也是，这个朱锐到底是什么人？"张把头面呈疑惑。

"他是什么人并不重要。重要的是，他是一个好人就可以了。"杨把头悠悠地说道。

"怪不得朱少爷昨天晚上就跟大伙说，谁有本事马上使出来。敢情是故意让李掌柜提前搬救兵呢。"金永志那边恍然大悟。

"朱少爷每步计划都安排得妥当。还有，刚才那四枪打得实在太快了，我从没见过有人能在这么短的时间内连续快速射出四枪的，实在是不可思

第二十五章　快枪手

议！英雄出少年，此言不虚！"唐绍杰那边赞叹不已。

"枪快，手狠，当机立断，不拖泥带水！桓德源的这个少东家，当是大有来历的。什么来路？"人群中，有人小声疑惑道。

"问这个就外行了，在西夹荒也是个忌讳。西夹荒的人，都有自家的来路，彼此间少有知晓的，所谓英雄不问出处。"旁边一人应道。

"看到了吧。平时都以为自己牛哄哄的，关键时候露两手才是高人。一山还比一山高啊！"有人轻声道。

"你说，若是那件前清秘贡始终不现身，东北军会开进屯子里不？"一人问道。

"赶走了狼，来了虎，不进饱了食，哪里会离开？"一人应道。

"这四个土匪还未进屯，就死掉了。朱少爷四枪立威，土匪不进西夹荒的规矩今天还真是立住了。以后也会永远立住的。"庆丰隆吴掌柜那边说道。

不多时，李存兴率了一小队东北军的士兵过来。

"朱少爷，我已和高团长说好了，东北军的兄弟们不会进屯子了。现在还请将那件前清秘贡交给来人，东北军即刻撤退。"李存兴说道。

"这样最好了。"朱锐应道，随后令人寻了辆爬犁车，将太乙寒冰移上了车。冰内镶嵌着的那只蓝睛白鹿，令一队东北军士兵看得目瞪口呆。冰块上面又遮了盖布，而后在东北军士兵的护卫下离开了。李存兴也收拾了东西，要随东北军而去，他的山货庄暂由伙计照看。潜伏西夹荒多年，他终于完成了任务，还保留了冬市上的份子钱，功成圆满，一身的轻松，与众人寒暄了几句便离开了。

何立站在旁边，望着众人忙碌，脸色铁青。孙红樱站在他身边，两手紧紧抓住何立的胳膊，防止他忍不住冲上前去。万把头更是一脸的无奈，暗里流了一行老泪。

一场危机终于有惊无险地解决了，西夹荒又恢复了往日的平静。当天夜里，何立以及孙红樱母女悄然离开了西夹荒，从此去向不明，再无消息。

也就在这天夜里，朱锐隐隐听到，从雪风口方向传来一阵悲哀的鹿鸣之声。他忙到窗前观望，月光之下，雪风口上方，一点白色的影子，烦躁而近乎发狂地跳动着——是曾出现在雪风口的那头白鹿，它感觉不到那只幼鹿的气息了。

"白鹿，你的孩子已经离开这里了，我没有力量让它留下，真是对不住了！你也走吧，回到长白山深处，不要再让人类发现你们这个特殊的种群。"朱锐心中感慨万千。

雪风口上，那头白鹿消失了，也永远地消失在了雪风口上。从此，长白山里，没有人再见过那种蓝睛白鹿，好像它们从未存在过一样。

第二天，朱锐得知何立、孙红樱这对夫妇离开的消息，并未感到意外，只是叹息了一声说道："他终是放不下这件东西！"

就在东北军护送那只蓝睛白鹿即将到达奉天城的一天夜里，在东北军的驻地，在重兵严密防护的情况下，那只白鹿连同那块太乙寒冰不翼而飞。对于这件得而复失的前清秘贡，张作霖那边发了多大的脾气就不知晓了。这件事通过福和顺山庄的伙计传到西夹荒的时候，已是过了年之后的事了。

朱锐和卢深站在南侧屯头，望着雪风口方向。

"那头白鹿走了，应该不会再回来了。"朱锐说道。

"是的，因为这里已没有了它的牵挂。"卢深应道。

"人类不应该犯这种愚蠢而残忍的错误！"朱锐说道。

"人类一直在犯愚蠢的错误，便是遭到了报应也不知悔改。"卢深应道。

"西夹荒目前少了四户人家：随了土匪去的洪氏父子，利昌盛西药店的日本人，还有就是何老鸹和孙大姐两家。其他的人家现在还没有离开的迹象，起码在过年前没有离开西夹荒的打算。他们的目标，并非那只鹿。"朱锐说道。

"别忘了那首童谣。"卢深说道。

"西夹荒真的存在金脉？或是棒槌岭上生有价值连城的野山参？"朱锐惊讶道。

第二十五章 快枪手

"事情并非这般简单！童谣虽是个引子和表象，但有一定的寓意在里头。"卢深说道。

这时，将伟和马大勺、石英等十几个人走了过来，几个人还背着装备。

"朱少爷，马大厨要到黑龙潭捕鱼，想去看个新鲜不？他一条绳子能同时钓上来一百多条大鱼。"将伟招呼道。

"去看看吧。马大厨的绝活，可是能令人开眼界的。他是西夹荒唯一的一位同时身怀多种绝技的奇人。"卢深说道。

朱锐听了，笑了笑，然后朝卢深拱了下手，随将伟等人去了。

众人上了雪风口，东向而行，不多时，黑龙潭便呈现在前方的山谷里。整座黑龙潭水面才是一片真正平坦的雪原。

此时黑龙潭冰面上的雪地里，有两个黑点在移动，那是两个人。

或是一种习惯吧，抑或是在有意训练自己的目力，朱锐运足了目力朝那两个人望去……

"咦!?"朱锐忽地一惊，以为自己看错了，忙收回目光，揉了下眼睛，又朝那边望去。而后，他脸色大变，一时间惊呆了。

他看到了两个熟悉的人影，其中一个就是夜闯西夹荒的那个神秘的蒙面人，而另一个，他再熟悉不过了，那就是桓德源的掌柜刘茂才。

"他……他不是回山东老家了吗，怎么会出现在这里？难道说，他本就没有离开，一直隐藏在附近？他为什么这么做？他又是何人？那个蒙面人看来是他派来监视我的。还有，大冷天的，他为什么这个时候出现在黑龙潭？难道说这里有他感兴趣的东西？"朱锐心中惊诧万分。

第二十六章　黑龙潭水兽

一

此时，刘茂才和那个人已经走出了黑龙潭，身影隐没岸边不见了。

"朱少爷，快走两步跟上。"前面，走出很远的将伟回身招呼道。

"来了！"朱锐回过神来，按捺住心中的万分惊异追了上去。他要到黑龙潭探查一番，刘茂才不会无缘无故地出现在这里。并且黑龙潭距离西夹荒很近，这两处地方一定有着什么联系。

朱锐随众人下了山坡，到了黑龙潭冰面上，再看时，四下里白茫茫一片，尽是雪的颜色。冰面上的雪地里纵横交错着数十道人走过的痕迹，当是附近的村民留下的，已是分辨不出刘茂才和那个蒙面人的脚印。本想沿迹追踪，现在则是无计可施了。朱锐暗里叹息了一声，无奈之余，只好看马大勺他们如何捕鱼。

马大勺先从背包里取出一条系有数十枚铁钩的，十余丈长的绳索来。那铁钩颇大，是那种可牵牛鼻的大型钩子。

另外几个人则拿起铁钎开始凿冰。

"这么大的鱼钩！"朱锐惊叹道。

"小钩钓小鱼，大钩钓大鱼。黑龙潭水冷潭深，鱼肉鲜美无腥味。我要钓的都是三十斤以上的大鱼。"马大勺说着话，从怀中取出一个小瓶子来，用布条蘸了里面的一种暗黄色的油，开始往那些铁钩上涂抹。

"别人用的是饵料，我用的则是秘方配制的饵油。无论水中什么种类的鱼，只要嗅到这种饵油的气味，便会不顾一切地冲过来吞钩。所以，我这一条绳子上系多少钩子，就能钓上多少大鱼来。今天先钓个几十条上来，待过大年时，再下最长的那条'百钩绳'，那需要几十号人一起拉才

第二十六章　黑龙潭水兽

能拉上来。一绳下去，足够西夹荒的老少爷们儿吃出正月去了。"马大勺边往钩子上涂油边自信地说道。

"奇人绝技也！"朱锐惊叹道。

这时，那边的人已在冰面上凿出了一个三尺见方的冰窟窿来。

马大勺持着绳钩走上前，先是缓缓放入一段下去，并未全部放入水中。

过了一会儿，忽见绳钩一沉，快速朝水下落去。

"有鱼咬上头钩了。"马大勺一喜，令旁边的人拉住绳钩，又缓缓放入。

"咬了头钩的鱼，会将整条绳钩带进深水中，游到其他的地方。上面的人只要适度地收放绳子就可以了。每年的冬天，马大厨都会令西夹荒人吃上鲜美的黑龙潭冷水鱼。"将伟旁边说道。

这时，众人手中拉着的绳子开始剧烈地抖动起来，并不断地被拉下水面。

"拉紧了，别松手。"马大勺指挥着拉着绳子的十几个人，同时蹲下身子，用力地拉了拉绷紧的绳子，点头道："差不多满钩了，收绳！"

一声令下，十几个人用力地拉起绳子。一条三尺多长的大鱼最先出了冰窟窿，然后是第二条、第三条……

一条条大鱼被拉到了冰面上，活蹦乱跳的，加上众人惊喜的呼喊声，令整个冰面热闹起来。

就在这时，众人忽感手中的绳子顿了一下，似乎被水下一股强大的力量牵制住了一般，紧接着又感一松，于是接着将后面几条大鱼拉了上来。而此时，冰窟窿里的水忽然间呈现出了血红。最后上来的，其实也是第一条吞钩的鱼，被拉出水面时，只剩一只庞大的鱼头还挂在钩子上，整条鱼身已然不见。鱼头断处，可以见到明显的撕咬痕迹，那是被一口咬断的。众人见状，俱是一惊。

"那东西又出现了！已经有两年没见了。"马大勺脸色变了变。

"怎么回事？"朱锐惊讶道。

马大勺蹲下来，看了看那半截鱼头，应道："这条鱼至少有五六十斤。能一口将整个鱼身咬断了去，而不吞钩，应该还是那头水兽。聪明的家伙，两次了，都成功地从我的钩上抢食而不碰钩子。"

"水兽！什么水兽？"朱锐疑惑道。

"黑龙潭里有不明的东西，应该是一种不同于鱼的兽类，且称之为水兽。两年前我在黑龙潭冰面上进行绳钓，就遇到过一次。要不是冰窟窿小，那头水兽就钻出来了，是头庞大的有角的可在水中生存的怪物。这次绳钓又惊动了它。"马大勺说道。

将伟持着猎枪围着冰窟窿转了转，摇头道："这次没上来，应该是跑深水里去了。"

这时，众人忽然感到脚下的冰层在震动。

"还在冰层下面！大家伙都站着别乱动！"马大勺惊呼道。

他忙从背包里又寻出一条粗些的绳子，仅在一端系了一只更大些的铁钩子。那铁钩的钩尖上带有倒刺，显然是特别铸造的。

"马大厨，你真的要钓出那头水兽？"将伟见了，惊讶道。

"现在是冬天还好说，有冰层隔着，那水兽上不来，可是冰一化开，就没几个人敢到这黑龙潭水面上来了。并且有这东西在，黑龙潭的鱼不知被它祸害了多少，要不是冬天，我也是不敢到这水面上来的。只要它上钩，被拖到冰窟窿下面露了头，你就多打几枪，一准能要了它的命。"马大勺说道。

"这头水兽精明着呢，只咬鱼身不吞钩，未必能着你的道。"将伟说道。

"放心，我这饵油上加了料呢！就像吸久了大烟的人，一闻到烟膏的味道，舍了命也要上前吸上一口过瘾的。凡水中之物，下至鱼虾，上至蛟龙，没有不上钩的。我这下绳钩的本事和饵油的秘方，是十年前在松花江上，我救了一个老头的命，他传给我的。只是禁在海上施此术，说是不能误钓了龙王。"马大勺自信道。

马大勺从怀中又掏出一只小瓶子来，拧开瓶塞，将瓶内紫色的油滴在了那只大铁钩上，又用布条涂均匀了，然后吩咐那十几个人道："那只水兽力量奇大，要小心些，不能被它反拉下水去。在它吞钩后，就拉到冰窟窿下方，大炮上前补枪就是。如果出现意外，听我一喊，大家就丢开绳子，有多远跑多远。"

第二十六章　黑龙潭水兽

"马大厨，我看，能不招惹它，还是不招惹它为好。我们顶多少吃几条黑龙潭的鱼罢了。"朱锐旁边劝说道。

"我这是为地方除害。这东西还能上岸祸害人。去年夏天，就有人在黑龙潭岸边失踪了。后来有人发现，岸边有一摊血，又有水迹从黑龙潭内漫上来。除了被这头水兽捕食了去，还能是什么呢？放心，冰面厚着呢，它出不来。"马大勺说道。

二

马大勺在鱼堆里寻了条十多斤的鱼，没有将铁钩钩在鱼头上，而是钩在了鱼身上，随后将绳钩缓缓下到了冰窟窿里，将伟手持猎枪警戒着，旁边诸人也都紧张起来。

朱锐也摸了下腰间的那支手枪，做好了出枪的准备。

绳钩沉入了水下，马大勺往水里放着绳子，同时在感应着绳子传来的力道。绳钩下放了十余丈方才停下。那十几个人持着剩余的三丈多绳子，随时准备上拉，俱显紧张。

水中似乎有物猛地拉动了一下绳钩，随后又松开了。众人立感手中一紧，然后又一缓。

"它在试探呢！稳住气别动，先握紧了。"马大勺握紧了绳子吩咐道。

就在此时，那条绳子猛然间从众人手中抽脱了去，直没入水中。突如其来的这股力量实在太大了，大家虽有所准备，但还是猝不及防。众人立感手中一热，剧痛紧接而来，各自的双手已是鲜血淋漓，俱被绳子抽脱了一层皮去。

"跑！"马大勺惊喊了一声，十几个人立即朝岸边飞跑过去。

脚下的冰层传来了剧烈的碰撞声，冰层在隐隐地开裂。当是下面的那只不明的水兽吞食了钩子，发觉上了当，欲要破冰而出了。

众人一口气跑到了岸上的安全地带，这才止步回身。此时，冰面已恢复了平静。当是冰层过厚，那水兽未能破冰出来，随后潜伏水底去了。

马大勺望着血淋淋的双手，摇头感叹道："好险！没有把握的事还真是不能做。

"这家伙力量太大了，十几个人拉着绳子，都能被它挣脱了去。如果到了岸上，便是打上它几枪，也未必中用呢。"将伟心有余悸地说道。

"史书有载，更有人目击，长白山天池内曾出现过怪兽。没想到这黑龙潭内竟然也有那般不明的水兽。两者或是同一物种吧，抑或是这深水之下有海眼相通，那东西可往来于天池与这黑龙潭，也是说不定的事。"朱锐说道。

"地方上是有这么个说法。周围七处龙潭，唯这黑龙潭的水深不可测。早年间，也曾有人见过水里出现过不明物体，有说是牛头鱼身的，也有说是龙首虎体的。"将伟点头道。

"长白山里，怪事真是层出不穷啊！"朱锐感慨道。

"行了，那水兽受了惊，铁钩子在它的胃里够消化一阵子的了，短时间内应该不会再出来了。这个冬天我们仍旧可以来下绳钩，吃活鱼。去收拾了东西，背部分鱼回去吧，剩下的鱼再叫其他人来取。"马大勺吩咐道。

"行啊！马大厨，即使钓不到这头水兽，也令它知道了你的厉害，以后看到你的钩绳下水，当会避得远远的。"将伟赞叹道。

"黑龙潭的这头水兽能和人玩心眼子，日后还是提防着它为好。最可怕的是，这东西还能上岸，甚至能追到西夹荒去。这里的冰面化开后，我是不敢再过来了，它能嗅到我的气味。"马大勺心有余悸。

"应该是类水陆两栖物种。看来这黑龙潭的神秘不亚于西夹荒。"朱锐说道。

"也是怪了，金川那边的老龙潭就没有出过这种事。以后黑龙潭的水面，尽量少接近的好。"将伟说道。

朱锐这边四下观察着，希望能找到刘茂才的来去踪迹，但是岸边脚印杂乱，分不清个数。在上场雪落地后，不知有多少附近的村民来过这里，目的或许和马大勺一样，是黑龙潭冰层下面鲜美的活鱼。

"刘茂才为何出现在这里？此人城府之深，实在是不可测，竟然瞒过了所有人。要不是识出他的身形，哪里会想到他还在这里，并未回山东。他暗中留下来，应该是私下处理什么重要的事情。可是与西夹荒有关的？那件前清秘贡出现了他都没有现身，看来，他是在办别的什么事情，而又不想令人知。他身边的那个人是个高手，当是他的同伙了。这两个人的目

第二十六章 黑龙潭水兽

的到底是什么呢？怪不得那天晚上用枪逼着那个人，他也未说出背后的指使者。刘茂才派他来监视我又是做什么？难道说，他知道了些什么事？不可能的，我到这里的目的，没有任何人知道。"朱锐心中寻思道。

"还有，土匪围困西夹荒时，刘茂才都没有现身。说明他办的事情可能不在西夹荒，至少，西夹荒的安危他不关心。如此看来，他还有着别的特殊身份，是比西夹荒那些人隐藏得都深。"朱锐心中一凛，似乎感觉到了一种危险到来。

"对了，何立曾说过，当年偷采黑龙潭湖冰的那支前清军队，是通过黑龙潭旁边的隐秘山洞将那些冰块运送到西夹荒地下冰室的，也就是说，黑龙潭这里有山洞直通西夹荒。刘茂才出现在这里，是否和那处隐秘的洞口有关？他极有可能是通过这个入口直达西夹荒的。那间冰室下面通向其他方向的洞口未必全能封堵上，他仍旧可以自由出入西夹荒，甚至清楚那里发生的一切事情。我怎么就没有想到这一点！"朱锐一念至此，忽地惊出了一身冷汗。

"西夹荒的地下冰室，现在已不是什么秘密了。黑龙潭附近的隐秘洞口找不到，可以从冰室那边展开寻找。是的，若是找到通向这里的洞口，那么洞内一定有着刘茂才感兴趣的东西。如此看来，那件前清秘贡不是他的目标，而真正的秘密就隐藏在山洞里。那些心不在秘贡上的人，目标也可能和刘茂才一样。如此看来，西夹荒隐藏的秘密，不止一两样。实在是一座奇特的山村！

"另外，刘茂才当年极力主张将桓德源分号设在西夹荒，原是有目的的。当初又极力推荐他的侄子刘来到我身边做事，可是也有什么目的？监视我的吗？不过刘来天真率直，应该不是那种别有居心的人，但是刘茂才多少能从刘来这边知道我的一些情况。唉！这叔侄俩……"朱锐暗里摇头叹息了一声。

"砰！"旁边的山林里忽然传来一声清脆的枪声，将周围树梢上的雪震落了一些，一群山鸟惊飞了去。

"怎么回事？"将伟持着猎枪跑了过来，惊讶道，"可是那些土匪们乘着东北军走了，卷土重来？"

"不太像。有过李掌柜的警告，土匪们应该不敢再造次了。不过这是军用步枪的声音。"朱锐望着枪声的方向，皱眉道。

"朱少爷，其实西夹荒一直以来，就隐藏着无数的危机。那件前清秘贡虽然被有惊无险地送走了，但还有其他事情的。"将伟犹豫了一下，说道。

"我明白，西夹荒的危机才刚开始。大炮哥，能否将你知道的都告诉我？"朱锐淡淡地说道。

将伟说道："我也只是听说而已，西夹荒这里藏着宝。有人说是张把头探得的秘密金脉，也有人说是万把头在棒槌岭上发现的还未被采挖出的千年参王。还有一种几十年前就有的传说，西夹荒这一带的山林里，不是隐藏着老毛子的一大批宝物，就是隐藏着古渤海国，或是辽、金时期埋下的宝藏。以前的大清国也一直在寻找。"

第二十七章　长白山女神

一

将伟这时再次犹豫了一下，然后说道："朱少爷，西夹荒因你的全局谋划而平安度过了一劫，大家都很感激你，所以，我知道的，自然会全部告诉你。但是西夹荒的秘密太多了，那些人的目标也未必都是一个，所谓的前清秘贡——那头蓝睛白鹿就已经证明了。并且随着它的离去，与之相关的人也离开了。那么，没有离开的人，还在等待和寻找着他们的目标。便是大萨满卢先生，入驻西夹荒，也是有他自己的目标的。"

"卢先生也有自己的目标?!"朱锐闻之一怔。

将伟说道："是的，我可以肯定地说，卢先生来这里，也是有自己的目的的。但是可以肯定，卢先生不是来发财的，他在寻找一种特殊的东西。现在能和卢先生深入交流的，整个西夹荒也只有朱少爷了，不妨和他再深入地谈一次。"

朱锐听了，点了下头。本是自己也有这个心思的。

"还有件事，我认为有必要和朱少爷说一下。"将伟接着说道，"大萨满自来西夹荒之后，每年必去几次四方顶子。"

朱锐说道："卢先生说过，四方顶子是萨满诸神的降神台。长白山区，除了长白山主峰那边的天池为最大的降神台外，还有其他几座平顶子山，被萨满教的人认为是降神台的。"

将伟说道："卢先生最常来的地方就是黑龙潭了，只是冬天结冰的时候从不过来，只要冰期一过，大萨满就常来这里，不知在寻找什么东西。"

"哦？是这样。"朱锐心中惊讶道，"刚才刘茂才也是出现在了黑龙潭。难道说，这里隐藏着什么秘密？此潭距离西夹荒颇近，翻过山头就过来了，或是这两个地方有相同的秘密在里头？看来，今天晚上，有必要找卢先生谈一谈了。"

马大勺等人各背了一条鱼，大家回到了西夹荒。

刚到桓德源，刘来迎上来说道："少爷去了哪里？我四下找了好长时间呢。"

朱锐望了刘来一眼，见他颇显焦急之色，是在关心自己的安全，于是笑道："闲来无事，和大炮哥、马大勺他们去黑龙潭下绳钩钓鱼了。对了刘来，刘掌柜走的时候，和你交代过什么事没有？比如什么时候回来？他倒是和我说过，春天雪融尽之前回来呢。"

"没有和我说过什么，只是再三交代我，要好好地照顾好少爷。"刘来应道。

朱锐见刘来眼中尽是天真，知道他并不晓得他那个叔叔做的事情，于是拍了拍他的肩膀，说道："让柜上为我备份礼物，晚上我要去拜访卢先生。"说完，回楼上房间了。

刘茂才意外地出现在黑龙潭，给朱锐带来的不仅是疑惑，更是忧虑。西夹荒事情的复杂程度，已经几次超过了他的预料，日后很难说还会出现什么特殊的事情。

回到房间的朱锐站在窗前，望着雪风口的方向，别有所思。刘茂才是父亲在十年前请来桓德源的大掌柜，后来离了奉天总柜，在各地设了几处分号，为桓德源的发展壮大可谓是立下了汗马功劳。这次请假回山东探亲，实际却是潜伏在西夹荒周围，当是在暗里做着什么事情。是的，自己当初的怀疑，此时得到了证实。桓德源入驻西夹荒，与其他人家并无两样，都是有着特殊目的的。这个刘茂才借桓德源为掩护，在做着自己的事情。他是什么人呢？在为谁做事？来西夹荒的目的是什么？

那件前清秘贡的出现，令西夹荒有惊无险地度过了一次危机。但对那些各怀心思的西夹荒人来说，却是波澜不惊。看来更大的秘密还在后面。一个小小的山村，竟然承载了如此多的秘密，古往今来，实为少见。

第二十七章　长白山女神

朱锐唤来了李海，先聊了一会儿其他的事情，然后漫不经心地问道："刘掌柜在的时候，最常去哪里啊？"

李海应道："黑龙潭啊！我也曾陪刘掌柜去过几次，不知为什么，刘掌柜总是站在一侧岸边，望着对岸发呆。"

"又是黑龙潭！"朱锐心中一怔。

"对了，隔壁的房间怎么一直上着锁啊？"朱锐问道。

"那是刘掌柜的房间，走的时候便上了锁，并且平时也不让人进去。"李海应道。

"刘掌柜可能有洁癖吧。那就继续锁着好了。"朱锐说道。

李海离开后，朱锐在房间里寻了一枚铁钉和一根铁丝，比量了一下，然后出了房间。他站在楼梯上朝下面望了望，而后走到刘茂才房间的门前，用铁钉和铁丝捣鼓了一会儿，才将门锁开启。

房间内的布置却也简陋，一床、一桌、两椅，墙侧立一衣橱，旁边又立一卷柜。朱锐四下里仔细查找了一番，并没有发现什么有价值的东西。

"果然是个谨慎的人，不留痕迹。不过愈是这般谨慎，愈是说明你有问题。"朱锐寻思道。而后，他出了房门，将门锁复原。

朱锐随后下了楼，从柜台上取了礼物，朝卢深家走去。

卢深家，卢深与朱锐对桌而坐。

卢深将一杯茶端到朱锐面前，笑道："知道你今天会来，所以备好了茶。"

朱锐应道："卢先生有先知之能，令人佩服。晚辈现有一事困惑，还请先生赐教。"

卢深笑道："我知道你想问什么。有些事情，先前没有与你说明，是因为还未到时候。现在不同了，你运筹帷幄，杀匪立威，解了西夹荒一难。不过……"他顿了一下，接着说道，"入驻西夹荒的人，各掩身份，皆有目的，朱少爷当也免不得俗吧？"

朱锐笑了一下道："与先生彼此彼此了！"

卢深笑道："我喜欢你的直率。我来西夹荒，当然也有我的目的。并且西夹荒内，还有三个人，和我的目的基本上是一样的。"

朱锐闻之一怔，忙说道："先生可否直言相告，你与另三位来西夹荒，到底在寻找什么？"

"寻找神！"卢深口气一肃。

"寻找神？！"朱锐闻之一惊，疑惑不已。

"西夹荒除我之外，还潜居着另三位始终掩藏着自家身份的大萨满，我虽不点破，大家彼此心照不宣罢了。"卢深说道。

"西夹荒内，竟然还住着另三位大萨满！"朱锐着实感到意外。

"可是我不明白，小小的西夹荒，能有什么样的神会隐藏在这里？是东岗上山神庙的山神，还是西岗上雪神庙的雪神，竟然同时引来了四位大萨满？"朱锐惊讶道。

卢深说道："我们寻找的神，并不在西夹荒，而是在距离此地不远的黑龙潭。但是，与神有关的一样东西，却是留在了西夹荒。"

二

朱锐惊讶道："与神有关！能是什么东西？"

卢深说道："一尊远古遗留下来的冰铁神柱，也可说是一种图腾柱。"

朱锐疑惑不已，索性说道："话既然说到这份上了，还请卢先生直言相告。如果我没有猜错，这根神柱，应该与萨满教有关。"

卢深说道："你仅猜对了一半，这尊神柱的确是我萨满教的圣物。好吧，我可以向你解释明白，不过先问下，你可知道长白山之神？"

"长白山之神！"朱锐一怔，而后点头道，"以前曾在一些资料里看过。天下名山，各有其神。长白山古时称不咸山，有肃慎氏之国。唐时称太白山。辽时改称长白山。'长白山雄天北极，白衣仙人常出没'，白衣仙人也即白衣观音，当时就有显世的传说。金朝时，金世宗完颜雍册封长白山为'兴国灵应王'，到第六位皇帝完颜璟，又册封长白山为'开天宏圣帝'，意为北方圣神，享国家春秋祭祀。到了清代，康熙帝再封'长白山之神'，设柳条边，禁龙兴之地，祭祀规格等同五岳，是为圣岳大帝，甚至还要高

第二十七章 长白山女神

于五岳，谓之'泰岳诸山自长白山来'，称长白山为北方群山之首。"

卢深听了，点头道："看来朱少爷在进入长白山之前，还是做足了功课的。"

朱锐听了，微微一笑。

卢深接着说道："长白山之神为上古大神，与天地同生。远古时的长白山区，是萨满教主要的发源地，当时有六祭：祭海、祭雪、祭树、祭星、祭鹰、祭火，其六祭时，有出师之仪。萨满教有六大祖师：主宰天堂的腾格里、掌控瘟疫的巴哈恩都力、多产女神乌木栖、掌管魔界和亡灵的艾利克、掌管风雨雪电的玛尼图，而长白山神为六大祖师之首。长白山天池中，四峰倒影，山水合一，呈现出长白山之神的真容。后有萨满教徒以此人间奇景铸造了一尊冰铁神像，是为长白山之神神柱。它曾立于长白山之巅，威慑四方魔邪，金时还曾显现，尊为生民之祖，明时则流落民间不见。"

朱锐听到这里，恍然大悟道："卢先生是在寻找这尊神柱？"

卢深摇头道："不是。我和另三位大萨满寻找的是另一尊神柱。长白山之神神柱传说被沉入天池之底，永镇长白山了，不可再行捞取。我们所寻找的是一尊长白山女神的神柱。"

"长白山女神！"朱锐闻之一怔。

卢深说道："不错，正是长白山女神。相传盘古开天辟地之时，长白山区出现了两位上古大神，除了长白山之神外，还有一位长白山女神，传说中，长白山女神是长白山之神的妹妹。而长白山女神的真容，竟然出现在了黑龙潭，是如长白山之神一般，在天成象，在地成形，峰峦倒影，山水合一，而成长白山女神真容，并且比天池内的长白山之神的真容影像还要逼真。这是长白山里仅有的两尊自然形成的长白山神像。本来想待春天冰融雪化之时，再带你去黑龙潭看个清楚，今天你急着来问，只好先行告知了。"

"黑龙潭里竟然隐藏着一尊长白山女神的神像！"朱锐听了，大感惊奇。

卢深说道："是的，长白山女神像只有在春夏秋三季可以看清楚。而这幅人间奇景，曾是萨满教的秘密，世人不注意观察是不容易发现的。历史上的萨满教众,数千年里,曾在黑龙潭举行过七次大规模的祭祀活动,最后一次也是三百年之前的事了。长白山天池那边,山高路远,途中更是林险水恶,人多不能至,所以萨满教的祭祀选定在了黑龙潭,因为这里有着一尊长白山女神的真容神像。她的端庄秀雅,面容逼真度,比天池中的长白山神之像有过之而无不及。长白山女神和长白山之神一样,也被铸造出一尊冰铁神柱。至于是否和长白山之神的神柱同时铸造的,就不知了。三百年前,在黑龙潭的那次祭祀中,长白山女神出现过,后来不知什么缘故,它神秘地失踪了,并且自行收敛了它所散发的气息,令任何人都感应不到,故而无从寻找。但是传说中,这尊长白山女神的神柱,被埋藏在了黑龙潭附近的某处山体中。我查遍了周围的山林,认为它最有可能就隐藏在西夹荒。当年打牲乌拉衙门里的那个叫伦图的官员,莫名其妙地入驻西夹荒,除了与辉发山市有关的传说外,还是有着特殊原因的。"

朱锐一怔道:"可是他在西夹荒发现了长白山女神的神柱?"

"有这种可能。"卢深说道,"长白山之神的神柱,作为定海神针被沉入了天池里。开始我也以为,长白山女神的神柱,也是被沉入了黑龙潭内。黑龙潭深不可测,水冷潭深,人不敢下,这样保存是最为安全的。但是,一个意外的线索将我引到了西夹荒。我曾在一名前清打牲丁的手中得到过一份伦图的亲笔手稿,里面出现过'神秘的柱子'几个字,他在辉发山市中看到了神柱。我沿线索一路寻找伦图的生活轨迹,最终到了西夹荒。神柱出现在了海市蜃楼里,这应该是萨满诸神的意愿,向世人预示着什么。"

"也有可能,伦图在黑龙潭观察到了山水合一的那尊长白山女神神像,再合以辉发山市中的景象,所以不顾一切地入驻了当时还荒无人烟、野兽横行的西夹荒。"朱锐说道。

"不错,有这种可能。"卢深说道。

"伦图应该是萨满教的人,而且有可能还是位萨满。"朱锐说道。

"有道理。要知道,萨满教寻找这尊长白山女神像,一直找了三百年。长白山女神是大地之母,一切生命的根源。找到她的神柱,加上黑龙潭天然的神像,就可以确立黑龙潭,乃至于整座长白山,是萨满教的圣地。这对萨满教众来说,意义非凡。"卢深说道。

第二十七章　长白山女神

"原来,这才是卢先生入驻西夹荒的真正目的。你那三位隐藏着身份的同行,也是一样的了。这件事,我倒是可以帮助卢先生。"朱锐说道。

"那就说说看。"卢深笑道。

朱锐说道:"原来藏前清秘贡的地下冰室,应该有更深的洞穴,甚至可以通到黑龙潭那边。长白山女神的神柱极有可能就藏在地下的洞穴里,我们只要进入里面查找一番就可以了。"

卢深应道:"我知道西夹荒的地下是有洞穴的,也猜测长白山女神的神柱就隐藏在里面。但由于前清秘贡的原因,延缓了进入洞内查找的行动。这些天来,我正在计划找你和大炮兄弟两个,再加上几个人,进入洞内探测一番。不过,这次行动不会那么容易进行,因为我们这边一有动作,有可能会引起连锁反应,令整个西夹荒的人都行动起来。"

朱锐说道:"是啊!那些人中,每个人都有着自己的目标。这边若有大动作,他们会以为自己的目标被发现了,会进行干扰甚至破坏的,造成的后果,有可能比来了几百名土匪都要严重得多。"

"那就少找几个人,秘密进行。"卢深说道。

"卢先生怎么会这么急?"朱锐心中不由一怔。

第二十八章　神秘的井

一

卢深随即又说道："对了，在这片地域，还有一尊鹰神的神像。萨满教六祭中，唯一的鸟类神。"

"鹰神！"朱锐惊道，"又在哪里？"

卢深说道："距离老龙潭不远的二龙潭。同样是山峦倒影，山水合一而成鹰神之神像。这是一片神奇的地域，在长白山里是十分罕见的。应该是两年前的事吧，我在二龙潭那边亲眼看见有巨鹰出现。所以说，加上四方顶子那座降神台、黑龙潭、二龙潭所在的这一片地域，对萨满教来说，具有非凡的意义。"

"若是找寻到那尊长白山女神像，卢先生将如何处理呢？"朱锐问道。

"若此尊圣物面世，就将之立于发现圣物的地方，示于天下人，这片地域就是萨满教的起源地，虽然世间极少有人了解什么是真正意义上的萨满。"卢深说道。

朱锐听了，敬佩道："卢先生对萨满的至诚令人感动。不过，现在民国初立，世道还不稳定，还不是令那尊神柱广昭天下的时机。况且眼下西夹荒仍旧危机四伏，诸人各怀心思，长白山女神神柱若在此时面世，徒增事端罢了。在下以为，还是等到太平盛世再做计较为好。先生以为如何？"

卢深听了，沉默了半晌，然后一笑道："当局者迷，在这一长远认识上，我还真是不如你。是我心急了，欲一睹圣物为快。我接受你的建议，此事暂缓。"

又聊了一会儿，朱锐辞别去了。

一路朝桓德源走来，朱锐隐感有什么不对劲的地方，却又不知在

第二十八章 神秘的井

何处。

"不对,西夹荒这里肯定还有重要的东西。已被运送走的前清秘贡是一件,长白山女神的神柱是一件,至少还有一件东西将众人吸引在这里。"朱锐停下了脚步,似有所悟,却又迷茫一片。

抬头看时,对面是张把头家的院门。隔着木栏围墙,可以看到院子里的那两口水井。

"张把头家的院落是填平了原来的七星湖中的三处水面建成的,如此大费周章,可是掩饰什么东西?还有,这两口水井未免显得突兀。其中的一口井下面应该是有问题的。难道说,童谣中的金仓就隐藏在下面?人为财死,追求世间宝藏才是这些江湖人愿意做的事。寻求精神上的寄托的,只有大萨满卢深和那几名隐藏身份的萨满。其中一口井的下面,是否会和隐藏前清秘贡的地下冰室相连通呢?毕竟那深处还未探查过。"朱锐望着那两口井胡思乱想起来。

"朱少爷!"院门一开,张把头从里面走出来,见朱锐站在自家门前发怔,颇生疑惑。

"朱少爷,有事吗?请里面坐会儿。"张把头请道。

"哦!没什么事,闲来走走。"朱锐说着,不由自主地迈进了院门,径直朝一口水井走去。

临井口低头看时,井水半下,并无异样。

"张把头,院子里如何掘了两口井来?"朱锐说着话,又走到另一口水井旁边,低头探望,也是一半的井水。

"这地方水层浅,易出水,掘两口井也是备用。"张把头眼中闪过了一丝异样。

"是吗?"朱锐说着话,拾起了一块小石头,随手扔进了眼前的井水里。

"咕咚"一声水响,石头沉了下去。

张把头望着朱锐的举动,站在那里,嘴角抽动了一下。

"回见。改日再来与张把头聊天。"朱锐笑了下,转身出了院门走了。

"刚才用石头探了下,这口井的井水至少有三丈深。西夹荒这里水层本就浅,根本用不上三丈深的水井。这招打草惊蛇,当是将张把头惊着了。水井下方是隐藏有秘密的。"朱锐一边走，一边心中思忖。

"张把头是金帮出身，他的目标难道说是与金子有关不成？若如此，这或许也是这里大部分人的目标所在。"朱锐寻思道。

张把头家。

目送朱锐离去后，张把头忙闩了院门，转身回了屋子里。

里屋的炕头上躺着一个人，头朝里，看不清面容。

"朱锐这小子好像看出什么来了。不如我们先下手为强？……"张把头犹豫了下说道。

"这个人来历不明，且身怀绝技，不可轻视。以大局为重，尽可能不要与他为敌。过了年估计他就走了，也是年轻人好奇的性子，免不了的。"炕上的人低声道。

"我就怕他坏了事。"张把头忧虑道。

"就是想动他，就你那几个人，能动得了他吗？此人的枪能快到不可思议的程度，便是西夹荒潜伏着的那些高手们都忌惮得很。能不惹他就不要惹他，否则是自找麻烦。"炕上的人仍旧低声说道。

"一件前清秘贡，仅引走了几家人。保不齐，剩下的这些人，眼睛都盯着外面院子呢。"张把头说道。

"你当初填湖建院就是个失误，两口水井更是个错误，这叫作'此地无银三百两'。"炕上的人埋怨道。

"土匪来晚了，若早来几天，就会扫平我们所有的障碍，大帅府的兵来再多也没什么用了，最后得渔翁之利的是我们。"张把头说道。

"人算不如天算。这个朱锐的出现是个意外。"炕上的人说道。此人说话时，面目仍旧朝里，始终不动。

"不过，经过这件事，我们知道了，以前轻视了一些人。还好，前清秘贡那头白鹿的出现，多少转移了一些人的注意力。另外，那个神叨叨的卢深和我们的目标不一样，倒不足为虑。"炕上那人又说道。

"但是，这个朱锐好像注意上我们了。刚才他朝井里扔了一块石头。"

第二十八章　神秘的井

张把头说道。

"他朝哪口井里扔的石头？"炕上那人肩头一震。

"西面那口井。"张把头应道。

"不好，他发现这口井内的异常了！"炕上那人猛然坐了起来。却是个蒙面之人。

"怎么办？"张把头紧张道。

"西夹荒的规矩，雪未融尽之前，任何人都不能生事。目前他也仅是怀疑而已。暂且以静待动，否则我们一动，会有人比我们动作还要快的，反倒不利。如果挨过了年去，这个朱锐走了，一切还都好说，否则，这个人来西夹荒也是有目的的，那事情就复杂了。因为这个人目前已领导了西夹荒。"蒙面人站了起来，缓缓说道。

二

桓德源。

朱锐站在房间的窗前，望着外面街道上走动的一些人。

"这个小山村，应该在十几年前，甚至于更早，就已经注定了今天会成为长白山区的焦点。这些人，无论男女，都将身份隐藏得极深。难道说，真的是机缘巧合，令几件大事都集中在了这里？冥冥中真的有安排吗？否则何以这般莫名其妙地凑在了一起？黑龙潭和二龙潭呈现出的长白山女神像及鹰神之像，目前还不知真假，只能待春天冰融雪化之时才能看了。卢先生在这件事上表现得急了些，又是为什么？他可是担心西夹荒这里还有更大的事情，会影响到他寻找长白山女神的神柱吗？若是这样，那是什么事情呢？张把头家院子里的那口井，下面有些古怪。今天故意惊了惊他，果然露出了一些破绽。"朱锐寻思道。

"还有，刘茂才一直隐藏着没有离开过半步，他的目的又是什么？应该还是与西夹荒这边的事情有关的。他推举我来代理桓德源，只是将我当一个挡箭牌，掩护他的行动和目的，甚至不顾我的生死——他应该知道西夹荒所潜伏着的各种危险。看来，他这个桓德源的掌柜也做到头了。"朱锐暗里叹息了一声。

"本来以为，那件前清秘贡是所有人的目标，现在看来，我还是低估了这里的复杂局面。新年将至，希望西夹荒的雪暂时稳定住局面，为我调查真相争取些时间。否则春天一到，冰雪融尽，是万物生机的开始，也是危机暴发的时刻。"朱锐忧虑道。

第二天一大早，朱锐便被外面的一阵喧哗声音吵醒。接着，刘来急三火四地跑了进来，一脸惊异道："少爷，快去看看，张把头家的院子里闹神了！"

"闹什么神？"朱锐闻之一怔。

"一大早的，也不知从哪里钻出来的一大群黄鼠狼，绕着张把头家院子里的一口井沿转，吓得张把头都不敢出屋了。他的两名徒弟和屯子里的人，也都不敢进院子。太邪性了！"刘来应道。

"竟然有这种稀奇的事！"朱锐听了，诧异之余，忙随刘来下了楼。

此时张把头家，院子外面围满了人。院门开着，可以望见院子里诡异的景象。

一群黄鼠狼，个个身形硕大，约有几十只左右，十分奇怪地在围绕着西侧的那口井沿顺时针地奔跑着。不时地还有几只跳到井沿上，朝井下探望，嘴中发出"吱吱"的尖锐叫声，好像那井内有什么东西在吸引着它们。

屋子的窗户内，可以看到张把头那张惊恐的脸。

"昨天后半夜里，我就听见这边的院子里有动静。谁知道是来了一群这种东西。"冯木匠站在人群中说道。

"山里的雪厚着呢！不过看它们的架势，不像是来寻食的。一两只的黄鼠狼在西夹荒这里倒是常见，一大群同来的，以前连听都没听说过。张把头怎么惹上它们了？这可是五大仙里面黄仙呢！"赵老五疑惑道。"张把头可是金帮的金把头。大家伙可是忘记了那首童谣了？"唐绍杰似有所悟，眼中露出了异样的光彩。

"西夹荒，对金仓，里面住着一只黄鼠狼。金仓实，金仓满，一地的金豆子没人拣……"孙裁缝那边脱口而出，随即打住，呈现出一脸的惊愕。

"张把头家的这座院子果然有古怪，地下当是有金脉了。现在黄鼠狼

第二十八章　神秘的井

都引来了，是要出金子了吗？西夹荒的规矩，雪落共享，在雪融尽之前，屯内出现的任何东西，大家伙都有份子的不是？"刘有才那边一脸的激动。

"都别他妈的瞎猜！这群东西是来寻食的，昨晚我将和师父吃剩的鸡骨头扔在院子里了，这才将它们引来了。"张把头的一名徒弟忙在旁边辩解道。他手中虽是握了一把扫帚，却是不敢进院中哄赶。

"行了吧，这个时候了，就别遮遮掩掩的了。你们师徒心里想的啥事，大家伙谁不明白啊？那首童谣不知是哪位高人留在西夹荒的谜谣，别说三四个谜底，五六个谜底都是有的，就看谁有本事破解了。早些年就听说金川那边的金脉就源于这里，所以说，西夹荒地下是有金子可寻的。"白大河那边嚷嚷道。

"你们爱信不信。有本事自己找去。"张把头的徒弟一脸的激动。

"事出异常必有妖。这群黄鼠狼来得蹊跷，有可能会引出什么事来。大家伙切不可掉以轻心。"万把头挤进来，望着院中的情形，说道。

站在围栏外的朱锐也是一脸的疑惑。

这个时候，不知为什么，围绕着井沿奔跑的黄鼠狼群忽然停了下来，各呈慌乱状。紧接着，这一大群黄鼠狼突然齐奔井口，竟然一起投了井。这一幕，令外面观看的人皆是目瞪口呆。

"干啥想不开，一起投了井啊？"唐掌柜那边惊讶道。

"不对劲！"万把头第一个冲进了院子，跑到那口井旁边，小心翼翼地凑到近前，探望井下时，一脸的惊骇。

"怎么回事？"众人缓缓地走近井口，再看时，面面相觑，各是茫然。

朱锐感觉事情有异，上前看时，也是一怔——昨天还是半井的水，现在竟然滴水全无，便是刚才投进井内的那些黄鼠狼，也都不见了踪影。

"张把头，快过来看看！"万把头朝屋子里喊道。

待张把头一脸迷茫地走过来，朝井下看时，脸色忽地大变，自语了一声："我……我闯祸了！"

"到底怎么回事？"万把头问道。

"是啊！张把头，你填湖造院，本就奇怪。你可别做出对西夹荒不利的事来。"有人责备道。

"这口井下，是一处千载难逢的养金地，并没有什么金脉和金子，却能养出特殊的金子来。如今井水忽然间枯竭，穴气也就破了。我在为我师父守护着这处养金地，日后如何向师父交代啊！"张把头沮丧道。

"那群黄鼠狼怎么回事？"有人问道。

张把头茫然道："我也不知道。"

有好事者顺着绳子下到六丈深的井底，并没有发现什么异常。只是奇怪，投井的那群黄鼠狼不知消失在了何处。井内只有一溜的石壁，并无其他通道。

第二十九章　冰铁神柱

一

"张把头，你家这口井透着万般古怪，内里缘由你应该是清楚的，可不要随意编个什么养金地来糊弄人。"冯木匠那边说道。

"说得是啊！有时候，需要一个谎言来掩盖另一个谎言。"赵老五也凑上来说道。

张把头那边摇头叹息了一声，说道："信不信随大家伙了。实话实说，这处养金地，金帮内的老把头，也就是我的师父在二十年前就发现了，特地吩咐我，寻机会造井围穴，将这处罕见的养金地占下。那时这里还是处湖面，所以我填湖建院，就是为了圈住这处特殊的地穴。至于怎么养金，我也不甚明白。不过我师父说了，日后会有人来处理的，就先令我这么守着而已。谁知道，井水忽然没了，所谓风为气、水为财，穴气当是破了。你们若是不相信，现在开始，这口枯井任你们谁来挖掘，掘出了什么东西都是你们的，我保证分毫不取。"

听了张把头的话，众人相顾无语，已是信了八成。

朱锐站在人群中，眉头皱了皱，也是万分不解。这时，他感觉到后衣角有人拉了一下，转头看时，见是石英站在身后，朝自己眨了下眼睛，然后朝旁边去了。他知道石英有事找自己，忙跟了上去。

行至东侧的跑马道上，石英才停了下来。回头见朱锐跟了上来，笑了笑道："朱大哥，那边说话不方便，故约了你出来。"

朱锐笑道："你当是有了什么发现吧？"

石英迷茫道："你说怪不怪，刚才我靠近那口井沿时，我的这把开山斧竟然自己动了动。后退几步后，又没了动静。但是只要接近井口，开山斧就会自己抖动几下，好像那井内有什么东西在吸引着它一样。"

"难道说井内藏有大量的磁石，故对铁铸的开山斧有磁力作用？"朱锐惊讶道。

石英说道："我的这把开山斧，是干爹用一支百年老参换得的一种特殊的精铁铸造的，里面好像还有其他的金属成分。我以前试过，普通的磁铁对它没有吸力。如果说那口井的下面有磁石，也一定不是普通的磁石，并且数量很大，否则吸不动我的开山斧。"

"是这样！"朱锐惊讶不已。

"这么说，那口神秘的井下，还是隐藏有东西的。张把头所谓的养金地，当是一种障眼法。这样看来，那口井的下面，极有可能隐藏着一种特殊的有磁力的矿石。也或许，是一件特殊的物体……"朱锐心中不由一动。

"此事特殊，切勿再对旁人说起。对了，杨把头是木帮的老人，久历世事，见识当比我们多得多，回去问下，或许能得到些什么。"朱锐随后叮嘱道。

"我明白。"石英应道，"对了，昨天晚上，我去接在万把头家聊天的干爹回家，意外地看到张把头在送一个人。那人遮着头面，行踪诡异，出了张把头家，在南屯头转了几转便不见了。给我的感觉，不像是西夹荒的人。"

"哦！看来这个张把头，还真不是一盏省油的灯。他的秘密，不仅在那口神秘的井上了。"朱锐惊道。

石英说道："干爹曾和我说过，朱大哥快枪镇住了土匪，西夹荒人已是对你敬若神明，所以现在没有人敢做出格的事。但是西夹荒是一个特殊的地方，聚集着这么一大群特殊的人，早晚还是会生出事端的。所以，干爹让我转告朱大哥，早做打算为好。"

朱锐听了，笑了一下道："杨把头他老人家眼睛真是毒呢，当是能看穿一切。放心好了，大年将至，大家伙会稳住性子的。春天雪融之时，才是风起云涌的时刻。那个时候，牛鬼蛇神都会露头了。"

"对了石英，今天晚上，出来和我去做一件事。"朱锐随后说道。

"没问题。"石英应道。

第二十九章　冰铁神柱

朱锐回到桓源德。

刘来迎上来说道："少爷，家里来信了。"说着话，递上一封信来。

朱锐接过信封，拆开来看时，眉头不禁一皱道："父亲怎么会在这个时候让我回奉天呢？"

"老爷让少爷回奉天！"刘来听了，也是一怔。他随后说道，"应该是让少爷回家过年了。后天李海正好要运送一些山货回奉天，少爷一同回去也好。"

"来的时候就说了，我最早也要过了年才会返回奉天。这个节骨眼上催我回去，又没有说具体的原因，也是怪了。"朱锐随后仔细端详了那封信一番。

"少爷的意思……"

"我现在还不能回去，并且有可能还要待上一个春天。这封信来得莫名其妙，谁送来的？"朱锐问道。

"汇友客栈的唐掌柜去县城办事，遇到邮电所的熟人，让捎回来的。"刘来应道。

"奉天的信件到县城最快也要十天左右的时间。而在十天前，正好是土匪围困西夹荒的时候。此信像极了父亲的手笔，却没有写上日期，这可不是父亲的习惯。应该是模仿父亲笔迹的人在日期上犯了犹豫，索性不写日期了。并且信封上邮电所的印记也是模糊不清的。"朱锐说道。

"少爷说这封信是假的？"刘来听了，大吃一惊。

朱锐应道："是啊！有人不想让我继续留在西夹荒，故而模仿家父的笔迹诓我回奉天。"

"会是谁啊，竟然还能模仿出老爷的笔迹？"刘来疑惑不已。

"应该是他了。倒也煞费苦心。"朱锐暗里摇了摇头，笑了笑。

"对了刘来，你到柜上我的份子钱里取十个银元，然后找个人做伴，套上爬犁去趟金川。听说那里有两家烧锅酒坊不错，每家五块银元作定钱，年前各送五十坛烧锅酒到西夹荒。算是桓德源请大家的年夜酒。"朱锐吩咐道。

"好吧。"刘来听了，一脸茫然地去了。

朱锐回到楼上的房间，又看了一眼手中的那封信，摇头道："你为何要布下这个局？你到底是何人？难道说西夹荒还隐藏着更重要的事情吗？"

朱锐望向窗外，远处是雪风口。

雪风口上，山风乍起，荡起了一阵阵雪雾，预示着又一场暴风雪的到来。西夹荒的雪，总是莫名其妙地不期而至……

二

傍晚时候，刘来回来了，他在金川镇上定好了那两家的烧锅酒。

"少爷，你说怪不怪，在金川的时候，有个人一直在远处盯着我，我不认识他。开始以为是土匪的探子，后来那人便不见了。回来的路上也顺利，没有发生什么事。"刘来说道。

朱锐听了，笑了笑道："可能你是个陌生人吧。"暗里寻思道："那二人果然隐藏在金川，知道你的住地就好。"

天刚黑下来，石英便过来了。

朱锐这边已准备好了手电筒等物品。

"朱大哥，今晚要去哪里？"石英问道。

"那座地下冰室。我想探探里面的洞穴到底能通向哪里。"朱锐应道。

"就我们两个人吗？"石英问道。

"是的，就我们两个。知道的人多了，会另生事端。这座秘密冰室的出现，已是动了一些人的心思。与之有关的何老鸢和孙大姐他们离开了，但是有一个人留了下来，那就是'凌人'万把头。说明这里还有着他感兴趣的东西。"朱锐说道。

"万把头应该知道那个洞内有什么吧？"石英说道。

"未必。但一定有着他要寻找的目标。"朱锐摇头道，"那头蓝睛白鹿将他的行动限在了那里。现在情况有了变化，万把头会有所动作的。我感觉，这个万把头的身份不仅是'凌人'那么简单。"

二人等到夜深时分才从后门悄悄离开桓德源，来到了那座破旧的木屋内，地下冰室的入口处。

二人进入地下，将洞口处的木板盖子原样掩上了。

第二十九章　冰铁神柱

　　冰室的尽头，是一道由厚重的冰块砌成的冰墙。先前由于冰块的表层有所融化，令冰块间牢牢地粘在了一起。好在朱锐有所准备，带来了铁钎。他和石英轮番劳作，用了一个小时的工夫，才凿开了一个入口。里面幽深黑暗，似乎通向另一个世界。

　　二人进入岩石洞内。在手电筒的光照下，可以看到花岗岩的石壁，还有少数的钟乳石，不知存在了几百万年。

　　二人刚走出几十步去，"咦？"石英忽然惊讶道，"朱大哥，我的开山斧在动！"

　　朱锐闻之一怔，用手电筒照了下，石英别在后腰上的那把开山斧果然在抖动。

　　"我们到了张把头家院子里那口井的下面了。"朱锐恍悟道。

　　石英抄斧在手，随吸力而行。最后，开山斧从石英手中脱出，贴在了一侧石壁上。

　　"吸引开山斧的东西在石壁内，那上面应该正对着那口井。"朱锐说道。

　　忽然间，二人感觉脚下有什么东西在乱蹿，用手电筒一照，看到几只黄鼠狼疾速跑去，不见了踪影。

　　"那群黄鼠狼果然是跑到地下来了。"朱锐讶道。

　　"朱大哥，你看石壁上……"石英似乎发现了什么。

　　朱锐上前细看时，自是一怔——石壁上，闪烁着一条炫人眼目的光晕带，足有六尺多宽，向前方延伸去，不知有多长。

　　"金子！这是一条金脉！"朱锐惊讶道。

　　"那个传说是真的，西夹荒的地下隐藏有一条金脉！"石英惊喜道。

　　"这或许才是张把头极力遮掩的原因。"朱锐笑道。

　　"这么说，万把头也知道这条金脉了。"石英问道。

　　"而这石壁内吸引开山斧的那股神秘力量，是由什么东西产生的？"朱锐疑惑不已。

　　"你听，里面好像有什么声响……"石英指着石壁说道。

　　朱锐上前贴近石壁屏息听时，竟发现那石壁内隐隐传出滴水的声响。

　　"石壁内有空间！"朱锐惊道，"那口井内的水忽然间神秘消失，这或许是一个原因了。也或许，张把头的目标并不是金脉，而是石壁内的东西？"

"日后找人凿开，就知道石壁内有什么东西了。"石英说道。

"等等！"朱锐忽然意识到了什么，眉头一皱道，"上面是那口井，而原来上面则是七星湖的一处湖面。有没有可能，石壁内的东西，原本就不是地下的，而是从上面，也就是从原来的湖中沉下来的？张把头填湖建院，是在极力地保护这个东西。由此看来，西夹荒中一些人的目标，就在此了。"

"那种神秘的东西能是什么呢？"石英惊讶道。

"我倒是有一种猜测，如果这个猜测是真的，张把头一定隐藏着另一种身份。"朱锐有所悟道。

"什么身份？"石英问道。

"卢深先生和我说过，在西夹荒，还同时隐藏着几名大萨满。如果张把头是一名大萨满，事情也就有了一些眉目了。这里面也关系着卢先生所要寻找的目标。"朱锐说道。

"难不成，万把头的目标也是这个东西？那他岂不也是一名大萨满了？"石英说道。

"有道理！"朱锐点头道，"我一直纳闷，卢先生和张把头的关系一直很好，必是有这个缘故了。而万把头则和张把头有些对立，或是在寻找同一样东西。"

"那到底是个什么东西啊？"石英疑惑道。

"萨满教中失传几百年的圣物，铸造有长白山女神像的冰铁神柱。这是萨满教众的终极目标。不知是不是西夹荒那些人的目标。"朱锐说道。

"长白山女神像？！冰铁神柱？！"石英惊讶不已。

"如果我猜测得不错，应该是这件东西了。没想到，刚进入洞内，就有了这么重大的发现，或者说是西夹荒所有秘密中的一个而已。我们继续前行，看看是否有其他的发现。"朱锐兴奋道。

"既然是冰铁神柱，如何能吸引我的开山斧？"石英迷惑不解。

"也许是用一种特殊的含有磁铁的金属铸造的吧。有时候，可以用这种特殊的磁力制造一种神力的假象。一些神乎其神的东西，其实就是自然现象而已，用来迷惑人倒是很好的道具。"朱锐说道。

第三十章 被 困

一

朱锐说道:"萨满教的图腾柱,在各地倒是有很多不同的样式和图案,但自然成形者是极少见的。不知这尊长白山女神像会是什么模样。"

石英拍了下石壁,说道:"真有根铁柱子在里面吗?"

朱锐说道:"目前虽是一种猜测,但也八九不离十了。卢先生曾十分肯定地告诉我,长白山女神像的冰铁神柱就隐藏在西夹荒的某个地方。如果这个东西不是那根柱子,又会是什么呢?好了,暂且勿管它是什么吧,我们再往前找找看。"

朱锐、石英二人欲往深里探时,却发现已是尽头。

朱锐惊讶道:"何老鸢说过,这石洞可通向黑龙潭甚至四方顶子的,怎么走不通呢?"

石英说道:"是啊,走了几个方向,都是死路。或是原来有通道的,被什么人封上了。可就是洞口被封堵住,也应该有痕迹可寻,这儿怎么看不到呢?"

二人四下里寻了一遍,再无去路,只好返回到了冰室。

朱锐持手电筒朝周围照了照,说道:"或许,这大量的冰块封堵住了某处的秘密通道。冰块太多,也太重了,一时半会儿查不出来的,暂且放弃吧。"

二人来到出口。石英攀上梯子,想要推开入口处的盖子,竟然没有推开。又试了几下,那盖子仍旧纹丝不动。

"上面有重物压着,移不开了。这是怎么回事?"石英惊讶道。

朱锐脸色一变,意识到了什么,惊骇道:"是有人故意堵死了上面。

上面的木房子里除了些木柴，可没有什么重物。这是有人趁我们下来后，从别处移来重物压住了盖子。我太大意了，没有注意出口的安全。"

"是谁啊？这么狠，明显要困死咱们俩。"石英愤愤道。

"西夹荒二百多口子人，每个人都有可能。他们的目标是我，不是你。石英，这次我连累你了。"朱锐愧疚地说道。

"哪里话，我兄弟二人有难同当。我不信了，这里能困住我们？"石英说着话，持了开山斧，几下劈去，木板盖子断裂开，上面露出了一盘坚硬的石磨来。

朱锐见了，摇头说道："这个人好大力气，应该不仅移来一盘石磨，以你我的力量从下面是移不开的。"

"这石磨是上面隔壁屋子的东西，大大小小有那么几块。"石英说着话，试推了几回，未能移动分毫，失望之余，从梯子上爬了下来。

"在这地下，三两天我们还能坚持。外面的人见不到我们俩，会寻找的。只是我没有告诉别人我来地下冰室了。"朱锐后悔道。

"我也没有告诉干爹来这里了。外面的人不会想到我们俩会大晚上的来这地下冰室。"石英叹息道。

朱锐苦笑道："看来，有人一直在监视我的行踪，忽然得此机会，自然不会放过了。一封假信没有将我调走，这回倒好，直接把我困在冰室里了。"

"朱大哥，我们现在怎么办？外面的人一定会认为我们俩离开西夹荒了。如果一直没有人到冰室来找，我们真的出不去了。"石英忧虑道。

"这是逼着我们另寻出路呢。不过眼下是上天无路，入地无门啊！"朱锐无奈地说。

"不过不要着急，让我想想。"朱锐随后安慰道。

"我们这次进入地下冰室是临时起意，那个人不在西夹荒，根本不会知道，便是知道，目前还没到非置我于死地的程度，所以，只能是另一个人。不想令我继续住在西夹荒的大有人在啊！我本是一名大好青年，就这么不受待见吗？"朱锐摇了摇头。

旁边的石英听了，忍俊不禁。

朱锐随后道："看来，潜伏在西夹荒的一些人，都是老江湖了，我们

第三十章 被 困

还知之甚少，稍有不慎，便会着了对方的道。不过也不用急，一下子少了两个人，寻找无果，时间久了，当会有人想到地下冰室的。如果到这里一查看，发现了那些异常出现的石磨，必会想到下面困住了人。最起码，卢先生能想得到这里。"

石英听了，这才心下稍安。

"既来之，则安之。我们再到里面走走。"朱锐说着，先行而去。

二人复又回到冰室。

石英说道："也是怪了，这么多的冰块堆集在这里，难道说只是为了冰冻保鲜那只白鹿吗？其实按这地下的温度，冰块不易融化的，只要每年增加一些就可以了。"

走在前面的朱锐听了，忽地一怔，不由停下了脚步，似有所悟道："不错，冰冻保鲜一只白鹿，在这地下只需少许的冰就够了，前清政府用不着大费周章调用一支军队采冰，并且翻山越岭地运送到这里。那支军队从黑龙潭采来这些冰块放在这里是另有用处的。还有，那个凌人万把头，也用不着每年在西夹荒的湖里采冰，本来这里的冰就够用了。况且，他还运来了那块太乙寒冰，在此情况下，他仍旧偷采湖里的冰，为何多此一举呢？"

"是的，我们一开始就忽略了一个重要的情况，那就是这里的冰块数量太大了，远超冰冻一只白鹿的数量。这里面，一定还有另一样需要大量冰块来保存的，甚至比那只白鹿还要重要的东西。也许，这件东西，才是大多数西夹荒人的真正目标。怪不得蓝睛白鹿的出现波澜不惊呢。"朱锐恍然大悟。

"这冰室里还有重要的东西!?"石英听了，惊讶不已。

"何老鹫向我们隐瞒了一些事情。虽然他的任务是保护白鹿标本，但是冰室内还有其他重要的东西，他不可能不知的。万把头，是了，万把头也应该知道冰室里的秘密。"朱锐说到这里，朝洞口的方向望了一眼。

石英见了，一惊道："是……是万把头堵住了出口？"

"他一个人没有那么大的力气搬动如此沉重的石磨。我们的对手，应该是一伙人。"朱锐说道。

"需要用冰来保存的，应该还是一种鲜体，长白山里，什么样的东西需要冰块来保鲜呢？用如此多的冰块来养的东西，一定是种稀奇物了。有意思，太有意思了！西夹荒这个小山村，神奇的事真是层出不穷啊！"朱锐摇头苦笑道。

"吱吱……"这时，周围传来了一阵声音。

朱锐持手电筒照射去——几处冰块上面，闪过了几只黄鼠狼的影子。

"冰室、黄鼠狼、井、冰铁神柱、萨满教、前清政府，这些应该是有联系的。"朱锐心中一动。

"石英，我们在冰室内仔细地找一找，这里面一定有特殊的东西。或许，隐藏在西夹荒的真正的大秘密，就在这里了。"朱锐吩咐道。

二

朱锐和石英持着手电筒四下里寻找了一圈，一无所获。

"或许，在某处冰墙后面，还有另一处秘密空间，除非将这里的冰块移出去才能发现。只是这种工作量极大，需要很多人。不过……"朱锐猜测道，随后站住了，似乎意识到了什么。

"那只白鹿标本是镶嵌在冰块里的，如果需冰块保存另一种东西，也应该放进冰块里才对。可是查遍了这些冰，里面并没有发现什么特殊物体。难道说，这些冰仅是保持外围的温度，所保存的那样东西，接触不了冰吗？或也是一种动物，抑或是一种需要保鲜的植物标本？这样东西，也应该来自长白山的深山里面。"朱锐说道。

"什么东西啊，能这么珍贵？"石英惊讶道。

"长白山有许多奇珍异宝，而需用冰来保鲜的，除了植物就是动物了。"朱锐应道。

朱锐随后持着铁钎，在坚硬的岩石地面上用力敲了敲，下面发出了回声。

"下面果然是有空间的。"石英惊讶道。

"西夹荒的地上和地下竟然都隐藏有秘密。"朱锐感叹道。

"看来通向其他地方的洞口，也应该在下面的洞穴里了。不将这里的冰移走，是发现不了入口的。算了，不找了，有些秘密我们不知道，或许

第三十章 被 困

能更安全些。"朱锐说道。

"目前应该想法子出去才是。"石英说道。

"不急。"朱锐说道，"上面的人，一两天找不到我们，就会将注意力集中到屯内的，上面被封堵的出口，总会有人来查看一下的，到时候我们会出去的，等待上面的人救援好了。为防意外，我带来了水和干粮，够几天用的。"

"如果几天后，还是没有人想到这里怎么办？"石英忧虑道。

"三天之后，还没有我们俩的消息，会有人指点他们到冰室的入口处查看的。西夹荒内，并非都是我们的敌人，朋友更多一些。"朱锐应道。

石英听了，心下稍安。

冰室内寒冷，二人随后进入里间石洞内，为了节省电源，将手电筒关了。而后二人背靠在一起，暂且歇了。

这地下隔绝内外，也将各种声音屏蔽了去，偶尔能隐隐听到对面石壁内传来的水滴声。不知不觉间，二人相继睡去了。

朱锐睡了一会儿，醒来时，愈感这地下岩洞内幽暗吓人，忙打开手电筒，看了下怀表，想来已是清晨了，心中暗悔，不应该冒昧地进入这地下冰室。

石英也醒了过来，说道："朱大哥，好在是我们两个进来，若是一个人被困在这地下，怕是经不住黑暗中的恐惧。"

朱锐应道："是我大意了，没有防备随时有人会算计我。且再睡一会儿吧，保持体力。"

就这样，二人醒了睡，睡了醒，饿了吃，渴了饮，三天的时间，一晃过去了。

"不对头啊！"朱锐这才意识到事情的严重来，说道，"上面的人怕是将这地下冰室遗忘了，以为我俩不辞而别离开西夹荒了。再不找到这里，我二人真要被困死了。不能这么干等下去，坐以待毙不如另寻出路。"

"哪里有路可寻啊？"石英摇头道。

朱锐无意中摸到了旁边的那根铁钎，心中一动，然后拿起手电筒，朝对面的石壁上照了照，说道："这石壁内是空的，并且最上面是那口井，如果能凿开，就有希望到达井的底部。若没凿错地方，真的到了井底，就在井底再凿个口子，从井内就可以上去了。同时也查看下，石壁内的东西是否就是那根冰铁神柱。"

"是个法子。"石英闻之一喜，忙跳了起来，拿起铁钎先行凿那石壁去了。

朱锐见了，便拿着手电筒站在旁边为石英照明。

二人轮流凿那石壁。石壁坚硬，只能一点一点凿开，朱锐和石英的手都磨起了血泡，虽是不知石壁内的情形，但这是二人眼下能想到的唯一的出路了。

十多个小时过去了，石英一铁钎下去，终于凿出了一个窟窿眼来。

"凿通了！"石英见状一喜，手上加力，将那窟窿眼不断凿大。

待将石壁凿出一个脸盆大小的窟窿时，朱锐持手电筒朝里面照了照。黑漆漆的石壁内，果然存在着一处窄小的空间。不过，并没有看到什么柱子模样的东西。

洞口又扩大了些，可容人进出了，石英这才住了手，持着手电筒先钻了进去。但听得里面"咣当"一声脆响……

朱锐进去时，发现石英正怔怔地站在那里，手电照着脚前的地上，他的那把开山斧正贴在一块黑色的石头上，那块奇怪的石头，仅露出地面约两尺。整个空间湿漉漉的，地面上还有一些积水。

"不是什么神柱，而是一块天然的磁石。"朱锐蹲下去查看了一番。

"难道说是传说中的黑耀石？这里怎么会有黑耀石？并且还带有强烈的磁性？"朱锐抚摸着，惊讶道。

"什么是黑耀石？"石英问道。

"一种神奇的石头，宝石的一种。可能是远古时期火山喷发产生的一种矿石质。它的石片坚锐无比，古人曾用来制镞，也就是箭头，据说是无坚不破。奇怪的是，这块黑耀石竟然还有强烈的磁性，应该是罕见的异种了。"朱锐说着话，持手电筒四下照了照，发现旁边竟然有石块垒成的墙壁。

"真的是那口井的井底！"朱锐惊喜道。

"奇怪，张把头当年建此井，难道说是为了保护隐藏在下面的这块奇特的黑耀石？"朱锐疑惑道。

第三十章 被 困

石英用铁钎在那侧石壁上仅凿了几下，便凿开了一个窟窿，随即有清新的空气涌了进来，当是与那口井打通了。

"通了！"石英惊喜道。

"地上冒水了！"朱锐忽然感觉到有水侵上脚面，低头看时，发现在黑耀石的旁边有一股水正在朝上涌出。

朱锐同时感觉到，从地下涌出的水是温水，没有冰冷感。

"这应该是井水的源头。前些日子忽然间消失了，这会儿怎么又突然间冒出来了？石英，加快速度，我们必须赶紧从井里上去，否则这不断涌出的水会要了我们的命去。"朱锐惊急道。

"我知道。"石英也感觉到了事情的危险，加快了破壁的速度。

然而那涌出的地下水极速上涨，很快就没到了二人的脖子部位。

第三十一章　脱　险

一

朱锐脚下一滑，整个身体没入水中，手电筒掉进水里，失去了光亮。

而就在朱锐双脚蹬地，欲浮出水面的时候，他意外地发现水底下的那块黑耀石泛出了柔和的光晕，淡淡地散没水中。借着那光晕，他看到了旁边石英的影子。

他猛然浮出了水面，大口喘着粗气。

"洞口打开了，可以进入井内了。"石英的声音传来。

水流轻松地将二人送到了那口井的空间内。随着水位的上升，二人身体向上浮去。

待朱锐和石英二人浮升了三四丈后，上升速度立缓，随即停止。当是那地下水止了喷涌。

失去了手电筒，井内一片黑暗。好在井内不甚宽，二人可以手脚并用，支撑着井壁向上攀登。

此井甚深，也不知向上攀登了多高，就在二人体力逐渐不支的时候，头同时顶到了一样东西，那是一块石板。石英举手一托，好在那块石板不太重，移开后现出了井口。一股冷气涌入，夹杂着部分雪屑，灌进了二人的脖子里。雪屑随即融化成冰水，紧贴着肉皮顺后背流淌而下，端的是冰凉入骨，寒气侵体。原被温水浸透的衣服，立时变成了冰寒的水衣。

井口内望天，几点星光可见，时间是在晚间。

"终于从地底下逃出来了！"朱锐颤抖着说道。

二人互相搀扶着从井口出来，坐到了旁边的雪地里，随后俱是一怔——这里并不是张把头家，周围竟然是一片雪地和树林，只有一座孤零零

第三十一章 脱　险

的房子立在十几步外。

"雪神庙！"朱锐认出那座房子正是西岗上的雪神庙。二人出来的地方，也就是那口被石板遮掩的井口位置，就在雪神庙的后面。

朱锐、石英二人俱是一激灵，忙都站了起来。绕过雪神庙，前方的岗下，正是沉寂在夜晚中的西夹荒。

"太冷了，衣服一会儿就能冻硬了，先到我家去暖和一下吧。"石英说道。

"好……好啊！真是邪门，怎么会从雪神庙后面出来了？"朱锐疑惑万分。

二人从西岗上下来，走到石英家院门口的时候，身上的衣服已是冻得硬邦邦的了，寒气侵骨，二人实在有些坚持不住了。

二人勉强地进了屋子。

这边的动静已是惊醒了屋子里正在睡觉的杨把头。屋内灯光一亮，杨把头掌灯走了出来，眼前是两个全身湿透、浑身打战的年轻人。

"天呐！你们这两个孩子是从哪里过来的，怎么成了这个样子？"杨把头惊讶之余，忙上前帮助二人将衣服脱得溜光。

"快去热炕上暖和暖和，我再熬点姜糖水给你们喝。"杨把头说着话，先寻了几床厚被子为两个人盖上了。

"还是热炕头好啊！"朱锐长吁了一口气。

"看你们俩这副样子，应该是掉进黑龙潭的冰窟窿里了吧？不对啊……"杨把头忙活之余说道，"这个时候，冰天雪地，又要翻山越岭的，你们两个不可能从黑龙潭走到这里，半路上也要冻死了。"

"对了，这几天你们两个孩子去哪里了？"杨把头接着问道。

"干爹，我们哪也没去，一直就在西夹荒来着。"石英那边应道。

"你说啥玩意？"杨把头忙碌着从外间厨房进来惊问道，"一直待在西夹荒，这怎么可能呢？"

"杨把头，我和石英没了这些天，就没人找找我们吗？"朱锐问道。

"听屯里人说，有人看到你们两个出屯子了，以为办什么事去了，所以也没放在心上。想想你们两个在一起，也不会出什么事的。"杨把头应道。

"这话是谁说的？"石英忍不住从被窝里爬了起来。

"还真是不能确定是谁看见的，都是话传话，好像有好多人都看见你俩在那天的傍晚出了屯子。"杨把头说道。

"看来，是有人故意这么做的，是不想令大家找我们。"朱锐恍悟道。

"这到底是怎么回事啊？"杨把头疑惑道。

"干爹，那天晚上，我是和朱大哥到地下冰室了，没想到出来的时候，入口被人从上面用磨盘给堵死了。"石英说道。

"什么？你们俩真的没有离开过西夹荒？是有人故意要将你们困死在地下冰室？"杨把头一惊。

"是啊，有人想暗算我和朱大哥。好在我们在地下找到了另一条出路，只是想不到是从西岗上雪神庙后面的那口井里出来的。"石英说道。

"这会儿工夫，冰室及所有的地下空间应该都灌满水了。那水是温的，用不了几天，那些冰块也会被融化掉。只是再也进不去了。"朱锐说道。

石英那边则将事情的经过大概朝杨把头讲述了一遍。

杨把头将熬好的姜汤端过来给二人喝了，然后说道："看来是有人一直在暗中监视着朱少爷的一举一动。你和石英进入冰室，给了对方机会，想将你二人困死在里面。我也在纳闷，石英这孩子怎么不和我打声招呼就走了呢。那些谣传你们两个离开屯子的人，是不想让大家伙在屯内寻找你们，否则冰室入口的那几盘石磨很快就会被人怀疑上的。"

"西夹荒有好几处地方都有温泉眼子。你们是触动了一处温泉了。"杨把头随后说道。

"杨把头，石英……"朱锐犹豫了一下，说道，"既然是我和石英离开了屯子，大家也都相信了这件事，此番回来，也应该没有人发现。不如这样，我们两个再消停几天，藏在这里不现身露面，以静制动，看看那些人会搞出什么动静来。"

"是个好主意！"杨把头点头道，"我对你们俩放心，一开始就没打算去找。只是没想到事情如此复杂，且再隐藏几天也好，观察一下屯内的动静。"

朱锐说道："有人一直希望我离开西夹荒，并且不惜使出下三烂的手段。由此看来，我已经成了某些人眼中的障碍了。只是不明白，他们的目标到底是什么。西夹荒的地上地下都隐藏着许多不为人知的秘密,只是不知是什么人,寻找哪一个了。"

二

第二天,朱锐、石英二人一直睡到晌午才醒来。

此时杨把头坐在炕沿上抽着烟袋,旁边的炕桌上摆满了可口的饭菜,两套石英的衣服摆在二人的枕侧。

"天还没亮的时候,我去雪神庙后面看了一下,原先的枯井里又有了水,还冒着热气呢。为了不让人怀疑上,我将那块石板又压在了井口上。原来就听人说过,那里有口枯井,想不到连着地下冰室。"杨把头不紧不慢地说道。

"杨把头好细心!昨晚走得急,忘记了。"朱锐穿上了衣服,佩服道。

"昨天倒是有桓德源的人来问过消息,我说石英也是没打招呼就走了,不知去了哪里。"杨把头说道。

"对方做事周密,散布我二人离开西夹荒的消息,防止有人寻找,也许还有后着呢,所以这几天,我们不便现身。"朱锐和石英吃着饭菜,不免呈现出忧虑来。

杨把头说道:"算起来,你们俩失踪四天了。就在前天,西夹荒还来了一队东北军的官兵。"

"东北军的人来了!到谁家了?"朱锐闻之一怔,将送到嘴边的一块肉停了下来。

"街上各家的铺子都走了一遍,好像在找什么人。后来走了一圈,便离开了。"杨把头应道。

"来了多少人?"朱锐问道。

"有四五十号人吧。全副武装,荷枪实弹。一名带队的军官还独自在桓德源里待了一段时间。"杨把头应道。

"哦?!"朱锐的眼中闪了一下。

"莫不是来找朱大哥的?朱大哥的快枪应该是传出声去了。"石英说道。

朱锐端起碗，低头喝了口热粥，说道："军方的人出现在这里，一定是在执行什么任务。至于和桓德源的人说了些什么，只有回去才能知道了。看来躲在这里还不是个事。不行，一会儿我必须回桓德源去。如果军方的人介入到西夹荒的事情中来，就更复杂了。"

朱锐说完，放下了手中的碗，然后说道："不过，只能在天黑后才能回去，这几天尽量不现身，令暗算我的人真以为我从地下出不来了。但此事也仅能瞒上几天而已。"

"不过，几天也就够了。对方一定会有所动作的。"朱锐缓声说道。

"只要你一在桓德源现身，西夹荒的人很快就会知道你回来了。不如我去桓德源唤个人到家里来问问。"杨把头说道。

"也好。就请杨把头唤刘来到家里吧，不过也要等天黑了再去唤他。并且他来了之后不能再回去了，也要和我一起在这里待上两天，才不至于泄露了我的行踪。杨把头就和桓德源的人说，找不到石英心急，要和刘来一起出去找我们就是了。"朱锐点头应道。

杨把头说道："我这院子少有人来，关在屋子里不露面，没人知道你们在这里。天黑后我就去叫刘来，也令他'失踪'两天就是了。"

晚上，天色全黑的时候，朱锐和石英正倚在炕上嗑着瓜子、核桃。外面门声一响，杨把头先走了进来，后面跟着一脸茫然的刘来。

"少爷！你……你怎么在这里？"刘来意外之余，惊喜万分。

朱锐笑道："我怎么就不能在这里？"

"你和石英不是出门了吗？走的时候为什么不告诉我一声啊？"刘来呈现出一脸的关切。

"办点急事，来不及告诉你了。对了，这几天桓德源有什么事吗？"朱锐起身问道。

"少爷莫名其妙地走了，没个消息，令大家好是担心。前天屯里来了一队官兵，那个当官的到桓德源找掌柜的，伙计们告诉他掌柜的不在。"刘来应道。

第三十一章 脱　险

"对方点名找谁了吗？"朱锐问道。

"那倒没有。"刘来说道，"只是那个当官的在桓德源四下里打量了好一阵，好像不相信掌柜的不在家。"

"他让人搜过桓德源了吗？"朱锐问道。

"没有，始终客客气气的，待了一会儿也就走了。"刘来说道。

"是这样。"朱锐眉头皱了一下。

"对了少爷，你走的这几天，你的房间里好像去过贼。"刘来随后说道。

"好像？什么意思？"朱锐一怔。

刘来说道："少爷不辞而别后，我将房间整理了一下。后来发现有几处地方好像是有人动过了。对方应该是从窗户进来的，屋内的窗台上有雪水的痕迹。我查过了，并没有丢失什么东西。"

"知道了。"朱锐点了下头，未感到太大的意外，因为之前就曾有不速之客光临过。

"少爷，这几天你去了哪里啊？让我好是担心。"刘来一脸的忧伤和不满。

"事情有些特殊，日后再和你说吧。对了，这两天我们就待在这里，不得出屋子。"朱锐吩咐道。

"这是为什么？"刘来一脸的惊讶。

"以后再说，安心地住在这里便是。"朱锐命令道。

刘来虽感茫然，也不敢再问下去了。

"这事对屯里的人来说，只能瞒上两天。"杨把头那边说道。

"有的人已经知道我在这里了。"朱锐说道。

"屯里是有几个人精，什么也瞒不住他们。不过，应该能瞒过你的对手们。"杨把头说道。

"只是，目前我还不知道我的对手是何人。"朱锐摇头苦笑了一下。

"对手未必就是敌人，只是不想令你介入到他们的事情中来。但是他们为此做了出格的事，便成了你死我活的敌人了。"杨把头说道。

"朱少爷又何必介入到他们的事情中来呢？脱身自去，免得惹来麻烦不是挺好吗？"杨把头随后意味深长地说道。

"我脱身不得了。在冬猎之前,我或许能全身而退,但是现在不能了,此时想走,有些人也不会令我安全离开的。并且,我也不想走了,我倒是想看看,西夹荒到底有什么事情才是那些人的终极目标。"朱锐淡淡地说道。

杨把头摇了下头。

"那些人就不应该惹朱大哥。尤其是知道了朱大哥的本事后,更应该避开才是。"石英那边说道。

朱锐笑道:"你的开山斧劈了熊,必然会惊了虎,自然而然地将你当作了威胁。本事大了也不是什么好事,容易惹来麻烦。当然了,你我不是怕麻烦的人。"

石英笑道:"重要的是,我们是解决麻烦的人。"

朱锐闻之一笑。

杨把头那边则摇了摇头。

第三十二章 终极目标

一

年关将近,西夹荒呈现出喜庆的气氛来,最为高兴的还是那些孩子们,在屯子内嬉戏疯跑着……

不过,另一种阴霾还是笼罩在一些人的心头。"不辞而别"的朱锐和石英"失踪"六七天了,还没个消息,而随后桓德源又莫名其妙地走失了一个人,终是令一些人产生了疑惑和忧虑。

然而,西夹荒居住的毕竟是一群特殊的人,每个人都装作若无其事,静待事情的变化。

朱锐暂且静伏不出的计划其实是在给对手一种心理上的困惑,不知道暗算自己的敌人是谁,要在这个游戏上增加一份迷雾。在第七天,朱锐和石英公然地走在了屯内的街道上,并且不时地和人们打着招呼。

朱锐、石英二人出现的时候,看到他们的人,感觉到了意外和惊喜。而他二人也一副若无其事的样子,好像真的离开了西夹荒几天,又回来了。

朱锐在暗中观察着一些人的变化,还是在几个人的眼神中感觉到了一丝异样来。

这件事情,就在暗流汹涌,表面却是平静中度过了。

朱锐和石英去冰室的入口处查看了,三盘巨大的石磨叠压在入口上,显然没有四个人以上的力量,是搬移不来这么重的石磨的。

石磨下有水渗出,是那地下的水溢了出来,整座冰室及地下空间此时都已被那地下水占满了。

事情虽是有惊无险,但朱锐还是心有余悸,知道自己是运气好,得以另寻出口逃出升天，否则后果不堪设想。

此事也给了朱锐一个警示——在西夹荒，凡事不可过急。于是，他安下心来，准备平稳地过一个年。他知道，只有西夹荒的雪融化尽之后，一些人才会有真正的动作，而自己这边尽可能地不去逼迫他们提前行动。

新年终于到来了，西夹荒因冬季猎场的收获迎来了一个大丰收年，所以今年的气氛比往年都要热闹些。

年三十和大年初一，和兴饭馆的马大勺烧煮出了整套的全鹿宴和山水席，令西夹荒的男女老少饱尝了人间的美味。冬季猎场的存在，令西夹荒人团结成了一个集体，虽然各怀心思，但大家伙表面上还是客客气气、友好相处的。这种和谐的状态，还真是没有人忍心去打破。

正月过后，天气明显转暖，雪原上的雪层开始融化了。一个丰收的冬季即将过去，天暖雪融的同时，一些人的心，却开始逐渐地变冷。西夹荒的这个冬天，发生了太多变化，已是令一些人等待不及了。

冰室入口的石磨不知被什么人移开了，似乎是为了查看下面的情形。虽然水位下降了三尺多，但地下空间仍旧被水占据着，还是入不得人。

张把头家院子里的那口枯井也在惊蛰这天井水复现。

一大群各色山鸟盘旋在西夹荒的上空，两天后才散去。消失了许久的狼群也在附近的山林里嚎叫了数日，然后才离开。

雪风口处无故起了一阵大风，折断了不少树木。

一切都显得异乎寻常。

西夹荒人开始紧张起来，没有人知道接下来会发生什么。

大地，开始将储藏了一冬天的能量释放，加上太阳的光照，雪原上的雪融得极快，整座冬季猎场，每天都在大规模的"坍塌"中。

虽是春天来临，却没有人感觉到暖意。每个人的眼中都充满了复杂的冷色，不知道他们都在期盼着什么，好像饿极了的狼群，等待攻击它们的猎物。

雪融尽了，人心却冷了下来。

第三十二章 终极目标

"这个春天，西夹荒真要发生大事了。"朱锐心中忧虑道。

奉天的家里来了一封电报，催促着朱锐返回奉天，说是原来的掌柜刘茂才就要回到西夹荒了，他这个代掌柜可以离职了。

"也许他回来了，大戏才会真正地上演。"朱锐将电报拍在了桌子上。自己已成为这个大戏中的一个重要的角色，怎么能在这个关键的时刻离开呢？

大地换装，草木吐绿，一片春意盎然。冰化河开，溪水流深。春天的西夹荒，显得生机无限。

朱锐没有等来刘茂才，却等来了一个风尘仆仆的陌生人。

这天傍晚，桓德源正要关门，一个脸色疲惫的中年人走了进来。

"掌柜的在吗？"中年人问道。

"找哪个掌柜的？"一名伙计上前迎道。

"少东家朱少爷。"来人应道。

"找我家少爷何事？"刘来那边闻声过来。

"我从奉天来的，有重要的事情找朱少爷。"来人应道。

刘来听了一怔。

楼上房间里，中年人坐在朱锐的对面，端起碗喝了几大口茶水。

"阁下从奉天来的？找我有什么事？"朱锐问道。

"我叫赵立，是赵玉堂的亲戚，是他让我来找你的。"赵立说道。

"赵探长！"朱锐一惊而起。自己在西夹荒等了这么长时间，终于等来了赵玉堂的消息。

"赵探长他人现在何处？怎么会让你来？"朱锐疑惑道。

"他自去年秋天来这边办事，就一直没有回奉天。奉天警署那边已将他作失踪人员处理了。"赵立摇了下头感叹道。

"你说什么？赵探长他……他失踪了？从去年秋天就没有回过奉天？"朱锐惊骇道。

"是啊！"赵立叹了口气。

"既然赵探长没有回奉天,又怎么会让你来找我?"朱锐惊讶道。

"事情是这样的,"赵立说道,"去年的时候,我曾接过他的一封电报,让我帮他查一些事情。电报中交代说,若有意外,可去奉天的桓德源找朱少爷。后来我去南方办事,与家里断了联系,一直没有回奉天,一个月前才回来,这才知道他失踪有小半年了,猛然想起来他让我找你的事。可是奉天桓德源的人说你在西夹荒这边,于是我就找来了。"

"赵探长这么久没有消息,难道出事了?"朱锐一惊。

二

意外得到赵玉堂失踪的消息,令朱锐感到万分震惊。由此看来,去年秋天,赵玉堂和自己在桓德源见了一面,离开西夹荒后,便不知去向了。

朱锐让刘来在汇友客栈安顿了赵立,一个人站在房间的窗前,望着前方的雪风口,沉思许久。

一个人莫名其妙地失踪了这么久,应该不会再有他的消息了。昔日,赵玉堂出现在西夹荒的时候,已是引起一些人的注意了。或许,他已经长眠在西夹荒附近的某片山林里了——这种情况,以前就曾发生过。

"我还是低估了一些人。为了排除障碍,他们是不择手段的。"朱锐暗里叹息了一声。

"赵探长在来西夹荒之前,或许就已经被人注意上了,因为他的目标是这里。一些人虽然住在西夹荒,但是他们的触角伸得很长的。"朱锐寻思道。

"西夹荒隐藏了很多秘密,地上和地下都透着诸般古怪。那些人似乎都有着不同的目标,但似乎也有着一个共同的终极目标,那个终极目标是什么,竟然令那些人隐姓埋名,在此潜伏了这么多年?

"或许,那个终极目标并不在西夹荒屯内,而是在附近的山林里。"朱锐望向了雪风口上面那座云雾笼罩着的,山势绵延而去的棒槌岭。

"那些人守的东西,或许不在西夹荒内,而是在那座山上?那首神秘的童谣中所隐含的信息,好像也就剩下这座棒槌岭了。"朱锐心中一动。

"看来,有人一直在这个地方布一个局,而且是套局中局。从目前情

第三十二章 终极目标

形来看，一些人也在互相布局。所以即使之前连破了几个局，却仍旧被困在这连环局中。"朱锐似有所悟。

一开始，朱锐以为潜伏西夹荒的那些人，目标只是前清秘贡。但是秘贡的出现，也仅是令少数的几个人离开了，还有那两个日本人丢掉了性命。事情发展至今，越来越扑朔迷离。

忽然间，朱锐隐感自己似乎忽略了什么东西。那就是五六百名土匪围困西夹荒，不仅是为冬市上那些钱财，也不应该是为一头鹿的标本，一定是为了更重要的东西。大帅府和那两个日本人的目标是前清秘贡，卢深和那几名深藏不露的大萨满的目标是那根神柱，而张把头和万把头的目标则是另外的东西。

留下来的那些人的目标都是那一件东西，也就是他们的终极目标。土匪们的目标或许也一样，只不过被自己的快枪惊退了去。但是，土匪们只是暂时性地退却而已，若有可能，仍会复来。朱锐心中一凛。

自己过早地暴露实力了，但在当时的情况下，那也是不得已而为之的事。

长白山钟灵毓秀，每每隐藏着天精地宝、奇珍异兽。如果那些人的目标不是以前某个王国遗留下来的秘密宝藏，就一定是出自长白山中的一样奇异珍宝了，冬季猎场上引来的那几种奇禽异兽，以及那头罕见的蓝睛白鹿，就已经是佐证。

前清政府封禁长白山二百余年，使一些宝物没有现世的机会。现在，前清既亡，就给了一些人窥视珍宝的机会。若非宝物，又能是什么呢？

眼前的一切，仍是一团迷雾！

晚饭，朱锐是和伙计们在楼下用的。

朱锐对刘来说道："我让你注意一些人的情况，可有消息了？"

刘来应道："自打天气一转暖，山上草木见了青气，屯里的一些人便开始频繁地上山了。万把头基本上每天都是早出晚归，始终是雪风口中间的棒槌岭。张把头师徒几个人更神秘，几乎是闭门不出，但是前几天，几个人也上了趟雪风口，目的不明。另外，汇友客栈的唐掌柜、车店老板唐绍良、赵老五、孙裁缝、冯木匠他们，也都从雪风口方向上过山。每个人都显得神秘兮兮的。"

"春天，是草木发芽，万物呈现生机的时候，也是一切事情开始发作的时候。"朱锐感叹了一声。

"对了少爷，家里来信说，二叔就要回来了，我们也应该回奉天了。什么时候走啊？"刘来那边问道。

朱锐沉声道："估计不错的话，我不走，你二叔就不会来。"

他起身又道："给我约下将大炮。"说完，上楼去了，留下了一脸迷惘的刘来。

房间内，将伟坐在朱锐对面。

朱锐说道："大炮哥，现在的西夹荒，已是危机四伏了。现在，我谁也信不过，只信你们兄弟两个。"

"为何只信我们兄弟？"将伟问道。

"因为你们兄弟俩是长白山里的猎人。"朱锐应道。

"说吧，朱少爷，让我兄弟俩做什么事？"将伟说道。

"不做什么事，只要如实回答我一个问题就行。"朱锐说道。

将伟犹豫了一下，说道："你问吧，只要是我知道的。"

朱锐笑了一下，说道："以你兄弟俩的性子，应该是行走在山林里，不应该长时间地守在这里。我问过了，你兄弟二人入住西夹荒后，就没再往远处狩猎过，仅是在西夹荒附近的山林里打围。能否告诉我，你们兄弟俩这么老实地待在西夹荒，到底在守护着什么东西？又是在为谁守护？"

将伟听了，脸色变了变，尴尬地笑了一下道："朱少爷，你这是说的哪里话？我兄弟俩这一辈子只为自己做活，没给外人做过事的。"

"大炮哥，每个人都有自己的秘密。我本不想过多地知道别人的私事，但是眼下的情形，不得不找你来直接告诉我事情的真相了，因为再拖延下去，会出大事的。事关很多人的生死，还请如实相告。"朱锐双手抱拳，诚挚地说道。

将伟站了起来,望了朱锐一眼,感慨道:"我知道,朱少爷和那些人不一样,所做之事都是为了西夹荒人好。但是,我真的不知道要告诉你些什么。"

"好吧,大炮哥可能对什么人有过承诺,我也不为难你。且让我猜测一下,如果猜对了,你就不吱声,也算是信守了对别人的承诺。"朱锐说道。

"你……你你,你随便吧。"将伟脸涨得通红,显是个不会说谎的人。

"好,那我就猜了。"朱锐一笑道,"你守护的东西,应该是从长白山里出来的。"

将伟听了,撇了下嘴,未应声。

朱锐接着说道:"那件神秘的东西,如果是种鸟兽,应该是比蓝睛白鹿还要神奇吧?"

将伟听了,摇了下头,随后意识到了什么,忙停止了动作。

"哦!那看来不是什么稀奇古怪的动物了。难道说,是一种珍奇的植物吗?"朱锐说道。

将伟似乎得了刚才的经验,面无表情地坐在那里,但是嘴角仍旧抽动了一下。

第三十三章　风口流雾

一

　　将伟虽然没有透露具体的信息出来，但有一点朱锐是肯定的，那件神秘的终极目标，是出自长白山中的一样神奇的东西。
　　这个时候，朱锐才猛然意识到，现在的西夹荒，大体上可以分作两伙人了：一伙人是在暗中保护那样东西的，另一伙人则是前来寻宝的。将氏兄弟就是护宝的那伙人。
　　赵立住了两天就走了。朱锐在他那里没有探听到其他的消息，赵玉堂就这样神秘地失踪了。
　　为了赵立的安全，朱锐请大车店的唐绍良出了辆马车，另派了桓德源一名伙计陪同，一直将赵立送到了朝阳镇。

　　山里的空气本就清爽。又因为昨天晚上下了场小雨，今天早晨的空气愈加清新，周围山林中，更是升腾起了团团的雾气来，慢慢地将西夹荒围罩起来。尤其是雪风口上，因气流引动，汇聚了两道山谷中的雾气，最是浓厚，笼罩半空，团团滚动。浓重的雾气，开始朝西夹荒压下来，若大堤崩溃一般倾泻下来，涌向屯内，场面蔚为壮观。
　　此时朱锐和一些人正站在街面上，享受着这山里的清新空气，不知谁喊了声："雪风口上有雾流淌下来了！"
　　众人抬头看时，才发现雪风口上的雾气异动。
　　"竟然又出现了风口流雾！有几年没见了！"张把头那边惊叹道。

第三十三章 风口流雾

万把头脸色变了变，大声喊道："流雾下来了，大家伙赶紧各归各家，闭紧门窗！记着，无论什么东西叫门，都不要开！"

街上的人群一惊而散，似乎对这种自然奇观无暇观赏和感受，且避之犹恐不及。

西夹荒人利用西夹荒得天独厚的雪，人为地在雪原上创造出了壮观的冬季猎场，以及东北地区独一无二的冬市。而这"风口流雾"则是西夹荒独有的，在各种条件的综合作用下形成的自然奇观，可遇不可求，三四年才偶然地出现一次，十分罕见。

西夹荒此番所呈现出的自然奇观，又一次丰富了朱锐的想象力。在这小小的西夹荒里，无论是人还是自然，一切都不是他曾预料到的。

浓厚的雾气似乎从天而泻，滚动着，瞬间充满了西夹荒房屋外的所有空间，又似高山雪崩一般，掩埋住了一切，虽然没有破坏力，但那种突然从天而降的骇人气势，还是令人感觉到了恐惧。走得慢些的人，立陷浓雾之中，便是相距三尺左右，都已是辨别不清对方面目了。

人们躲避进了屋子里，关紧了门窗，好像雪风口上流淌下来的这股浓重的大雾，不仅是寻常的雾气那么简单。

回到房间的朱锐望着窗外从雪风口上喷涌滚动下来的弥天大雾，想起万把头刚刚在街上朝众人的示警，也感觉到了一种不安。他命令刘来将床底下那只箱子内的枪支搬到楼下与几名伙计分了，吩咐道："守住前后门，若是有人或不明物硬闯，立即开枪阻拦，勿令其闯进屋子为是。"

朱锐自己则持枪临窗而立，密切观察着外面的动静。

楼下的伙计们心中立时一紧，已是进入了临敌状态。

本是阴天，外面浓厚的大雾令光线暗淡了下来，更是增加了诡异的气氛。

浓雾中，隐隐传来种种奇怪的声响，似鸟类的凄鸣，又若兽类的悲吼，偶然又夹杂着孩童的哭泣声，也许是那滚动的雾气引起气流风动经过孔隙所造成的异响。

朱锐所担心的，是有人趁此大雾之机，做出不必要的动作来。

忽然，外面变得安静起来，静得可怕。应该是浓重的雾气充塞了西夹荒所有的外在空间，达到了一种饱和状态，不再有气流涌动。雾和时间，仿佛都突然间静止了、停滞了，唯有玻璃窗上，雾气在外层面凝聚成了水滴，顺着玻璃流淌下来。

这种可怕的宁静持续了半个多小时，而对西夹荒人来说，是比一年还要漫长。

窗外的雾气忽然间被扰动起来，一个浅淡的黑影一闪不见，有不明物体接近了桓德源。

朱锐见了，心中一凛，握紧了手枪。

"哒哒哒……"楼下传来了冲锋枪连续射击的声音，当是一梭子子弹打了出去。

清脆的枪声破雾而去。外面，又恢复了可怕的宁静。

"少爷！"刘来惊慌失措地跑上楼来，上气不接下气地说道，"刚才……外面有什么东西在撞后门，我让人朝门板上放了一梭子，便没动静了。那……那东西不是被打死了，就是受伤跑了。"

"做得很好，继续戒备。"朱锐吩咐道，双眼仍旧盯着窗外的雾气。

刘来应了一声，一脸惊讶地下去了。他第一次发现朱锐如此紧张。

此时的朱锐，不仅是紧张，还伴随着恐惧。

窗外的雾气里，距离他这边数米外的半空中，模糊地飘浮游动着一群不明物体。隐见其形，状类梭镖，面目不辨，均高尺余，直立那里，有七八只的样子，且在不时地变换着队形。

朱锐未敢开枪，一是不明对方状况，二是不能开窗射击，以免对方乘机扑进屋子里来。

"吱吱……"不明物体中的一只发出了一种奇怪的声音，似乎感觉到了屋内人的敌意。

于是，这一群不明物体缓缓朝后退去，在雾气中隐去身形，不见了踪影。

就在朱锐刚要舒一口气的时候，突然间，窗外的雾气中，几乎贴着玻璃窗，有一条三丈多长的黑色条状物体快速游过——也或许是这东西吓走了刚才那群怪异的不明物体。

"蛇？！是一条大蛇吗？不可能，蛇怎么能在空中游走？"朱锐惊骇道。

忽然间，光色一暗，又有一物竟然直接贴在了玻璃窗上。那是一张奇怪而恐怖的毛脸人。面目虽若人脸，却因贴在玻璃窗上被挤压得变了形，尤显得狰狞可怖。

朱锐被那条类蛇的东西惊得还未缓过神来，再见到这张恐怖的怪脸，骇然之下，后退数步，举枪欲射。理智终令他止住了要扣动扳机的手指，因为这一枪射出去，接下来不知道会发生什么事情。

好在那人面怪物接着朝后一仰，弹跳去了。

二

冷汗湿透了衣服，朱锐双手举枪，仍旧死死地盯着窗外。"风口流雾"，这雾生于棒槌岭，始于雪风口，来得蹊跷，出得古怪。最令人不解的是，随雾而来的，隐藏在浓雾里的那些令人恐惧的不明生物。小小的西夹荒，竟然能生出这么多奇异的事情来，实在是匪夷所思。

或许，朱锐自来西夹荒所见到的一切怪异事件，都与众人寻找的那个神秘的终极目标有关。应该是那件神秘的东西，引来的这一切。就好比那头蓝睛白鹿，作为长白山里神秘的鹿王家族，所散发出去的异样气息，为冬季猎场引来了长白山里的大批鹿群。而这又是一种什么样的天精地宝呢？竟然引来了长白山里如此众多的奇异的不明生物。

窗外的雾显得愈来愈浓厚，整座西夹荒全部陷入其中，昏茫一片，不辨方向。似乎整个世界都被这浓雾紧紧地包裹着，无法摆脱，令人窒息。

朱锐从开始时的担心有人趁大雾弥天时有所行动，转变为现在的害怕那些不明生物会侵入屋子内了。好在那些不明生物似乎也怕人，只在外面的雾气中游走，并未有侵入屋内的意图。

朱锐此时有意无意地转头瞟了一眼北侧的窗户，忽地一惊——一个黑影原本贴在窗外下面，窥视着屋内，就在他转头望向这边的时候，那个黑影赶忙缩避。

朱锐持枪冲向北侧窗户，看到一条模糊的人影隐在浓雾中不见了。可以肯定的是，那是一个人影，只是在浓雾之下，还来不及看清他的身形。

果然有人乘浓雾行动了。可又是什么人会有这么大的胆子，敢在诸多不明生物游走的雾气中行动？难道说，这个人是在浓雾中寻找什么东西？

可又为何来窥探自己？这些，实令朱锐迷惑不已。

朱锐此时犹豫了一下，忽然推开了北侧窗户，翻窗而出。凭借记忆，他在雾气中摸索到了可搭手的地方，从楼上的窗户上顺到了院子里，然后持枪向前警戒而行。

在目前的情况下，他必须要确定这个人的身份，只要盯住这个人，就能打破目前的迷局。所以，他不得不冒险一试。这个时候，此人敢在雾中走动，说明那些不明生物已经离开了。对方能在雾中行动，自己也能。

朱锐持枪，小心翼翼地在雾中摸索着缓慢前行。他判断着院子内的方向以及院门所在的位置。对方如果要离开，一定会走院门的。自己出来得及时，对方应该还躲藏在院子内的浓雾里。

院门位置找到了，院门侧掩着，对方应该是从院门进来的。

朱锐暗吸了一口气，平缓了一下紧张的情绪，持枪站在院门的门板后面。只要自己不动，对方很难发现这里隐藏着一个人。

前方的雾气有了波动，一个模糊的人影朝这边摸索着过来了。

"果然不出所料，你还未来得及走掉。"朱锐暗中一笑，将手枪缓缓举起，对准了那个人影。

人影越来越近了，身形也越来越清晰。

"杨把头！天哪！怎么会是他？"朱锐惊得差一点喊叫出来。

朱锐躲藏在门板后面没有动，望着杨把头从自己身边走过——此时的杨把头是蒙着面的。实在看不出来，一位上了岁数的老人，竟然还能在这种大雾中身形矫健地攀到二楼的窗户上。

"他是木帮的把头，东北的三大行帮全部聚集到西夹荒，现在看来不是巧合，而都是有目的的。可怜的石英，至今还被蒙在鼓里，不清楚他这个干爹也是个有故事的人。隐藏得真深啊！如果不是亲眼所见，怎么也不会相信这位令人尊敬的杨把头，也早已暗中参与到整个事件中来了。"朱锐暗中感慨万分。

"这个神秘的杨把头，不会仅仅是乘大雾来桓源德观察我一会儿吧，他或许是跟踪雾气中的什么东西过来的。那个东西怎么会到桓德源来？可是刚才看到的那些不明生物中的一种？"朱锐疑惑不已。

周围突然变得明亮起来，当是太阳升起来了，太阳光正在驱散着

第三十三章　风口流雾

浓雾。

杨把头的突然出现，令事情更加复杂了。朱锐虽然没有看到他的容貌，但是看身形，刚才这个人确定就是杨把头无疑，朱锐相信自己的眼力。

"看来西夹荒的男女老少，每个人都有自己的目标，包括我自己。否则，没有人能随随便便地就入住进西夹荒的。"朱锐摇头苦笑了一下。

雾气开始淡化，人站在雾气中，呼吸也开始变得顺畅起来。

"西夹荒的事情，就如这场浓雾一样，令人难破谜团。"朱锐暗中感叹道。

阳光普照，风吹雾散。这场弥天的大雾，来得急，去得也快。

开始是周围房屋的轮廓呈现出来，接着那雾气被风一吹，四下飘散去，游过东西两岗，复融进山林中。整座西夹荒像被雾气沐浴了一番，万物刷新，一座清新亮丽的村寨呈现出来。唯有雪风口上的雾气还在空中弥漫。

一道彩虹显现出来，横跨东西两峰，浮架雪风口之上。

"西夹荒这个地方真美啊！"走上街头的朱锐不由赞叹道。

就在这个时候，雪风口那边，还残存的雾气之上，彩虹桥之下的半空中，隐隐约约地开始呈现出一幅景象出来。

先是几座楼台建筑的影子在东侧出现，接着西侧又出现了几栋房屋，下方又隐现湖泊小桥。"咦？这半空中是哪里来的景象？"朱锐见之一怔，继而一惊："海市蜃楼！"

雪风口上方，空中的彩虹桥之下，竟然呈现出了一幅海市蜃楼的别样景致。

那空中的景象愈来愈清晰，如在近前，鸡犬相闻，亦真亦假，似梦若幻。

朱锐站在那里，一时间惊得呆了，茫茫然不知所以……

第三十四章　灵　参

一

雪风口上空的海市蜃楼景象，维持了几十秒后，若风吹云，淡化而去……

"少爷！"身后传来了刘来的声音。

"刘来，你快看……"当朱锐欲叫刘来一同观赏那海市蜃楼奇景时，才发现那景观已消失不见，唯留有一道彩虹横挂那里。

"彩虹啊！好漂亮啊！"刘来惊叹道。

朱锐本意不在此，然而此时不见了那海市蜃楼，手指抬了抬便又放下了。

"少爷，你怎么出来的？"刘来一脸迷惑。他没有看到朱锐从楼上下来，待他上楼发现了不见了人，才慌忙出来寻找。

"看到雾散了，便出来了。"朱锐应了一声，未作详解，便回身走去。

回到房间内，朱锐坐在椅子上，寻思着刚才所发生的一切。

"雾源于山林中的水汽，在地理环境的作用下从雪风口流淌而下。但是雾气中出现的那些不明生物，应该是没有道理的，雾气中也不应该出现这些莫名其妙的东西。尤其是那些东西与杨把头先后出现，当是有关联的。难道说，是杨把头施展出一种江湖把戏来试探我的，否则他何以躲藏在后面观察我的反应？这是个莫测的高手！不知是护宝一伙的，还是寻宝一伙的。因为难定我来这里的目的，所以才趁此大雾之际，施术试下我的反应。只是他没有想到，我敢趁大雾潜下楼去，发现了他的身份。应该是这样了。"朱锐心中寻思道。

"本来认为最简单的一个人，却是最为复杂的一个。如此看来，西夹

第三十四章 灵 参

荒的这些人，无论老少，每一个人都不能轻视的。"他心中一叹。

"海市蜃楼！当年那个打牲乌拉衙门的官员伦图，看到的不仅仅是辉发山市，还应该有这里的西夹荒市。是了，他也一定看到过这里出现的海市蜃楼。或许与辉发山市看到的是同一种景象，所以才在这里设下一座驿站来。那么，刚才出现的风口流雾，以及海市蜃楼是否与那件神秘的宝物有关联呢？历史上，这里是人迹罕至的、虎狼出没的大森林，那件众人所惦记的宝物，难道说是原来就生长在这里的，而不是人为藏在这里的？所以，那些人来此多年，也未能得手。"朱锐心一动。

"那东西隐藏在哪里呢？又会是什么样的宝贝呢？"朱锐又陷入了迷茫之中。

"少爷！"传来了刘来的敲门声。

"大萨满卢深先生传话来，请少爷黑龙潭一行。"刘来进来说道。

"黑龙潭！"朱锐心中一动，接着恍悟道，"我怎么将注意力集中在这里了，真正的秘密，或许隐藏在黑龙潭那边。"

在将氏兄弟的陪同下，朱锐、卢深几个人出了雪风口，来到了黑龙潭东岸边。

黑龙潭是火山喷发留下的一处奇特的远古遗迹，湖面有50多公顷，碧水沉寂，好似世界的本来状态。潭里最深处达150多米，无论旱涝，水位始终保持不变。有巨大礁石突出水面，谓之"湖心石"。西南两面是50多米高的悬崖峭壁，东面古树参天。此处风景奇绝，四季迥异。阳春三月，草长树绿，山花烂漫；夏季漫山葱郁，林密叶茂，天水一色；秋天最为奇幻，枫叶罩山，野果挂树，仙境如画；数九寒冬，水冻成镜，玉树琼枝，林海莽莽，雪飘千里，令人不辨东西。怡人之时，来此赏玩，云腾雾起，感觉如飘似浮；百鸟争鸣于林间，鸳鸯戏水于潭上；峰峦叠嶂，巨石突兀，山水相映，人间之胜境也！此地虽是深处山中，交通不便，也引得一些性喜游玩之人慕名而来，流连忘返。

朱锐知道卢深此次请他来黑龙潭是要观看什么，所以展目望去，忽地一惊——对面山水相合之处，夺天工之巧，竟然呈现出一位端庄的、五官俱备、神采溢然地横卧在那里的人面像来。

"长白山女神像！"朱锐惊呼道。

卢深笑了笑，说道："这就是隐藏在黑龙潭的长白山女神像。"

"等等……"朱锐忽然惊讶道，"这尊长白山女神像，怎么这么熟悉？我好像在哪里见过……"

"是了，在雪风口上空出现的海市蜃楼里，我刚才看到过这尊女神像。"朱锐恍然大悟。

"海市蜃楼！什么海市蜃楼？"卢深和将氏兄弟听了，俱是一怔，面呈迷惑。

"那场大雾之后，在雪风口上空出现了海市蜃楼。不过那里面的长白山女神像是立着的，黑龙潭这里的女神像是躺卧着的。"朱锐说道。

"雪风口上空出现过海市蜃楼？不会吧，便是风口流雾奇观，也是数年难得一见，没听说过雪风口那边出现过海市蜃楼的。"将伟说道。

"虽然出现得很短暂，但是在雪风口上空的确出现了海市蜃楼，我刚才亲眼看到的。"朱锐说道。

卢深惊讶道："雪风口上空出现了海市蜃楼，并且长白山女神像出现在里面，倒是奇事一件。"

朱锐茫然道："你们的意思，雪风口上空出现的海市蜃楼，大家都未曾见过，只有我一人看到了？"

将伟点了下头说道："如果朱少爷没有说谎，那只有你一个人见到了，并且这么多年我也没有听人说起过在西夹荒还能看到海市蜃楼的，要说在辉发山上看到辉发山市，倒是有可能。"

"我再问下，风口流雾之时，大家可曾在浓雾中发现过什么异常吗？"朱锐忙问道。

"仅是一场大雾而已，又能有什么异常来？只是那雾来得有些可怕，所以人都不敢出去。"将伟摇头道。

"你们就没有在雾中发现过什么东西？"朱锐问道。

将伟笑道："朱少爷，你今天是怎么了，净说些不着调的话？那雾里还会有什么妖怪不成？"

第三十四章 灵 参

"这么说，是我看错了。"朱锐应道，同时心中确定了先前的判断。

卢深皱着眉头问道："你能确定你所看到的海市蜃楼中出现了这里的长白山女神像？"

朱锐应道："当然，我看得清楚着呢。并且这里的长白山女神像我是第一次见到，竟然有种熟悉的感觉，那是因为我在雪风口上空的海市蜃楼先见到了。形状是不差的，只是颜色淡了些，不如现在看到的绿。"

"对了，卢先生，如此说来，黑龙潭这里和西夹荒那边应该有什么联系吧？"朱锐随后问道。

卢深听了，脸色竟然变了变。

将氏兄弟则面面相觑，一脸惊讶。

二

卢深望着对面的长白山女神像，深思了片刻，然后对朱锐说道："我知道你心中的迷惑。也难得你在这偏僻的西夹荒度过了一个冬天。现在是万物生长的季节，有些事物也应该露出他们本来的面目了。我问你，在东北，最有名的地方在哪里？"

朱锐顿了一下，应道："应该是长白山吧。"

"不错。"卢深点了下头，说道，"长白山，自古就是生活在这里的各民族及各王朝的神山、圣山。那么我再问你，长白山里什么东西最负盛名？"

"东北虎！不，是人参！"朱锐应道，心中忽地一动。

卢深这时笑了笑道："所以，这个时候，你应该去找一位专业人士谈一谈了。"

"参帮的万把头！"朱锐恍悟。

卢深朝右前方一指，说道："雪风口上，中间那座棒槌岭的山脉一直延伸到这里，周边七座龙潭呈七星拱卫之势，所谓风水宝地不过如此了。这样奇特的地方，自然隐藏着长白山中的天精地宝。"

"朱锐，隐藏身份驻守西夹荒的那些人，最终目标其实都在寻找机会得到一样特殊的宝物而已。无论是护宝的还是寻宝的，他们的目的都一样。这是人的本性，无可厚非。你的出现，打破了这种平衡。当然，也给你带来了危险。"卢深感叹道。

"那个终极目标，真的与童谣里的人参有关？什么样的人参能导致目前这种状况？"朱锐讶道。

"去问下万把头吧，他应该会告诉你一切的。为了避免再有人因为此事遭受到伤害，也应该让你知道真相了。你是一个创造局面的人，西夹荒的这个僵局，还真的需要你来改变。况且，你已是局中人了。"卢深说道。

"这两天，我也计划要找万把头聊聊的。"朱锐应道。

"对了，卢先生，为什么现在才告诉我这些？"朱锐随后问道。

卢深寻思了一下，说道："你刚才说，在雪风口上空的海市蜃楼里看到了长白山女神像，再一次肯定了我的感觉——你是与这个特殊的地方有缘的。虽然，我还不知道你来这里真正的目的是什么。"

朱锐听了，笑了笑道："或许，是缘分让我来到了这里。"

"那个宝物……"卢深停顿了一下，说道，"也许，是在等待与他有缘的人。"

"记住了……"卢深望了一眼站在远处的将氏兄弟，压低了声音说道，"如果那个宝物真的出现了，所有的人都会拼了性命去争抢的。那个时候，不要相信任何人。"

朱锐讶道："一棵人参而已，至于这么严重吗？"

"那不是普通的野生人参，而是一株灵参。如果这个世界上真的存在灵参，是比一座金矿、一座价值连城的宝藏都重要得多。"卢深认真地说道。

"灵参！？"朱锐一怔。

这天晚上，万把头家。

对于朱锐的到来，万把头并未感到意外。

让座上茶后，万把头坐在那里，吸了一口烟袋，笑了一下，说道："我就知道这几天你会来找我的。"

第三十四章 灵 参

"万把头果然是个特殊的人,不仅是参帮的把头,还是位凌人。我现在想知道,隐藏在西夹荒的真正秘密是什么?"朱锐说道。

"灵参!"万把头颇显激动地说道。

"真的仅仅是一支野山参吗?"

"这不是普通的野生山参,而是灵参。"万把头说道,"事情的缘由,还应该从我年轻的时候讲起。"

万把头压灭了手中烟袋锅的火,放在了桌子上,然后极是认真地说道:"我万家凌人的职业是世代传下来的,传到我的时候,仍旧为前清朝廷,也就是内务府管辖下的打牲乌拉衙门采冰。直到有一天,在长白山里,我遇到了一伙人,也就是参帮。这伙参帮和我们所知道的夏秋之季结伙拉帮进入山中采参的参帮不同,他们是真正的参帮,和我们凌人一样,世代以采参为业,并且传承了千年之久。参帮的祖先是采药人,敬奉上古药王神农氏,流传至今。这和东北地区采参的人敬奉山神爷老把头不同。东北地区参帮的一些规矩,还是这伙真正的参帮传下来的。所谓千年参帮,万年参王。"

万把头说到这里,神色更显得严肃起来,继续说道:"那时我才知道,世界上竟然还有着世代以采参为业的参帮存在。他们对人参的认知远远超出了我们对人参的了解。人参是百草之王,是医家神药,清代以前,不仅生于长白山里,而且遍生于名山之中。人参的故乡是处于太行山脉的上党地区,只是明清两代之后,那里的人参资源渐少至无,世人对人参的注意力这才转移到了长白山中。

"参帮派分南北。我遇到的那伙人是北派参帮。据说,现今仍旧有南派参帮的人活动于南方的名山之中寻找人参。参帮将野生山参分为四个等级——仙品为尊,灵参称株,奇货称棵,土参称支。灵奇之参也称'灵奇之货'。世人所见到的多为土参,也就是普通的野生人参。据说,人参的等级是按生长的地理环境来分的,似乎与生长的年份关系不大,数百年的土货老参,还不及几十年的一棵奇参或是一株灵参。

"当时因为我帮了他们的忙,参帮中的一名把头对我说,这片山区,尤其是棒槌岭上,隐生有灵参奇货,人若采到服食,虽然说长生不死不可能,但是一二百年的寿命还是可以的。若有一座宝藏和一颗延长一百年性命的灵丹妙药，你会选取哪个？我想，大多数人都选取那颗灵丹妙药的，因为，人只要活着，便有机会争取到一切。参帮的人传授了我一些关于人参的知识，从此，我一面采冰做着凌人，一面暗中转入了采参的行业。当然了，我没有正式加入那个参帮，因为他们的规矩极严，我也是没有资格加入的。我这个参把头，是除了那个参帮之外的，由普通采参人认可的而已。

"我所以转入了采参行业，开始时也不过是为了多些收入而已。当时的采参业都是由朝廷控制的，我也是暗中而为，并且对棒槌岭上隐生有灵奇之参的说法也不甚相信，直到那秘贡——蓝睛白鹿的出现。这头白鹿是在长白山深处被发现并捕获的，在运往京城的路上，途径西夹荒驿站临时休息。我当时负责这里的那座地下冰室的供给，于是有幸见到了那头神奇的蓝睛白鹿。"

说到这里，万把头颇有些兴奋："当时这头白鹿还是活的，它应该来自长白山鹿王家族，是长白山中的精灵，可爱至极。一天晚上，存放白鹿的屋子里忽然出现一团红光，并且传出了人说话的声音，大人孩子的都有。看护的守卫感觉奇怪，开门查看时，屋内并无异样。当时我就恍然大悟，参帮的人说的事情是真的。这头白鹿引来了附近山林中的人参精灵，因为他们都是长白山的神物，所以能互相沟通。"

朱锐听到这里，不由一怔。

第三十五章 放 山

一

万把头接着说道:"不管你相不相信,这种奇怪的事情的确发生了。蓝睛白鹿引来了附近山中,应该是棒槌岭上的灵参家族。第二天早上,我们就接到了京城连夜传递来的密令——将秘贡就地秘密安置。因为世道变了,大清皇帝宣召退位了。保存白鹿的活,自然是交给了我。后面的事情,你也知道了。以后的日子里,我和何立一家人秘密守护着白鹿,同时也在寻找着灵参。因为那是长白山中的至宝,不仅令人延寿,还可以换来几代人的富贵。"

"你能确定那是什么灵参显灵,而不是人的幻想?"朱锐问道。

万把头应道:"当年参帮的人教授了我一些鉴别特殊人参的方法,是一丝不差的。而且那灵参家族不止一次显迹于西夹荒,原有的几户人家曾多次见到过这种神奇的现象。这并非山精树怪造成的异象,而是灵参自然而然呈现出来的一种现象。传说中,有的野生山参会跑,就是指的灵参和奇货。"

朱锐心中惊道:"杨把头也曾和我说起过类似的事情。"

万把头接着说道:"长白山中,西夹荒这里,或许还隐藏着其他的宝藏,甚至于金脉,但是不足以吸引人来此潜伏隐居这么多年。可以说,大多数人的目标就是灵参。我暗中观察过,来此隐姓埋名的人中,好像还有参帮的人,就是那种真正的参帮的人。"

"参帮的人也在寻找这里的灵参?"朱锐听了一怔。

"这个自然。灵参是千载难逢的,参帮的人发现了它的踪迹,自然不会轻易放手,这是他们世代所寻找的目标。长白山里关于野生人参的那些神奇的传说，多数就是源于这种灵奇之参。"万把头说道。

"这么说，这种所谓的灵参是来自棒槌岭了。"朱锐说道。

"这般灵物难觅其踪，可能生长在棒槌岭上，也可能生长在附近的山林里，基本上离不开黑龙潭周围这片区域。当然，棒槌岭上的可能性最大，虽然我和那些人都找遍了，但都不是有缘人，开不得眼，自然也见不得灵参的真身。其非普通的草木，是神草，是灵物。"万把头应道。

朱锐犹豫了一下，说道："卢先生也是在寻找灵参吗？"

万把头应道："大萨满来西夹荒，也有他的目的，也知道我们这些人的最终目标是灵参。但他的兴趣好像不在灵参上面，否则以他的本事，应该能发现灵参的踪迹。"

朱锐说道："现在除了我，西夹荒的所有人都知道这个公开的秘密对吧？"

万把头摇了摇头，说道："不尽然。除了参帮的人，怕是没有几个人知道什么是灵参。但是他们知道这地方隐藏有一种宝物——可令人长生不死的灵丹妙药。有些人的目标还是很模糊的，可能是消息来源不同。为了这件宝物，他们中的一些人非常排斥可能与他们争宝的外来人，甚至不择手段去消除这种潜在的威胁。"

"我倒是领教过了。"朱锐撇了下嘴。

"为了一个虚无缥缈的目标，可能并不存在的所谓灵参宝物，这些人竟然不顾一切地潜伏在这里，等待那种不现实的机会，真是难以理解。"朱锐摇头道。

"不相信的人都离开了，留下来的都是深信不疑的。灵参出山面世，有特定的时间，大家都在等待这个时间，也可以说是机会。"万把头应道。

"那东西一辈子不出现，你们这些人莫非要在西夹荒住上一辈子不成？"朱锐苦笑了一下。

万把头笑道："这就要拼谁有耐心了，心诚则灵嘛，灵参也是会找人的，找与他有缘的那个人。"

"万把头，"朱锐眉头皱了皱，随后说道，"有没有这种可能，你们大家伙其实是误入了一个局中，有人故意设下的一个局？"

万把头应道："这些人都是自愿留下的。朱少爷的意思是，有人故意

第三十五章 放 山

散布灵参的谣言，引来这些人？没有这种必要的。如果说有人设局，这个人也只能是我了。但是源头还不在我这，而是在参帮，所以有几家子南方人也住进了这里。至于其他人，我从来没有将这个秘密泄露出去，也不知他们是怎么知道的。或许……"

万把头此时望了一眼窗外的雪风口，然后说道："西夹荒这个地方，经常发生一些神秘莫测的事件，倒是会引起一些人的注意，但还不至于引人来寻宝。不过，世间奇人高人甚多，或许都相中了这块宝地会出宝的。"

"东北地区三大行帮的有名把头都进驻了西夹荒，还有什么理由不令人相信这里有宝贝呢？只是大家伙寻找的这个宝贝过于虚幻了。"朱锐感叹道。

"朱少爷不是山里人，山里的一些事自然也无法理解。这个世界上，是有许多事情按常理解释不通的。就说山参吧，通灵成精的事，在参行内，都是相信有此事的。常年走山放山的人都会遇上一两件诡异的事，也是见怪不怪了。只有你们这些城里人，读过书的人，不相信这种奇怪的事情。"万把头说道。

"自从到了西夹荒，有些事情，我还真是不得不信呢。"朱锐感慨道。

"明天和我到棒槌岭上放山吧。或许，你是那个有缘人。西夹荒的局，你已经破了几个了。"万把头说道。

"好啊！我倒是想到棒槌岭上走走。"朱锐应道。

"我还约了几个人。"万把头说道。

"都谁啊？"

"金帮的张把头师徒，木帮的杨把头父子。"

"你约了他们？"朱锐听了，颇感意外。

"三大行帮的把头们一起放山，倒是头一次听说。"朱锐隐感有什么不对，却又搞不清楚。

"我约了他们这些人一起放山棒槌岭，也是想将此事有个了断。"万把头说着话，眼中闪过了一丝异样。

"什么意思？"朱锐一怔。

"明天是个好日子，我们三个把头一起出现在棒槌岭上，自然会将屯内的那些人都引上山去。男女老少都上山吧，大家伙不妨联合起来趟趟山，将那灵参逼出形来，谁有缘谁得手去。这些人各有手段，可借此机会令他们施展一回。"万把头说道。

"倒是个好主意。"朱锐点头道，"冬季猎场能令大家齐心协力，没有雪的棒槌岭上，大家伙若也能一起放次山，有所收获，也可共有，比暗中钩心斗角强多了。"

"既然朱少爷也同意此举，明天就将桓德源的伙计们一并带去，人多力量大嘛。"万把头笑道。

"好啊，也令伙计们放松一下。"朱锐应道。

"那就这么定了。一会儿我通知屯里的其他人，明儿个一早，全体出动，棒槌岭上放山去。"万把头轻松地一笑。

二

第二天一大早，屯内的男女老少陆陆续续地奔向了雪风口，朝棒槌岭上走去。

两名妇女边走边兴奋地聊着天。

一人欣喜道："万把头哪里想出这个妙主意来，全屯子的人一起放山去，大家伙一起痛痛快快地做事，不再分心眼子，多好啊！"

另一个应道："说得的是呢！那些男人们整天藏着掖着的，不叫我们女人知道。其实还不是想找到藏在这里的什么宝贝？大家伙一起齐心协力地找到，再分了不就是了？这才是西夹荒的正常光景呢。"

朱锐站在道边笑了笑。

对面走来了石英。

"朱大哥！"石英欢喜道。

面对热情的石英，朱锐的心情颇为复杂，神秘的杨把头在风口流雾中意外地出现在桓德源，已是令他心里生了个梗。

"怎么不见杨把头？"朱锐笑道。

"干爹一大早就和万把头他们先上山去了。"石英应道。

"石英啊，"朱锐犹豫了一下，说道，"这里的事情非常复杂多变，日后要是出现什么意外的事，你可要有个准备。"

第三十五章 放 山

石英听了，笑道："西夹荒无论出现什么事，朱大哥都能摆平的。我永远会和朱大哥站在一起。"

朱锐听了，拍了拍石英的肩膀，无奈地笑了笑。

"少爷！"刘来和桓德源一众伙计们走了过来。

"水和干粮都备足了，够一天用的呢。"刘来说道。

"万把头是想用集体放山的法子将西夹荒人再次团结在一起吗？"石英问道。

"或许，今天的棒槌岭上，能发生什么事。"朱锐眉头皱了皱。

一行人朝雪风口上走去。

待上了雪风口，朱锐回身朝西夹荒的方向望时，心中忽地动了下。"屯内的人今天都上山了？"他问道。

"是的。"刘来应道，"我们是走在最后的一批，现在屯内已经没人了。连大萨满都早早地上来了。"

"看来，今天棒槌岭上的动静不会小了。"朱锐摇头道。

"全屯子二百多号人，拉开阵势，可以将整座棒槌岭趟上几遍。真有什么好东西，肯定漏不掉的。"石英说道。

"希望如此吧。"朱锐应道，回身又望了一眼下方的西夹荒，随众人朝前走去。

棒槌岭上此时热闹非凡，万把头正指挥着众人一字排开，拉开阵势，从山底东侧一直排到山底西侧，然后开始朝岭上趟山。

人多势众，大家伙基本上是挨着走，等上了岭，才开始拉开距离。

大人孩子们嬉笑着，权当作玩一场游戏了。

"都正经点，一切按放山的规矩来，不准说话。"万把头不时地提醒道。

"棒槌！"右前方忽然传来一个孩子稚嫩的喊山声音。

"几品叶？"二百多口子人几乎同时应山。

"是苗二甲子。"那孩儿欢喜道。

"好兆头！刚开始趟山梁子就开眼了。"万把头面呈喜色道，"先用红线拴上，回头再起出来。"

"这么多人横趟棒槌岭，简直是在胡闹！"那边的赵老五摇头嘟囔道。

"跟着玩就是了，那么认真干啥。"旁边的钱掌柜应道。

"这么多人趟山，保不齐真能惊出点什么东西来。"汇友客栈的唐掌柜说道。

"万把头说了，今天是个吉日，棒槌岭上出宝的吉日，能挖到几苗大货也行啊。"刘有才那边兴奋道。

走到半山梁上的朱锐再次回身望向西夹荒时，心中倏地一惊："人现在都集到山上来了，屯子空了，若有人来，岂不会……"他暗中拉了一下旁边石英的衣角。石英会意，动作慢了下来，和朱锐二人与前面的队伍拉开了距离。

"朱大哥，什么意思？"石英问道。

"石英，事情好像不对劲。今天即使有事发生，应该也不会发生在这棒槌岭上，而是会发生在西夹荒内。"朱锐小声说道。

"屯内现在都空了，怎么会有事发生在那里呢？"石英惊讶道。

"正因为屯内空了，才会发生事情。走，趁大家没注意，咱俩马上回去。"朱锐说道。

于是二人弯下身子，用树木掩了身形，等前面的人走得远了，才回身快速朝山下走去。

"朱大哥，你怎么会认为屯内有事发生？"石英仍旧一脸迷茫。

"感觉。"朱锐说道，"万把头召集大家伙放山棒槌岭，虽说是有些闹剧的意思，但是恐怕另有目的。"

二人下了棒槌岭，行至雪风口上，待望见下面的西夹荒屯子时，朱锐发现本应是空空荡荡的屯子，竟然出现了一个人影。

朱锐忽地一惊——那个人影实在是再熟悉不过了，正是桓德源的掌柜刘茂才。

"怪不得万把头将屯内的人调空，原来是为了方便你回来。当是要趁屯内无人做什么事吧。"朱锐暗中惊讶道。

"石英，屯内进来人了，快点走。"朱锐说着，先行朝下方跑去。

"屯内进来人了？"石英一怔。

待下了雪风口，跑到屯边上时，朱锐停了下来，拉了石英掩藏在路边的草丛里。

第三十五章　放　山

"先别急着进屯子。我倒要看看他到底想做什么。在这个时候，这种情况下现身，一定是做特殊的事情。"朱锐说道。

"朱大哥，你说的是谁啊？"石英问道。

"桓德源的老掌柜回来了。"朱锐哼了一声道。

"刘掌柜回来了！"石英茫然。

"石英，这里地势高些，容易观察屯内的情况。这样，你注意下山上是否有人下来，以及屯内是否有人出去。我先摸进屯子看看。"说着话，弯下身子，借着树木和房屋的掩护，悄悄进了屯子。

"朱大哥在搞什么鬼？"石英迷惑之余，只好持开山斧避在那里观察。

朱锐摸了下腰间的手枪，小心翼翼地朝桓德源绕了过去。

第三十六章　护宝兽

一

人尽走空的西夹荒内，显得异常的沉寂和冷清。

朱锐此时才恍然大悟，万把头这是配合刘茂才上演了一出戏，真正的高潮当不是在棒槌岭上放山寻找什么灵参，而是在这西夹荒屯子内有着不可告人的秘密。也就是说，那终极目标，应该还是隐藏在西夹荒内。

朱锐借着房屋的掩护，逐渐接近了桓德源。因为刚才在雪风口上观察时，刘茂才的身影是消失在了桓德源附近，他应该是回到了桓德源。桓德源的后院门是半掩着的，朱锐悄然侧身而入。

他到了后门外，发现后门开着，探头朝里面望了一眼，并未发现刘茂才的身影。

朱锐握着手枪四下观察了一下，然后蹑手蹑脚地走了进去。

前方是桓德源的门面铺子，柜台内外空无一人，仍旧没有见到刘茂才。

"上楼了吗？"朱锐朝楼梯方向望了一眼，竖耳静听了一会儿，整座桓德源内静悄悄的，无一点声息，气氛颇显诡异。"他应该回来了，去哪了呢？"他心中迷惑不已。

朱锐谨慎前行，偶一转头，发现存放货物的里间木门被打开了——那平时可都是关着的。当他再侧身一望时，不由一怔——货物间门外的地上竟然躺着一个人。

"刘掌柜？"朱锐一惊，发现刘茂才竟然躺在地上。

当他持着手枪慢慢靠近时，更是一惊。

躺在地上的刘茂才面呈惊恐状，似乎被什么东西吓昏了过去。

第三十六章　护宝兽

"咦？"朱锐立感不妙，朝货物间内望了望。里面昏暗，看不清楚。

朱锐举起手枪，慢慢走了过去。他蹲下探了一下刘茂才的鼻息——尚有气息。好像是在他打开货物间的门时，被里面的什么东西忽然吓倒了。

这处货物间有三十平方米大小，摆着几排货架子，朱锐进去过几次，里面堆放着一些物品，倒也没什么特殊的地方。

"他回来直奔这里，难道说里面隐藏着什么东西？"朱锐惊讶之余，忙从柜台内寻了一把手电筒，然后一手持枪，一手持手电筒，迈步进了货物间。

货物间内，倒了两排架子，货品散落了一地。

"咦？"朱锐忽然又自一惊——里面的地上还倒着一个人。

手电筒的光亮照射过去，看到的是一名中年男人的脸，如刘茂才一般，也是面呈惊恐，被什么东西忽然间吓昏倒地。通过观察那人的身形，朱锐识出了此人就是曾夜入桓德源的那个蒙面人，也就是曾与刘茂才一起出现在黑龙潭的那个人。

"究竟是什么东西，竟然能将二人同时吓倒？"朱锐心中涌起了一股莫名的恐惧。

他拿手电筒四下照了照，在货物间的东北角上发现了异样——原本摆在那里的一排货架倒了，后面的木墙壁上竟然有一道低矮的木门。"这里面竟然还隐藏着一道暗门！"朱锐一惊。那道木门半掩，里面黑漆漆的，令人生畏。

朱锐站在那里未敢乱动，静静地站了好一会儿，这才举着手枪，慢慢朝那道暗门走了过去。

他将手枪和手电筒并举，猛然朝暗门里面探照去。里面是一间五步见方的空屋子，中间下陷数米之深。

朱锐用手电筒快速地四下晃了晃。这间隐蔽的暗室内空荡荡的，仅是在深陷的地下方呈现出一汪黑暗的水池来，除此并无他物。

朱锐心中稍安。他犹豫了一下，还是迈步进了这间暗室。有粗糙的石阶通向下面，但是他未敢再行深入，只是持着手电筒观察着那汪水池。

六尺见方的地下水池，周围是黑漆漆的岩石，无人工凿刻的痕迹。显而易见，这是一处天然的水池。桓德源的楼房建在上面，将其隐藏了起来。

"没想到，桓德源里竟然有这么个池子。难道说，水池里隐藏着什么东西？"朱锐心中一动。

手电筒的光亮下，池水安静无波，寂然不动，一股子寒气却是逼人，颇为诡异。

"既然里面隐藏有东西，刘茂才为何往日不取，非要在今天这个时候来拿？又是什么东西将他二人吓倒的？池子里可是隐藏有活物？"朱锐心中大感迷惑和恐惧，不由朝后面退了几步。

外面忽然传来了轻微的响动。朱锐一惊，忙转身退出暗室，将身子隐藏到了一排货架后面，关了手电筒。四下立时陷入了黑暗之中。

"咦？是刘掌柜，他怎么回来了？"传来了万把头惊讶的声音。

"不好，有人捷足先登了！"随后传来了杨把头的声音。

接着，两道手电筒的光亮照射过来，两个人影快步进了货物间。

来者正是万把头和杨把头。

"里面还躺着一个人！"万把头惊呼了一声。

"怎么回事？他二人怎么会躺在地上？"杨把头惊异道。

"难道说，这两个人才是一伙的，他们与刘茂才是两路人马，都想趁屯内人走空之际，来桓德源取东西？"货架后面的朱锐心中惊道。

"看来，刘掌柜和这个人惊了池子里的东西，被吓倒了。"杨把头说道。

"不会吧，池子里的东西怎么会惊着人呢？"万把头摇头道。

"那东西毕竟通着灵的，吓人的事倒也做得出来。"杨把头应道。

"这说明那东西还未被人得了手去，还在池子里。"万把头一喜道。

"应该是了。今天是它现身的日子，被人惊了，怕是又隐藏回池子里去了。"杨把头说道。

"今天好不容易将全屯子的人诓上了山，这次一定要将那东西取了，否则再找这样的机会可就难了。刚才下山时，不见了那个朱锐，怕是他也有所觉察了。"万把头说道。

"我们还是低估了他。另外那几家人一直想找机会要他的命。希望他不碍我们的事就好。"杨把头应道。

第三十六章　护宝兽

"先不管他了，我们先取了那东西再说，否则那些人感觉到不对劲，都会立马赶回来的。"万把头说道。

接着，那二人的身影朝里面的暗室走去。

二

待万把头和杨把头进了暗室，朱锐这才从货架后现出身来，寻思道："他们要找的东西原来就隐藏在眼皮子底下。看来风口流雾之时，杨把头来桓德源，就是观察那池子里动静的。难道说，池子里的神秘东西，只有在今天才会现身？否则何以将刘茂才都吸引了回来？那东西是什么怪物，竟然能将两个人吓昏过去？"

朱锐轻身走到暗室门侧，探头看时，暗室中，万把头和杨把头两个人已蹲在池子旁边，持着手电筒朝池内探照着。万把头的手上还持了条红色的绳子。

"我算准了，今天是那东西出来的日子，怎么会不见动静呢？"万把头迷茫道。

"早有过动静了，否则刘掌柜两个人怎么会莫名其妙地倒在外面。当是他二人惊了那东西，又潜回水里去了。这池子下面连着黑龙潭呢，若是惊得急了，那东西可能退到黑龙潭了。如果在黑龙潭那边出来，面积太大，就找不准出水地点了。"杨把头应道。

"不会，这么多年了，那东西若离水，只能从这池子出来，黑龙潭的水只是养着它而已，即使被惊了，稍后也会再出来的。先关了手电筒等一会儿好了。"万把头说道。接着，他将手中的红绳子围池边而布，形成了一个套子，不知做何用处。

随即，暗室内漆黑一片。外面的朱锐忙隐了身形。四下里陷入了黑暗之中，归于寂静。

"原来，西夹荒真正的秘密就隐藏在桓德源，就隐藏在这处神秘的水池子里。他们的目标既然是个活物，当是种很恐怖的不明生物，否则何以将刘茂才两人吓昏倒。也是怪了，刘茂才为什么不守在这里，而是离开这么长时间，又在今天暗中潜回？"朱锐心中愈发不解。

这个时候，池子里似乎传来了动静，那是从深水中隐隐传来的一种闷响，似乎令整个大地都微颤了一下。黑暗中，可以感觉到守在池子旁边的万把头和杨把头紧张的状态。

躲在暗室门外的朱锐握紧了手枪。西夹荒的神秘和神奇，还有危险和恐惧，已是远远超出了他的想象。

忽然间，池子那边水声一响，似有物涌出。

随闻万把头一声喊："来了！收！"

"啊……"与此同时，一声孩童稚嫩清脆的哭声从水池那边发出，像是小孩子突然遭受到了巨大的痛苦而发出的哭喊声。

"他们竟然在围绑一名小孩子！"朱锐忽闻其声，一时愤慨，顾不得多想，怒呵一声："住手！"立时打开了手中的手电筒，朝水池那边照射去。

水池旁边，万把头和杨把头正跪在那里，二人各持红绳一端，呈收紧之势。然而打了结的绳套中空无一物，却呈紧绷之势。不知他们套住了什么东西。

朱锐的喊声和手电筒的光亮令万把头和杨把头俱是一惊，不自觉地手中一松，本是绷紧的绳套便一松，似有物滑出，红绳套随呈松解状态。

万把头和杨把头忽感手中一空，差点闪倒两侧。

就在此时，水池内水花喷涌，忽从池内探出一物，牛首虎面，巨口獠牙，独目凶光，狰狞万般，呈欲噬人之势。

朱锐见状，不及多想，抬手举枪便射。

"砰砰！"两声清脆的枪响。那怪物头部有液体迸出，当是负痛不过，立时隐入池中，不见了踪影。

而此时，万把头和杨把头则被突现眼前的怪物吓得失了神，双双倒地。

一切发生得太突然了。朱锐站在那里，呆呆地不知所以。

"朱大哥！"外面传来了石英的喊声。随见石英飞跑进来。

当石英看到手中持枪的朱锐站在那里发着呆，而暗室内的水池旁边倒着万把头和杨把头时，还以为那两声枪响是朱锐射杀了二人。

"你……"石英一时惊骇。

"他们没事，是吓倒的。"朱锐拉住了要冲进去的石英，说道，"里面

第三十六章　护宝兽

危险，先别进去。"

朱锐持手电筒朝水池那边又观察了一会儿，见池水已复归平静，忙叮嘱石英道："我们现在快进去将他二人拖出来，这间屋子危险，待不得人的。"

朱锐枪口不离水池，随后和石英来到水池边，将昏倒的万把头和杨把头连抱带拉地拖了出来。

一出暗室，朱锐立即将暗室的木门关了，拉了货架子放倒顶上。

石英见杨把头虽呈昏迷状态，却无大碍，心下稍安，惊讶道："朱大哥，发生了什么事？"

"一会儿再说，咦……"当朱锐回身寻找刘茂才和他的那个神秘同伴时，才发现地上已空无一人——那二人不知何醒来，并且离开了。

朱锐追出门去，早已不见了那二人的影子。

"走得好快！既然回来了，何必再走呢，有什么见不得人的事呢？总要回来的吧！"朱锐无奈地摇了摇头。

"石英，我们先将两位老人家抬上楼，暂时安置在我的房间里。等他们醒来，我还有话要问他们。两位老人家瞒得我好苦。"朱锐苦笑一声。

朱锐到门外望了望，屯内仍旧静默。刚才的枪声是在暗室里，有楼房阻隔，倒是未能传出太远，没有惊到棒槌岭上放山的人。

楼上的房间里，躺在床上的万把头和杨把头此时慢慢缓过劲，苏醒了过来。

二人相望之下，双双老泪纵横，呈现出万般沮丧之态。

"朱少爷，你坏了我们大事！"万把头捶胸顿足。

"唉！都已经得手了，被你的手电筒一照，加上你一声喊，令我二人手上的劲道一松，令那东西跑了去。千载难逢的机会，就这样失去了。那东西受了惊，怕是再也不冒头了。"杨把头摇头一叹。

"两位老把头，即使你们当时抓住了什么宝贝，但是池子里随后出现的那怪物，你们是躲避不开的。我若没有及时发现，开枪将其打伤，二位老把头此时怕是被那怪物拖入池子里去了。"朱锐站在窗边，淡淡地说道。

朱锐的一番话令万把头和杨把头低下了头。当时情况，朱锐如果不及时打开手电筒，发现那随后而至的水中怪物，他二人必有被那怪物吞噬的危险。

"水兽！是黑龙潭的那头水兽，从地下水道过来的。竟然是护宝兽！"万把头摇头一叹。

"护宝兽？"石英惊讶道，"放山找棒槌时，遇到老山参，旁边偶然会有护宝虫的，这头神秘的护宝兽，护的是什么宝啊？"

"当然是一株宝参，一株绝世罕见的、千载难逢的参中异宝——水参！"万把头应道。

"是那株灵参！"朱锐闻之一怔。

第三十七章　水　参

一

　　万把头说道:"是的,那株灵参,其实是一株特殊的水参,受这里七处龙潭滋养,而又以黑龙潭为最。关于这株水参的传说,几百年前就在此地流传了。甚至当年那位打牲乌拉的官员伦图入驻西夹荒,最终目的也是这株水参。东北的三大行帮——金帮、木帮、参帮,早就有此传说了。为此有人在方圆百里内世世代代寻找了几百年而未果。"

　　杨把头那边感慨道:"是啊!这株水参才是长白山中真正的宝贝,是长白山中的精灵,是山水共养的一株灵物,三大行帮的人在清朝的时候就开始留意着了。"

　　万把头说道:"就是将那头神奇的蓝睛白鹿送到西夹荒,其实也是与这株水参有关的,目的是引它出来,因为长白山中的灵物有着特殊的气息,彼此间互相影响。虽然说有当时的历史原因,运不得京城去了,临时处置。"

　　朱锐听到这里,心中一动,忙说道:"难道说,前清政府历经二百余年,费尽心机寻找那头蓝睛白鹿,最终目标是这株水参?"

　　万把头应道:"的确有这个原因。当年我得到的消息是,那头白鹿在长白山里被捕获后,打牲乌拉衙门得到内务府的秘密指令,这件秘贡的目的地就是西夹荒,而非运往京城的。也就是说,前清的朝廷里面,早已有人注意到这株水参了,并且一直在想法子获取。蓝睛白鹿仅是引出水参的一个诱饵罢了。"

　　"前清朝廷里面竟然会有知晓此事的人?"朱锐讶道。

　　"那是受到了真正的参帮之人的指点。"万把头应道。

"西夹荒这里曾发生过许多奇怪的事情。那个参帮几百年前就确定了这里有株特殊的灵参,这个消息后来被清廷皇室的人获得也是可能的。那个伦图入驻此地,当也是获取了这个消息。"杨把头说道。

"为了这株水参,竟然计划了数百年,实在是匪夷所思。"朱锐摇了下头,半信半疑。

"十几年前,我曾亲眼见过这株水参的一部分,并且险些得手。"万把头说道,"那是在黑龙潭东南侧的岸边,我发现了一株三品叶,采挖的时候发现土中竟然没有主根,而是一条长长的参须,地上的茎叶是那条参须生出的,很是奇怪。本来以为沿着参须应该能找到主根,但是数米长的参须,从土中一直延伸到黑龙潭的水里。欲要下水再探时,那条参须便没了踪影,便是拴在它上面的红绳也控制不住它。或是水参入了水,任神仙也难拿了。"

"同样的事情也发生在了西夹荒。"万把头接着感叹道,"也就在黑龙潭岸边发现这株水参长须的第二年,我和杨把头在西夹荒这里又发现了它的踪影。当时这里仅有几户人家。桓德源所在地当时是一座仓库,我们在旁边的草丛里发现了一株三品叶,结果又是一须长伸,另一端入了仓库里的那座水池里,这才知道,这座古老的水池子是与黑龙潭有水道通着的。当年伦图一定也发现了这个秘密,只是没法子找到和获取这株水参,所以令其子孙一直坚守不离。然而真正的秘密,他的子孙未必知晓,否则也不会轻易地离开。我当年受命协助何大人保护秘贡,真实的目的,也是为了这株水参。"

"大清国一亡,这里隐藏有宝贝的消息便泄露出去了,引来了天南海北的各色人物,但那神奇的水参能从这楼下暗室中的水池里出来,则没有几个人知道。所以,那些人都在等待着机会,等待着知道秘密的人主动地将秘密暴露出来。这也是维持西夹荒这些年来表面安静,内则暗流涌动的局面的一个原因。那头白鹿,作为前清秘贡,还真是引去了一些人的注意力。有些人虽然知道这里隐藏着宝贝,但并不知道是什么样的宝贝。"

"不管怎么样,你们这些寻宝人和护宝人,倒是成全了西夹荒。"朱锐感慨道。

"是啊!若是没有那株水参勾着,我们倒还真希望西夹荒永远这样下

第三十七章 水 参

去，继续着冬季猎场，大家伙团结一心，将西夹荒维持下去。但是人非圣贤，那株水参不仅能换来几辈子的富贵，更为重要的是能延长人的生命，哪怕是几十年的寿命。没有人能免得了俗，为了得到这株水参，有些人不惜铤而走险，甚至杀人。"万把头感叹道。

"我们年纪大了，越来越感觉到生命的珍贵，自然想令自己多活些年头。这种欲望，真的是克制不了的。所以，由不得不参与到此事中来。"杨把头摇了摇头，叹息了一声。

"今天，几乎得了手。没想到水参后面竟有护宝兽。朱少爷的那两枪也算是救了我们的命。但是，那水参受了惊，怕是几年都出不得水面了。"万把头侥幸之余，又颇显懊丧。

"也就是说，这种争夺，还要在西夹荒继续下去。"朱锐眉头一皱。

"是的，这些人潜藏这么多年，不会轻易罢手离开的。只要有些许希望，就会有人去坚持，去寻找。"杨把头应道。

"两位老把头，我理解你们对长寿的渴望。这件事情上，我尊重你们的选择。对了……"朱锐犹豫了一下，问道，"不知两位老把头对桓德源的老掌柜，也就是刘掌柜怎么看？"

万把头和杨把头互相望了一眼，俱呈复杂之色。

"朱少爷看到了，刘掌柜今天也回来了，应该是他们两个人被护宝的水兽吓倒了。其实打一开始，刘掌柜让朱少爷代他入驻西夹荒，管理桓德源，我们就知道，这是他走的一步棋而已。因为有他在桓德源，外人基本上不可能接近那水池，也不可能将那水参引出来。他的离开，无非是给别人和他自己一个机会。说白了，就是给我和杨把头一个机会进来。"万把头说道。

杨把头说道："刘掌柜知道万把头的本事，万把头追踪这株水参几十年了，知道水参什么时候能出水，甚至能引出水参。"

万把头说道："桓德源下面暗室的秘密，整个屯子，知道的不超过五个人。刘掌柜心机深沉，实在不可测。他引了朱少爷来，竟然连破了几个局。他若在，根本不可能解去西夹荒面临的危机。或是他另有本事解决，但不会轻易出手。这些年，屯里的这些人明争暗斗，刘掌柜始终未落下风头。也是杨把头父子俩要进驻西夹荒了，刘掌柜似乎感觉到了什么，这才引了朱少爷来站在台面上，他则避于暗处，待机而动。今天的事，很好地证明了他的计划。"

"这说明，刘掌柜是在有意地避开杨把头。"朱锐心中一怔。

"朱少爷，也问你个事，你如果是刘掌柜单纯地引来代他对付我们的也就罢了，如果不是，你又是为何而来？你的目标，应该和我们不是一样的。"杨把头望着朱锐，安静地问道。

二

朱锐这时笑了笑，说道："有时候事情很简单，就不要想得过于复杂了。我来到西夹荒，应该是一个意外吧。这里有着桓德源的分号，总要过来照看一下的。"

万把头听了，摇了摇头，说道："非常之人，必有非常之举，而行非常之事。你不说也罢。要知道，你是个有本事的人，自然要做特殊的事情。当然了，每个人都能守着自己的秘密，旁人勉强不得。西夹荒的秘密，到现在，你应该全部知晓了，还要继续待下去吗？"

朱锐听了，心中一动，这是要赶自己离开的意思，于是笑道："既然这里已无秘密可言，我的去留，应该没有什么意义了。"

万把头犹豫了一下，说道："我们倒是希望你继续留在西夹荒。"

"好了，刚才被那头水兽惊了下，我和万把头暂且回家歇息了。石英，我们走吧。"杨把头从床上下了地。石英上前搀扶了。

"我还要赶回棒槌岭上去，以免令人知道我们回屯里了。虽然瞒不住那几个人。"万把头说道。

送走了杨把头、石英和万把头，朱锐将那间仓库重新整理了下，掩蔽了暗室，令一切物件恢复了原来的样子，以免伙计们回来后起疑，然后站在柜台前，思绪万千。他总是感觉，今天哪里有不对的地方。

是的，西夹荒的秘密，到今天也未全部暴露出来，应该还有自己不知道的。要知道，趁屯内人集体走空，不应该只有万把头和杨把头二人回来探查暗室水池，以捕获那株水参。

还有，吓昏刘茂才和他同伙的，似乎还不是水池中冒出来的那头水兽，因为刘茂才是昏倒在外面屋子的，如果是那头水兽跑出来，地上应该

第三十七章 水 参

有水迹才是，但是暗室到外间屋子的地上是干燥的。也就是说，刘茂才两个人，至少是刘茂才自己，昏倒在地是另有原因的。从他当时的面部表情看，也的确是受到了某种惊吓。

朱锐抬头四下打量了一番。桓德源地方不甚大，除了自己未曾留意的那间暗室，其他再无特殊的空间了。

"他们这些人，目标真的是那株可令人长生不老的水参吗？这种神奇的东西又真的存在吗？那头神秘的水兽，又真的是沿着地下水道从黑龙潭过来的吗？还是原本就生活在那深不可测的水池子里？若如此，桓德源的地下，应该还有着其他的空间。"朱锐寻思道。

"即使是那株水参进化成了某种活物，但来去无踪，又怎能捕获得到？也许，这株所谓的灵参，仍旧是他们杜撰出来掩人耳目的故事。"朱锐百思不得其解，无奈地摇了摇头。

"姐姐，那些恶人都走了吧？想不到还……"

"黄老大怒了，要……"

这时，从外面隐隐传来一阵轻微的话语声，其中一个是一个孩子稚嫩的声音……

朱锐开始以为是棒槌岭放山的人回来了，忽然感觉不对劲，因为这声音是从桓德源后院里传来的。

心下一怔之际，朱锐猛然冲出后门。

后院内空空如也，便是院门外的街上，也无人的踪影。而此时，整座西夹荒屯子仍旧是空的，除了自己，似乎并无人来。

"怎么回事？"朱锐惊骇道，"明明听到有人说话，怎么就不见人影呢？"

"今天的事，过于邪性了。"朱锐心中一凛。

这时，一阵脚步声从东侧院墙外传来。

朱锐忙持枪在手，跑出了院门。闻那脚步声又转向了右侧屋后，朱锐追过去，仍不见人影。

"明明有人的，难道大白天的遇见鬼了？"朱锐迷惑不已。

就在朱锐站那里茫然无措的时候，忽感身后有异，未及转身，便觉有重物击头，立时昏了过去……

朱锐感觉自己掉进了一个黑暗的万丈深渊中，急速下坠着，无助和恐惧充满了全部的空间，与那无边的黑暗化散成了一体……

朱锐醒来的时候，后脑部仍旧隐隐作痛，他感觉到了一股子凉意。待他缓缓睁开眼睛，发现自己躺在一个昏暗的空间里，周围是冰冷及坚硬的石壁，只有上方七八丈高的地方，有一处"天井"口，隐约地透进来一些光线。

"我怎么会在这里？这是什么地方？"朱锐一惊，欲挣扎着站起来，然头部痛作，不由得又坐在了地上。

待眼睛适应了周围的空间，朱锐这才知道，自己是被困在了一座十几步大小的山洞里。他闭目回想着发生的事情，知道自己是被人从身后袭击了，并被绑架到了这里，但无从知晓是何人下的黑手。

缓了一会儿，朱锐这才扶着石壁站了起来，朝上面望了望。光滑的石壁有七八丈高，根本无法攀登上去。

他沿着石壁走着，寻找着能攀上去的途径。

"别找了，出不去的。"昏暗的角落里，传来了一个人疲惫和虚弱的声音。

朱锐想不到这深洞里竟然还困着另外一个人。寻声找去，昏暗的角落里，隐约坐着一个人影。

"过个几天，就会有人送来水和食物，在这里倒是饿不死，但也别想逃出去。"那个人叹息了一声，又说道。

这声音，怎么有些耳熟？朱锐一惊之下，忙往前走了几步，问道："阁下是谁？"

"你又是谁？"那人一怔，抬起头来。

此人虽蓬头垢面，但那隐现的身形和说话的声音，还是令朱锐辨识出他来。

"我是朱锐。赵探长，你怎么在这里？"

第三十八章　神秘的海外来信

一

朱锐一惊之下，忙上前将赵玉堂扶了起来。

赵玉堂颤抖着站了起来，万般诧异道："朱少爷！真的是你！想不到他们也将你绑来了。"

"他们是谁？"朱锐一怔，显而易见，绑架自己和赵玉堂的是同一伙人。

赵玉堂摇了摇头，说道："这伙人极是谨慎，便是到现在，我都没有见到他们中任何一人的面目来。"

"赵探长又是怎么到这里来的？"朱锐疑惑道。

"去年秋天，与朱少爷一别后，我便到了辉南镇上，准备返回奉天，但是在当天晚上便遭了道，被人下了迷香，醒来时便在这里了。应该是我出现在西夹荒时，令那些人起了疑，于是在半路上劫了我来。有个人审问过我几次，倒是知道了我的身份，也自没敢用强，后来也就无人来问了。一直到现在见到了朱少爷。"

"赵探长的家人来过西夹荒打探过你的消息，奉天警察局那边也以失踪来定，却是没有下一步的动作。开始时，我也以为赵探长可能遭到了不测。想不到赵探长竟然还活着。活着就好！"朱锐感慨道。

"西夹荒这里当真古怪之极。到现在我也没想明白，那些人为何将我绑来，又为何一直囚我到现在。还有，朱少爷怎么也会遭了那些人的道？"赵玉堂疑惑道。

"事情越来越扑朔迷离了。既然到了这一步，且与赵探长一起分析下，看看是否能理出个眉目来。"朱锐随后将赵玉堂离开西夹荒后自己所经历的一切详细地说了一遍。赵玉堂听得目瞪口呆。

"小小的西夹荒，竟然能发生这么多奇怪的事！"赵玉堂惊讶之余，说道，"应该是有人在布着局中局，你我不过是意外地闯了进来。后来当他们发现我是局外之人，便丢弃在了这里。而朱少爷则不同了，几次事件之后，你从一名局外人，已是变成了局内人，并且阻碍了对方的利益和行动，所以也将你绑了来。这说明，他们下一步，真的是要有大动作了。"

"我仍旧不明白，那些人潜伏西夹荒多年，似乎各有目标，但是当所有的秘密都暴露了之后，我还是搞不清楚一些人的最终目的。他们，到底在找什么，或者在等什么？"朱锐摇头道。

"那株神秘莫测的水参，如果也不是那些人的最终目标，说明他们还有着更为特殊的目的。只是西夹荒这座小小的山村，又能承载下多少秘密呢？从整个事情上来看，你们桓德源的那位刘掌柜，极有可能是整个事件的幕后谋划之人。但是从水参这件事上看，这似乎也是他所要寻找的目标。但令人不解的是，那座暗室就在桓德源内，他可以直接控制着的，为何以回乡探亲之名，令朱少爷来代替他？便是他暂时隐藏了行踪，好在暗中方便行事，为何非要潜回桓德源呢？难道说，桓德源内，除了暗室中那个水池子，还隐藏着其他的秘密吗？也就是说，万把头和杨把头那些人所知道的秘密，到水参这里也就是终点了，而后面还隐藏的秘密，仅限于刘掌柜知道了。"赵玉堂说道。

"又能是什么天大的事呢？"朱锐摇头不解。

"朱少爷，"赵玉堂那边犹豫了一下，说道，"你出现在西夹荒，表面上是代刘掌柜暂时管理桓德源的，但是你展露了几次本事之后，表明了你不是一般的人，所以，被人误会是局中人，以至于真的被拉进局中了。或者说，朱少爷出现在西夹荒，真的是另有目的。若是方便，可否说出来？那么，再联系那些事件综合分析，应该就能理出头绪了。当然了，每个人都有自己的秘密，不方便说也无妨。"

朱锐听了，沉默了一会儿，才缓缓说道："我来西夹荒，真的是代刘掌柜管理桓德源的。这个时候了，我没有必要隐瞒什么。当然了，受人之托，这次进入长白山还要找一个人。但是这件事与西夹荒是没任何关系的。"

第三十八章 神秘的海外来信

"找一个人？朱少爷要找什么人？"赵玉堂愕然。

朱锐苦笑了一下，说道："说起来，赵探长可能不会相信，我曾遭遇一件奇怪的事。一年前，我接到了一封从英国寄来的海外信件，内容是中文的。说是一年内我会进入长白山区，对方托请我寻找一个人。奇怪的是，寄信的人我并不认识，也没有留下寄信的地址，不知对方为何莫名其妙地寄来这封信。而且所要寻找的人，也无任何线索，只有一个名字叫谭静，应该是位女性。除此之外，全无头绪。即使我到了西夹荒，那个人我也无从找起。所以说，这件事与西夹荒无关，当然了，我之所以来西夹荒，却又是源于这封海外信件。我感到好奇，寄信的人远居海外，怎么会知道我在一年内有机会进入长白山呢？代刘掌柜来西夹荒管理桓德源，本来应该是派别人来的，因为那封信的缘故，我便请求家里让我来了。我来西夹荒是纯属好奇，仅是缘于那封奇怪的海外来信。"

"是这样啊……"赵玉堂也感到了万分的不解和迷惑。

"你所寻找的那个人，除了名字之外，还有什么线索？"赵玉堂随后问道。

"信上说，她是位地质学家，在长白山里失踪了，至于什么时间和原因在长白山里失踪的，一切都没有说明，所以我也无从找起。只是想不到，在西夹荒却遭遇到了这些更为离奇的事件。"朱锐无奈地说道。

"朱少爷，你不感到奇怪吗？你的一切行动，其实都在某种势力的控制之中。那封神秘的海外来信，看似与西夹荒这里所发生的事情无关，其实还是有着某种不可思议的联系。最起码，你是因为那封信来的西夹荒吧。万事皆有因果。没有人会在一封海外来信上搞恶作剧的。"赵玉堂说道。

"话虽如此说，牵强些罢了。如果那个叫谭静的就住在西夹荒，事情才有发展下去的劲头。可是西夹荒内并没有这个人。我来西夹荒之后，暗中调查过所有的人，没有人懂地质学的。便是隐姓埋名，不令人知，但一个人的学识是隐藏不住的。我有意无意地套过所有人的话，虽然有些人神秘莫测，但都不是真正搞学问的人。那种有学识的人，身上有一种气质，一看便知，比如大萨满卢深，他显现出来是另一种学问和气质。"朱锐说道。

"当然了，西夹荒地下有着特殊的地质学构造，这也是我下定决心去探险一番的原因，希望能找到些与谭静有关的线索，但是一无所获，还险些丢了命去。所以，我现在怀疑，那封神秘的海外来信，极有可能是一位在海外留学的旧识与我开的一个玩笑罢了。"朱锐随又说道。

"不能这么想。"赵玉堂摇头道，"你的目标，有可能也是另一些人的目标。他们的目的可能不是在找物，而是在找人。"赵玉堂说道。

朱锐听了，立时一怔。

二

朱锐又和赵玉堂聊了一会儿，也没理个头绪出来，一切，仍旧迷雾一团。他也是倦了，怀着一丝忐忑，倚在一侧睡去了。

睡梦中，朱锐看到了一些陌生而又模糊的景象，似乎有一个声音一直在呼唤自己，寻而无人，四顾茫然。

不知过了多久，朱锐隐感有异，猛然一睁眼睛，还是在那幽深的山洞里，赵玉堂此时不知去了哪里。昏暗的光线下，前面的阴影里站着一个人，身材高大威武，辨不清面容。

朱锐下意识地一摸腰间，自是摸了个空。随身的手枪，在自己被打晕时，便被人搜了去。

"谭静教授的事，你到底知道多少？"那个人冰冷地问道。显而易见，朱锐和赵玉堂的谈话，早被人听了去。

"一无所知。"朱锐应道。

"不可能吧。否则你怎么会出现在长白山里，出现在这里？"那人哼了一声。

"年轻人，还是和我说实话吧，你是怎么涉入此事中的？不仅仅是那封莫名其妙的海外来信吧？"那人口气稍缓。

"除此之外，真的是一无所知。我倒是很想知道这个谭静是谁。"朱锐摇头应道。

"唉！"那人叹息了一声，说道，"那些人选择了你，一定是有理由的。他们不会放弃。我们也是一样。"

第三十八章　神秘的海外来信

朱锐此时一头雾水，于是问道："我真的不知道这个谭静是谁，也不知道你们为什么寻找她。若是可以，告诉我一些信息，或许我能帮上你们。"

那个人沉默了一会儿，说道："这件事，比你在西夹荒遇到的所有事情都更加离奇。此事件既然牵涉到了你，说明你可能会起到一些作用。好吧，可以告诉你一些，我们所要寻找的，也是你来这里要寻找的谭静教授，她……"

那个人顿了一下，然后说道："她是位身份极特殊的人物，在长白山里进行过地质学方面的考察，她发现了一个十分重要的秘密，并且因此失踪了。十年前，她来过西夹荒……"

"等等……"朱锐忙说道，"十年前，清朝还没有亡呢，西夹荒这个地方可能仅有几户人家。她怎么……"

"你说的对，"那个人说道，"十年前的西夹荒的确没有现在的景象。但是这是个特殊的地方，谭静教授在长白山里发现的那个秘密，很可能涉及西夹荒，或是黑龙潭。我们在这里原始住户的家中曾发现过谭静教授留下的信息，证明了她来过这里——这也是目前在长白山中，她留下的唯一的线索了。"

"长白山山高林密，十年前失踪的人，应该早已不在人世了，应该没有寻找的价值了。另外我很奇怪，清朝那会儿，还没有地质学教授吧，又怎么会进行地质学方面的科学考察呢。大清朝闭关锁国二百余年，还没有对地质科学重视到如此程度吧。"朱锐说道。

"这是因为，谭静教授并不是我们这个时代的人，她的失踪，也是在几十年之后。"那个人缓缓地说道。

"什么?!"朱锐摸了下自己的额头，又暗中掐了一下大腿上的肌肉，感觉到了一丝疼痛，知道这不是在梦中。

"我好像清醒得很，阁下似乎有些问题。"朱锐说道。

"这个事件比你想象得要复杂得多，你暂时听不明白也是可以理解的。我们人类所生活的这个世界，并不是我们所看到的这个样子，这仅是种表面现象，而隐藏在暗处的真实世界，才是最真实，甚至是最恐怖的。"那个人语气中充满了畏惧。

"我不明白阁下想要表达些什么。"朱锐茫然地摇了摇头,"还有,几十年后失踪的人,就算有这种情况吧,为何要在她失踪前几十年前寻找?还有,这个叫谭静的,算是一个未来人吧,又怎么会出现在清末的长白山中进行地质科学考察呢?这么不符合逻辑的事情,怎么证明它的存在呢?"

"你未到西夹荒之前,对这里所发生的一切,会相信吗?你生活在衣食无忧的奉天城里,若是没有经历过这些,仅是别人和你说起过,你又怎么相信它的存在呢?"那人反问道。

"这个……"朱锐一时语塞。

"好了,有些事情,你日后会慢慢了解的。不管怎么样,你出现在西夹荒,不是一个偶然,而是必然。很抱歉,我的人没有理解我的意图,用这种粗暴的方式将你请了过来,因为我们迫切地需要你的帮助。"那个人说道。

"寻找一个并不存在的,仅是故事里的人,我怕是无能为力。"朱锐两手一摊。

"你只要答应下就行了,至于日后怎么去做,我们再行商量。你如果不答应我们,便是出去了,在西夹荒内,也会时刻伴随着危险的。这一点,你应该是知道的吧。"那人口气中略带威胁。

"那好吧。"朱锐自想先脱身,于是说道,"可以答应你,至于能否帮得上,我不敢保证。对了,西夹荒的那些人,有多少人与此事件有关系?"

那人说道:"有几个人与我们的目的一样,大多数不过是为了寻宝发财。当然了,他们当中,或许也有深藏不露的,与此事件有关的人。对了,在下冯显章,叫我老冯就行。"

"老冯,好啊。对了老冯,我现在想知道,刘茂才到底是什么人,真正的身份和目的是什么。"朱锐说道。

"你们桓德源的掌柜,你都不了解吗?"冯显章眉头皱了一下。

"知人知面不知心啊。"朱锐摇了摇头。

"他不是我们的人,我们也一直在调查他。"冯显章说道。

"你们也不了解他?"朱锐一怔,感觉到浑身上下起了一层鸡皮疙瘩。

"西夹荒内,谁是你们的人?"朱锐又问道。

"张把头。"冯显章应道。

第三十八章 神秘的海外来信

"张把头!"朱锐听了,颇感意外。

"还有几个人,你日后会知道的,他们也会配合你的。他们这几个人仅是驻守在西夹荒的分支人员,大部分人手,这些年来一直在长白山里寻找线索。"冯显章说道。

"你们的人手大部分还在长白山里?"朱锐听了,惊讶不已。"对了,赵探长呢?"

"因为你二人的谈话,证明了此人的确是一名局外人,已被释放了。"冯显章说道。

"是吗?"朱锐漫应道。他感觉事情越来越不对劲了。

第三十九章　祭　品

一

朱锐这时犹豫了一下，然后问道："老冯，你和你的人，为什么盯着西夹荒？难道说，那位失踪了的谭静教授，与这里有着某种联系吗？"

冯显章听了，笑了一下，说道："朱少爷果然是位聪明人，心思缜密。西夹荒之所以成为我们注意的目标，是因为，谭静教授曾到过这里，并且在西夹荒住过一晚，有人在这个地方见过她。"

"什么时候的事？"朱锐诧异道。

"清朝亡的前一年。"冯显章应道。

"我还是不明白。"朱锐摇头说道，"一个应该在几十年后失踪的人，为何又出现在了那个时候？"

"这件事在时间上的确令人感到迷惑。具体原因我们也不清楚，但是我们接到的命令，是要在这个时代的长白山中找到她。因为她曾出现在这个时代里，并且来过西夹荒，说明这个地方极有可能有着她感兴趣的东西。我们的目标，就是找到谭静教授曾在这里留下的线索，进而找到她本人的下落。"冯显章说道。

"好吧好吧，"朱锐无奈地说道，"不管那个谭静教授是哪个时代，或是哪里来的人，既然我们要寻找她，总要有可以入手的地方吧，毫无头绪地寻找，那是做无用功。"

"当然。"冯显章说道，"西夹荒是个神奇的地方，谭静教授来这里不是没有原因的，一定会与这里的那些神秘的事情有关，我们可以从这方面入手。"

朱锐说道："既然她是位地质学家，应该会关注到地质方面。这周边

第三十九章 祭 品

是远古遗留下来的几处火山湖,其中以黑龙潭为主,或许,谭静教授的注意力在黑龙潭那边。而与黑龙潭有关联的,就是那株神秘的水参了。她不会也是来寻宝的吧?"

"谭静教授进入长白山的使命,我们也不知道,但绝不是寻找什么宝物。"

朱锐说道:"长白山里隐藏着太多的秘密,谁知道她寻的是哪一桩呢。还有一个重要的问题,你们又是什么人?怎么会在这个时代寻找一位几十年后才失踪的人?这件事情实在是太荒诞了。"

"这些你没有必要知道。你就将谭静教授当作一个现在的人,尽可能地寻找到她,或是找到有价值的线索就是了。"冯显章说道。

"老冯,难道你不认为,你们,不,是我们在做一件没有结果的事情吗?"朱锐问道。

"听着,"冯显章盯着朱锐,极是认真地说道,"你所看到和所经历的世界,并不是一个真实的世界。过去、现在和未来,其实都是同一时间存在着的,只是有某种力量将它们分割开来。而在某种特殊的情况下,时间和空间上会产生错乱,历史、现在和未来可能会重叠。虽然你可能听不明白这些道理,但请不要怀疑这件事情的真实性,只要与我们进行合作就行了。因为,你出现在这里,可能就是这个事件的一个环节,这很可能会影响到你的未来。"

"老冯,你不会也是个未来人吧?"朱锐迷惑之余,问道。

"我和你一样,是经历过清代到民国这一时期改朝换代的人。我进入到这件事情中,也是一个偶然,但是现在,这已经成了我的一个使命。事情的真相,你日后会慢慢了解和明白的,只是现在,你要配合我们。"冯显章说道。

"等于我白说了。我下一步怎么配合你们?"朱锐无奈地摇了摇头。

"稍后你会回到西夹荒。找个借口,搪塞下你这几天离开西夹荒的原因。然后借助你现在的影响,尽可能收拢西夹荒的人心,为你所用。调查西夹荒以往发生的事件,从中找到有关谭静教授的线索。这期间,会有人帮助你的。"冯显章说道。

朱锐见对方有意放了自己,于是说道: "好吧,目前也只能这样做了。"

当朱锐的双眼被人用黑布遮上，送出地洞的时候，他便知道自己开始时的判断是对的了。

被人扶着走了一段路之后，有人告诉朱锐，朝前走个几里地，便可以找到回西夹荒的路径了。然后遮眼的黑布被扯掉，两个陌生人转身进了旁边的林子。

意外被人绑走，囚禁地洞，又莫名其妙地被强行拉入寻找那个所谓的未来人谭静的事件，朱锐感觉做了一场奇怪的梦。但他知道，这一切，都已经真实地发生了。

其实在地洞内醒来，发现赵玉堂的时候，朱锐便感觉事情不对劲了。一个所谓的局外人，不可能被人囚禁了小半年而毫发无损。尤其是赵玉堂问自己来西夹荒的目的时，朱锐已经意识到，自己进入了另一个局中，于是杜撰出了那封神秘的海外来信。只是没有想到的是，对方竟然顺着这封根本不存在的信件，展开了一个寻找未来人的故事。

对方是什么人？为什么这么做？他们的目的是什么？这些，着实令朱锐迷茫不已。为了能及时脱身，朱锐只好答应冯显章进行合作，其实双方心知肚明，都在演戏而已。可是对方为何还要这般认真地演下去呢？

冯显章这些人，虽然都不是西夹荒的人，但应该潜伏在西夹荒的外围，配合着西夹荒里的一些人。本来最开始的时候朱锐顺理成章地以为自己是被刘茂才绑架的，没想到是另外一伙陌生人。事情转向了另一种复杂态势。

朱锐站在东岗上，望着雪风口下的西夹荒，迷惘万分。一座小小的山村，怎么会发生这么多离奇古怪的事情？

从壮观的冬季猎场开始，西夹荒便开始上演了各种奇异事件。到现在，有人又顺着自己的思维上演了另一段故事。

"这里有很多不对劲的地方啊，好像所有的事情都是互相关联着的。"朱锐眉头一皱。

"朱大哥！"旁边跑来了惊喜的石英。

"这几天你去了哪里啊？"石英关切地问道。

"石英，有些事情以后再和你说。现在我只问你一句，你是值得我信

第三十九章 祭 品

任的朋友吗？"朱锐严肃地问道。

石英一怔，感觉朱锐走失了几天，如今安全归来，却显得怪怪的，于是点头说道："那是当然了。"

"那好。现在开始，你我之间的任何事情，都不要告诉别人，包括你的干爹杨把头。"朱锐说道。

石英点头道："可以的。"

朱锐听了，这才欣然一笑，上前拍了下石英的肩膀，转身望着西夹荒，说道："这是个十分古怪和神秘的地方，以前我们所经历的一切，可能仅是个开始，危险和困难还在后面。"

二

"石英，我们现在去见卢深先生，目前只有这位大萨满才是能和我说上明白话的人。"朱锐拉了石英走下东岗，朝卢深家走去。

卢深似乎预先知道了朱锐的到访，已是备好了茶水。

邀请朱锐落了座，卢深笑了下，说道："朱少爷不明不白地走出去了几天，今日归来，当是有话要问我了。"

"卢先生，西夹荒现在怪事迭出，已是远远超出了我的预料。有几个问题，还请卢先生明明白白地告诉我，不要再对我隐瞒了。"朱锐应道。

卢深应道："有些事，你没有明白地问过我，我自然也无从相告了。"

"那好。"朱锐说道，"第一个问题，关于前清秘贡，那头蓝睛白鹿。这件秘贡，当年真的是在运往京城的路上，因为宣统皇帝宣布退位，迫不得已才隐藏在西夹荒的吗？"

卢深听了，面呈微讶，然后郑重地点了下头，说道："看来，你在经历了一些事情后，终于将所有的事情都联系起来了。这很好。我现在可以明白地告诉你，西夹荒是那秘贡真正的目的地。"

"啊！怎么又扯上那秘贡了？"旁边的石英惊讶道。

"谢谢卢先生直言相告。"朱锐暗中松了口气，接着问道，"再请问，前清政府耗费了二百多年的时间，在长白山里寻找这种白鹿的真正原因是什么？"

卢深听了，似乎犹豫了一下，然后缓声应道："祭品，一种特殊的祭品。"

"为何献此祭品？"朱锐追问道。

卢深顿了一下，望着朱锐，说道："你既然都想到了这里，应该也能想到这件祭品的作用了。"

"长白山女神？"朱锐眉头一皱。

"不错，这件前清政府寻找了二百多年的特殊祭品，的确是为了献给长白山女神的。"卢深应道。

石英已是听得一头雾水，满面的迷惑。

"是为了献祭那根传说中的，雕刻有长白山女神的冰铁神柱？"朱锐说道。

卢深点了点头。

"如果大清国当年没有灭亡，是否可以说，要在西夹荒这里举行一次盛大的祭祀长白山女神的活动？是和萨满教有关的吗？"朱锐立时问道。

"真正的祭台是有着'迎神台'之称的四方顶子。萨满教起源于长白山，是有着深层原因的，但在这件事上，早已超出了宗教上的意义。"卢深应道。

"什么意思？"朱锐一怔。

"和人类的命运有关。再说下去，就有些天方夜谭了。"卢深说道。

"也就是说，卢先生所以到西夹荒，是当年前清政府邀请来主持祭祀大典的，只是事情有了意外的变化，卢先生也只好在这里住了下来？"朱锐问道。

卢深听了，摇头一笑，也算是回应了。

"住在西夹荒的每个人都有自己的目标。卢先生的目标，应该是那根冰铁神柱了。可是冰铁神柱并没有出现，那件秘贡也被运往奉天大帅府了。这种献祭，已失去了意义。"朱锐说道。

"冰铁神柱不仅是萨满教的圣物那么简单，它所关联的事情非常之复杂。目前来看，一切只能顺其自然了。"卢深无奈地耸了耸肩。

"那株神秘的水参，又和这献祭活动有什么关联？"朱锐问道。

"西夹荒是一处神奇的所在，也是雪神眷顾的地方。这里发生的每一

第三十九章 祭 品

件事都不是孤立存在的。那株神秘的水参，是献祭中的一个重要的环节。"卢深说道。

"能否更明白地告诉我这种献祭的意义？"朱锐问道。

"当然是祭神，祭长白山女神。因为，长白山女神是人类世界沟通神世界的一种渠道。对于萨满教众来说，长白山女神和雪神一样，是真实存在的。"

"卢先生的意思是……？"朱锐突然间意识到了什么。

"长白山女神，代表了长白山神的世界，她知道长白山里隐藏着的所有秘密。因为长白山里的秘密，可能影响着人类的命运走向。清政府的献祭行为，实则是一种祈求平安的活动。满人起源于长白山，他们的祖先似乎知道一些长白山中的秘密，所以在其势力入关后，封禁了长白山二百余年。"卢深说道。

"卢先生将问题越说越大了。好吧，先不说这些大问题了，现在我想知道，西夹荒在这里起什么作用？"朱锐问道。

"西夹荒因地理位置特殊，成了长白山中一个极其重要的点，不仅有祭台四方顶子和黑龙潭在附近，这里还有着其他重要功能。传说中的萨满教的圣物，冰铁神柱有可能就隐藏在西夹荒。"卢深说道。

看着仍旧一脸迷茫的朱锐，卢深然后说道，"冯木匠是西夹荒的原始居民，是当年在这里开荒种地的人家里现在仅存的一户。你去他那里问问吧，可能会给你带来收获。当然，也可能会增加你的迷惑。"

"那好，谢谢卢先生了。今天就到这里吧，日后有了疑问再来请教。"朱锐躬身一礼，感谢道。

"有些事情，不是我不帮你，而是需要你自己去经历和解决。这，可能就是你出现在西夹荒的目的和原因。"卢深意味深长地说道。

冯木匠和他的哑巴老婆招待了朱锐和石英。

"冯木匠，听说，西夹荒是你开垦出来的?"朱锐先行问道。

"不敢抢这个功。当年在这里开荒种地的几户人家里，有我老丈人一家子，我也是后来帮工的，娶了她之后，才在西夹荒住了下来。"冯木匠说着话，朝他那个哑巴老婆感激地一笑。他的老婆坐在旁边，也回以幸福的一笑。

"我知道朱少爷今天要来问我什么事，还是那个女人的事吧?"冯木匠说道。

"女人？什么女人？"朱锐一怔。

"那个很光鲜的女人啊！一看就是从大地方来的，斯斯文文的，满口的学问啊。这件事有人问过我很多次了，后来才知道这个女人姓谭，是个教书的。"冯木匠说道。

"你说那个女人姓谭？你什么时候见过她？"朱锐万分惊异。

"大清朝灭亡的前一年吧。这个姓谭的女人在我老丈人家住过一晚。"冯木匠说道。

"怎么会这样?!"朱锐惊骇之下，不由站了起来。

第四十章　神奇的失踪

一

朱锐盯着冯木匠，惊骇之余，感觉事情越发诡异了。

冯木匠被朱锐盯得发毛，忙站起来说道："朱少爷，怎么了？为什么这样看我？"

朱锐稍稍缓过神来，这才缓和地说道："此事有些不可思议，你能否将见到那个女人的经过和我细说一遍？这对我来说非常重要。"

此时的朱锐，心中迷惘一片。长白山里的这座小山村西夹荒，实在是一处魔幻之地，令一切失去了真实。事情的发展，竟然会和自己虚构的情节线连接上了，万分诡异。

根据冯木匠所说，那是在一年的春末夏初时节，当时的西夹荒还仅住着三户开荒的人家，那天傍晚，来了三个人，都背着很重的行李，样子很疲倦。其中一个是女人，一个年轻漂亮的女人。从言谈举止上看，另两个男人应该是女人的随从人员。对方说刚从山里出来，要借宿一晚，明天出山。

他们当时走进的是冯木匠的岳父家，热情好客的一家人接待了那三个人。因为条件简陋，晚上睡觉的时候，两个随从人员被安排在了仓房里，那个女人则和冯木匠的老婆住在了西屋里。

当冯木匠说到这里的时候，朱锐无意中望了一眼坐在旁边的冯木匠的哑巴老婆，发现她显得很是兴奋，两次欲言又止。

"也就在这天夜里，发生了很奇怪的事情。"冯木匠一脸迷茫地说道，"本来各屋子里的人都睡了，不知为什么，我那天晚上很是闹心，于是起来去外面的茅房尿泡尿。就在我出来的时候，我意外地发现，院子里竟然站着一个人，是那个姓谭的女人。她两眼望着雪风口的方向，就在那呆站着。当时是大月亮地，所以我看得很清楚。我未敢惊动她，一泡尿也吓了回去，便没敢出来。"

"当时有什么不对吗？"朱锐问道。

"当然不对劲了，大晚上的不睡觉，一个女人站在院子里发呆。"冯木匠应道，"后来，我就躲在屋子里，想等那个女人回屋再出去。就在这个时候，我发现，那个女人竟然开了院门，走出了院子，一个人朝雪风口方向走去。我以为她睡觉时发了癔症，在梦游呢，不敢惊动她，又怕她一个人走到林子里出什么事，所以，我就壮着胆子在后面跟着她。当时的西夹荒仅有三户人家，不过七八个人，没有现在的模样，就是男人晚上都不敢出来走动，何况一个女人了。"

"嗯……"冯木匠的老婆忽然发出了一个声音，随后用手捂住了嘴巴。

"冯大嫂应该知道她晚上出去做什么吧？"朱锐问道。随即想起对方是哑巴，说不了话的。

冯木匠的老婆激动起来，满脸涨得通红，望了望冯木匠，似乎想要表达什么，随后又低下头去，两手却是不停地搓着衣角。

"那个，翠芬……"冯木匠犹豫了一下，站起身来，走到门侧朝外面警惕地望了望，然后回身说道，"朱少爷不同于其他人，他不仅解了西夹荒的麻烦，而且不是个普通人。这件事还是和朱少爷说了吧。"

说到这里，冯木匠对朱锐说道："朱少爷，实不相瞒，这些年来，有好几伙人来家打听那个女人的事。为了不生出麻烦事来，自那年发生那件事后，我老婆翠芬便装起了哑巴，到现在，都没有人知道翠芬的哑巴是装出来的。"

"竟是这样！"朱锐和石英互相望了望，俱是惊讶不已。

"这样吧，我先说我看到的事，然后再让翠芬说那天晚上她屋里发生的事。否则事情能说两叉去。"冯木匠说道。

冯木匠抹了下额头上的汗，继续说道："那个姓谭的女人出了院子，一直朝雪风口方向走去，但是，就在她拐过一棵树之后便不见了。我当时怕跟丢了人，忙跑了过去，四下里没一个人影。我感觉这事情不对头，我和她的距离不算远，怎么说不见就不见了呢。也是一个人胆突突的，不敢

第四十章　神奇的失踪

再往前去了，忙转身跑了回来。"

"人跟丢了！"朱锐一怔。

冯木匠说道："事情怪就怪在这里。当我跑回来的时候，发现翠芬的房间亮了灯，她站在房门前，急得什么似的。她是在等我，在这之前，她到我屋里寻不到我。当翠芬看到我回来的时候，整个身子颤抖着说不出话来，一直用手指着她的房间。当时房门开着，我朝屋子里瞧了一眼，这一眼，可吓得人不轻。"说到这里，冯木匠脸上呈现出了惊恐的神情。

"她……她竟然还在屋子里，就坐在炕沿上！明明这个女人在我前面走丢了的，怎么会比我还快地回来了呢？难道说是遇到鬼了吗？"冯木匠说到这里，声音也有些变了。

"她不可能比你先回来。"朱锐眉头一皱。

"她根本就没有离开过屋子。"翠芬忽然开口说话了。

"咦?!"朱锐和石英相望骇然。

二

朱锐按捺住心中的惊异，说道："还请嫂子将事情的经过从头到尾地详细说一遍。"

翠芬清了一下嗓子，说道："那天晚上，那个谭姐姐和我住到一个屋里，睡到了一个炕上。当时我问她从哪里来，谭姐姐说，从很远的地方，比你想象的还要远。谭姐姐长得真好看，比那些大城市的女人还好看，说话也和气。她说，我们这片地区很特殊，七处龙潭，一座四方顶子，还有这个地方——当年叫雪窝子，还没叫成夹荒呢。我当时说，这个山沟子有啥好的，只有逃荒的才愿意住下来。谭姐姐说，长白山是个极其重要的地方，而这片地区，有一个特殊的地点，好像是什么大地的中心，找到那里，可与神界相通。"

"与神界相通？"朱锐一怔，猛然想到了大萨满卢深。

翠芬接着说道："谭姐姐还说，在整个长白山里，这种特殊的地点一共有三处，人只要进入里面，就会改变什么石头的运转，不对，不是石头，好像是石洞，还好像是什么时空，反正是说，人只要进入这种地方，一切都会莫名其妙地发生改变。谭姐姐当时很是认真地告诉我，当天晚上会发生一些奇怪的事情，让我不要害怕。半夜的时候，谭姐姐忽然坐了起来，她对我说，她做了一个决定，必须要回到那里，才能了解真相，否则就这么出去了，会后悔一辈子。一晚上，谭姐姐都是怪怪的，自言自语。我以为她疯了，很是害怕，就想出去叫小冯过来。但是谭姐姐将我拦住了，说事情正在发生改变，让我不要惊扰了这个过程，否则会发生什么意外是无法预料的。然后她在地上来回地踱步，嘴里不断地说'我必须走了'。但是她并没有走出屋子，就像发癔症了一样。我实在是怕极了，趁她不注意一下子跑出了屋子。想不到，跑到小冯的屋子里叫人的时候，却发现屋子里是空的，小冯不知哪里去了。而此时，谭姐姐却是坐在我屋里的炕沿上望着我笑，瘆得人慌。我说姐姐，你不要吓我啊。她却说见证了一个什么历史，然后坐在那里不再吱声了。我刚想跑到父母的窗前叫醒他们，这个时候，小冯回来了。"

冯木匠这边说道："那天晚上，实在是闹鬼了呢！这个姓谭的女人，竟然会分身。我当时也怕极了，拉翠芬到我屋里避一下。当我再到翠芬的房门前观察动静的时候，奇怪的是，那个女人不见了，消失得无影无踪，我一直注意这边的动静，并没有看到她离开屋子，但是，一个大活人，就像刚才她离开院子走出去一样，莫名其妙地消失了。要知道，我当年的胆子也是很大的，一个人敢走林子里的黑路，但是在那天晚上，我还是被吓着了。忽然想起来，她有两个同伴睡在仓房里，忙跑过去想叫醒他们，可是，当我进入仓房时，已是没了那两个人的踪影，和那个姓谭的女人一样神秘地消失了。整个事情的经过就是这样，当年我认为事情过于离奇，在这里失踪了人口，官府有可能会追查的，于是就和翠芬及家里人达成一致，守口如瓶，只说对方三个人住了一宿，一大早便离开了——因为他们到这里时，另两户人家也看到了。好在事情过去了一年，也没有什么人找到这里。后来大清朝没了，不知怎么回事，呼啦啦一下子来了几十户人家在这里建房筑屋，形成了现在西夹荒的模样。也就在那一年，有几伙人找到我们，问及当年那个谭姓女人的事，瞧样子并不像是官府的人追查失踪人口的，但也没敢和他们说这些，只说是有三个人来，住了一晚，一大早便离开了。我们感觉事情过于古怪，翠芬便装起了哑巴，以免惹是生非。

第四十章　神奇的失踪

今天朱少爷又来问及此事，特以实情相告，因为你是我们信得着的人，也是这件事压在心里多年，不说出来心里不痛快。"

离开了冯木匠家，朱锐心中惊异万分。

"朱大哥，你说，这种事情能是真的吗？"石英问道。

"事情到了这地步了，权且当真的处理好了……"朱锐说到这里，忽然站住了，惊骇道，"不对，那个女人好像不是从山里面来的，而是从她说的那个神秘的地方走出来的。不知她在里面发现了什么，心有不甘，于是在那天晚上，和另外两个人又回去了。而那个神秘的地点，能与神界相通的地点，应该就在这附近。卢深！对，卢先生应该能知道这些，有些事情他还是没有对我说。走，找他去。"

石英边走边问道："如果事情是真实的，那么，那个姓谭的女人会来自哪里？一个地点，怎么会出现两个她来？"

朱锐应道："应该是她进入过那神秘的地点，令时空发生了改变。具体怎么回事，我也不清楚，但是可以肯定的是，这片地区，甚至就在西夹荒内，隐藏着一个神秘的入口，那里通向一个神秘的世界。"

"啊？！"石英一脸的惊异。

当二人进入卢深家院门时，忽然感觉到了一种怪异的气氛——院门半开，里面静悄悄的。推开屋门，里面飘溢出一种香的气味来，卢深坐在里边，闭目垂帘，正在静坐冥想。

朱锐示意石英动作轻些，勿要弄出动静来，因为他发现，卢深似乎进入了临神状态。萨满是人与神沟通的媒介，但要以一种状态进入，好像佛教中的禅定、道教中的入定一般。一种神思，不知去了哪里。

过了好一会儿，卢深才慢慢恢复过来，显得很是疲惫，轻声道："你们来了，且坐吧。刚才我见到了一场上古的萨满仪式，又见到了他们，从地下走出来的一群神。"

朱锐听了一怔，惊讶万分……

第四十一章　地下文明

一

卢深倚在那里，显得十分的疲惫，好像刚刚经历了一次遥远的旅行。他望了一眼朱锐和石英，说道："你们先坐下吧，有些事情，现在应该对你们说了。长白山里，隐藏着一个重要的秘密，关于人类的秘密，甚至于整个地球文明的秘密，这也是关于萨满的终极秘密，还关乎所有的宗教。"

朱锐与石英互相惊诧地望了一眼，感觉今天的卢深有些反常。

卢深仍旧有些恍惚，接着说道："对普通人来讲，萨满源于上古时代的巫，基本上也可以说是所有宗教的起源。而所有宗教，包括萨满，以至于上古时代的巫，他们所敬畏的神灵，应该都是来自天上。但是，真正的神，其实是来自地下，来源于地下的神的族群。当然，地球是圆形的，人类所认为的天，可能就是地球的另一侧。"

"卢先生，你想表达什么？"朱锐惊讶道。

卢深苦笑了一下，应道："地下深处，不仅仅存在着地狱，那里其实也是天堂。天堂和地狱，原本就是并存的。善与恶，同样都并存在人的心里。"

卢深这时仰起了头，似乎在他的眼前又呈现出了什么，他喃喃道："万千人跪在那里，迎接从地下走出来的神的族群。他们，从长白山脉的地下走出来，从西藏的雪山下走了出来，从万山之祖的昆仑山下走了出来，从阿尔卑斯山脉的地下走出来，从安第斯山脉的地下走了出来……"

朱锐茫茫然，实在不知卢深想要说些什么。接着，他忽然意识到了什么，呆怔在了那里——人类文明的秘密都源于地下，而自己现在所处的长白山区，就是诸秘密中的一个。

第四十一章　地下文明

"在神族的面前，人类的力量是多么的渺小啊！"卢深接着自语道，"他们不仅能影响到人类文明的历史进程，甚至还可以改变人类所在的时代，从一个时代到另一个时代……"

"时空转变?!"朱锐听到这里，想起那个神秘失踪的谭静教授，已是目瞪口呆。

卢深这时望了朱锐一眼，说道："人类真正敬畏的不是天，而是地，因为人类是生活在这片大地上的。对于大地所隐藏的秘密，人类基本上是不知道，也无从知道的。"

"卢先生，你说的这些，与这里发生的事情又有什么关系？"朱锐试探着问道。

卢深叹息了一声，说道："一切，都是为了那一场仪式，迎接神族的仪式。而要在长白山里举行这场仪式，就必须要有两样特殊的祭品，那就是长白山中的两种灵性之物——蓝睛白鹿和千年参王。前清皇室应该是得到了某位异人的指点，想借这种传说中的古老的仪式将隐藏在长白山地下那种神秘的力量引出来，祈求王朝长盛不衰。"

"这个局，未免布得太大了！"朱锐惊讶道。

"其实，他们高估了自己，以为他们的祖先源于地下的神族，同时也低估了举行这种古老的仪式，将地下神族引出来的危险。所以，有另一种力量介入进来了，阻止了这件事情的进展。而这种力量，竟然是源于几十年后的人类。至于为什么这样，我也不明白。好像那地下的神族，不仅是一个种群。"卢深一脸疑惑。

"卢先生说的这种地下的神族，如果真的存在，难道说是生活在地下深处的另一种高级文明？并且有可能是多种高级文明？他们……他们若是走出地下，岂不是乱了这个世界?!"朱锐惊骇道。

"或许，地下世界的神族，也就是你所认为的那种地下世界的高级文明，对地上世界的文明不屑一顾。可以想象，那里是天堂一般的存在。"卢深说道。

朱锐慢慢坐了下来，沉思半晌，然后说道："这么说来，长白山的地下深处存在着巨大无比的空间，那里从古至今就生活着一种人类所不知道的高级文明。他们曾经以某种特殊的方式接触到了人类，于是，人类误将他们当成了神。而长白山区那处地下深远空间的出口，其中一个可能就在这片地区——黑龙潭和西夹荒的某一个地方。这样说来，蓝睛白鹿和那个什么人参精的出现，暂时就理顺过来了。只是关于那个谭静，以及隐藏在附近，寻找她的那一伙神秘的人，还无法与这件事联系起来。只知道所有的事情都是互相联系的。"

"是的，这件事也一直是令我迷惑的地方。但可以肯定的是，对方的介入阻止了这件事情的进展。还有，你的出现，似乎也与那位谭静有关。"卢深说道。

朱锐拍了拍额头，迷茫万般道："现在，我都不知道自己是谁了，为什么要到这里来。"

"不对。"朱锐忽然站了起来说道，"如果那个谭静来自几十年后，那么寻她的那伙人又来自哪里？难道说也是几十年后的人？虽然他不承认。还有，他们一直隐藏在附近，没有离开，说明那个谭静还在这个地区，有可能被困在地下的某个地方。不行，我要找到那个老冯，问清楚。石英，和我来。"

说着话，朱锐拉了石英就走。

"看来，你这个年轻人又经历了一些事情。好吧！不管怎么样，你终是破这个局的人。"卢深自语道。

出了卢深家，朱锐拉着石英朝张把头家跑去。冯显章说过，张把头是跟他们一伙的，通过张把头，能最快地找到冯显章。

半路上，朱锐忽然又停下了，自语道："不对，还是不对。老冯那伙人出现得蹊跷，将那个谭静的故事硬塞给我。冯木匠两口子讲的也未必是真的。一切，可能还是个局，引我入某种套内的局。卢先生……他……他也可能是个布局者？还有个重要人物，我怎么将他忽略了，刘茂才刘掌柜，你这会儿去了哪里？该不会，你们一群人合伙在对付我吧？"想到这里，朱锐脸色一变。

"石英，现在我谁也不相信了。现在你帮我做一件事，马上去辉南镇上，找到一个地方，见一个人。"朱锐随后说道。

二

张把头家。

朱锐的到来,令张把头颇感意外。

朱锐开门见山,直接说道:"张把头,现在怎么能联系上老冯,就是冯显章?"

张把头呈现出了惊异之色,显然,他这个时候还没有接到冯显章那边的信息,不知道发生了什么事。

"你和那个老冯,是一起的,还是一伙的?"朱锐随又问道。

朱锐这句话,问得是话里有话。如果张把头说是一起的,说明他们同来自某个地方,或是某个时代,如果说是一伙的,当是暂时凑成的同伙。

张把头对朱锐的发问,犹豫了一下,应道:"一伙的。怎么了,有什么区别吗?"

"怎么才能最快地找到老冯?"朱锐说道。

"我也找不到他,只有他来找我才能见个面。"张把头迟疑了下,"老冯对你……"

"现在,我们是一伙的了。"朱锐应道。

张把头听了,面呈惊愕,他想不到事情会变成这样。

"老冯说了,让你配合我。"朱锐试探道。

"你想知道什么?"张把头仍旧面呈惊疑。

"你知道的一切。"朱锐应道。

张把头听了,顿了下,说道:"虽然我相信你,但是现在还没有接到老冯的命令,有些事情不能先讲的。"

"老奸巨猾!"朱锐暗中嘀咕了一句,于是说道:"看来,你不仅是在防着我,也在防着老冯。"

张把头听了,脸色变了变。

"其实呢,每个人都有自己的小九九,这也很正常,譬如你院子里那口井的秘密,老冯都未必知道。"朱锐笑了笑。

"你……"张把头脸色古怪起来。

"西夹荒的地下有秘密，是吗？"朱锐盯着张把头。

"西夹荒的地上地下都藏着事。朱少爷到这里多半年了，已经经历多少事了。"张把头搞不清朱锐的意图，索性往浑里搅。

"老冯那些人的来历，你知道吗？"朱锐忽然问道。

张把头似乎明白了什么，吸了口手中的烟袋，说道，"老冯那些人的势力很大，甚至控制着整个长白山区。他们在做的事情，已经做了几代人了，朝代的更替，世事的变迁，都无法改变他们。"

朱锐听了一怔，难道说冯显章他们一伙人不仅是在寻找谭静的下落，还在长白山里做着其他的事？

"那个女教授的事，真的存在吗？"朱锐见张把头松了口，随又问道。

"长白山里的事情，一切皆有可能。有些事情，不能用正常的想法去判断的，尤其是在西夹荒这个地方，可能发生任何事。那个莫名其妙而来的女人，又的确是莫名其妙地在西夹荒失踪的，应该是消失在那口神秘的井里了，否则，一个大活人不可能就这样不见影了。"张把头淡然地应道。

"一口井？"朱锐一怔。

"西夹荒屯内有一口神秘的井，时隐时现，深不可测，并且位置飘忽不定，似乎可以移动。我一直在寻找它，始终未果。"张把头说道。

"那口神秘的井，难不成是进入地下的一处秘密入口？通向那个未知的世界？"朱锐心中一动。

"那口井我见过，所以相信它的存在。院子里的井，就是那口神秘的井原来出现的地方。但是我知道，它又移位了。"张把头随又说道。

"可以移动的井？"朱锐愕然。

"这口井的事，只有我知道。所以我相信，那个女人当年必是进入井里了，在移动的过程中，不知将她送到了哪里。老冯他们所以无从下手寻找，是因为不知道人是怎么消失的。这件事我倒是和他提过，但是他不太相信，或许，他还有其他更为充分的理由。他们这些人行事，更为古怪，说那个女人应该是去了四方顶子，是消失在四方顶子上的，他说四方顶子整座山体的下半部几乎都是空的，里面更是深不可测，所以这些年他们的注意力多在四方顶子那边。"张把头说道。

"去四方顶子那边能找到他吗？"朱锐问道。

第四十一章 地下文明

张把头摇头道："只能是他来找你,你不会找到他的。你想见他,就等几天好了,估摸着他也快来了。"

"那好,如果老冯到了,务必让他见我一面。谢谢张把头和我说这些事。"朱锐说完,转身去了。

张把头望着朱锐远去的身影,面呈复杂之色。

朱锐回到了桓德源,等石英的消息。

望着窗外远处的雪风口,朱锐思绪万千。

"初见卢深先生时,他似乎说过,四方顶子的山体是中空的,地下面也似乎有着通向这里的暗洞。老冯他们寻找那个谭静教授的目的是什么?应该是在寻找通向地下秘密世界的入口。是了,这才是这些人,甚至是所有人的真正目的所在。而找到地下世界的入口,他们又想做什么?"朱锐想到这里,不由打了个冷战。

雪风口上似乎有人影在走动。

朱锐运足了目力凝神远观,忽地一惊。

雪风口上方,出现了两个人影,观形辨人,竟然是赵玉堂和冯显章。不过二人的身影一晃,闪进右侧树林不见了。

"这位赵探长,果然是有来历的。他……"朱锐暗里一叹道,"竟然从奉天一直监视我到这里。从事情一开始,我就已经步入了别人的局中。到底是谁在导演着这一切呢?"

"我犯了个错误!不应该阻止土匪们进入西夹荒的。那本是整个局中的一个环节,是要借土匪的力量完成一件事情,结果让自己给阻止了,于是一切事情都随之发生了改变。否则,整个事情可能早就结束了。"朱锐恍悟。

同时,也过早地暴露了自己的实力。最要命的是,自己目前还不知道在此局中处于何种位置。从开始的踌躇满志要破西夹荒的僵局,到现在越来越复杂的局面,朱锐清醒地意识到,这个局,不是凭借自己的力量可以破掉的。一切,自己都想得过于简单了。

第四十二章　地下的秘密

一

朱锐继续思考着。

张把头所说的那口可以移动的神秘的井，在哪里呢？是否就是桓德源那间暗室内的水池子？又似乎不对，如果那个谭静真的存在，不可能消失在这水池内。水可以阻止她进入地下深处，并且，里面还隐藏着水兽。

还有，那天情况颇为诡异，万把头和杨把头似乎套住了一个人，明明听到一个孩子的叫声。难道说，那并不是什么成了精的人参娃娃，而有可能是从地下出来的，那个所谓神族的人？可是，这些又难以令人相信。

但有一点可以肯定，这一地区的地下，地质构造非常复杂，有通向地下深处的洞穴也未可知。或许，长白山中的秘密，真的就隐藏在这里的地下。而这个千古的秘密，早已被一些人知晓，并且他们在做着一些特殊的准备。蓝睛白鹿真的就是一件祭品吗？真相怕是没那么简单。因为自己的主意，它被大帅府的人运走了，不过事后不久，有消息传来，在运抵奉天城的前一天夜里，它又被人盗走了。

还有，那头出现在雪风口上方的白鹿，又来自哪里？现在又去了哪里？为何不曾有关于它的传闻？还有冬季猎场上出现的白毛雪怪，真的来自长白山深处？以及后来发生的一系列诡异事件……

西夹荒这里有着太多不可解释的东西。

晚上的时候，石英回来了，带回来了一张纸条。朱锐看后，立即焚烧掉了。

"没有人注意你去哪里吧？"朱锐问道。

"放心好了，我在山里绕了一个大圈子才到的辉南县城，并且一路上

第四十二章 地下的秘密

很是谨慎，应该不会有人注意上我的行踪。"石英说道。

"这就好。"朱锐点了下头，说道，"对了，这件事，甚至以后发生的一些事情，我希望只有我们两人知道，不要告诉第三个人，包括最近的亲人。"

"我明白。"石英认真地点了下头。

朱锐望了眼窗外，然后说道："这个地方，极有可能隐藏着长白山里最大的一个秘密。这个秘密，可能会超出我们的想象，所以，日后可能会发生任何事情，这点，我们要有个心理准备。还有，现在开始，不要相信这里的任何人。"

石英听了，茫然之余，还是点了点头。

"天机在于不测！"朱锐随后又笑了笑，"我虽然搞不清楚这里的真实情况，但是那些人也难以摸清我的底细。"

"是啊！朱大哥本事大，这里的那些人应该压不住你的。"石英说道。

"并不是这样了。"朱锐摇头道，"我已经步入了他人布的局。真正的局，很难破。好在，我有些扰乱了他们的局。"

"对了石英，你有没有注意到，西夹荒的夜晚，会有一些奇怪的东西出现在屯子里？"朱锐问道。

"当然注意到了。只是那些东西从不靠近我住的院子。"石英说道。

"那是因为你的那把开山斧。"朱锐笑道，"这东西特殊，令那些东西不敢接近。

"这些山里的东西，很难说是邪是正。"石英说道。

"有些东西，可能并非来自长白山里。"朱锐眉头皱了一下。

石英听得莫名其妙。

这天夜里，朱锐趁桓德源一众伙计都睡熟了之后，一个人悄然来到了楼下的那间仓库，启了暗门，来到了那间暗室内，拿手电照了照那个水池，忽地一怔——池子里的水竟然不见了！

"咦？！"朱锐一惊，忙近前探照，原来的水池形成了一眼大井口，而那出口及下周石壁浑然天成，看不出任何人工凿刻的痕迹。下面深不见底，里面幽暗吓人，隐传奇怪的声响。

朱锐感觉头皮发麻，忙转身离开，将暗门堵严实了，这才忐忑不安地回到了楼上的房间。

"水池里的水怎么会说没就没了？它通向哪里呢？黑龙潭吗？还是四方顶子？如此深的洞穴，地下若有东西，真的可以上来，地上的人也有可能会直接下去。张把头说的那口会移动的井，会是这里吗？"

朱锐越想越怕，便是躺在床上，也是枪不离手。他实在是睡不着，于是临窗而望。夜半时分，月光之下，又有数条神秘的黑影疾速掠屯而过，奔雪风口方向去了。

雪风口上面，似乎有一个白色的影子闪动了一下便不见了。但是朱锐可以断定，那不是以前曾见过的白鹿，而是另一种白色的不明生物。

"咕咚！"忽有水响，应该是有什么东西跳进了湖水里。

朱锐偶一转头，惊讶地发现，在左前方张把头家的房顶上，蹲着一只黑色的动物，似野狸而又类狐，额上竟然生有一只角。

"什么东西？"朱锐一怔，待要运目力细看之时，那东西似乎感觉到被人察觉到了，一闪身形，不见了踪影。

"我终于找到狼群不入西夹荒的原因了，原来屯内隐藏着你们这类怪物，敏感的狼群哪里有敢入的道理，仅能围着西夹荒，讨些食物罢了。冬天不敢入，在春夏秋季节里，这类东西出来得频繁，更是看不到狼群的影子了。"朱锐恍悟。

"这些奇怪的东西从哪里来？是西夹荒的地下吗？潜伏在屯内的这些高手，应该能发现这些不明生物的，但是为何从未捕捉过这类生物，甚至从来未曾听他们讲起过？看来，他们也是不敢惹的。

"还有，刚来时的那天夜里，我在外面的路上偶然遇到的那个东西，或许也是它们的同类。"朱锐想到这里，不由自主地打了个冷战。

子夜时分，本是当空的明月忽然隐进了云层里，夜色立时暗了下来。山风开始呼呼作响，林子里传来各种怪异的声音。

躺在床上半寐的朱锐猛然间睁开了眼睛，忽地起身，来到窗前，望向了雪风口。

第四十二章　地下的秘密

雪风口处似乎有风在动,在谷口上方隐隐形成了一个气旋,一线挂天,景象颇为诡异。

大约半个小时后,那股气旋竟然慢慢地垂降下来,好像地上有一种强大的力量将其吸附下来,最终没入某处地面,不见了踪迹。

朱锐犹豫了一下,忙回身穿上衣服,拿上手枪,蹑手蹑脚地下了楼,出了桓德源,朝雪风口方向走去。他要探个究竟。

这个时候,消失多时的月亮忽然从云层中钻了出来,山林峰峦间立时变得明亮起来。

周围漆黑的树林里不断传出来各种奇异的声响,甚至还有一种类似于孩童的嘶哑笑声。虽然朱锐知道那多是栖息于林木间某些怪异山禽的叫声,但是在这半夜里,独自一人行走在山林间,还是心生惧意。

朱锐握紧了手中的枪,警惕前行。

忽然间,他发现前方有一庞然大物在缓慢地移动。

"熊?"朱锐意识到了危险,马上停了下来。林子里成年的大熊,莫说一支手枪了,便是持有一支军用步枪,如将氏兄弟那样有经验的猎人,也是不敢轻易地招惹上它的。

朱锐停下观察了一会儿,那头熊行走了十余米之后,也停了下来。

然而朱锐运目力细看之后不由一怔——前方那移动的物体哪里是什么熊,而是立在雪风口上的那块"镇风、吹雪"石!

朱锐强行令自己镇静下来,而后四下里观察了一番,确定无其他异样之后,才举着手枪,慢慢走近了那块三角形石碑。

石碑似乎不曾移动过,仍旧立在原来的位置,前后面的"镇风、吹雪"四字清晰可见。

朱锐知道,自己的确亲眼看到了这块石碑的移动——他相信自己的目力和精神状态。

朱锐慢慢走到跟前,伸出左手,用力推了推石碑,本是磐石一块,自然纹丝不动。这块三角形状的石头,没入土下的部分,不知有几许大,仅露巨石一角而已,本是天生地长,立在雪风口这里不知有多久远了。

"这块石头刚才的确在动,这是怎么回事?那股莫名其妙的旋风,又被吸进了哪里?"朱锐四顾茫然,愈发感觉这雪风口上面透着诸多的古怪。

待他观察了一番，收回目光时，忽地一惊——刚才本是站在"镇风、吹雪"石旁边的，然而此时，自己所站的地方距离那块石碑竟然有一丈之远。也就是说，就在自己刚才观察周围的时候，那块石碑竟然又朝前方移动出了一丈。

朱锐惊骇之下，不由后退了数步，两手握枪，对准了石碑。那石碑仍旧悠然地立在那里，没有丝毫移动的样子。

朱锐立时又观察了一下地面上的草地，全无异样变化。如果真的是石碑自行移动，应该会在草地上留有痕迹的。

一切，显得万般的诡异……

朱锐此时感觉周围的气氛愈发怪异起来，四下里寂静得可怕，附近林子里那些奇怪的声响此时全部消失了，静得甚至可以听得到土壤中蚯蚓爬行的动静，便是连山风也消失在了空气中，感觉不到任何的气息。

"轰……"朱锐感觉脚下的大地中隐隐传来一阵震动。这种莫名的震动，似乎牵引着那块三角形状的石碑。不过，这种异样的变化，仅仅出现了一次，而后，周围的一切又变回一片死寂。

"雪风口这里的山体下面一定是发生了什么变化，方引出地面上的异常。是什么样的变化呢？地下面……难道说……"朱锐似乎意识到了什么，心中一凛。

"西夹荒的终极秘密，竟然在这雪风口上吗？"朱锐持着手枪，蹲下来，静感周围的变化。

旁边的草丛忽地一动，一物蹿出，跃上了石碑，月光之下，竟然是那只看守泉眼的老貂。

"你怎么来了？"朱锐惊讶道。

那只老貂望了朱锐一眼，不甚理会，而后盯着右前方，呈现出惶恐的样子。

那边，是一片齐腰深的蒿草丛，看不出有什么特别来。

这时，蹲在石碑上的那只老貂显得急促不安起来，四爪乱动。与此同时，朱锐感觉到一阵温热的气息扑面而来，随即变成了一股子热浪……

就在朱锐惊异之际，那只老貂从石碑上跳跃下来，钻入旁边的草丛中不见了。

第四十二章 地下的秘密

"哪里来的热量?"朱锐忽然意识到了什么,慢慢走上前去,伸出左手触摸了一下那块石碑。

一股炙热烫得朱锐立时收回了左手。原来是那块石碑莫名其妙变得发热发烫起来,那只老貂受热不住,跑掉了。

就在朱锐的注意力被石碑吸引的时候,那片蒿草丛中,一道白光忽然冲天而起。那道光柱直径寸许粗细,耀人眼目,一线腾空,射入天际……

朱锐一惊之下,后退数步。

第四十三章 地 穴

一

那道白光过后,四下里的气氛显得更加诡异起来。月色空寂,风止林静,令人感觉到莫名的压抑。

朱锐猛然间想起来,万把头好像曾说过,长白山里有三处神秘地穴,雪风口上难道说有其一?西夹荒诸多异象,可是与这神秘地穴有关?

朱锐持着手枪,小心翼翼地上前查看那片蒿草,却看不出什么变化来,不知白光从何而出。

再回触石碑,炙热已消,温热而已,似乎那道白光射出地面之际带来了某种热量,光出而热失。

这时,朱锐发现,石碑东南方向十余米外不知什么时候多了一样东西,黑漆漆的约有一米高,半米粗细,形状近圆而略方,如一节木桩立在那里,与石碑以及白光射出处形成了个三角形。

朱锐清楚地知道,那根"木桩"是刚刚出现的,甚至在自己到来之前它还没有出现——自己擅长观察,这一点是绝对自信的。他想要近前看个究竟。

"朱少爷止步!那东西看不得。"身后突然传来了说话声。

朱锐一怔,回身看时,却见杨把头和石英站在那里。不知他二人什么时候上来的。

石英仅是朝朱锐点头示意了一下,而后神情紧张地盯着那根"木桩"。旁边的杨把头同样显出紧张的样子。

"石英,用开山斧全力劈开那东西。这么多年了,等的就是这一斧头。"杨把头紧张而又兴奋之余,吩咐道。

第四十三章 地　穴

"咦？石英的开山斧怎么会……？"朱锐心下迷茫。

石英此时面呈迷惑之色，显然还未能理解杨把头的用意。

"运足了力气，劈开那东西。"杨把头以不容置疑的语气再次吩咐道。

石英这才从腰间拔出那柄开山斧。月光之下，那金属斧身寒光凛凛。

石英右手持斧，稳腰运臂，抡圆了用力抛出。

寒光一道，划落于那"木桩"之上，在二者接触的瞬间，发出了激烈的碰撞——那"木桩"竟然是一种金属。

紧接着一声轰响，那金属物竟然被开山斧硬生生地劈成了两段。开山斧随即被弹起，又飞回到了石英的手中。

石英伸手接斧，却是被一股强大的反弹力震得后退数步，开山斧仍在手中"嗡嗡"振响，几欲脱手。

石英脸色一变，忙以两手紧握，方将开山斧持住。

杨把头这边见那金属桩被开山斧劈开，面露喜色，忙跑上前去查看。

那金属桩在被劈开之后，缓慢地朝两边分开，随即没入土中。原地呈现出一个三尺见方的幽深的地洞，有热气从里面冒出来。

"奇怪，怎么会这样？"杨把头面呈迷茫之色。

"杨把头，这是怎么回事？"朱锐上前问道。

"地穴开了，是开山斧那把开山钥匙打开的。可是，怎么会变成这样？"杨把头颓然道。

"有什么不对吗？"朱锐讶道。

"朱少爷，你来多久了？"杨把头忙问道。

"有一会儿了。"朱锐应道。

"可见到奇怪的事情吗？"杨把头问道。

"这块石碑竟然能自行移动，并且炙热烫手。还有，刚才那边的蒿草丛里还射出了一道白光来。"朱锐应道。

"什么？地光先出来了！不可能啊！"杨把头脸色大变。

"地光？！"朱锐惊讶不已。

"朱少爷，你确定看到了白光？为何我没有看到？"杨把头迟疑了下，问道。

"真的有一道白光射出来了，我也不知道是怎么回事。"朱锐耸了下肩膀。

"杨把头，能告诉我这一切是怎么回事吗？"朱锐随后问道。

杨把头失望地站在那里，摇了摇头，说道："你没有必要知道，因为这对你没有好处，只会给你带来危险。记住，今晚看到的一切，明天早上一定要全部忘掉，千万不可对人说起。"

"又白等了十年。老天为何待我不公啊！"杨把头悲从中来，泣声道。

"干爹，不行再等十年，我再劈开它一次。"石英上前抚慰道。他持斧的右手仍旧在颤抖。

"没有机会了。"杨把头摇了下头，叹息道，"这处地穴下次再开的时间，可能要等一百年之后了。我们都等不起了。"

"哪里出错了呢？地光应该在地穴开后再出来的，怎么会先行出现呢？一定是什么地方出了差错。朱少爷……"杨把头转头盯着朱锐，厉声道，"不要瞒我，你真的看到了地光？"

"朱大哥，这件事应该对干爹非常重要，希望你能说实话。"石英恳求道。

"杨把头，你可以不对我说出实情，但是我没有必要对你隐瞒什么。刚才确实看到了一道白光透土射天，应该是地下深处的某种能量迸发，并且连带这块碑都发热烫手。你试下，现在还温热呢。你和石英也刚上来，按道理，也应该看到才是。"朱锐说道。

"一定是哪里出现了变故。我不能再等了，真的不能再等了，等不起了……"杨把头神智变得恍惚起来，围着那处幽深的地洞走起来。

朱锐隐感不对劲，忙对石英喊道："石英，拉住杨把头！"

石英一怔，伸手要拉住面前的杨把头。而杨把头此时却纵身一跃，跳进了那处幽深的地洞中。

"干爹！……"石英惊呼一声，就要跳下去救，被跑过来的朱锐一把拉住，二人摔倒旁边。

"不行，我要救干爹……"石英挣脱了朱锐，起身之际，忽然呆在了那里。

朱锐也自一怔——刚才那处幽深的地洞已经悄然合并，不见了踪迹。

雪风口上，大地似乎震动了一下。

第四十三章 地 穴

事发突然，杨把头意外跳进了地穴里，令朱锐和石英二人抢救不及。

"干爹……"石英跪在地上，痛苦万分。

朱锐知道，此时无法用语言去安慰他，只好在石英的肩膀上拍了拍。

朱锐心中惊讶道："杨把头看来早就知道雪风口这里隐藏着地穴，并且还知道开启的时间。还有，石英的开山斧竟然是打开地穴的钥匙，看来他为此事准备了多年了。那么，这地穴里隐藏着什么样的秘密呢，竟然还能令杨把头不顾一切地跳下去？实在古怪之极！"

待石英情绪稍稳定了些，朱锐这才说道："石英，杨把头的事很遗憾。也由此看出，这里的事情复杂得超出了想象。现在我俩都卷进来了，能告诉我杨把头今晚和你到雪风口之前发生的事情吗？这很重要。"

石英叹息了一声，说道："傍晚的时候，干爹就显得烦躁不安，嘴里不断地嘟囔着：'时间到了！时间到了！'一再叮嘱我，做好今晚上山的准备。看来干爹知道今晚雪风口这里要发生什么事了。在晚饭前，他还出门和万把头见了次面。"

"和万把头见了面？"朱锐听了一怔，自语道，"看来要和万把头好好谈谈了。"

石英接着说道："我也尝试着问干爹，我们来西夹荒，到底是为了什么？干爹说，有些事情我暂时不知道的好，否则会给我带来危险，并举了朱大哥的例子，说你现在陷得太深，随时有丢掉性命的可能。"

朱锐听了，摇头道："我也是身不由己啊！"

这时，整个大地似乎又震动了一下。

朱锐和石英感觉地下有风冒出来，二人转头看时，俱是一惊——刚才那处地穴闭合的地方，竟然又呈现出来一个幽深的地洞。地穴，又突然打开了。

"干爹！"石英扑到洞口，趴在那里朝下面喊着。

不知洞深几许，声音很快被吸了进去，没了声息。

"对了，来时带了绳子。我要下去找干爹。"石英说着，回头在地上寻了一捆绳子，同时将一个背包负在了身上。

朱锐见了，忙说道："地穴太深了，下不去的。"

"管不了那么多了。"石英说着话，将绳子一端系在了"镇风、吹雪"

石碑上，另一端扔进了地穴中，然后顺绳而下。

朱锐摇了摇头，只好蹲在地穴边上观察动静，若下面的石英有状况就将他拉上来。

数分钟后，听得石英在下面喊道："朱大哥，到底了，不过还有通道往里去。"

"等我一下，我陪你去。"朱锐犹豫了一下，朝下面喊道。

朱锐不放心石英一个人下去冒险，也顺绳子滑下来，下降了七八丈，到了一块平地上。

"干爹不在这里，说明人没事，应该朝里面去了。"石英见了朱锐，兴奋道。他手中已是持了一只手电筒，朝右前方照了照，那里有一条甬道，有气流从里面涌出来。

这时，整个大地又震动了一下，有石土从上方掉落下来。

朱锐和石英忙朝旁边躲避，都不由自主地朝上方看了一眼，双双惊呆了。

原来，上方的石壁正在闭合，也就十余秒的工夫，那洞口竟然完全地闭合了，看不出缝隙来。那条绳子，被挤压在了石壁中间。

朱锐、石英二人相顾色变。

"上不去了！"石英骇然。

"这处地穴蹊跷得很，可能一会儿还会开启。暂且去里面找下杨把头。"朱锐安慰道。他自己心里也是没底。

"是啊，可能还会再开启的。"石英听了，略感放松。

随后二人朝里面寻去。

通道很长，并且越走越感觉地势低下，洞内也愈加宽敞。

朱锐心中很是奇怪，杨把头从那么高的地方掉下来，竟然没有摔坏，而且还朝里面去了，怎么可能呢？

半小时后，走在前面的石英迷茫而又忧虑道："干爹没有照明的东西，应该走不远的，怎么还不见影子啊？"

"是啊，即使掉下来没有伤到腿脚，在黑暗里也不能走太远的。好在只有这一条道，他只能往这边走。"朱锐疑惑不已。

二人继续前行，路上给手电筒换了一次电池。

第四十三章 地　穴

朱锐此时隐感不安，一是杨把头虽然也掉进地穴里，但有可能和二次开启的洞口不是同一处地穴；二是他们俩已经回不去了，这个时候，只能硬着头皮朝前走了。

洞内静得可怕，似乎可以听到彼此的心跳。若是一个人行走其中，早就生出惧意了。

"朱大哥，有……有些不对头……"石英终于意识到了什么。

"入口闭合，我们回不去了，只能走下去了，或许另有出路。"朱锐故作淡定。

"我的意思是说，干爹好像和我们来的不是一个地方。"石英说道。

"一个洞口，两个世界。我们有可能进入地狱了。"朱锐应道。

"这里面好像有雾气？"石英说道。

朱锐说道："应该不是水汽，因为这里面干燥，并且走起来感觉轻飘飘的，和在地面上完全不一样。"

在换了三次电池后，路仍不见尽头，两个人终于意识到了极大危险。

就在电池将耗尽的时候，前方呈现出了一点光亮，两个人见了，兴奋地朝前跑去。

一股清新的空气吹拂过来，朱锐心中这才一松，他知道，终于到达另一处地面了。

那是一处狭窄的出口，石英费了好大力气才开出了容人出去的洞口。此时外面天已大亮。

二人出来后，发现是站在一处地势很高的山坡上。

二人沿着山坡走上来，上面竟然非常平坦开阔。黄花遍地，绿草浪涌，古树参天，大木横陈。

"这里是四方顶子！我们到了四方顶子了！"石英惊讶道。

"竟然走了这么远！西夹荒那边与四方顶子地下相通的说法，看来是真实的。"朱锐惊叹道。

前方不远处耸立着一座十余丈高的铁塔，铁塔下坐落着一座房子。

"咦？真是奇怪，这里我去年还来过，没有任何东西的，这什么时候建的铁塔和房子？"石英疑惑道。

石英往一侧走了走，可以看到山下方的几处村落。

"这又是什么时候多出来的村子和人家,并且还多出来一条路,林子也少了很多?真是奇了怪了!"石英疑惑不已。一切虽然熟悉,却似乎有种物是人非的感觉。

精疲力竭的朱锐和石英再也走不动了,于是坐在一横卧的大树上休息。

身后的草丛里,有几样被人丢弃的东西——一个白色的塑料袋,一个空的可乐瓶子,还有一张半折的报纸。

一阵风吹过,将报纸吹开了一面。呈现出了报头:《吉林日报》,下有日期"1997年5月28日,星期三"。

…………

(全书完)